JN181108

雨の狩人

大沢在昌

雨の狩人

主要登場人物一覧

佐江	警視庁新宿署組織犯罪対策課警部補
谷神満孝	警視庁捜査一課第二強行班警部補
プラム	伯父・コービーのもとで育つ。母はサチコ。本名ミサワモモコ
サチコ	日本人男性との間に娘をもうける。本名チャライラット
ユリ江	オレンヂタウンの辻占い師
延井公大	高河連合次席補佐から若頭へ昇格。西岡の後継者
佐藤	ガンクレージー。延井が操るヒットマン
西岡	8年前に銃殺された元高河連合若頭筆頭補佐
森本啓一郎	旧姓・相馬。元尾引会構成員。遊技事業者組合理事
川端和広	元尾引会準構成員。高河連合武蔵一家砧組構成員
猪野功一	森本の従弟。六本木でキャバクラを経営
井筒慶吾	元尾引会組長。引退後、大久保で韓国スナックを経営
片瀬庸一	暴力団羽田組江口一家との関係が噂される会社経営者
高部斉	居酒屋、キャバクラ経営から不動産業へ転身した会社経営者
江口崇	高河連合江栄会組長
奥戸誠	奥戸インターナショナル社長
吉見大作	奥戸インターナショナル事業本部長
岡	「Kプロジェクト」を追うフリーライター

ブックデザイン　多田和博
写真　Fotosearch+PIXTA

1

夕方からの雨は最悪だ。それもあたたかい梅雨どきならともかく、きのう木枯らし一号が吹いたとニュースでいっていた、この時分の雨は、商売と体の両方にこたえる。

とりあえず着物の下に毛糸のモモヒキをはき、使い捨てのカイロを貼りつけてきた。下駄(げた)にも貼ってあるが、足袋(たび)をはいた爪先は寒さでとうに感覚がなかった。

目の前の新宿区役所通りは、少し前まで出勤するキャバ嬢や、若いサラリーマンでにぎやかだった。だが十時を過ぎてからはさっぱりだ。客引きも所在なげにビルの軒下に立っている。

この道に立つ客引きは、靖国通りに近い入口から、アフリカ人、中国人、日本人と、微妙に縄張りを分けている。それぞれがいったいどんな店に客をひっぱりこもうとしているかは知らないが、初めて黒人の客引きを見たときユリ江は仰天したものだ。

なぜこんなところにアフリカ人が、それも何人もいるのだろう。しかもそいつらはどうやら働いているようなのだ。カタコトの日本語で、道いく男たちに声をかけている。

白人ならいろんな国の人間がいるのはわかるが、ユリ江にとって黒人といえばアメリカ人だった。若い頃、六本木のディスコに連れていかれ、そこには黒人がいっぱいいた。横須賀にアメリカ軍の空母が寄港したからだ、と当時つきあっていた男が教えてくれた。

なつかしい。あの頃は二十代だった。高校を中退して喫茶店のウェイトレスをやり、それからホステスになった。だが酒が飲めず、さんざん苦しい思いをして、割烹(かっぽう)の仲居に転職した。バブルの頃で、どこもかしこも景気がよかった。板前のひとりと一緒になり、借金をして小さな居酒屋をもった。二、三年はうまくいっていた。だがバブルが崩壊し、あっという間に店は駄目になり、亭主は山形の田舎に帰るといいだした。

　そんな田舎暮らしはまっぴらだ。ユリ江は東京生まれの東京育ちなのだ。亭主と別れ、スナックに勤めた。そこのママが占い好きで、飲めないユリ江でも、店の運気を上げる星をもっている、と雇ってくれたのだ。ママの占いは、手相と名前の字画で、よく当たると評判だった。占ってもらいたいと、地方からくる客もいたほどだ。

　そのママが六十三であっけなく死んでしまい、ユリ江は途方にくれた。

　ママがいなければ店はたちいかない。ママの男だった七十近いバーテンと自分の二人では、とうていやっていけないからだ。店は、今ユリ江が机をだしている区役所通りのすぐ裏、オレンヂタウンにあった。五坪もない、小さな店がまるで長屋のようにぎっしりとたち並ぶ一角だ。おかげでオレンヂタウンには詳しくなった。

　白布を張った机には、「運命鑑定　あなたの道を教えます」と「お店のわからない方、おたずねください。オレンヂタウンの道案内いたします」と書いた二本ののぼりが立っている。

　初めは、ここではなく、歌舞伎町のもっと奥、ホテル街の近くで机をだしていた。地回りや警官にはさんざん威（おど）されたが、退（ひ）かなかった。たまたま割烹時代の客に、当時の新宿のいい顔がいて、その人の名をだせば、たいていの地回りはひっこんだ。

　だが健康プラザのハイジアが建ったのと、東京都による浄化作戦のおかげで人の流れがかわってしまい、より客を求めて、区役所通りに移ってきたのだった。

「占っていきませんか」

　前を通りかかった、明らかに不倫とわかる、年齢差のあるカップルに声をかけた。不倫カップルの女は、客になりやすい。いい結婚相手が見つかるなら、どこかで今の関係を清算したいと願っているからだ。

数年前の世界同時株安のときは、急に四十代、五十代のサラリーマンの客が増えた。

俺、どうなっちゃうんだ？ 会社、潰れるかい？ いい年をした男が、真顔でそんなことを訊いてきたものだ。

会社の経営のことまではわかりませんが、あなたの運気を観るともうひと花咲かせられる相がありますす。

相があるからといって必ず成功できると保証しているわけではない。そこは〝逃げ道〟だ。客は「絶対」という言葉を欲しがるが、ユリ江は口にしない。うまくいかなかったとき、責任をとれとねじこんでくる人間がいるからだ。

占い師のあいだでは、自殺しようかと迷っていた客に、「きっとやり直せます」とある占い師が教えたら、数年後大成功して、百万円をもらったという噂がある。都市伝説のようなものだ。そんなうまい話があるわけがない。だいたい人は金持ちであればあるほど、ケチなのだから。

今は占いに金を使う客すら減った。もともとが辻占というのは、遊びなのだ。

酔っぱらって悪戯心を起こし、「ちょっと俺のこと占ってよ」と、手をつきだしてくる。

当たるも八卦、当たらぬも八卦、とはよくいったものだ。

手相と姓名で観えたことのうち、いい話をしてやり、男の場合なら必ず健康問題で釘をさす。

お酒を少し控えたほうが、ものごとがうまくいくと思いますよ、とか、睡眠不足が気になりますね、いざというとき体が動かなかったら大事な転機を逃します、といって締めるのだ。

女の場合難しいのは、自分の話だけではおさまらないところだ。恋愛や結婚はもちろんだが、職場の人間関係について相談してこられると、手間がかかる。その相手の年齢や名前を聞き、たいていは、「あなたにも心を閉ざしているところがあるから」といってかたづける。

男とちがい、女は、最初のアドバイスがツボにはまると、常連になることがあるので、うまくやらなければならない。

人は皆、自分を知りたい。未来の自分はもちろんだが、今の自分が「本当は何をやりたい」のかすらわからない人間も多い。

占いが遊びだと思うのは、そういう、自分がわからずに不満をためている人たちのガス抜きの役割を果たしているからだ。カラオケを歌って騒いだり、バッティングセンターでバットをふり回して（この通りの先にあるバッティングセンターでは、夜中の二時三時に真剣に球を打っている客が絶えない）、日頃の憂さを晴らすのと、占いは実は同じなのだ。

顔を寄せあい、ひそひそとインティメイトに人生について語りあう。これまで一度も会ったことのない人間どうしが、数千円でそんな時間を共有できる場は、他にない。

インティメイトが「親密」という意味だと教えてくれたのは、サチコだった。サチコとはいってもタイ人で、本名はチャライラットとか何とかいう名で覚えられなかった。歌舞伎町のクラブで働いていて、ホテル街の近くでユリ江が机をだしているときに知りあったのだ。日本語がうまくて、気立てのいい娘だった。日本人の男とのあいだに娘がいる、といっていた。その男といっしょになれるかどうかを占ってほしいといってきたのが、きっかけだ。

正直、相はよくなかった。当時は今よりはっきりいうことが多かったユリ江は、「難しいかもしれない」とサチコにいった。

サチコはひどく悲しそうな顔をした。

「あんたの香水、いい匂いだね」とユリ江が話をそらすと、「インティメイト」という名だと、教えてくれた。意味は「親密」。

サチコはよくタコ焼きや焼きイモをもってきてくれた。店が終わり、アフターに行く客がいないとき、始発電車がでるまでの時間潰しに、占ってもらいたがった。

何回かつづいて、ユリ江は金をとるのをやめた。辻占というのは、人が立っていたほうが、客を呼ぶからだ。行列ができていればなおいい。「よく当たる占い師だ」と勝手に思ってもらえる。サチコと話しこんでいると、自分も占ってほしそうなホステスが立ち止まることがあった。サチコはにっこり笑って、「どうぞ」と位置を譲る。そして「よく当たるヨ、このお姉サン」といってくれるのだった。

サチコは二年間、ユリ江の客だった。そしてある日現れ、タイに帰る、といった。十二歳くらいの娘を連れていた。黒目の大きなかわいい子だった。

「お姉サン、タイに遊びにきて」

住所と名前をローマ字とタイ語で書いた紙をもらった。それは今も財布に入っている。ときおり、サチコを訪ねてタイにいこうかと考えることがあった。今よりは客がいたし、小金も貯められた時代の話だ。

だがもう、できない。この頃は、ひと晩客なしが週に何度もある。外国遊行なんて、夢みたいな話だ。それに今では、新宿が外国のようなものだ。

ユリ江は机に固定した傘の下でため息を吐いた。あれからもう八年だ。サチコは日本語も、ユリ江のことも、忘れてしまったろう。

目の前に若い娘が立った。パーカーのフードをかぶり、両手を前のポケットにつっこんでいる。およそ金をもっていなさそうだ。

「いらっしゃい。占っていきます？」

それでもユリ江は訊ねた。娘は無言だった。ただユリ江を見つめている。

「どうしたの」

「お姉さん、ユリ江？」

娘はいった。浅黒いがきれいな顔立ちをしている。

「そうだけど？」

娘がにっこりと笑った。

「わたし、サチコの子供です」

2

吉崎はカウンターのストゥールから床に転げ落ちたような格好で死んでいた。長年射ちつづけた覚せい剤とはとうとう縁が切れなかったようだ。死後半日かそこいらしかたっていないのに、まるで骸骨のように見える。

「シャブ中だな」

四谷署の立木がいった。

「ああ。組もそれで破門になってる。もう六年前だ。尾引会だ」

佐江は答えた。

「尾引会って潰れたのじゃなかったっけ」

立木は手袋をはめた手で、吉崎の上着を探りながら訊ねた。

「一昨年な。シノギがやってけないって、組長が解散届けをだした」

佐江は鑑識の撮影の邪魔にならない位置でカウンターに寄りかかっていた。狭い店だから、五人も入ると、残りは開けはなった扉の外に立つ羽目になる。張り番をする制服警官の向こうには野次馬が集まっていた。

「外傷はねえな。血もでてない」

立木は独り言のようにいった。佐江は無言だった。今いる店は、オレンヂタウンの花見小路の中ほどにあった。

オレンヂタウンは、昭和二十年代に、旧都電線路沿いに発展した飲み屋街だった。最初は立ち退きを命じられた闇市の移転先で、その後封鎖された赤線から娼家が何軒も移ってきた。造りが二階建てなのはその名残りで、一階で酒場や割烹の体を装い、二階で女が客をとっていたからだ。

それも昭和四十年頃になると、ほとんど酒場か居酒屋になった。昭和四十年代から五十年代にかけては、学生や演劇、映画関係者が飲みに集まる街として、存在が知られるようになった。左翼活動家のアジトとなった店もある。

歌舞伎町の東端、東西五十メートル、南北二十メートルほどの一画に、全盛期は二百軒以上の飲食店が並んでいた。長屋のようにつながった造りが多く、空から見ると大きな一軒の建物のように見える。錆びたトタン屋根がオレンジ色をしているところから、「オレンヂタウン」と呼ばれるようになった。

オレンヂタウンは四つの区画に分かれていて、それぞれ「柳小路」「花見小路」「さくら小路」「よみせ小路」と名づけられている。

昭和の終わり、バブル経済只中のとき、このオレンヂタウンを地上げしようという動きがあった。戦後闇市の流れを汲む、この街の権利関係は異常に複雑で、店舗のまた貸しはあたり前、狭い土地に何人もの地主がいて、その上、何重もの抵当に入っているという状況で、地上げは困難を極めた。

それでも新宿歌舞伎町という立地を考えれば、地上げを成功させた者は大きな実りを得られたろう。だがバブルが崩壊し、地上げは頓挫した。立ち退きに応じた店は再開されることなく、ベニヤ板で扉が釘打ちされ、まとまった一画は駐車場などになっている。今では営業している飲食店は百五十軒ていどといわれている。

住居表示でいえば歌舞伎町だが、このオレンヂタウンは新宿警察署の管轄ではない。

旧都電線路跡、現在は「四季の路」と名づけられた区立の遊歩道公園を境に、東側は四谷警察署の管内なのだ。

佐江がいるのは、立木に携帯電話で呼ばれたからだった。オレンヂタウンの酒場でマルBらしき男の変死体が見つかり、暇なら顔をだしてくれ、と頼まれたのだ。

　佐江は、新宿署組織暴力対策課、通称「組対」のベテラン刑事だ。四十を過ぎていて、腹はでっぷりとでている。シャツの前やネクタイには食べこぼしの染みがあり、煙草（たばこ）を吸えない場所ではたいてい楊枝（ようじ）をくわえていた。

　新宿署からそろそろ異動になっておかしくないのだが、いっこうにそうなる気配はなかった。理由は、反抗的な態度で嫌われているからだとも、新宿のマルBをそれこそひとり残らず知っているので、頼りになりすぎて動かせないからだとも、いわれている。

　佐江にとってはどうでもいいことだった。トバされたらトバされたでかまわない。そろそろ足腰にガタもきているから、内勤を命ぜられたら、うんと楽をしてやろうくらいにも思っている。

　警視庁に勤務する四万人以上の警察官の中では、下から数えたほうが早いクズだというのは自覚している。誰に対しても横柄で、口のきき方を知らず、暴力をふるったり発砲することにも、ためらいを感じない。

　だが取引をすることはあっても、買収には応じない。上と仲よくするくらいなら、いつも小突き回しているチンピラとつるんでいるほうがよほど楽だ。もちろんそうしたがるチンピラなど、新宿にはひとりもいないのだが。

　要するに、誰からも好かれない刑事なのだ。好かれないからこそ、遠慮会釈なく仕事ができるのであって、人気とりに励みたいなら、芸人か政治家にでもなればいい、と考えている。

「破門されてからのシノギは何だった？　売人か」

　立木が立ちあがった。どうでもいい、という口調だった。吉崎の死因が殺しだろうが病死だろうが、いなくなったことでほっとする人間はいても、悲しむ人間などひとりもいない、と決めつけているようだ。

「それもちょろちょろやってたが、メインはここだ」

佐江は答えた。

「ここ？　このうすぎたない店か」

立木は驚いたように店内を見回した。カウンターにストゥールが五つ並んだだけで、ほこりだらけの酒棚に、安い焼酎とウィスキーのボトルが並んでいる。

「すわって千円。ボトルは五千円」

佐江は答えた。

「酒場のオヤジをやっていたのか」

「たまにとびこみがくると、ぼったくったって話もある。せいぜい二万か三万だが」

「なんで組を破門になったチンピラが店をやれたんだ」

「こいつのお袋がここをもっていたんだ。元は青線の女で、働いていた店を買って酒場にした。組を破門になった頃に、脳卒中で死んで、こいつがここに転がりこんできた」

「詳しいな。さすがだよ」

あきれた口調で立木はいった。佐江は無言だった。ときどき飲みにきていたのだ。吉崎の母親の作るおでんが嫌いではなかった。

「現役時代、もめた奴はいたのかい」

立木は吉崎の上着からとりだした財布を、カウンターの上で開いた。一枚の万札と千円札が二枚。あとは風俗店の会員証らしきカードが何枚かだ。

「恨みを買えるほどの根性はなかった。気弱で、何かあるとすぐシャブに逃げてた。一度てんぱって事務所で包丁ふり回し、それで破門になった」

立木は首をふった。

「終わってんな、それは。誰かしら巻き添えにしないでくたばって、むしろよかった」

「立木さん」

カウンターの内側を調べていた若い刑事が声をかけた。注射器をつまんでいる。

「どこにあった」

「流しの下のゴミ箱の裏です。テープで貼りつけた跡がありました」

「パケは？」

若い刑事がゴミ箱を傾けた。ビニールの小袋の切れ端が入っている。

「それを調べろ。混ぜもんに反応したのかもしれん」

立木はいって、同意を求めるように佐江を見た。

覚せい剤の水増しに多く使われるのはグルタミン酸だが、悪質な卸し元だと他の化学薬品を使うこともある。吉崎ほどのベテラン中毒者が、粗悪品をつかまされたとは思えないが、取り締まりの影響で品薄になり、我慢できずに手をだしたという可能性もあった。それに体がアレルギー反応を起こせば、死ぬ場合もある。

「解剖してみるんだな」

佐江はいった。立木は舌打ちし、死体を見おろした。

「シャブ中のクズを解剖するのに、税金使うのか」

佐江は答えず、寄りかかっていたカウンターから体を起こした。

「じゃ」

「手間かけました。恩に着ます」

立木は口調を改め、頭を下げた。佐江は手をふって、店の扉をくぐった。野次馬の数は二十人近くいた。

その輪を抜けて区役所通りに向け歩きだすと、男がひとりついてきた。まだ昼過ぎで、オレンヂタウンの店はどこも開いていない。

吉崎の死体を見つけ通報したのは、週に一回配達をしている酒屋だった。

オレンヂタウンを抜けて区役所通りにぶつかると、佐江は足を止めた。向かいに新宿区役所の建物がある。日本広しといえども、盛り場のどまん中に区役所が建っているのは新宿くらいのものだろう。

区役所と警察署の位置をとりかえりゃいいのに、とよくいわれる。西新宿にある新宿署が歌舞伎町に移転したほうが、よほど業務に便利だろうというのだ。

だが夜の区役所通りは違法駐車と客待ちのタクシーで渋滞している。緊急出動するパトカーが身動きできなくなるだろう。

それに新宿署がＪＲの線路をはさんだ反対側にあるからこそ、歌舞伎町は盛り場として発展したのだ。警察のお膝元を喜ぶ、飲食店業者や酔っぱらいはいない。

佐江はくるりとふりかえった。

「何だ」

ついてきた男を見つめた。よれよれの茶のスーツにハイネックのセーターを着て、ショルダーバッグをかけている。メタルフレームの眼鏡のレンズがひどく曇っていて、その奥の目をきょろきょろと動かしていた。五十になったかならないかというところだろう。

男は唇をなめ、佐江を見返した。

「何か、用ですか」

佐江は口調を改めた。カタギだが、ふつうのサラリーマンには見えない。

「あ、あんた、刑事だろう」

「そういうおたくさんは？」

「俺のこと、俺のことはどうでもいい。いい、いい情報があんだ」

同じ言葉を早口で二度くり返すのは、緊張している証拠だろう。

「さっきの店のことなら、管轄がちがうんですよ。戻って、別の刑事さんに話してください」

「あ、あんた、新宿署じゃないのかい」

「新宿署です。さっきのあそこは四谷署の管轄です」

男は唇をねじ曲げるように、

「新宿だよ」

と、つぶやいた。

「何が新宿なんです？」

「新宿で、いっぱい、人が死ぬぜ」

佐江は息を吸いこんだ。男は佐江が真にうけたからか、得意げな顔になった。

「これから、すげえことが起きるぞ」

佐江は首をふった。

「新宿じゃ、毎日、誰かしら死んでる。それがすごいことですか」

男は目をみひらいた。

「俺、俺が、つきとめたんだ。でかい金が動くんだ。それでもって、人がどんどん死ぬ」

「そのことと、さっきの店の件と、何か関係があるのですか」

「か、考えろよ。刑事だろ」

佐江は煙草をくわえ、火をつけた。この一年、携帯灰皿をもち歩くようになった。

「金が欲しいのか」

男を見つめた。男は首をふった。

「俺が記事にするんだ」

「記者か、あんた」

「そうだよ」

「どこの雑誌だ？　俺は佐江。あんたの名前は？」

「フリーだよ。名前は、岡ってんだ」

「岡さんか。その記事が載ったら教えてくれ。読みたいから」

「信じないんだな。信じないんだろう」

怒ったように岡はいった。

「いいかい、岡さん。この街じゃね、毎日どこかしらで、でかい金儲けの話がとびかってる。合法、非合法を問わず、でかい金が動くとなれば、必ずもめごとも起きる。だから、あんたの話を信じないとはいわない。問題は、俺が何か役に立てるかどうかだ。あんたは俺が役に立つと思うから、話してくれたんだろう」

岡の相手をしているのは、佐江の勘だった。吉崎が殺されたにしろ、事故死だったにしろ、佐江にとってはたいした問題ではない。が、どんどん人が死ぬといわれたら、知らん顔はできない。

「あんた、俺の保険になるか」

岡は人さし指を佐江に向けた。

「ほけ、保険になるんなら、話してやる」

「それは何か、あんたがヤバい連中のところにいって、俺の名前をだすってことかい」

岡は何度も頷いた。

「危ねえんだ。今、調べてるのは。だからいつ消されるかもしれない。あんたの名前だしたら、俺は大丈夫か」

佐江は苦笑した。

「相手によるだろうな。俺の名前をいったとたん、袋叩きにされるかもしれん」

岡は瞬きした。

「な、なんで」

「恨みを買っているからさ」

岡は理解できないというように佐江を見つめた。

「とにかくもうちょっとヒントをくれよ。何が理由で、人がどんどん死ぬんだ？」

岡は首をふった。

「今はいえないね。新宿署の佐江さんだな。何かあったら電話する。それでいいな」

「ああ、いいよ」

つい癖で、煙草を地面に落とし踏みにじってから、佐江は舌打ちをした。拾いあげ、携帯灰皿にしまう。

顔を上げると、岡の姿はなかった。いつのまにか消えている。そんなにすばやい身のこなしをしているようには見えなかったが、うしろ姿すら、佐江の視界に入らなかった。

「何だよ」

佐江はつぶやいた。岡が知りたかったのは、佐江の名前だけだったようだ。佐江は首をふり、新しい煙草に火をつけた。

3

ふだんはキャバクラとして使われている店だがテーブルはすべて撤去されていた。椅子だけが、店の片側にぎっしりと並べられている。しかも照明は煌々(こうこう)と点(とも)され、とうのたったキャバ嬢なら、「勘弁してよ」とスタッフにかみつきたくなるくらい明るい。

日曜日で店は休みなのだが、椅子には男女あわせて七十人くらいが腰かけている。

並んだ椅子と、残り半分の店のスペースのあいだに、細長いテーブルがおかれ、シャンペンや赤ワイン、ウィスキー、焼酎のボトルに氷とグラス、水差しが用意されていた。

細長いテーブルの向こうに、ロープで低いポールをつなぎ、マットをしきつめた簡易式のリングがあった。そこに上半身裸の四人の男たちが並んでいる。

ひとりはモヒカン刈りで眉を剃(そ)り落とし、ひとりは全身にタトゥをびっしりと入れ、ひとりは長髪で甘い顔立ちをしていて、ひとりは坊主頭で生気のない目を下に向けていた。

大音量でかかっていた有線放送のロックのボリュームが絞られた。

椅子の最前列にかけていたスポーツウェアの大男が立ちあがった。髪を剃り、顎ヒゲをのばしている。白いTシャツの前で大きな十字架が揺れていた。

「お待たせしました。SUF(エスユーエフ)、今期第三戦を開催いたします。出場選手は、SUFライト級昨年度チャンピオン、サイドワインダーニシキ」

モヒカン刈りが薄いグローブをはめた拳をつきあげ、わずかな拍手が湧いた。

「横浜のケンカ王、ゴンザレス・ハマ」

タトゥの男が挑戦的な視線を客に向ける。とたんに、

「目つきが悪いんだよ、こら」

野次が飛び、どっと客が沸いた。

タトゥの男がリングの外に向かって踏みだしかけた。それを大男は片手で止めた。

「三人目は、ご存知、新宿ホストの実力派、煌志(こうし)」

きゃーっという悲鳴に似た歓声が複数あがった。若い女性客たちだ。長髪の男は軽く手をふり、ウインクをした。首を左右に傾ける。

「四人目、これがSUFデビュー戦となる、元JWJ(ジェーダブリュジェー)所属、鬼頭(きとう)トモヒサ」

生気のない目をした男が、おざなりに両手を掲げた。

「何だよ、三流レスラーかよ」

「八百長ばっかしてたのが、アンダーで勝てると思うなよ」

「病院送ってやれ、病院に」

「殺したっていいぞぉ」

激しい野次が浴びせられた。客の大半は酒の入ったグラスを手にしている。観戦料はひとり二万円で、酒は飲み放題、それとは別に勝者に金を張ることもできる。的中は倍返しだ。

「ルールはSUF公式にのっとり、目と金的への攻撃は禁止。制限時間なし。ギブアップか、レフェリーによる続行不能のジャッジまで試合をつづけます。万一、死者がでても、SUFは一切関知いたしません。よろしいですね」

大男は四人をふりかえった。四人は無言で頷いた。

「それでは第一試合、ゴンザレス・ハマ対鬼頭トモヒサを開始します」

全身タトゥの男と生気のない元プロレスラーがリングで向かいあった。ゴングが鳴る。

「こいよ、でぶ」

タトゥの男が元プロレスラーを挑発した。元プロレスラーは無言でつっ立っている。

「こねえならこっちからいくぞ、こら」

タトゥの男が回し蹴りを放った。ズン、という音とともに蹴りは元プロレスラーの右肩あたりにあたった。元プロレスラーの体がわずかに揺れた。

「おらあ」

タトゥの男はたてつづけに蹴りを放った。肉に肉がぶつかる、ズン、ズン、という音がつづいた。タトゥの男の体がうっすらと汗ばみ、見る見る元プロレスラーの肉体が赤く腫れ始めた。

何度めかその蹴りをうけたとき、元プロレスラーの膝が折れた。マットにひざまずく。

「どうした、どうした、ほら」

「やる気あんのか、おい」

「ぶっ殺しちまえ」

野次が浴びせられた。タトゥの男が元プロレスラーの首に向かって蹴りを放った。それを元プロレスラーの腕がとらえた。バランスを崩したタトゥの男の体をマットの上にひきずり倒す。元プロレスラーの腕がタトゥの男の足首を固めた。体重をかけ、関節を決める。

タトゥの男が悲鳴をあげた。

「はなせ、この野郎！」

ぱっと元プロレスラーは手をはなした。驚いて目を丸くしたタトゥの男の首をつかみ、顔面に頭突きを浴びせた。

噴水のように鼻血が飛んだ。店内が静まりかえった。元プロレスラーは立ちあがると、タトゥの男の体を抱えあげ、背中からマットに叩(たた)きつけた。

タトゥの男は呻(うめ)いて、体をくの字に折った。その上に膝から元プロレスラーはとび乗った。

タトゥの男が腹をつかみ、転げ回った。レフェリーが駆けより、

「ギブアップ!?」

と訊ねた。タトゥの男は首をふり、まっ赤な目で元プロレスラーをにらみつけた。

「お前、本気で殺す」

手の甲で鼻血をぬぐい、元プロレスラーに突進した。元プロレスラーはそれをかわすとタトゥの男の首に腕を巻きつけた。足首をタトゥの男の足にひっ

かけ、絞めあげる。

　タトゥの男の顔がまっ赤になった。必死に足を外そうとし、元プロレスラーの腕を殴りつける。だがびくともしなかった。

「オーケー！　オーケー、オーケー！」

　タトゥの男の足が痙攣し始めるのを見たレフェリーが割って入った。元プロレスラーの肩を叩き、腕を外そうとする。元プロレスラーは、ぼんやりとした目でレフェリーを見やった。

「ストップ、ストップ！」

　元プロレスラーはようやく腕をほどいた。タトゥの男はマットの上に崩れた。白眼をむき、舌がとびだしている。

　セコンド役の男たちがタトゥの男の体に駆けよった。頬を張り、それでも足りないと見ると、胸を押す人工呼吸を始める。

「ウィナー、鬼頭トモヒサァ」

　レフェリーが元プロレスラーの腕を掲げた。

　まばらな拍手が湧いた。

「ヤバーい、煌クン殺されちゃうよ」

「反則だろう、やっぱプロは……」

　激しく咳きこみながら、タトゥの男が意識をとり戻した。同時にマットの外に激しく嘔吐した。

「どうした、ハマのケンカ王」

「ザマないな、おい」

　容赦のない野次が浴びせられる。

　タトゥの男が連れだされ、元プロレスラーも店の裏手にさがると、スポーツウェアの大男が立った。

「アンダーでも、意外とプロはいけるってことが証明されましたね。ゴンザレス君に賭けたお客さんは残念でした」

　小さな笑いがあがった。

「では第二試合、サイドワインダーニシキ対煌志」

　モヒカン刈りと長髪がリングで向かいあった。長髪もさすがに今度は歓声に応える余裕がないのか、モヒカン刈りとにらみあっている。

「もちろんＳＵＦは八百長なしのガチンコですから、煌志君が当分お客さんの前にでられなくなっても、休業補償はいたしません」

　どっと場内が沸いた。

「だいじょーぶ！　私が食べさせてあげるから」

　女の声があがり、また沸いた。

「そりゃあ心強い。そういうことなら、お互い遠慮なく戦えるというものだね」

　ゴングが鳴り、スポーツウェアの男は椅子に腰をおろした。隣にはネクタイなしでスーツを着た男がいた。

　第二試合の開始と同時に、場内は悲鳴と歓声の渦となった。

「顔はやめてぇ」

「ぶっ殺せ、ぶっ殺せ、ぶっ殺せ」

「煌志クーン！」

　スポーツウェアの男とスーツの男は顔を寄せあい、話しこんでいた。やがてスーツの男が上着から携帯電話をとりだし、耳にあてた。が、顔をしかめ、立ちあがった。場内の声が大きすぎて聞こえないのだ。客席から離れ、店の隅に移動する男を、二人の男が追った。

　ボディガードだった。スーツの男は店の隅でも話ができず、ボディガードをふりかえると、出入口の扉を示した。

　出入口の扉をスーツの男とボディガード二人はでた。扉の外には別の男が立っていた。

「ご苦労さまです」

　スーツの男に頭を下げる。それに片手をあげ、スマートフォンを耳にあてたまま、スーツの男は廊下を歩いた。

　飲食店ばかりの雑居ビルだが、日曜ということもあって、廊下は静かだった。

「ああ、聞こえる」

　スーツの男はいって、廊下の端、エレベーターホールまで歩いていった。ボディガード二人は、見張りの男とともに出入口の前に残った。

「だからその件は話が通ってんだ。今さらガタガタいわれる筋合いはねえよ」

チン、と音がして、スーツの男は背後をふりかえった。エレベーターがその階で止まったのだった。

不意に激しい銃声が廊下にひびき渡った。スーツの男は突風にあおられたように反対側の壁に体を叩きつけ、ずるずると崩れ落ちた。

「社長！」

ボディガードのひとりが叫び声をあげ、走った。エレベーターの扉が閉まった。

走りよったボディガードの足もとに血だまりが広がった。エレベーターは下降していた。一階で止まる。

「社長ぉっ」

スーツの男は目をみひらいたまま、微動だにしなかった。白いシャツの胸がまっ赤に染まっていった。

4

野次馬の数は、オレンヂタウンの比ではなかった。日曜日とはいえ、夜の歌舞伎町には多くの人間が集まる。雑居ビルの出入口を封鎖したテープとパトカーの周辺には二百人近くが集まっていた。

制服警官に手をあげ、佐江はテープをくぐった。ビルに入って正面のエレベーターホールに鑑識の係員がいて、停止させたエレベーターの箱の中を調べていた。それを見て、佐江は立っている巡査に、

「何階だ、現場は」

と訊ねた。

「七階です」

巡査は頷いた。

「エレベーター使えないのか」

「冗談じゃねえぞ。七階まで階段であがれってか」

「そうするしかありません」

腰に手をあて、佐江は首をふった。

「非常階段は、左の奥です」

巡査がいい添えた。

「お前、かわりにいってくれ」

「え？」

「冗談だよ、くそ」

五階の踊り場で一度休んだが、七階にあがったときは息があがっていた。非常階段と廊下を隔てる扉は開け放たれていて、佐江は扉に寄りかかって息を整えた。

「きついだろ」

扉のかたわらに新宿署刑事課長の前田がいた。死体のあるらしいエレベーターホール周辺には鑑識や腕章を巻いた刑事が群がっている。

「なんで俺を呼んだんですか」

佐江は前田に訊ねた。

「呼んだのは俺じゃない。捜一のご指名だ」

「機捜とばして、捜一ですか」

事件性の高い事案の初動捜査は、通常、機動捜査隊が担当する。機捜の初動捜査で容疑者が判明しなかったり、事案に重大性が見られる場合は、警視庁の捜査一課にひきつがれる。

「マル害について、お前の知識が欲しいそうだ。もう大丈夫か」

佐江が頷くと、前田は大声をだした。

「管理官、きました」

佐江は両膝に手をあて、体をのばした。上着からだした手袋をはめ、人だかりに歩みよった。新宿署と捜査一課あわせて、二十人以上の刑事が、佐江に道を空けた。

廊下の壁に背中を半分預けて倒れている死体が目に入った。二メートル四方に血だまりが広がり、固まりかけている。

「おっと」

それを踏みそうになり、佐江は足を止めた。

マスクをはめヘアカバーをかぶった作業着の鑑識

係が、ビニール製のシューズカバーをさしだした。

「踏んでもいいですが、靴がよごれるのが嫌なら使って下さい」

佐江は無言でシューズカバーをはめた。誰も何もいわない。血だまりを踏んで、死体のかたわらまで歩みよった。

「佐江さんか」

しゃがんでいるスーツの男が、マスクの下から訊ねた。

「そうです」

「管理官の白戸(しらと)だ。ご苦労さん」

管理官は警視で、現場の指揮をとる。

「いえ」

「知ってる顔か」

「マルBじゃないですね。管内のマルBなら知っていますから」

死体は四十をでたかでないかというあたりで、目を大きくみひらいている。第二ボタンまで外したシャツの胸もとから、肩に入れたタトゥがのぞいていた。それを見て、佐江はおう、と声をだした。

「髪をさっぱりしていやがったから気がつかなかった。高部(たかべ)ですね」

白戸は頷いた。

「所持していた免許証も、高部斉(ひとし)という名だった。フロントか？」

「どこかの組のフロントとはちがいます」

佐江はいって、シャツの前を指先で広げた。

弾丸の射入孔が、血まみれの胸の中心とやや左にふたつ並んでいた。

「ほぼ即死でしょう。ほしは、ここで電話をしていたマル害をエレベーターの中から撃ち、そのまま降りたようです」

白戸のかたわらに立った男がいった。プレスのきいた黒いスーツを着て、ネクタイを締めている。手袋ははめているが、マスクはしておらず、短めの髪をきちんと七・三に分けていた。細身でやけに色が白い。年齢は佐江と同じか、少し上くらいだろう。

「一課の谷神（たにがみ）です」

佐江が目を向けると、七・三の男はいった。

「新宿署組対の佐江です」

佐江はいって白戸に向きなおった。

「高部は、三年くらい前に新宿に現れ、居酒屋とキャバクラであてて、不動産にも最近は手をだしていました」

白戸は首を傾（かし）げた。

「元手は？　組関係じゃないのか」

「組関係から流れていたとすれば、不動産を扱うようになってからでしょう。最初に始めたときの元手は、詐欺か闇金で貯めたのじゃないかとにらんでました」

佐江は答えて、高部の死体を見おろした。目をみひらき、撃たれた驚きがそのまま凝固した表情だった。

振りこめ詐欺は、使用する電話や年寄りのリスト、偽名の銀行口座、「だし子」と呼ばれる現金の引きだし係に至るまで、手法がセットで売買の対象にされている。

半年から一年、そのセットを使って荒稼ぎしたグループが、次にやりたいグループに売り渡すのだ。誰かがつかまれば、セットは商品価値を失うが、つかまらなければ、また別のグループに売り渡される。振りこめ詐欺が始まったのは、もう十年以上も前なので、その頃荒稼ぎをした連中は、とうにセットを売り渡し、儲（もう）けた金で、多くは飲食店か金貸しに商売がえをしている。

高部がそういうひとりではないかと、佐江はにらんでいた。初期の振りこめ詐欺グループには、機材と人員の調達で暴力団と組んだ者がいたが、一切暴力団とかかわらなかった者もいる。

それはかなり賢く、人脈をもった連中で、暴走族やチーマーと一時呼ばれた愚連隊のOBなどで構成されていた。

かつては、暴走族や愚連隊は地元の先輩後輩などの人間関係から暴力団に吸収されていくのが相場だった。

が、通称・組織犯罪処罰法や暴力団排除条例などで傾向がかわった。組に属することがもはや利益をもたらさず、逮捕されても罪は重いし仮釈放も得られないなど、マイナスが多いことに、ガキのワルどもは気づいたのだ。

組に所属していると、商売も始められず、部屋を借りることすらできない。

こうした封じこめは、すでに存在している暴力団には確かに効果があった。シノギと呼ばれる収入手段を断てるからだ。だが、犯罪で手っとり早く金を稼ごうと考えているのは暴力団だけではなく、そういう連中は暴力団に入らずに犯罪集団を形成したり、暴力団の役に立ってやることで収入を確保するようになった。

以前はカタギが暴力団と組めば、利用され骨までしゃぶられるのが常だった。今はちがう。カタギであることは暴力団に対する優位となり、トラブルが起きたら警察に駆けこんで相手を牽制する。骨までしゃぶられるのが暴力団の側だったりする。それでもカタギと組まなければ、暴力団のシノギの多くが成立しない時代なのだ。

暴力団員がカタギに怪我をさせたり殺したりすると、その逆より罪ははるかに重い。それをわかっているから、暴力団員も殺しをためらう。つまり、暴力団が弱体化したともいえる。一方でプロの犯罪者とアマチュアの境界があいまいになり、やくざよりタチの悪い、ルールを知らず守ろうとも考えない、セミプロ集団が生まれている。やくざではないから、傷害や殺人にさほどの理由を必要とせず、犯行後も組織に属していないがゆえに居場所や逃亡先の特定が困難となる。

やくざは組を離れたら生活がなりたたない。だから服役を覚悟で出頭してくる。一方そういう連中は、海外へ逃げ、そこで暮らすのもいとわないし、別人や外国人になりすまして帰国する場合もある。組という組織に縛られていないぶん、自由だし、誰かへの義理もない。

そうした犯罪者を増加させたのが、組織犯罪処罰法と暴力団排除条例だと、佐江は思っていた。時代は明らかにかわったのだ。

だからといって、暴力団が消えてなくなるわけではない。

セミプロ集団は長期にわたって犯罪をつづけない。犯罪は、短期間で金を稼ぐための手段であって、生涯犯罪で暮らそうとは考えていないからだ。それゆえ、組織も大きくはならないし、莫大（ばくだい）な金を犯罪で得ることもない。

一方、司法の圧力にも耐えて生き残っている暴力団は強固な組織をもち、巨額の現金を動かしている。その金は、国内だけでなく海外にも投資、運用され、さらにふくれあがって戻る仕組みだ。そのための投資顧問すら、暴力団は抱えている。投資会社やメガバンクにいたような、プロのファイナンシャルプランナーだ。企業よりも早く巨額の資金を動かせることと、成功報酬の大きさに魅力を感じて、暴力団と組んでいる。たとえ損失をだしても、威されたり傷つけられたりする心配はない。資金運用の実態を握っている人間を、警察に駆けこませるような愚は、暴力団の側もおかさないからだ。

だが投資家から金を集めるようには、暴力団は資金を集められない、典型的なピラミッド構造である暴力団は、下から上へと金を吸い上げるシステムだ。

要は、クスリの密売やみかじめ、売春といった路地裏の稼ぎが集まって、巨額の資金源となっているのだ。その路地裏の稼ぎを取り締まるのが、佐江のような末端の刑事というわけだ。

「セミプロか」

「証拠はありませんが」

白戸の問いに佐江は頷いた。

「すると昔の仲間ともめたか。いっしょにヤマを踏んだ仲なのに、片方は飲食であてて、不動産にまで打ってでて羽振りがいい。片方は商売がうまくいかず、『少し回してくれや』という。それにいい顔をしなかったんで恨みを買ったか」

谷神がいった。佐江は少し驚いて谷神を見た。マル害が高部とわかった瞬間、まったく同じ考えが佐江の頭にも浮かんでいたからだ。

「だとしても、やったのは本人じゃないな。振りこめアガリにしちゃ、腕がよすぎる」

白戸がつぶやいた。

「プロを雇ったんでしょう。中国でもアフリカでも、近頃は兵隊崩れがいくらでもいます」

谷神はいって、佐江を見返した。

「そうじゃありませんか」

「そっちは俺の専門じゃないんで」

佐江は首をふった。

「殺し屋なんてのは、結局は道具です。ドスやチャカといっしょです。いくらパクったところで消えてなくなるわけじゃない。金欲しさに、腕のある奴はいくらでもやるでしょう。ハジいて、もらって、飛べば、それきりです」

谷神の目尻に皺(しわ)が寄った。唇は動いていないが笑ったようだ。

「ハジいて、もらって、飛ぶ、か。うまいことをいうな」

白戸が息を吐いた。

「要は、誰が銭を払ったのかってことか」

「ええ。でも羽振りの悪い奴は、殺し屋を雇えません」

佐江はいった。

「それも一理ある。すると金を回してもらえなかった本人がやったか」

白戸がいうと、谷神が佐江に目を向けたまま答えた。

「極道とちがってセミプロは自由ですからね。稼いだ金で半年、一年と、海外で遊び暮らすのもいるそうじゃないですか。射撃の腕もそこで磨いたのかもしれない」

「まあ、先入観は禁物だ。地取りでどんな情報があがってくるかを待とうじゃないか」

白戸は立ちあがった。佐江はその目をとらえ、いった。

「私はこれでいいですか」

「申しわけないが、もう少しつきあってくれ」

白戸は首をふった。白戸にひっぱられる形で、佐江は検証中の集団から離れた。かたわらに谷神もいる。

「今日は日曜で、このビルの店は営業していない。なぜマル害はここにいたと思います？」

谷神が佐江に訊ねた。どこか試されているようだ、と佐江は思った。

「さあ。通報したのは誰です」

「高部の運転手兼秘書だ。今は新宿署にいる」

「そいつは何と？」

「出資するキャバクラの下見に、このビルにきていた、と。そこの『キャロライン』て店だ」

「営業中じゃない店を下見に？」

白戸は頷いた。

「店の人間は？」

「社長というのがいる。今も店で、巡査がついている」

「会っていいですか」

白戸の許可を得て、佐江は廊下のつきあたりにある店の扉を開いた。二十坪ほどのフロアは、テーブルが片側に積み上げられていた。椅子だけがなぜか並んでいて、そのひとつにすわったスーツ姿の男が煙草を吸っていた。

かたわらに制服巡査がひとり立っている。

「ご苦労さん」

巡査にいって、佐江は男に歩みよった。

「ずいぶん店の中がさっぱりしているな」

男は佐江に気づくと、あ、といって煙草をもみ消し、立ちあがった。

「ご苦労さまです」

佐江は男を見つめた。

「会ったことありましたか」

「講習会で顔をお見かけしました。新宿署の刑事さんですよね」

組対は管内の飲食店業者を対象にした講習会を、定期的におこなっている。男はそのとき、佐江の顔を覚えたようだ。

「佐江といいます」

「元木です。あの、高部社長に出資をお願いすることになって、改装を検討したいんで店をかたづけろといわれたんですよ」

「それでテーブルをどかしたんですか」

元木は頷いた。白戸と谷神は店の入口に立ち、無言でやりとりを眺めている。

「客は？」

「いません。日曜は休みですから」

佐江は積み上げられたテーブルと並べられた椅子のあいだの空間に歩みよった。

「そこがさっぱりしてるのは、ピアノでもおくか、と高部社長がおっしゃっていたんで」

元木がいった。佐江は床の染みを見つけ、しゃがんだ。手袋をした指先でなぞる。赤く染まった。匂いを嗅いで、元木をふりかえった。

「高部さんは何か飲みましたか」

「ええと、水割り、かな」

「あなたが作ったの？」

「ええ。酒は売るほどあるんで」

元木は薄い笑いを浮かべて答えた。

佐江はしゃがんだまま、店内を見回した。

「もう少し、照明を上げてくれませんか」

「えっ。はい」

元木は立ちあがり、キャッシャーの奥にあるスイッチに触れた。わずかに店内が明るくなった。

「もっとお願いします」

元木が店内を明るくした。床のいたるところに濡れた染みがあった。

佐江は立ちあがった。元木が不安げに見つめている。

「あなたと高部さん以外、ここに誰かいました？」

「高部さんの秘書の方が二人です」

「他には？」

「いえ」

元木は首をふった。佐江は白戸に目を向けた。白戸が、

「任せるよ」

といった。

「それにしちゃあちこちに、酒の染みがありますね。ワインがこぼれている」

佐江は元木をふりかえった。

「きのうが大入りだったんで」

元木は答えた。

「別に日曜に店を開けても、問題はないんですよ」

佐江は元木の目をのぞきこんだ。

「いや、本当に」

「で、あなたはどこにいたんです？　高部さんが襲われたときには」

「ここにいました。高部さんに電話がかかってきて、でていかれたんです。秘書の方もいっしょでした。廊下で話していたようですけど……」

「銃声は聞きました？」

元木はためらい、首をふった。

「いえ」

「聞こえたでしょう。建物の中はこんなに静かだ」

「いや、あの、有線を流せといわれて、大きめにかけていたので」

「じゃ、何があったのかは、誰が教えてくれたんです」

「秘書の方が駆けこんできて、『社長が撃たれた』って」

「もうひとりの秘書は？」

「高部さんについてました」

「犯人は？　秘書の人は何かいいました」

元木は首をふった。

「エレベーターの中から撃たれたって聞きました。犯人はそのまま降りていったって」

「キッチンはどこです？」

佐江は訊ねた。元木は入口の正面にあるカーテンを指さした。

「その奥です」

佐江は入った。洗われたグラス類が積み上げられていた。ざっと百くらいある。急いで洗ったらしく、乱雑な積みかただ。

佐江はキッチンをでると元木に歩みよった。

「もう一度訊きます。店には何人いました」

「四人です。俺と高部社長と――」

「嘘はやめたほうがいい。これは殺人だよ。風営法違反とはワケがちがう」

佐江は元木の言葉をさえぎった。元木は口を閉じた。

「事件が起こったとき、百人近い人間がここにいた。そうでしょう」

「いや、店は休みなんで」

「そう、休みだったでしょう。だから通常の営業じゃない」

「じゃ、なんで――」

「SUF」

佐江がいうと、元木は目をみひらいた。

「新宿、アンダーグラウンド、ファイトだっけ、ファイターだっけ？」

「な、何です、それ」

「知らないわけないだろう。地下格闘技戦ってやつだ。近頃はやってるって聞いてるガチンコの格闘で、客は勝つ選手に金を張る。高部さんがその運営にかかわってるって噂があってね」

佐江は口調をかえた。元木はうつむいた。

「事件が起こったのは、それのまっ最中だったのじゃないのか。ヤバいってんで客も選手も帰し、大あわてで店をかたした。そんなのはな、ボーイやこのあたりの連中に訊きこめば、すぐわかることなんだぞ」

元木は息を吐いた。

「すみません」

「高部を殺ったのは客か」

「ちがいます」

「じゃ誰だ」

「本当にわかんないんです。電話がかかってきて、社長は出ていったんです。店の中はワアワアすごかったんで電話の声が聞こえなかったみたいでした」

「銃声は?」

「本当に聞いてません」

「客は何人いた」

「七十ちょっと」

「選手は?」

「四人です」

「試合は始まっていたんだな」

「第二試合が始まったばかりでした」

「さすがですね」

谷神がいったので、佐江は質問をやめた。

「あとはうちの人間が訊きとります」

谷神は白戸を見た。

白戸は頷き返した。

「何なんです?」

佐江は歩みより、小声で訊ねた。

「何だかテストされているみたいなんですが」

白戸は首をふった。

「このヤマはどうせ新宿に帳場が立つ」

帳場とは特別捜査本部のことだ。

「でしょうね」

「あんたもそれに入ってもらいたい」

「これはマルBのでいりとはちがいますよ」

白戸は頷き、癖なのか左耳をひっぱった。

「だが何がしかのプロがからんでいる。ま、セミプロかもしれんが。あんたはそういうのに詳しい」

「組対から何人かひっぱるんですか」

「今のところはあんたひとりでいい」

「刑事課にだってマルBに詳しいのはたくさんいます。新宿ですから」

「駄目なのかね」

白戸は不審げに佐江を見た。

「駄目ってわけじゃありませんがね。一課のエリートさんたちと組まされてうまくやっていけますかね」

佐江は目をそらした。帳場が立てば、所轄の刑事は捜一の刑事と組んで捜査にあたることになる。

「私が組みます。お嫌ですか」

谷神がいった。佐江は谷神を見つめた。

いいたいことはあった。が、もっと合わない刑事と組まされるよりはマシだ。

「よろしくお願いします」

佐江が答えると、谷神は満足したように頷いた。

白戸がいった。

「谷神は二強(にきょう)の副班長だ」

捜査一課には、殺人事件の捜査にあたる九つの強行班がある。警視である管理官の下に警部の各班長がいる。谷神はその第二強行班に属しているようだ。副班長ということは警部補だ。階級は佐江と同じだが、組むとなれば、捜一側、つまり谷神の指示にしたがわなければならない。

谷神は、だが、穏やかな表情で佐江を見つめている。

「元木さんを署に同行してくれ」

佐江は巡査に命じた。元木はあきらめたようにうなだれていた。

「じゃ、いきましょうか」

谷神がいった。佐江は驚いて谷神を見た。

「どこへ？」

「地取りです。佐江さんについていきますよ」

「帳場が立つ前に勝手に動いていいんですか。ニワトリだといわれますよ」

非常階段を使って一階に降り、息が整うのを待って佐江はいった。鶏はエサを求めて、あちこちをつつき回る。特別捜査本部では、目撃者を中心に訊きこむ地取り、被害者の人間関係を中心に訊きこむ鑑取りの担当を決め、洩れがないように捜査陣を張る。適当につつくだけの捜査は、ニワトリと馬鹿にされる。

「大丈夫です。班長は怒りません。呼ばれたら署に戻ればいい」

谷神は微笑んだ。

管理官の白戸にずっとついていたところを見ると、谷神は捜一でも腕を買われているのだろう。捜一のベテランには、職人気質の刑事が多い。人あたりはよいが、谷神もそういうタイプのようだ。

「実は佐江さんを呼んでくださいと頼んだのは私です」

谷神はいった。

「あんたが」

「ええ。佐江さんの噂を聞いたことがありました。新宿のマルBににらみがききすぎて、動かせない人がいる、と」

「そんなのは嘘っぱちだ。動かないのは、俺みたいな下っ端のことは誰も気にしないからです」

谷神は応えずにビルのエントランスに佐江と並んですわった。エントランスの階段の下、立入禁止のテープの外には野次馬がひしめいている。テレビカメラも何台か到着していた。

「最近はテレビが早いんですよ。どこからか情報が洩れているんでしょうね」

谷神はカメラマンを見やり、他人ごとのようにいった。肩に担いだカメラを佐江と谷神に向けている。

「撮るんじゃない」

佐江は鋭い声でいった。おかまいなしにカメラマンはレンズを向けてくる。佐江は舌打ちし、顔をそむけた。

「いきましょう」

テープをくぐり、野次馬をかき分けて雑踏に立った。

あ、といって谷神が立ち止まった。群がる野次馬の後方から、ビルのエントランスを見上げている。

「ほしはあのエレベーターで七階にあがり、扉が開くと、中からマル害を撃ち、そのままエレベーターをでることなく下に降りたそうです」

「つまり高部の顔を知っていた」

佐江は谷神の横顔を見た。

「そうなります。雇われた殺し屋なら、標的を確認したでしょう」

谷神はエレベーターホールを調べる鑑識係に目を向けていた。

「マル害は撃たれたとき電話で話していた。殺し屋は、電話をかけている男を撃てと指示されたのかもしれない。七階に着き、エレベーターの扉が開いたら目の前にいた。だから撃って下に降りた」

佐江がいうと、谷神は驚いたようにふりむいた。

「すると電話は、標的をわからせるための罠だったということですか」

「百人近い人間がいるところに入っていって標的を探しだし撃つのは、簡単じゃない」

「おっしゃる通りだ。ところでSUFというのは何なんです」

「そいつをこれから洗いにいきましょう」

佐江はいって歩きだした。どいて、どいてという声がして、ブルーシートを手にした制服警官が到着し、エレベーターホールを野次馬やテレビカメラからおおい隠した。

佐江は区役所通りを北に向かい、坂を上った。バッティングセンターの角を左に折れる。「ホテルクラウンアネックス」という建物があった。表向きはビジネスホテルだがラブホテルも兼ねている。

玄関をくぐると、フロントらしき狭いカウンターに坊主頭の巨漢が立っていた。黒いジャージのスポーツウェアを着け、年齢は二十代の終わりだ。

巨漢は入ってきた佐江と谷神を無言で見つめた。

佐江はいった。

「支倉(はせくら)はいるか」

巨漢は瞬きもせず、佐江を見つめた。無言だった。

「支倉だ。いるんだろう」

佐江は返事を待たず、カウンターの奥にある部屋とつながった扉に手をかけた。巨漢がカウンターごしに太い腕をのばし、佐江の肩をおさえた。

「関係者以外、立入禁止です」

かすれた、ひどく聞きとりにくい声だった。

佐江は自分の肩にかけられた手に目を向け、巨漢の顔にゆっくりと移した。巨漢は手をひっこめた。

「いいよ小笠原(おがさわら)」

カウンターとつながった部屋から声がした。

佐江は扉を開いた。六畳ほどの小部屋に安物の応接セットがおかれ、長椅子に寝そべった男がノートパソコンの画面を閉じるところだった。派手な刺繍(ししゅう)の入った白いジャージを着け、のばした灰色の髪をうしろで束ねている。額の中央に三日月のような古い傷跡があった。

「佐江さんかい。何かでかいことがあったらしいな」

男は長椅子に寝そべったまま、佐江と谷神を見上げた。白いジャージのパンツは片方の裾が空だった。長椅子のかたわらに義足が立てかけられてある。

部屋の壁にポスターが何枚も貼られていた。

「最強決戦　新宿の夜を制するのは誰だ⁉」

「生死不問のデスマッチ　SUFファイナル　今年の新宿の覇者が決まる！」

といった文言が、ファイティングポーズをとる男たちの写真の上で躍っている。日時や会場は印刷されていない。あるのはホームページのアドレスで、あらかじめアクセスできるコードをもった会員だけが見られる仕組みだ。

「今日、試合があったろう」

「あったが、うちはでてない」

「お前もいたのか」

「いや。ザコ戦だからよ。見てもしょうがないと思ってここにいた」

男は答え、パソコンの横においた煙草の箱から一本抜き、火をつけた。煙を天井に吹きあげる。

「ザコ戦？」

「ライト級なんだよ。ガキの殴り合いとかわんねえ」

「でていた選手の名前はわかるか」

パソコンの画面を起こすと、男は煙草をはさんだ指でキーボードに触れた。パソコンを回し、画面を佐江に向ける。

「SUFライト級、第三戦、昨年度チャンピオンにプロレスラーが挑む！」

という文字がフラッシュしている。その下に出場選手の名が並んでいた。

「会場『キャロライン』、ゴング開始午後七時」とある。日付は今日だ。

「プリントアウトしろ」

佐江はいった。男が言葉にしたがい、部屋の隅にあるプリンターが紙を吐きだした。佐江はそれをつまみあげ、谷神に渡した。

「プロモーターは誰だ」

佐江は男に訊ねた。男は首をふった。

「知らねえ」

「レスラー抱えるお前が知らないわけはないだろう」

「SUFてのはよ、試合ごとにプロモーターがちがうんだ。昔のダンパといっしょだ。わかるか。ディスコを借りてパー券を売り、アガリをとる。誰にでもできるわけじゃないが、事務局と話をつけられる奴なら、会場さえ押さえりゃ、試合を開けるんだよ」

「事務局てのはどこだ」

男はパソコンを指先でつついた。

「こん中だ。メールでやりとりをするだけだ。プロモーターをやりたいって奴と話が決まると、事務局が登録されているレスラーに出場の意思を確認する。でたい奴は、当日会場にいってファイトマネーをもらう。そこに事務局はこない」

「じゃあ事務局はどうやって稼ぐんだ？」

「プロモーターからアガリの二割をとる。金は銀行振込だから、顔を合わせない」

「プロモーターや選手がパクられたらどうする」

届出のない会場での地下格闘技戦は、消防法や風営法に違反している。その上、勝利者を賭けさせるのだから賭博開帳図利（とばくかいちょうとり）だ。

「メルアドがかわってそれきりだ。海外のサーバーを通してるから、まず見つけらんないだろうよ」

「銀行口座は」

黙っていた谷神が訊ねた。

「決まってる。トバシだよ」

トバシとは、架空名義や金で売られる無関係な人間の口座だ。

佐江はパソコンの画面を見つめた。

「入場料二万円、ドリンク飲み放題、おつまみつき」とある。

百人の客で売り上げは二百万円。アガリの二割といったところで四十万円だ。月に一試合あったとしても、たいした稼ぎにはならない。地下格闘技だけに、何千、何万という観客が入れるような施設は使えない。

「たいして儲からないじゃないか」

「趣味みたいなもんだ、やってる奴の。格闘技好きのオタクじゃないかって俺らはいってる」

男は答えた。

「事務局の人間と会ったことはあるか」

「ないね。プロモーターはだいたい七、八人の中で回してた。プロモーターのほうが稼げる。観戦料からのバックはともかく、ベットがあるからな」

ベットとは賭けのことだ。百人の観客のうち、半数以上は勝者をあてる賭けに参加する、と男は説明した。

「どれくらい儲かる」

谷神が訊ねた。

「さあな。俺はプロモーターをやったことはねえからな。二、三百てところじゃねえか」

「それなら悪くはないな。ケツモチは?」

男は佐江を見た。

「誰だい、この旦那。新宿じゃねえな」

「いいから答えろ」

佐江はうながした。

「ケツモチはいねえ。客の中にやくざ者はいるかもしれないが仕切りはちがう」

「新宿でそんなことが可能なのか」

意外そうに谷神がいった。

「時代がかわったんだよ。やくざ者にガタくれられたらさっさと試合を畳んじまう。プロモーターだって、いざとなりゃ一一〇番だ。ベットの現場をおさえられさえしなけりゃ微罪だろ。やくざに上前ハネられるよりよほどマシだ。やくざにとっちゃおもしろくないだろうが、奴らは事務局と話をつけられない。レスラーを集められなきゃ、試合は打てない」

「なるほど。そのためのインターネットか」

谷神はつぶやいた。

「大阪でも似たような団体が旗揚げしたが、まんまとやくざに乗っとられたらしい。けど、ネットでバックにやくざがいるってのをバラされて、レスラーも客も逃げ、潰れちまったって話だ。いくら威しても、ネットの書きこみは止められないからな」

「プロモーターの中にもやくざはいないのか」

佐江は訊いた。

「盃(さかずき)もらっているのはいないんじゃねえか」

「高部はプロモーターだったのか、今日の試合の」

佐江はパソコンを目で示した。

「高部?」

「高部斉だ」

「ああ、高部さんね。だったかもしれねえな。他の試合でやってんのを見たことはある」

「事務局にアクセスできるか」

佐江はいった。男は首をふった。

「いや。一時間前からできなくなってる。この画像は、前に落としこんでおいた。ふつうなら試合結果が表示される筈だが、それもねえ。しばらくはこっちから連絡がつかない。参っちまう。小笠原の体がようやく仕上がったのによ」

男はカウンターの方角を目で示した。

「事務局と連絡がつくようになったら知らせてもらえるか」

谷神が訊ねた。

「はあ？」

男はあきれたようにいった。

「なんで俺がそんなことしなけりゃいけねえんだ」

谷神はとまどったように男を見つめた。

「これまであったことを話してやるのと、これから協力してやるのとは、まるでちがう。あんた勘ちがいするなよ。俺は犬じゃねえ」

佐江を見やり、眉根を寄せた。

「変なの連れてくるなよ」

「もういい。忘れろ」

佐江は谷神をうながした。

「いきましょう」

ホテルの玄関をでると、谷神は苦笑いし、首をふった。佐江はいった。

「失礼をしました」

「いえ。さすが佐江さんです。あなたでなければ、歯が立たなかったな」

「あいつああ見えてマトモなんです。親が昔からこでホテルをやっていましてね。レスラーになったんだが、バイクの事故で片足を失くして、今はトレーナーを趣味でやっている」

「なるほど」

谷神の懐で携帯電話が鳴った。とりだし耳にあてた。

「谷神です」

佐江の携帯も鳴った。前田だった。

「帳場が立つ。戻ってくれ」

佐江は谷神と顔を見合わせた。

5

あんたどこ泊まってるの、と訊ねたユリ江に、サチコの娘は微笑んだ。

「友だちの家。ママがユリ江に会いなさいといったからきました」

「友だちって――」

「日本に留学しているタイ人」

「どこなの、その人の家」

「川崎です」

「遠いじゃない。で、あんたは何をしているの」

サチコの娘は無言だった。手にしていたビニール袋をユリ江にさしだす。

「何?」

「ママからのプレゼント」

ユリ江は袋を開いた。中には、安っぽい茶色の紙袋が入っている。中には、金色の仏様のペンダントがあった。

「ママがずっとつけていた。ユリ江にって」

「お母さんはどうしたの」

「死にました。去年」

娘はユリ江をまっすぐ見つめて答えた。

「そう」

ユリ江は頷いた。なぜかはわからないが、動揺を見せたくなかった。

「じゃあこれはサチコの形見なんだ」

いって、掌(てのひら)においたペンダントを見つめた。金メッキがところどころはがれ、黒ずんでいる。不意に涙がでそうになり、ユリ江はペンダントを握りしめた。何年も会っていない自分に、母親の形見を届けるため、この子は遠い外国からやってきたのだ。

「あたしにしてあげられること、何かある?」

ユリ江は娘の顔を見つめた。ヨットパーカーの下はTシャツ一枚で、痩せている。タイに比べたら、うんと寒いだろうに、娘はそんなそぶりを見せない。

娘は黙っていた。ユリ江は手をのばし、娘の手首をつかんだ。パーカーのポケットから左手をひっぱりだし、両手で包んだ。

「おばさん、お金はもってないけど、あんたに、できることなら何でもしてあげるよ。何かあたたかいものでも飲みにいくかい」

娘はぎこちない笑みを浮かべ、首をふった。

「大丈夫です」

「それにしてもあんた、よく日本語を忘れなかったね。偉いよ」

「ゴルフ場でキャディしていました。日本人のお客さんが多いから、忘れないように教わりました」

「そうだったんだ」

「あの」

娘はいって、そっと左手をひっこめた。

「お父さん、捜しています」

ユリ江の目を見つめていった。

「お父さん。あんたの?」

娘は頷いた。

「お母さんが死んだら、会いにいこうと決めていました。お父さんのいる場所、ユリ江は知っていますか」

「えっ。知らないよ、そんな……」

ユリ江は瞬きした。サチコの男が、いったい何者だか、ユリ江は聞いたことがなかった。

確か、仕事は「サラリーマン」だとサチコはいっていたような気がする。働いていた店で知りあい、つきあっているうちに妊娠し、子供を産んだのだ。

結婚はしていなかった。していたら、その男といっしょになれるかどうかを占ってくれとは頼まなかった筈だ。

不倫だったのかもしれない。おそらくまちがいないだろう。火遊びをしたタイ人ホステスが子供を産んだ。妻と別れてまで、ホステスといっしょになろうとする男はめったにいない。

それでも十年以上はつきあったのだ。サチコはいつかを夢見て、それがかなえられないとわかり、タイに帰った。

「あたしはサチコから聞いたことないよ。名前は何ていうんだい、お父さんの」

「ミサワです。ミサワソウイチ」

ユリ江は首をふった。

「知らない」

三沢と書くのだろうか。

「あんた、お父さんを捜してどうするの。悪いけど、会ったって向こうは喜ばないかもしれないよ」

娘は驚いたように目をみひらいた。

「どうしてですか」

「それは――」

ユリ江は口ごもった。

「そうだ、お茶でも飲もうよ。雨降っているし、お客さんもこないだろうから。この先の靖国通りにでて左側に『アラビア』って喫茶店があるから、そこで待っていて。これかたづけてからいく」

ユリ江はいった。「アラビア」は、商売を始める前と、終えたあとに必ず寄る終夜営業の喫茶店だった。店長が昔からの知り合いで、占い机などの道具を預かってくれるのだ。前はコインロッカーを使っていたが、一日五百円かかるなら、うちでコーヒーを飲んでいきなと店長がいってくれたのだ。

娘はわかったかどうか、あいまいに頷いた。

「『アラビア』だから。いってて」

追いたてるように娘に手をふり、ユリ江は立ちあがった。

占い机や椅子を折り畳み、把手（とって）のついたビニール袋に入れる。思いついて、バッグから携帯電話をだした。

西新宿のサウナでマッサージ師をやっている、昔の男がいる。もう七十近くで、男と女ではなくなったが、たまに飲んだりすることがあった。水商売を皮切りに新宿で五十年近く働いていて、やくざな世界にも片足をつっこんでいたことがあり、驚くほど顔が広い。

その男の携帯を呼びだした。客についていなかったのか、すぐにでた。

「どうしたい」

「あのさ、いっとき仲よくしていたタイ人のサチコってホステスいたのを覚えてる？」

「ああ。歌舞伎町にあった『パタヤ』ってクラブにいた子だろう」

「そう。その子の娘が、今あたしんとこきたんだよ」

「へえ。いくつだ？」

「待って。サチコが帰ったとき十二っていってたから、あれから八年で二十（はたち）。それでさ、お父さんを捜しているらしいの。あんた、知らない？」

「知らねえ。日本人なのか」

「うん。サチコはサラリーマンだっていってた。名前はね、ミサワソウイチ。聞いたことない？」

「ないな。そいつの年は？」

サチコが娘を産んだのが、二十か二十一だから、四十五より下ということはないだろう、とユリ江は思った。

「五十前か、そこらじゃない」

「わからねえ。サチコは知らないのか、連絡先を」

「それが去年死んだんだって」

「だから日本にきたのか」

「みたいだよ」

「お前、そんなの抱えこむと大変だぞ。変にどっか働き口紹介したら、つかまるから気をつけろよ」

「大丈夫だよ。そんな話はまだでてないから。別に金をせびりにきたわけでもないみたいだし」

「かわいいのか」

「何いってんだよ。ハリ金みたいに痩せてるよ。留学してる川崎の友だちのとこにいるっていってた。あの子の父親のことがわかる人間、誰かいないかね」

「『パタヤ』にいた女はみんな帰ってるか、どこかよそで商売をやってるだろう。待てよ、赤坂でタイ料理屋をやってる女がひとりいたわ。日本人と結婚して。それに訊いたら何かわかるかもしれん」

「調べてあげてくれる？」

「名前、何だっけ。父親の」

「ミサワソウイチ」

「字は？」

「わかんない」

「まあいいや。ちょっと聞いて、電話する」

少し胸のつかえが下りた気分だった。商売道具の入った袋を抱え、ユリ江は区役所通りを靖国通りの方角に向かって歩いていった。「アラビア」のガラス格子の扉を押す。

「いらっしゃい。早いね。この雨じゃね」

レジにいた蝶タイにはげ頭の店長が声をかけてくる。

「すいません」

袋を店長にさしだした。はいよ、と店長はうけとり、レジカウンターの奥の棚に押しこんだ。

ユリ江は店内を見回した。娘の姿がなかった。

「女の子、きませんでした？　二十くらいでパーカーを着ている」

「いや。こなかったよ」

ユリ江は舌打ちした。靖国通りなんていったところで、あの娘にわかる筈がなかったのだ。待たせておいて、店じまいすればよかった。きっと道に迷って、うろついているにちがいない。

「ねえ、ちょっと捜してくるんで、もしそれらしい娘がきたら、待たせておいてください」

ユリ江はいって、「アラビア」をでた。道をまちがえたとすれば、区役所通りを反対にいったか、新宿駅のほうにいってしまったかだ。

駅の方角ではないかと見当をつけ、小雨の中を早足で歩いた。着物なので走るわけにはいかない。

遠目で見つけたと思って歩みよると、まるで別人だった。十五分ほど歩き回り、結局見つけられずに「アラビア」に戻ったが、娘はきていなかった。

はぐれてしまったようだ。

モカを頼み、煙草に火をつけ、ユリ江は息を吐いた、なぜか、もう会えないような気がしていた。

6

電話がかかってきたのは、延井がそろそろ眠気を覚えだした午後十時過ぎだった。日曜日は、いつも早く眠くなる。義理かけがない限り、延井は日曜には外出せず、家でゆっくり過ごすことにしていた。

酒も飲まない。いっしょに暮らす里美の手料理を食べ、書斎で本を読んだり、ネットサーフィンをしたりして時間を潰す。

五十になるまでは、いっしょに暮らす女がいようといまいと、眠る時間以外を自宅で過ごすことに耐えられなかった。仕事に酒に女に、常にどこかで誰かと何かをしていた。

それがかわったのは、二年間の東南アジア暮らしのせいだ。

このまま日本にいたら、必ず殺される、だから外国に逃げろ、と先代の若頭に忠告されたのは八年前、延井が四十八歳のときだ。

高河連合は、組織として大きくなりすぎてしまったと、口にはださないまでも当時の幹部は誰もが思っていた。八千人近い組員を抱え、三次団体までを含めると二百にも及ぶ組が傘下にある。それらの組がすべて望んで高河連合の軍門に降ったのかといえば、そうではない。上位組織の吸収に伴って、連合に名を連ねただけ、という組も二十や三十はあったろう。

ふくれあがった組織をまとめられるのは「アメと鞭しかない」といっていたのは、若頭筆頭補佐だった西岡だった。アメは金、鞭は規律だ。二百に及ぶ傘下団体から吸い上げた金を再配分するだけでは、誰もが不満を抱く。高河連合の看板だけで、よそが退き、みかじめが流れこんでくる時代は終わっていた。

上納金を払っただけのことはある、と傘下団体に属する者すべてが思うような組織にしなければならない、と西岡は日頃からいっていた。だから本部だけが潤い、末端の首が回らないような運営をすべきではない。

西岡は本部にあがってきた金を積極的に投資していた。国内はもとより、国外のオフショア銀行を通して、世界中のエネルギーや穀物市場に注ぎこみ、利益を得ていたのだ。

利益は洗浄された金となって、本部から末端の組にまで還元された。

「やはり高河連合はちがう」「金庫が無尽蔵なんだ」――他の大組織の幹部たちからそういう言葉が伝わってきたほどだった。

その西岡が八年前に殺された。

犯人はいまだにわかっていない。当時、西岡には三人の愛人がいて、中で一番若い、銀座から〝水揚げ〟したばかりの美和という十九歳の女のマンションで撃たれた。

オートロックのロビーを抜け、エレベーターに乗りこむところまではボディガードがいっしょだった。

美和の部屋は、タワーマンションの三十五階で、西岡はエレベーターを降り、美和の部屋に向かって廊下を歩いているところを撃たれた。

銃声を聞いた者すらいなかった。いつまでも部屋にあがってこない西岡に、美和が電話をかけ、つながらないのでボディガードに連絡し、やがて廊下で倒れている西岡が発見された。

犯人を見た者はおらず、当初警察も高河連合も、美和が犯人を手引きしたのではないかと疑い、徹底的に調べた。が、結局手がかりは得られず、美和は精神を病んだあげく、自殺した。

　他の組織の差し金とは考えられなかった。覇権を争って、鉄砲玉が飛ぶ時代ではないのだ。戦争は資金を涸(か)らし、警察を喜ばせるだけだ。人ひとりの命(タマ)とひきかえに服役する者には、手厚い補償が必要になる。服役中家族の面倒をみてやり、出所後は五年やそこらは暮らしていけるくらいの商売をあてがってやらなければならない。

　だがその商売ができなくなっている。暴力団の壊滅には兵糧攻めが最もきくと、役人が気づいたからだ。あらゆる規制をかけ、金融機関との取引はおろか、開業、出店、それどころか住居を借りることすらままならない状況に追いこまれている。

　それを見越したからこそ、西岡は組の資金を国外におき、日本の法の網にかからない形で増やしていたのだ。とはいえ、西岡ひとりを殺したからといって、高河連合が弱体化するわけではない。

　むしろ考えられるのは、経済に強い、つまりは金儲けのうまい極道ばかりが本部の序列を上げていくという、高河連合の流れに不満を抱く幹部の誰かがやらせたのではないか、ということだった。

　高河連合を今の所帯に押し上げたのは、昭和から平成の初めにかけて、全国規模で抗争を辞さなかった、直系の武闘派幹部たちだ。

　血で奪いとった縄張りがあるからこそ、連合は、今や大組織の代名詞となった。それがただの〝会社〟に成り下がった。

　抗争、薬物の禁止。日報の義務化。明らかに極道とわかるような服装や言動は、本部の風紀委員会による懲罰対象とされる。

「極道はいつからサラリーマンになったんだ」

　声を荒らげる、古参の幹部もいた。

　だが西岡は決して「頭の悪い極道」をなくそうとしていたわけではない。

いかに金儲けがうまくても、組は企業ではない。まっとうな商売で金が稼げるくらいなら、八千人の組員は皆カタギになっている。

そんなことは百も承知していた。資金を的確な場所に流しこみ増やすには、障害物をすばやくとり除く暴力装置が不可欠だ。そのためには「頭の悪い極道」が必要なのだ。本部の意図がわからなくても、威し傷つけ、最後は殺せる兵隊がいるからこそ、連合は優位を保てる。

とはいえ、以前ほどはそういう兵隊は必要なくなってきている。だから、小遣いを渡し、おとなしくしていろと命じる。

そういわれて、はい、そうですかとおとなしくできる人間なら、最初から極道になどならない。事件を起こし問題になり、破門、絶縁といった懲罰があいついだ。

不満をつのらせた人間は多かった。本部の中、西岡に近い、「頭の良い極道」の中にも、このままでは連合は西岡一派に乗っとられると感じていた者はいたろう。

そこで殺し屋が雇われた。どこかの組員ではない、フリーのプロだ。もしかすると日本人ですらなく、自分の標的が連合の若頭筆頭補佐であったのも知らなかったかもしれない。

いずれにしろ犯人はつかまらず、誰の差し金であったかすら、わかっていない。

西岡の死で連合は不安定になった。次席補佐だった延井は、若頭に「逃げろ」といわれた。

「いずれ連合には、お前が必要になる。だが今じゃない。今、お前が日本に残ったら、次の的はお前だ。西岡にかわって、組の金庫を預かれるのはお前しかいない、と思っている者が多いからな」

「自分は戻れるのでしょうか」

「わからん」

若頭は首をふった。二十代の頃、延井はこの若頭のボディガードをつとめたことがあった。昔気質で正直な人だった。連合のような組織で、ここまで出世したのが奇跡だ。

正直な極道は早死にするからだ。組長になれないことも、自ら認めていた。

次の組長は西岡がなる筈だったのだ。

「俺が生きのびられたら、お前を迎えてやる。もし駄目だったら、それまでだ」

「待ってください。自分が残って、戦うという道はないのでしょうか」

「それはあるが、許さん。なぜなら、お前がそうすれば連合は崩壊するからだ。組を二分するような抗争が起きたら、警察は大喜びで俺たちを戦わせ、そして主だった者すべてをもっていくだろう。もしお前がそうしたいというなら、俺が腹をくくる」

それは殺す、という意味だ。

「いつまで、日本を離れているんです？」

「最低でも一年。そこは覚悟しろ」

西岡が組長になれば、若頭筆頭が見えていた。それが消え、日本を捨てろ、とまでいわれた。

延井は覚悟した。戻れなければ、連合に人生を託した自分が誤っていたと思うしかない。

サイの目が、西岡の死に転がった以上、ごたくを並べても始まらない。

フィリピンに飛んだ。そしてベトナムへと渡り、最後がタイだ。

二年間、日本を離れ、連合の代紋なしで暮らした。ある日消えた、と周囲の人間は思ったという。そして西岡を殺したのは延井ではないかと疑った。

しかし組の籍を抜けたのではない、と若頭が、本部会でいってくれた。延井は、自分の指示で姿をくらましたのだ、と。組を割らないための処置だ。

二年間のところ払いのおかげで、学んだことは多かった。西岡のやりかたはまちがってはいなかったが、もっと進んだシノギがこの世界にはある、とも知った。人脈も作った。上から下まで。

下の人脈は、日本にいたら決して作れなかったろう。そのひとりが「佐藤」だ。

「戻ってこい」との電話を直接若頭からうけたとき、延井はタイ最南部にいた。

　ムスリムゲリラが警察署を襲い、長距離バスを爆破する危険地帯だった。バンコクに「刺客」が送られたという情報があったのだ。若頭が延井を戻すと聞いて、西岡の真似(まね)はさせないと息まいた幹部がいたらしい。

　タイ南部を離れるとき、「佐藤」をひき連れてきた。ゲリラに殺されかけていたのを救ってやったのだ。

「佐藤」の本名は、もちろん佐藤ではない。

　自分は道具に徹する。道具に名前はいりません、と「佐藤」はいった。命を救われた礼が、延井の道具となることだったからだ。

　が、道具とはいえ、人間である以上、名前がないのは不便だ。そこで、「佐藤」と名づけた。日本人に最も多い姓だ。つまりミスター・スミス。

　佐藤を救ったのは、ひょんなことがきっかけだった。

　バンコクに住んでいたとき、延井は伝手(つて)を通じて、アンフェタミンとヘロインを扱うタイ人のディーラーと知りあった。

　バンコクの裏社会ではそこそこ知られた男だった。この男がタイ南部出身で、親戚がまだ最南部のナラーティワートに住んでいた。もともとタイ南部にはマレー系の住民が多く、宗教的な理由でタイからの分離独立を望んでいる者が少なくない。国境を接するマレーシアはイスラム国家である。

　ディーラーの名はトゥリーといった。タイ人の名は長いのでニックネームで互いを呼びあう。職場でもそれが慣例だ。トゥリーの意味は少尉だと、あとから教えられた。

「佐藤」は十年近く前にタイに流れてきた日本人だった。トゥリーにいわせれば、「ガンクレージー」で、銃好きが高じてタイにやってきたのだという。

極道にもそういう人間はいた。刀に魅入られる奴、銃に魅入られる奴。人殺しの道具にはどういうわけか、人生を狂わせるほど入れこんでしまう者が必ずいる。

あらゆる銃に精通し、射撃の名人になるのが「佐藤」の夢だった。初めはフィリピンで銃の修業をしたが、フィリピンよりも豊かでより多くの種類の銃が流通するタイに流れてきたという。

銃と射撃に精通した者が次に求めるのは、実際に人を撃つことだ。「佐藤」はトゥリーのボディガードのひとりになった。ドラッグディーラーのボディガードになれば、撃ち合いは珍しくない。タイでは組織犯罪にかかわる者は、全員が銃をもっている。

「佐藤」の腕はいい、とトゥリーも認めていた。陸軍の特殊部隊あがりの、トゥリーの手下と比べても遜色のない腕をしている。

トゥリーの下で「佐藤」は二人を撃ち殺していた。そのうちのひとり、分け前に不満をもってトゥリーを襲おうとした売人の弟が、「佐藤」を狙った。

日本からの刺客を逃れるなら、タイ南部にいけとアドバイスしたのはトゥリーだった。トゥリーの親戚が面倒をみる。ただ、延井ひとりでは心もとないだろうから、タイ人の手下と「佐藤」をつけてやる。

その手下が、売人の弟に「佐藤」を売った。弟はムスリムゲリラにコネをつけ、金を払って「佐藤」を殺させようとした。

泊まっていた小さなホテルの部屋から、ある晩「佐藤」が誘拐された。トゥリーの親戚もゲリラとは通じていて、「佐藤」を殺す計画があることを事前に知っていた。

延井がそれに気づいたのは、ゲリラが最初、まちがえて延井の部屋を襲ったからだ。寝ていたところ、いきなり部屋の扉を合鍵で開けたゲリラが押し入ってきた。

銃口を押しあてられ、ライトの光が浴びせられた。

刺客がここまできたのか、と観念した。だが、
「お化け（ピー）『お父さん（クン・ポー・カー）』」
という声とともに覆面の集団は部屋をでていった。自分が人ちがいされたことに気づいた。他に日本人などいないこの街で、自分がまちがわれたのが「佐藤」だと、すぐにわかった。当時「佐藤」は、トゥリーやその手下には「イープン（日本）」とだけ呼ばれていた。

ほどなく、斜め向かいの部屋から「佐藤」がひきずりだされる気配が伝わった。細めに開けた扉から、自動小銃を手にした覆面の集団に連行されていく「佐藤」が見えた。

延井はバンコクのトゥリーに電話をし、起こったことを話した。トゥリーがナラーティワートの親戚に連絡をとると、「佐藤」を殺す計画があると知らされた。トゥリーは激怒し、「佐藤」を連れ戻せと命じた。

が、すでにムスリムゲリラの手にある「佐藤」をとり返すには身代金が必要だった。ゲリラは、「佐藤」を殺すために支払われた報酬以上の金を要求した。その金額は、延井がタイ南部で身を隠すために準備した現金とほぼ同額だった。払ったら、一時的に延井は無一文になる。

ことさら「佐藤」を気に入っていたわけではなかった。無口で、日本語で話しかけても「はい」と「いいえ」くらいしか言葉を発さない。クスリ中毒ではないのだろうが、いつもぼんやりとした目をしている。食事にも着るものにも、頓着がなく、初めて会ったときは中国人かと思った。

「佐藤」は、銃にしか興味がないのだった。日本のどこの出身で、出国するまで何をしていたかも聞いたことはない。「佐藤」がいなければ、今後タイ南部でひどく困るというわけでもなかった。

しかし延井は決断した。トゥリーの親戚に、身代金を払うから「佐藤」を解放するようムスリムゲリラと交渉してくれと頼んだ。

交渉は成立したものの、身代金を延井自身が届けるという条件つきだった。

　ムスリムゲリラのアジトは、海辺の漁村とも農村ともつかない、さびれた集落にあった。トゥリーの親戚が運転するピックアップトラックで延井はアジトに向かった。

　博打（ばくち）だ、とそのとき思ったのを覚えている。ゲリラは金を奪って延井を撃ち殺すかもしれない、とトゥリーの親戚は警告した。もしそうなっても、自分は助けてやれないが、それでもかまわないのか、と。

　かまわない、と延井は答えた。一年半に及ぶバンコク暮らしで、簡単なタイ語は話せるようになっていた。

　村の外れに止めたトラックから、バーツ紙幣の詰まった鞄（かばん）を手に、延井は歩いていった。

　半裸の子供たちが泥遊びをしている姿が目に入った。ヒジャブと呼ばれるスカーフで顔を除く頭をすっぽりとおおった女たちが数人かたわらにいたが、延井の姿を認めたとたん、子供たちを連れ姿を消した。

　村の中心部に小さなモスクがあった。その前で立ち止まると、自動小銃をかまえた男たちが現れた。

「イープン！」

　と叫んで、延井は鞄を掲げた。

　そのときのことを思いだすと、今でも背中や掌にうっすらと汗が浮かんでくる。

　ひとりが銃を肩にあて、銃口を延井の頭に向けた。無言だった。

「メダイ！（駄目だ！）」

　という声がどこからかした。頭に黒い布を巻き、腰にガンベルトを巻いた男がモスクの中からでてきた。

「イープン、グァン（金）」

　延井は告げた。男は鞄に手をのばし、その場で開いた。中には百万バーツが入っていた。

　ざっと金を数え、男はついてこいというように顎をしゃくった。男のあとにつづく延井のうしろを、自動小銃を手にした男たちがついてくる。

村の外れの粗末な小屋に「佐藤」はいた。

両手両足を縛られ、糞尿をたれ流して転がされていた。目を閉じている。

男はガンベルトにはさんでいたナイフで「佐藤」の縛めを切った。早口の言葉で何かを告げたが、訛りもあって聞きとれなかった。

「佐藤」は縛めを解かれてようやく、目を開いた。

「パイ（行く）」

と延井は男に告げて、「佐藤」の腕をつかみ、立たせた。

「チェー・アライ」

不意に男が手にしたナイフを延井につきつけた。一瞬わからなかったが、名前を訊かれたのだと気づいた。

「ノブイ」

答えると、男はナイフで延井の胸をさし、

「イープン、ノブイ」

といった。延井は頷いた。男が早口のタイ語を喋った。理解できず、延井は首をふった。

「佐藤」が小さな声でいった。

「勇気のある男だ、といっています」

そのとき、博打に勝ったと思った。

「コップクン・クラップ（ありがとう）」

男は頷き返した。そして小屋の外にでたところで、延井に待て、と命じた。手下の男たちに何かを命じた。

Tシャツとショートパンツが届けられた。「佐藤」の着替えだった。ところどころ穴が開いてはいたが、清潔そうだ。それを手に、「佐藤」の肩を支えて、延井はトラックまで歩いていった。誰もあとを追ってこなかった。

トラックに乗せる前に「佐藤」に着替えを渡した。色白で貧弱な体をした男だった。銃がなければ、およそ何もできそうもない。

着替えている最中、「佐藤」が突然泣きだした。

まるで子供のように、声をあげ泣きじゃくった。

「ありがとうございます。ありがとうございます」

延井にすがりついた。悪臭に閉口しながら、

「もういい、もういいから」

といっても、すがりつくのをやめなかった。そして、

「一生ついていきます。このご恩は一生忘れません」

とくり返した。

ホテルに戻ると、タイ人のトゥリーの手下が消えていた。帰ってきた「佐藤」に復讐(ふくしゅう)されるのを恐れて、逃げたのだった。

タイ南部で、延井は「佐藤」と三カ月暮らした。

やがて若頭から電話がかかってきた。

「戻ってこい。もう、大丈夫だ」

「自分に居場所はあるのでしょうか」

「お前に若頭を譲る話を、会長(オヤジ)に呑(の)ませた。もちろん今は内緒だが、戻ってきたらいずれ公にする」

信じられなかった。が、西岡の死後、締めつけもあって連合の金庫は急速に逼迫(ひっぱく)していた。立て直しが急務だと、若頭は会長を説得したのだ。

バンコクに戻り、「佐藤」と自分のために新しいパスポートを調達した。トゥリーは、「佐藤」を延井に預ける、といった。「佐藤」の命を救うため、延井が有り金をさしだしたことは、トゥリーにも伝わっていた。

日本に帰国する当日、延井は「佐藤」とともに夕食に招待された。

「イープン、プレゼント」

トゥリーが一枚の紙切れを「佐藤」にさしだした。

それをうけとり、「佐藤」の目が輝いた。

レストランをでると、延井は訊ねた。

「何だったんだ?」

「あいつの住所です」

「佐藤」を売って姿をくらませた、元手下の住居だ

った。

「飛行機にはまにあうように空港にいきますんで、時間をください」

車に乗りこもうとすると、「佐藤」がいった。日本への便は午後十一時に離陸する。それまで四時間あった。

「遅れるなよ」

延井の言葉に「佐藤」は頷いた。

空港で合流したとき、「佐藤」の服から、かすかに火薬の匂いがしたのを覚えている。

東京に戻って半年後、延井は高河連合の若頭筆頭補佐となった。三カ月後、若頭が肝臓癌で死んだ。余命を知り、延井を戻そうと動いていたことを初めて知った。

延井が若頭に就くのを反対する者はいなかった。半年のあいだに、二人の本部詰め幹部が死んだ。ひとりは武闘派の古顔で、ひとりは反西岡の急先鋒だった若手だ。古顔は、自宅が火事になり逃げ遅れ、若手は乗った車が東名高速道で事故を起こした。

銃を使わない殺しを覚えろ、と命じられた「佐藤」が、うまくやってのけたのだ。「佐藤」は連合の構成員ではなく、延井の周辺にも存在を知る者はわずかしかいない。

暮らしには金のかからない男なのだ。月に三十万も渡しておけば充分で、五十万渡すと多すぎるといって返してくる。

安アパートに住み、パチンコくらいしか趣味がない。家族がいるという話も聞いたことがないし、拳銃修業で国外にでるまで、何をしていたかもいわなかった。

戻ってから六年がたち、年齢は四十七、八だろう。女が欲しくないのかと訊いても、安い風俗で充分だと答える。

ただし銃だけにはうるさかった。旧ソ連や中国製の、トカレフやマカロフを用意してやっても使えない、という。苦労してドイツ製やオーストリア製の拳銃を手に入れてやった。

一度使ったら処分しなければならないのだから、本当は安物の銃のほうが安全なのだ。高級品は、入手経路が限られているのでアシがつきやすい。なのに頑として、「佐藤」は高級品しか使おうとしなかった。

六年のあいだに「佐藤」は、銃を使って四回、それ以外の道具で四回、仕事をしていた。使った銃を処分せず、今ももっているのではないかという不安が、延井にはある。

が、たとえその銃を手に「佐藤」がつかまっても、決して口を割ることはないだろう。逃れられないと知れば、「佐藤」は自殺する。銃を撃てなくなる人生に未練はない男だ。

延井の自宅に電話をしてきたのは、プロジェクトの仲立ちを任せている相馬(そうま)だった。

「Kプロジェクト」と、延井たちは呼んでいる。Kは、プロジェクトを進めている貝沼(かいぬま)のイニシャルだが、もうひとつの意味もある。

貝沼から計画がもちこまれたとき、延井はのった。貝沼のために資金を準備し、使えそうな会社のリストを用意した。休眠、あるいは幽霊状態で、簡単には背景がバレない十社だ。

そしてプロジェクトの障害の排除を「佐藤」にやらせることを決めた。相馬と貝沼はどちらも連合とは何のかかわりもない。

「佐藤さんが仕事をしてくれたようです」

相馬はいった。

「歌舞伎町にお巡りが集まっていました」

仕事を無事すませた、という報告はない。「佐藤」は、いわれたことを確実にやる。だから報告を義務づけてはいない。

「貝沼さんがくれぐれもよろしく、とのことでした。二度とこんな下手(へた)は打たないので今回だけは、勘弁してほしいそうです」

「その言葉を信じています、と伝えてください」

延井は答えた。カタギである貝沼に、恩を着せたり威しの文句を並べるのは愚かだ。むしろカタギ以上にていねいな言葉づかいをしたほうが、より効果的だと思っている。

貝沼は、連合の若頭がどれだけの力をもつかを知っている。チンピラのようにすごむのは、もともと延井の趣味ではない。また相馬も、延井の言葉に尾鰭をつけるような人間ではなかった。

だからこそ、Kプロジェクトの貝沼との仲介を任せているのだ。プロジェクトの背後に延井がいることは、決して知られてはならない。

「失礼します」

相馬はいって、電話を切った。

延井は即座に携帯電話の着信記録を消した。携帯電話は一カ月おきに買い替え、古い端末はその都度処分していた。それでも電話会社にはデータがあるのだが、もともと延井の名で契約された電話ではない。

トラブルの芽をひとつ摘めたのはよかった。Kプロジェクトが始動したのは三カ月前だ。最短でも二年はかかる、と延井は踏んでいた。そのあいだに、トラブルはまだまだ起きるだろう。「佐藤」には働いてもらわなければならない。延井はふと「佐藤」のことを思った。今頃、どこで何をしているのだろうか。

何もなかったように、自宅近くのパチンコ屋にいるのか。それとも風俗で、女と肌を合わせているのか。

これといって特徴のない、中年の男。一番目立たないという理由で、紺かグレイのスーツを着け、白いシャツに地味なネクタイを結んでいる。

道ですれちがい、電車では目をそらした瞬間に忘れてしまうような、平凡な顔立ちをしている。視力はいいが、度の入っていない眼鏡をかけているのも、容姿をより目立たなくするためだ。

ひとつだけ、他の人間と異なるのは、「佐藤」の目だ。ぼんやりとした、焦点が定まっていないような瞳の奥に、ほんのときたま狂気が見え隠れするときがある。

それは、新しい銃をあてがわれた瞬間だ。作動を確かめ、分解し組み立て、油をひいて愛(いと)おしむ。そのあいだ、何をいっても聞こえてはいない。

これほど銃を愛する人間を、延井は知らない。「佐藤」の銃の扱いは、決して兵隊や警官には真似のできないものだ。

かつてトゥリーがいっていた。

「才能のある人間が訓練を積めば、射撃はうまくなる。だがイープンはちがう。イープンは暇さえあれば銃を触り、撃っている。イープンは、最初に気にいった拳銃を、撃ちすぎて駄目にしてしまったんだ。手入れをしていても、銃には限界がある。あいつが最初に気に入っていたのは、中古のコルト軍用モデルだったが、五千発以上撃って駄目にしてしまった。部品を交換して使いつづけていたが、ついには本体にヒビが入って終わった。だから俺はいってやった。どんなに愛している女だって、毎日毎日、朝から晩まで抱いていたら壊れちまうって」

だが一方で、「佐藤」の射撃の腕を評して、「銃の神様だ」といった。「佐藤」はそのコルトで、十五メートルほど先に並べた煙草を五本、ものの二秒のあいだにすべて吹きとばしてみせたという。

煙草のパッケージではなくて、煙草をか、と延井は訊き返した。

トゥリーはにやりと笑った。

「煙草の箱なら、俺でもあてられる。これでも元軍人だからな。イープンが撃ったのは、煙草だよ。それも弾がかすめる風圧で飛ばしたのじゃない。一本残らずに命中させたんだ。技術とはいわん。曲芸だ。そんなことができるのは、奴がガンクレージーだからだ。あいつから銃をとったら何も残らない。あいつは人間というより、銃の神様なんだ。神様を手もとにおいて使うことなんかできやしない。だからイープンを連れていけ。お前にやる」

そしてつけ加えた。

「お前はイープンの命の恩人だ。何でも聞くだろう。だがひとつ忠告しておく。イープンを自分の組織に入れようとするな。イープンは、お前だけの道具としてしまっておくんだ。仲間とうまくやらせようとか、ルールにしたがわせようなんて決して考えるな」

トゥリーは正しかった。「佐藤」のような道具を手に入れるのは、この世界で生きる者すべての願望だろう。使いこなせるだけの器量があれば、の話だが。

何も指示がなければ、一年でも二年でも、「佐藤」は待っている。人に認められたいとか、何かを得たいという望みをまったくもたない男なのだから。

7

「現場から採取された弾丸は二発です。九ミリ口径のホロウポイント弾で、一発はマル害の体を貫通し、壁面にめりこんでいましたが、一発は背骨にあたったところで止まっていました。ライフルマークが確認できるほどの形状はとどめていませんでした。判明したのは、発射された銃のライフルリングが右回りだ、ということだけです。この右回りというのは、九ミリ口径の弾丸を発射する自動式拳銃の大半のメーカーが採用している形式で、名の知られたメーカーで、これと異なる左回りのライフルリングを採用しているのは、アメリカ、コルト社くらいです。発砲に使用されたエレベーター内から薬莢(やっきょう)は見つかっておらず、犯人が回収してもち去ったと思われます」

「現場検証と解剖の結果、犯人はエレベーターの扉が開くのを待って、廊下に立っていたマル害に向け、五メートルの距離から発砲したことが判明しております。二発は連続して発射され、どちらもマル害の胸部、心臓に命中しました。一発であっても即死させるに足る位置で、射入孔はほぼ隣りあっておりました。一発が貫通し、一発が体内に残ったのは、心臓を破裂させたあと、背骨にあたって角度がかわったものとかわらなかったものとのちがいであります。つまり犯人は、非常に速い、連射の要領で二発を撃ち、致命傷を負わせる射撃技術をもっている、と判断できるわけであります。これは軍隊で射撃の訓練をうけたような、プロレベルの技術ですから、犯人の特定には役立つと思われます」

　二度目の捜査会議での発表がつづいていた。

「つづいて防犯カメラの映像に関する報告です。現場である、歌舞伎町一の二の×のニューハヤシビルは昭和五十五年竣工の古い建物で、エレベーター内に防犯カメラは設置されておりませんでしたが、ビル入口に設置されたカメラが現場から立ち去る犯人らしき人物を撮影しておりました」

　佐江は顔を上げた。プロジェクターのスクリーンに、映像が流れ始めた。マスクをかけ、フードをかぶった人影が、画面の左隅をよぎり、エレベーターホールに立った。少しして、同じ人物がうつむき気味にエレベーターから降り立ち、画面の隅に消えた。

　四十名を超える捜査員が詰めた会議室に、不満の声があがった。顔面はほとんど写っていない。

「犯人は明らかに防犯カメラの存在を意識しており、顔を正面からは撮影されない角度でビル内に入り、でています。ただし映像の解析から、身長は百七十センチプラスマイナス二センチ、体重は六十キロ前後と推定いたしました。つまりどちらかというと痩せ型であり、俊敏な行動をとれる体型であるということです」

　佐江は首をふった。銃の扱いがプロレベルの殺し屋がでぶであるわけがない。軍隊あがりなら尚さらだ。

　佐江の横には谷神がいて、真剣な表情でメモをとっていた。

「それでは、過去十五年以内に九ミリ口径の自動式拳銃が使用された、未解決、未押収の発砲事件を表にまとめましたので、ご覧ください」

　佐江は目を上げた。

「最近では、二年三カ月前に東京、江戸川区でイラン人のモハメド・アジフ、当時四十一歳が射殺された事件があります。現場は江戸川の河川敷近くの道路に止めた車で、アジフは運転席にすわっていたところを正面から拳銃で狙撃され、死亡しました。弾丸は五発発射され、うち一発がアジフの顔面に命中。現場から薬莢が四箇、発見されました」

　写真が映しだされた。

「この薬莢を分析したところ、韓国の弾薬工場で製造され輸出されたものだと判明しました。輸出先は主に、アメリカ、東南アジアです。マル害のアジフは露天商で、食品の路上販売をしていましたが、覚せい剤と大麻の密売容疑で、小松川署の刑事課が内偵を進めておりました」

　ちがう、と佐江は思った。五発撃って、一発しか命中しない腕ならほしではない。

「次に三年一カ月前、杉並区下井草のマンション内で、会社経営者の片瀬庸一、当時四十八歳が射殺された事件です。マル害は、マンション地下の駐車場で自家用車を止め、降りたところを二発撃たれました。弾丸は背中から胸部を貫通、即死でした。薬莢は見つかっていません。片瀬は練馬区内で高利貸しをやっており、暴力団羽田組江口一家との関係が指摘されていましたが、当時特に同一家とのトラブルを抱えていたという情報はなく、犯人は検挙されておりません」

　似ている。佐江は被害者の名をメモした。

　次に発表されたのは、犯人は逮捕されたものの、銃が押収されなかった事件だった。

九州での発砲事件で、犯人は使用した拳銃を川に捨てたと供述し、県警がさらったにもかかわらず、発見されなかった。

「次は、四年六カ月前の、足立区五反野の路上で発生した殺人事件です。マル害は、通称周　光烈本名不詳と同じく通称廖　建民本名不詳の、不法滞在中国人と思われる男性二名です。深夜午前二時過ぎ、両名は立っていたところを狙撃され死亡。犯人は車の中から拳銃を発砲したと見られ、二人は計七発の弾丸を、約十メートルの距離から浴びて、即死でした。このときは、現場から綾瀬方面に走り去る乗用車が目撃されておりますが、Nシステムの解析の結果、この乗用車は前日に葛飾区内で盗まれたものと判明しました。車は翌日、同区内小菅二丁目で発見されましたが、薬莢を含め、遺留品は車内にはありませんでした。尚、マル害二名の職業は不明で、新宿区歌舞伎町で闇カジノに関与していたとの情報はありますが、確認されておりません」

二人の死体の写真が映しだされた。佐江は、ひとりに見覚えがあった。今は新宿からほぼ姿を消した、中国東北グループのメンバーだ。

「以上が九ミリ口径の拳銃を使用した、過去十五年の未解決、未押収の事件です。同じ九ミリ口径でも、ロシア製および中国製のマカロフ型自動拳銃を使用した事件は、弾丸が異なるため除外してあります」

「質問をうけつけます」

佐江はメモを閉じた。谷神が手をあげた。

「最後に発表のあった事件、中国人二名の殺しですが、闇カジノをめぐって、他の中国人グループ、あるいは日本の暴力団とのトラブルはあったのでしょうか」

「中国人グループに関しては不明です。暴力団についていうなら、この闇カジノに出入りしていた客は、ほぼ全員が中国人ということで、トラブルはなかったものと思われます」

「では、杉並区内の高利貸し殺しについて教えてください。マル害のケツモチが江口一家であったとのことですが、当時江口一家が、他の組と何らかのトラブルを抱えていたという情報はありますか」

「それは俺が答えます」

佐江はいった。全員がふりむいた。

「佐江さん」

谷神が驚いたようにいった。

「新宿署組対の佐江です。江口一家も含め、羽田組は、現在、存在しません」

「存在しない？」

谷神が首を傾げた。

「羽田組は、二年以上前、広域暴力団高河連合に吸収されました。理由は資金繰りの悪化です。羽田組は戦後早い時期に新宿で結成された、博徒系の暴力団でした。二十年前くらいまでは羽振りがよかったのですが、やがてシノギが回らなくなり、組員が減っていました。その中で比較的景気がよかったのが、江口一家です。江口一家は不況になってから闇金融にシノギをシフトして、稼ぎをあげていました。ですが、片瀬の死後、急速に羽田組の資金繰りが悪化して、高河連合に吸収されたんです」

会議室の正面にすわっている管理官の白戸が咳ばらいした。

「高利貸しひとりが殺されただけで、組ひとつの資金繰りが悪化したというのかね。かわりはいなかったのか」

「そこまではわかりません」

「調べます」

谷神が手をあげた。副署長が眉をひそめた。

「本件と関係があるのか」

谷神が立ちあがった。

「今の情報をうかがう限り、片瀬殺しのほしと本件のほしには共通点があります。このほしがプロの殺し屋であると仮定した場合、片瀬殺しの動機を捜査すれば、本件の殺人を依頼した人物の利益と合致するものが発見できるかもしれません」

「つまり同じ人間が同じプロに依頼したというのか」

「その可能性は排除できないと思います」

「わかった。そこまでいうなら、この事案に関する捜査は君らに任せることにする」

白戸が頷いた。

捜査会議が終わり、佐江と谷神は新宿署をでた。

「申しわけない。余分な仕事を抱えさせてしまって」

「いや、むしろ助かりましたよ。他と同じことをやらされるのは苦手でね」

帳場に駆りだされた捜査員は、上が決めた捜査項目の消化に追われる。小さな事実をつきとめるのが活動の中心になり、全体像を見渡せるのは情報が集約して届けられる幹部だけだ。

佐江は答えたが、谷神の真意が汲みとれずにいた。三年前の高利貸し殺しと高部殺しのあいだには、共通点は何もない。高部の背景の捜査に人員が割かれているが、今のところ具体的な情報はあがっていなかった。

高部が、特定の人物、または組織とトラブルを抱えていたという報告はない。

「殺しというのは、動機がわからないのが一番難しいんです」

谷神と佐江は早い夕食をとるために、西新宿のラーメン屋に入った。組んで動くあいだ、谷神が食べたいという料理の安くてうまい店を佐江が教えてやることにしていた。

「ふつうは、殺された人間は何かしら恨みを買っているものです。強殺はまた別ですが、手口がプロなら絞りこむこともできる。片瀬殺しは、一見すると強殺でしたが、金欲しさに駐車場で待ち伏せたのだとすれば、ほしは片瀬に近い人物ということになります。ですが調べてもそういう人間はいなかった」

強殺とは、強盗殺人のことだ。

「片瀬は金を奪われていたのですか」

「セカンドバッグがなくなっていました。常時それに一千万近い現金を入れていたとの情報があります」

頼んでいたチャーシューメンが届き、二人は箸を手にした。あまり濃い味でないラーメンを谷神は希望したのだ。

「谷神さんは、この件を担当したんですか」

谷神は頷いた。

「ただ私のいる班が、二カ月ほどで別の事案を担当することになって、外れました」

「一千万か。それを知っていたなら誰がやってもおかしくない。ケツモチにやくざがついている高利貸しを襲ったら報復は見えている。殺したほうが安全だと考えたのかもしれない」

佐江はいった。

「私も当初それを考えました。外国人の犯行も疑った」

「中国人なら、足立の殺しと共通するかもしれない」

谷神は首をふった。

「そこに考えがいったんで、片瀬殺しの捜査が頓挫したんです」

「頓挫？」

「まさしく同じことを考えました。やり口はプロ。銃の扱いに慣れた中国人が片瀬を殺って、金を奪ったのではないか、と。足立の殺しは、その約一年半前で、我々も記憶に新しかった。ただ、問題が一点、あった。凶器に使われた銃です」

「中国人に入手しやすい、トカレフやマカロフではなかった？」

「そうです」

トカレフもマカロフも、元は旧ソビエト連邦の軍用拳銃だ。同じ共産圏の国家として、中国は国内工場でライセンス生産をしている。それが大量に日本に流れこんでいるのだ。

中国人が犯罪に使用する拳銃は、このどちらかであることがほとんどだった。特にマカロフは現在、ロシア、中国、双方の軍用制式拳銃で、軍隊経験をもつ者には馴染みがある。

　マカロフは一時は中国製の密輸入品が大半を占めていたが、ロシアの経済自由化に伴い、ロシア製品がとってかわった。北海道や新潟などにロシアマフィアとつながった船員がもちこんでいるのだ。

「中国人のプロならマカロフを使い慣れている。にもかかわらず、別の拳銃を使ったのはなぜか。〝見こみ〟とまではいいませんが、やり口がプロらしかったため、捜査本部は中国人を中心に容疑者を絞りこもうとした。一年半前の足立の中国人殺しが解決していなかったことも影響を与えていました」

　プロの殺し屋は一度殺しに使った拳銃は処分し、二度は使わない。使用済みの銃を所持しているところをつかまれば、犯人だと白状するようなものだからだ。処分は、分解し溶かすという徹底した方法から、海や川に捨てる、あるいは別の人間に〝下取りさせる〟まで、さまざまだ。かつては日本でヤマを踏み中国に逃げてしまいさえすれば、日本の警察の追及を心配することはなかったので、銃の処分は適当だった。

　前歴があると知らずに買わされた銃を使った犯行で逮捕された日本人が、同じ銃を用いた殺人の容疑者にされて仰天したという話があった。現在は、中国の司法当局との連携がそれなりに密になっており、本名を特定された中国人容疑者を中国国内で拘束することも可能だ。したがって中国人のプロも、殺人に使用した拳銃を適当には処分しなくなっている。

　処分されなかった前歴のある銃は、二束三文で売られるか、素人のガンマニアなどにこっそり売りつけられる。もちろんその場合も、入手経路が簡単にはわからないような方法をとる。

「捜査本部は今もありますが、縮小されています。そういった意味では、プロによる犯行がやはり一番厳しいですね」

谷神は息を吐いた。

「二件のヤマで、直接利益を得た人間というのは浮かばなかったのですか」

佐江は訊ねた。

実行犯であるプロを特定するのは難しくとも、被害者の死によって利益を得た人間の周辺を洗えば、何らかの手がかりがあった筈だ。

「それがよくわからなかった。片瀬の場合は、闇金を商売にしていたこともあって、金を借りていた人間すべてを、まず洗いました。ただ、片瀬は死んでも証文は残るわけですから、取り立てをそれでうけずにすむというのはありえません。金貸しが命綱である証文を安易にもち歩くわけがないし、顧客のデータはパソコンで管理していましたから、殺して取り立てを逃れようとしたとは考えにくい。実際、客の中にこれという者は見つけられませんでした。結果、流しの強盗の線が強くなったんです。ただ、同じ九ミリ拳銃を用いた強殺は、例がない」

片瀬が一千万近い現金をもち歩いていることを知っていた者かその周辺に、犯人がいると捜査本部は考えた。だが結局、容疑者を絞りこめずにいる、と谷神は告げた。

「片瀬の周辺に、中国人犯罪者の存在はありませんでした。あれが流しの犯行なら、近いうちにまたヤマを踏むかもしれないと思っていたが、それもない」

「つまり殺しが目的だったとすれば、動機がわからない。強殺なら容疑者が近くにいる筈だが、見つからなかったということですか」

佐江の言葉に谷神は頷いた。

「しかしその後羽田組が消えていたとは知りませんでした」

「この三年くらいのあいだに、マルBの合従連衡が激しく進んでいるんです。中クラスの組の存続が難しくなり、大きな組織に吸収されることが多い。もともと縄張りもアガリも小さいような組は、何とか食いつないでいる状態ですが、羽田組のように二次団体もあって、構成員が数百人というところが一番きついんです。組員がいればそれだけ、義理かけなどに金がかかる。見栄は極道の命ですからね。だからといって上納を絞ろうにも、古いシノギがどんどんやりにくくなっている。たいていはクスリで何とかしのごうとするが、それも入手ルートを先行の組織におさえられているんで、高い銭を払って他の組から仕入れる羽目になりうまみがない。そのあたり、苦しかった羽田組の屋台骨を支えていたのが、江口一家でした。闇金のアガリがかなりでかかった」

「それがなぜ潰れたんです」

「そのあたりをまず調べることになるでしょうな。羽田組の組長は引退届けをだしましたが、江口一家の組長の江口は、今は高河連合江栄会という組をもっています」

「その組はどこに?」

佐江はにやりと笑って、もっていた箸でラーメン屋の向かいを示した。

「正面のビルです。五階に入っている『ローンズエース』というのが、江栄会の表看板ですよ」

ラーメン屋をでた二人は、「ローンズエース」の事務所に向かった。自動扉をくぐって入ると、女が二人とスーツ姿の男三人が、カウンターをはさんだ奥で机に向かっていた。暴力団が運営する高利貸しには見えない。

「いらっしゃいませ」

銀行員のような制服の女が机から立ちあがった。客はいない。

「お忙しいところを申しわけない。江口さんにお会いしたい」

佐江はいった。

「江口?」

制服の女は首を傾げた。

「当社にはそういう者はおりませんが」

「社員名簿には載っていないかもしれんが」

佐江は告げて、身分証を女に示した。

「お話を聞くだけだ」

男子社員が立った。

「失礼ですが、どちらの――」

「新宿署の佐江という。江口さんにとりついでもらえるかな」

男は女をデスクに戻し、

「こちらへ」

と、仕切りで隔てられた小部屋に二人を案内した。

「今、お茶をおもちします」

「お気づかいはけっこうです」

谷神がいったが、二人を残してでていく。

「たぶん江口に連絡をとっているのだと思います」

佐江は小声でいった。

「でてきますかね」

「でるように仕向けます」

女子社員がコーヒーを運んできた。やがて最初とは別の男子社員が部屋に入ってきた。四十に届くかどうかという年齢で、崩れた雰囲気はまったくない。

「お待たせしました。調べましたところ、当社には株主も含めて、江口という者はおりません」

「そうか。じゃ、ここじゃなかったかな。確かに『ローンズエース』と聞いたんだが」

佐江がいうと、男はじっと見つめた。

「どちらでそれを？」

「江栄会というやくざ屋さんだ。向こうがまちがっているか、おたくがまちがっているか、確かめるには、毎日ここを張るしかない。できればそういう迷惑はかけたくないので、何とか江口さんの知り合いを探して、俺に連絡をするよう、いってもらえませんか」

佐江は告げて、携帯電話の番号が入った名刺を、手つかずのコーヒーの前においた。

「そういわれましても」

男は困惑したようにいった。

「江口さんがわからなければ、江口さんを知っていそうな人に、この佐江という名前をいえばいい。必ず反応がある筈です」

男は谷神を見やり、しかたなくといった風情で、佐江の名刺を手にとった。

「あなたの名刺をいただけるかな」

男は目をみひらいた。

「いや、それが今ちょっと切らしておりまして」

佐江は苦笑した。

「じゃ、名前だけでもうかがっておきましょうか」

「す、鈴木です」

「鈴木さんね。下のお名前は何と?」

「有一(ゆういち)です」

「鈴木有一、と」

字を聞き、佐江はメモをとった。

「できれば今日、明日中に、ご連絡をお願いします。もしないようでしたら、鈴木さんをまたお訪ねしますんで」

鈴木の目を見て、佐江は告げた。


「そ、そんな」

「江口さんさえ見つかれば、ご迷惑はおかけしません。それじゃ」

佐江はいって立ちあがった。

「連絡はきますかね」

表にでると谷神はいった。

「保険をかけます」

佐江は答え、覆面パトカーで区役所通りに向かった。江口一家は以前、オレンヂタウンに縄張りをもっていた。キャッチバーを数軒やっていたのだが、すべて潰れている。唯一残った一軒が、イラン人の経営するドネルケバブ屋になっていた。

牛肉のかたまりを炙(あぶ)り、スライスしたものをピタというパンに野菜とはさみソースをつけて食べるファストフードだ。

「いらっしゃい、おいしいドネル! 食べましょう!」

イラン人の店員二人が交互に叫んでいる。店は、花見小路と呼ばれる、オレンヂタウンの路地の入口にあった。靖国通りからの一方通行を入った佐江はコインパーキングに覆面パトカーを止めた。かつては長屋のように飲み屋が連なっていたオレンヂタウンのそこここに、小さなコインパーキングや月極の駐車場ができている。

バブル時代に地上げされたものの、再開発にまでこぎつけられなかった土地が、こうして虫食いの穴のように、飲み屋街のオレンヂタウンにはあった。接道が悪い場所では、閉店した店がそのまま廃屋になっていて、ときおりホームレスが入りこんでいる。

管轄としては四谷署になり、交番も近くにある。が、歌舞伎町に近いので、新宿署の管轄だと市民には思われることが多い。

ドネルケバブ屋の店先が止めた車の中からはよく見える。

「少し待ちましょう」

佐江はいった。このケバブ屋で、大麻やシャブが売られているという情報が以前からあった。だが管轄ではないことと、固定店舗なので常にブツをおいているわけではないだろうと見て、佐江は知らぬふりをしていた。たとえ何百と売人を逮捕しようと、クスリの密売は防げない。長期刑をくらうことがないし、売人のなり手などいくらでもいるからだ。

早い話が、薬物中毒者はそのすべてが密売人の予備軍といえる。彼らは自分のクスリ代を浮かすために、卸し元から仕入れたブツを仲間に売りつける。たとえば、シャブを十包(パケ)仕入れたら、一包がおまけにつく。十包を売れば、自分の一包はタダになる。百売れば十がタダだ。

中毒者がいる限り、末端の密売人をいくら逮捕してもモグラ叩きなのだ。卸し元にガサをかけ、大量のブツを押収しない限り、違法薬物の取り締まりに効果はあがらない。しかも、どこかで大量の押収があると、市場が品薄になるため、値上げをして肥える太る卸し元や売人がでる始末だ。ときにはそれを狙って、商売敵の卸し元や売人を密告する者すらいる。

だから、はっきり売人だとわかっている者や店舗を、現場の刑事は泳がせたりする。つかまえれば一時の点数稼ぎにはなるが、居場所がかわると、次はない。いざというときのため、とっておくわけだ。

二時間が過ぎた。日が暮れても、すぐ近くの区役所通りとちがい、オレンヂタウンの人通りにそう変化はない。ここの酒場を客が訪れるのは深夜が中心になる。終夜営業の店が大半で、開店が午後十時過ぎというところもある。始発の電車がでるまで飲む客が多いのだ。

谷神は張りこみの理由を訊ねることもなく、佐江につきあっていた。

「佐江さん、所帯は？」

「だいぶ前に壊れました。今は高円寺でひとり暮らしです」

答えて、佐江は谷神を見た。谷神は髪に左手で触れた。

「一度でももっただけいい。私なんかまるで機会がありませんでした」

「世話する人はいたでしょう」

独身の警察官は、やたらに結婚を勧められる。結婚したら次はマイホームだ。

重しを増やして精勤させようという風潮の強い職場なのだ。

「もちろん。でも自分の嫁さんくらい、自分で選びたいじゃないですか」

谷神はいって、小さく笑った。いくらでも選べただろうに、と佐江は思った。自分とちがって、腹もでていないし身なりもこざっぱりしている。むしろ、刑事としてはお洒落（しゃれ）な部類だ。

ただ、職人肌の刑事にありがちだが、どこか人を完全には入りこませないような冷たさが漂っている。追っているほし、使える情報源に関する情報を、逮捕のぎりぎりまでは仲間にも教えないというタイプだ。反抗的な猟犬ともいえる。獲物は逃さないが、しつけるのは難しい。

　自分も同じだからよくわかる。根っからの刑事で、出世などには興味がない。場合によっては際どい手段を用いてでも、被疑者をパクリにいく。

「佐江さんのことは、新宿にいかれる前から知っていました」

　ぽつりと谷神がいった。

「まさか」

「いえ。組対になる前の本庁四課にいらしたでしょう。有名でしたから」

「どうせいい噂じゃない」

　佐江は答えた。谷神は否定せず、笑みを浮かべた。

　自分には欠落したところがある、と以前から佐江は思っていた。

　佐江が自然にふるまえる相手は、たいていの場合犯罪者だった。やくざや詐欺師、売人や娼婦といった連中を相手になら、緊張もせず、自分という人間をだせる。それが、まっとうな勤め人や学生、主婦やOLとなると、うまく話せない。乱暴で横柄な男だと思われるような態度しかとれなくなってしまう。

　同じ警察官でも、めかしこんでいるような部類は駄目だ。特に公安のエリートとはまったく肌が合わない。

「谷神さんは一課の前はどこだったんです？」

　所轄あがりの匂いがない。佐江は訊ねた。

「私は妙なところばかりを歩かされています。一課にくる前は組対でしたが、その前は外事です」

「公安に？」

　谷神は頷いた。

「組対ができたとき、在日外国人の犯罪に対応するということで、外事からひっぱられたんです」

　十年前、警視庁に組織犯罪対策部が新設された。刑事部捜査四課、暴力団対策課、国際捜査課、生活安全部銃器薬物対策課、公安部外事特別捜査隊などがひとつになり、作られた。佐江が四課から新宿署に異動になったあとだ。

谷神は、公安部にいたのだ。それを聞いて佐江は納得した。刑事畑の叩き上げとはどこか異なると感じていたからだ。

「公安(ハム)からきたんじゃ苦労したでしょう」

「いや、白黒はっきりしている刑事のほうがあっていると思いましたね。だから組対から一課に動かされたときは嬉(うれ)しかった。これで公安に戻されることはない」

「かわってる。ふつう、公安(ハム)は刑事を馬鹿にしますよ。頭を使わない奴ばかりだと」

谷神は首をふった。

「頭を使わない奴はどこにでもいます。上のいうことさえ聞いてりゃまちがいないと思っているロボットは、むしろ公安に多い」

「そういうもんですか」

バイクが一台、靖国通りから路地に入ってきた。排気音を響かせながら佐江たちの乗った覆面パトカーのうしろを走りすぎ、花見小路の入口で止まる。

「きたようです」

佐江はいって、ようすをうかがった。バイクのライダーは、黒い皮のツナギにフルフェイスのヘルメットをかぶっている。バイクを路肩に止め、ドネルケバブの店に歩みよった。

佐江は車を降りた。

「俺は駐車料金を精算して、あいつに職質(バン)をかけます。もし逃げようとしたら、頼みます」

告げて、精算機に歩みよった。谷神が車内で助手席から運転席に移った。

駐車料金を払っている佐江を、ヘルメットの男はちらりとふりかえった。が気にするそぶりは見せない。

覆面パトカーのエンジンを谷神がかけた。ロック板が下がるのを確認し、佐江はドネルケバブ屋に歩きだした。

ライダーの背後、五メートルにまで迫ったとき、ケバブ用の紙袋をライダーにさしだしているイラン人の表情がかわった。

ヘルメットがこちらをふりむいた。

「そのまま動くな。警察だ」

佐江は告げた。ライダーはぱっと走りだした。止めてあったバイクにまたがり、エンジンをかける。

「止まれっ」

立ち塞がった佐江のかたわらをバイクがすり抜けた。が、次の瞬間、バックしてきた覆面パトカーに進路を塞がれ転倒した。

「逃げるなよ」

目を丸くしてそれを見ていたイラン人に告げ、佐江は倒れたバイクに歩みよった。

スピードがでていなかったので怪我はないようだ。立ちあがったライダーに、

「メットを脱げ」

と佐江は命じた。メットの下から現れたのは、まだ二十そこそこのチンピラの顔だ。

「何だ、お前。江栄会の準構か」

「何いってやがる。知らねえよ」

チンピラは強がった。

「知らない奴がなぜ、警察と聞いて逃げる？ え？」

佐江はチンピラの目をのぞきこんだ。

「逃げるには逃げるだけの理由があるのだろう」

「知らねえっていってるだろうが！」

チンピラはわめき声をあげた。すばやく佐江はその鳩尾（みぞおち）を軽く拳で突いた。ぐっと呻いて、体を折る。

「でかい声出すな。近所迷惑だろうが。お前、今何してた」

「何のこったよ」

「とぼけるのか。いいぞ、とぼけても。お前今、俺のことバイクではねようとしたろう。殺人未遂の現行犯逮捕だ」

手錠をベルトのケースからひき抜いた。

「な、何いってんだよ。あんたが勝手にとびだしてきたんじゃねえか」

手錠を見たチンピラの目が広がった。

「そんなわけないだろうが。自分ではねられにいく馬鹿がどこにいる」

わけがわからないというように、チンピラは顔を歪めた。あたりを見回し、覆面パトカーを降りてきた谷神に目を止めた。

「じゃ、あいつはどうなんだ。俺に車ぶつけようとしやがった」

「何の話だ？」

谷神は腕組みしていった。

「きたねえ、きたねえぞ、お前ら」

「お前らだと」

佐江はチンピラの顎をつかんだ。

「誰に向かっていってる。おい、俺は新宿署の佐江だ。お前のところの江口はな、修業中の頃から知っているんだよ」

江口の名を聞いたとたん、チンピラの表情がかわった。

「すんません、勘弁してください」

「何を勘弁してほしいんだ」

「いや、本当に勘弁してください」

「心配するな。お前の集金なんかに興味はない。第一、管轄がちがう」

佐江はいって手をはなした。

「じゃ、何なんすか」

「免許証見せろ」

チンピラはツナギから財布をとりだし、免許証を見せた。浅井という名だ。

「よし、浅井。これから俺がいうことをよく聞け。江口に、俺あてに連絡をよこせ、と伝えろ。別にお前のところを今どうこうしようと考えているわけじゃない。だからとぼけずに必ず連絡をよこせ、というんだ」

今この場で浅井に組事務所に電話をかけさせる方法もあるが、浅井があとで袋叩きにされかねない。

「いいか。連絡がこなけりゃ、今度こそお前をパクリにいくからな」

浅井は瞬きした。

「わかったか」

佐江は再び浅井の顎をつかみ、揺さぶった。その目に怯えが浮かぶまでのぞきこむ。

「わかりました」

浅井は小さな声でいった。

「よし。いけ」

佐江は手をはなした。チンピラはバイクを起こし、走り去った。

「ちゃんと伝えますかね」

それを見送った谷神がつぶやいた。

「伝えなければ、ドネル屋の商売が俺に割れているのを江栄会の連中は気づかない。つまり浅井は今後もここに集金にこなければならない。そのたびに俺にパクられる心配をする羽目になる」

谷神は納得したように佐江を見た。

「なるほど。自分の身がかわいければ、伝えるしかないわけだ」

「乱暴なやりかたですが、正面からいって話を聞かせろといっても、江口は何も話さないでしょう」

谷神は頷いた。

「極道にも意地があるでしょうしね」

「あいつらの意地を踏み潰すのはいつでもできる。だからといってハナから頭ごなしでいったら、ひきだせる話もひきだせなくなる」

谷神が黙ったので、佐江はふりかえった。

「私は、佐江さんのことを誤解していたかもしれません」

「誤解？」

「あなたはマル暴の刑事として、新宿では知られている、と聞きました。だから私は――」

谷神はいい淀んだ。

「あいつらとべったりだと思っていた？」

佐江がいうと、谷神は頷いた。

「マルBに詳しくなるには、どうしたってつきあいが深くなる。もちつもたれつの関係なのだろう、と？」

「おっしゃる通りです」

　佐江は顔をそむけた。

「そういっている奴が多いことは知っている。理由もわかっています。ですが俺は極道に便宜をはかってやったこともなければ、金をもらったこともない。貸し借りで極道とはつきあわない。だが、ガラの悪い俺を見ていると、いかにもあいつらと仲がいいように思われるんでしょう。いいたい奴にはいわせておけばいい。ただひとつだけ、そういう奴がまちがっていることがある」

「何です？」

「俺は管内の極道には、確かに詳しい。だが、俺に詳しい極道は、シャバにはひとりもいない」

　谷神は佐江をじっと見つめた。そして小さく頷いた。

「わかりました」

8

　翌日、新宿署の交換台に外線から佐江あての電話がかかってきた。佐江が出勤してすぐの時間だった。谷神はまだきていない。

「佐江です」

「あんたが話したがっている人間だ」

　もったいをつけた男の声がいった。

「江口か」

「何だってうちの若い者を小突き回すんだ。おたくらに迷惑をかけるようなことをしちゃいないぞ」

　江口の声には怒りがこもっていた。

「迷惑なんかこれっぽっちもかけられちゃいない。心配しないでくれ。で、どこにいけば会える？」

「飯でも食おうってのか」

「お得意さんに奢(おご)られるのは気がひける。立ち話でもいい。どこかで時間を空けてくれ」

谷神の姿が見えた。判で押したように今日も黒いスーツだ。佐江は手をあげた。

「何の話をしようってんだ」

「あんたの古巣のことを訊きたい」

「ふざけんな」

「おい、冗談で江栄会のシノギにちょっかいをだしているわけじゃない。そこまで暇じゃないんだ」

「古巣の何が知りたいんだ」

「江口一家がぶっ潰れた理由だ」

「うちの問題じゃない。本家がいっちまったのだからどうしようもなかった」

「本家がいかれたのは、おたくが潰れたからだろう」

「悪いがそんな話はしたくない」

江口は今にも電話を切りそうだった。

「いいんだな。ちょっかいをつづけるぞ」

くそ、と低い声で江口はつぶやいた。

「いいか。今の俺の立場であんたと相対で話をするわけにはいかねえ。昔の本家とちがって、今の本家はルールが厳しいんだ」

「じゃ誰か、あんたのかわりに話のできる奴を紹介しろ」

江口は唸り声をたてた。

「黒木って元弁がいる」

やがていった。

「元弁護士か」

「ああ、債権回収の商売で昔のうちやよそと組んでいて、それで資格をとりあげられた男だ」

「どこにいけば会える？」

「西新宿に事務所がある。うちが潰れたいきさつを聞きたけりゃ、会ってみろ」

いって、江口は電話番号を口にした。それをメモし、佐江は訊ねた。

「口添えはしてくれるのか」

「連絡はしておく」

電話は切れた。谷神が佐江のデスクの前に立った。

「江口から連絡がありました。本人は会えないが、黒木という元弁護士を紹介するといってきました」

「黒木？」

谷神は首を傾げた。佐江は教わった番号にかけた。呼びだしのあと、

「はい」

横柄な男のしわがれ声が答えた。

「黒木さんですか。新宿署の佐江といいます」

「新宿署の何課に所属しているんだね」

「組織犯罪対策課です。先日歌舞伎町で発生した殺人事件に関連してお話をうかがいたいのですが」

「悪いが私は忙しい身でね。一分いくらの相談料で仕事をしているんだ。君らの訊きこみにつきあっている時間はない」

「そうですか。江栄会の江口さんからあなたの番号を教わったんですがね」

黒木は黙った。

「今でも江口さんの相談にのっているとうかがいましたが？」

「馬鹿なことをいっちゃいかん。そういう噂を流すと名誉毀損になるぞ」

「こちらは江口さんからあなたの番号を聞いたんだ。わざわざあなたに断らせるために番号を教えたというわけですか。それならもう一度、江口のところに話をもっていくだけだ」

佐江は口調をかえた。たらい回しでごまかせる相手だと江口が考えたのだとすれば、それを後悔させるまでだ。

「わかった。昼休みに時間をとるから、十二時半に私の事務所にきなさい。場所は――」

ビルの名を黒木は告げ、電話を切った。

「元弁護士ですか。資格は失ったくせに、知識だけはある。厄介ですね」

谷神がつぶやいた。

「だから江口は黒木を我々にふったのでしょう。喋ってはまずいことがわかっている。とはいえ、資格

のない身では、つっぱりすぎれば自分が危うくなる。自分がでていけない立場では、賢い人選だ」

佐江がいうと、谷神は不思議そうな顔をした。

「賢いとまで思うのですか」

「高河連合に吸収された旧羽田組の幹部で、今も自分の組をもっているのは江口だけです。あとは皆、組をとりあげられるか足を洗っている。何か理由があった筈だ」

「佐江さんのやりかたがわかりました」

谷神は納得したようにつぶやいた。

「やりかた?」

「あなたは連中を〝極道〟とひとくくりにしない。ひとりひとりの立場や性格を知り、どこを突けば相手が痛がるかを考えて動いている。一見こわもてで、力で押すタイプのようだが、まるでちがうんだ」

佐江は苦笑した。

「それは買いかぶりです。黒木のところにいきましょう。早めにいって、どんな奴が出入りをするか、見ておきたい」

「そこが佐江さんらしい、というんです」

谷神は笑みを返した。

黒木の事務所は、小滝橋(おたきばし)通り西側にたち並んだ雑居ビルのひとつにあった。さほど大きなビルでもなく、家賃は高くない。おそらく弁護士資格を失ってここに移ってきたのだろう、と佐江は谷神にいった。資格がないのに、公に法律相談所をうたえば処罰の対象になるので、小さく事務所をかまえ、絞った客を相手に細々とやっているようだ。

約束の時刻まで一時間ほど張りこんだが、佐江の勘にひっかかる人物は、ビルに出入りしなかった。

時間になると二人は小さなエレベーターを使って、黒木の事務所がある五階にあがった。スチールの扉に、ただ「黒木」とだけプレートが貼られている。インターフォンを押し、佐江はノブを回した。

扉を開くと、すりガラスのついたてがあった。小さい事務所なので配慮したようだ。

法律書が並んだ書棚を背にしたデスクに、太った男がかけていた。ベッコウのフレームの眼鏡をかけ、濃い緑のダブルのスーツを着けている。たるんだ二重顎を白いヒゲがおおっていた。六十歳ぐらいだろう。

「黒木さんか。電話をした佐江だ」

太った男は眼鏡のフレームの上から佐江と谷神をにらんだ。佐江は身分証を掲げた。

男はおうような仕草で掌をだした。身分証をよこせといっているのだ。

佐江は渡した。所属と氏名をメモし、谷神にも黒木は身分証を要求した。

「江口さんから電話があった。できる限り、あんたらに協力をしてやってくれ、とのことだ」

谷神に身分証を返し、もったいをつけた口調で黒木はいった。事務所には小さな応接セットがあるが、二人には勧めない。佐江と谷神は立ったまま、黒木と向かいあった。

「何を江口さんに訊きたいんだ？」

佐江は谷神を見た。ここは谷神が始めるということにしてある。

「まず三年前に杉並区下井草のマンション駐車場で発生した殺人事件に関してです。被害者は、片瀬庸一といい、当時練馬区内で違法な金融業をやっていました。片瀬さんが、羽田組江口一家と深い関係にあったことを、我々はつきとめています」

「深い関係とはどういう意味かね」

「そういう関係だ。貸し金の原資は江口一家からでていた」

佐江はいった。黒木は眉をひそめた。

「どこに証拠がある？」

「当時、捜査一課が調べた片瀬氏のパソコンに、江口一家との関係を示す出納データが残っていました」

黒木はふんと鼻を鳴らし、これもベッコウのようなホルダーにラークをさすと火をつけた。谷神がつづけた。

「しかし、片瀬氏の金融業はうまく回っており、江口一家とのトラブルを抱えていたという情報はありませんでした。むしろ台所事情の苦しい羽田組の中では、唯一、江口一家はシノギが好調で、それを支えていた片瀬氏を殺害する理由はなかった」

黒木は無言だった。煙を佐江と谷神に吹きかける。

「殺害の手口は、拳銃を使用したプロのもので、江口一家と対立する組織の可能性もありましたが、そうした抗争を江口一家が抱えていなかったことも捜査本部は確認しております」

「犯人はつかまっておらん。そうだな」

黒木が口を開いた。谷神は頷いた。

「その通りです。そして先日、歌舞伎町で、片瀬さんの事件と同様の手口の殺人事件が発生しました」

「殺されたのは金貸しか？」

黒木が訊ね、谷神は首をふった。

「いいえ。飲食店を経営する高部という人物です。高部斉、知っていますか」

「知らんね。知ってなけりゃならん理由があるかね」

「この二件の殺人が同じ犯人である可能性を我々は疑っています」

「そういうことなら役には立てないな。片瀬という金貸しについては聞いたことはある。が、高部という人は知らんのでね」

「では片瀬氏について。片瀬氏が江口一家の資金援助を得ていたことはご存知でしたか」

「なにぶん過去のことなので、はっきりとしない」

「いいでしょう。では、片瀬氏以外で、江口一家の資金援助を得ていた、同様の業者をご存知ですか」

黒木は唸り声をたてた。とぼけてくる、と考えていた佐江には意外な反応だった。

「知らないわけではない」

「その人たちの名前を教えていただけますか」

「教えることはできるが、役には立たん」

「なぜです？」

黒木は黙った。やがていった。

「生きておらん」

佐江と谷神は目を見交わした。

「生きていない？」

「そうだ。江口一家の資金援助をうけていた高利貸しは、当時大きなところで三人いた。片瀬が一番の大手だったが、小宮山と種田という者もいた。片瀬が殺されて一年のあいだに、そのどちらもが亡くなったのだ」

「死因は？」

「小宮山は交通事故、種田は自殺だ。両方とも警察が調べたが、事件性はないという判断をした」

「事故はどこで？」

「確か首都高速だった。飲酒運転だと聞いた。種田は住んでいたマンションのベランダから飛び降りたのだ」

「なるほど」

「三人が亡くなり、江口一家のシノギは悪くなった。結果、羽田組は消滅した」

黒木は意味深な目つきで谷神を見た。

「妙だとは思わないか」

「確かに妙です」

「実は江口さんはそのことを、今でも気にしている。なぜ一年のあいだに、三人もの人間が死んだのか、と」

「それは気になるでしょう。亡くなった三名は江口一家の台所を支えていたのだから」

「江口さんを疑おうと考えているのなら、まちがいだ。もし三人が死ななければ、江口さんはいずれ羽田組の組長になった。当然だ。あの頃、江口一家は羽田組の屋台骨だったのだから。江口さんにもその気はあった」

「つまりこういうことですか。三人の貸し金業者があいついで亡くなったので羽田組は資金繰りが悪化し、高河連合に吸収された。そして江口氏は今も二次団体の組長にあまんじている」

「そういうわけだ。だから事故と自殺はともかく、片瀬の殺害と江口さんを結びつけるのはまちがってておる」

「では黒木さん個人のお考えを聞かせてください。三人の死亡は偶然だと思いますか」

谷神は黒木を見つめている。黒木は吸いさしをベッコウのホルダーから抜き、灰皿に押しつけた。

「いや。私と同じでハメられたんだ」

「あなたと同じ？」

「私は債権回収の手伝いをしていた。江口一家ともうひとつの組の顧問だった」

「どこの組です」

「尾引会という。これももう、なくなった」

佐江は息を吐いた。オレンヂタウンの酒場で死んでいた、シャブ中の吉崎が昔属していた組だ。

「尾引会はなぜなくなったのです？」

「シノギが時代に追いつけなくなった。金貸しもみかじめも、法改正で厳しくなり、つかまるのを覚悟でやるか、マークされていないカタギに任せるしかなくなった。たいていのところは表をカタギに任せる。だがそのカタギに尾引会は食われた」

「食われた？」

「金を貸している客のリストを、別の業者に流されたのだ。客をすべてもっていかれ、たちいかなくなった」

「そのカタギはどうなった？」

佐江は訊ねた。バレれば殺されておかしくない。

「知らんね。逃げたか、殺されたか。そこまでかかわってはいない。私は、焦った尾引会に頼みこまれ、顧客をとり戻そうとしただけだ。だがそれがひっかかり、資格をとりあげられた」

「それもまた妙な話ですね。尾引会も羽田組といっしょで、潰されたように聞こえる」

谷神がいうと、黒木は頷いた。

「その通りだ。だが誰がなぜ、そんな絵図を描いたのか、詮索はせんようにしておる。私もまだ食っていかなければならんからな」

佐江は、江口が黒木を紹介した理由がわかった。江口もまた、何かに気づいているのだ。だが立場上、警察に情報を流せない。そこで黒木と自分たちを会わせた。

「わかりました。たいへん興味深い話です。うかがった件について調べてみることにします」

「勘ちがいせんように。これはあくまで私個人の話であって、江口さんとは何の関係もない」

釘をさすように黒木は告げた。

「承知しています。ところで、黒木さんにうかがいたいのですが、高河連合に吸収されたあと、旧羽田組の幹部はほとんどが足を洗うか、自分の組を失った。にもかかわらず、江口氏だけは、今も江栄会という自分の組をもっている。その理由は何だとお考えですか」

谷神が訊ねた。

黒木の表情が固まった。不意に目から輝きが消え、ガラス玉のようになる。

「さあ。江口さんの手腕に高河連合が期待したのではないかね」

「江口本人はどう考えているんだ？」

佐江は訊ねた。黒木は佐江をにらんだ。

「直接訊いたことはない」

「江口一家は、かつてのシノギの中心だった高利貸しをつづけていけなくなり、それが羽田組の崩壊を招いた。であるなら、江口氏に組を預ける理由は、高河連合の側にない筈ではありませんか」

谷神が黒木をいなすようにいった。黒木は深々と息を吸いこんだ。

「江栄会の今のシノギについて、私はあずかり知らん。調べるのは君らの仕事だろう」

谷神は頷いて、佐江を見た。

「その通りですね。佐江さん、他に何か」

「江口一家は、オレンヂタウンの一部を縄張り(シマ)にしていた。それは今もかわらないのか」

「あんなところを欲しがる組がどこにいる。古くてきたない酒場ばかりだ。みかじめもろくにとれん」

佐江は頷いた。

「お時間をとらせました。江口氏にうかがいたいことがでてきたら、またご連絡します」

谷神はていねいにいって頭を下げた。

「くり返すが、江口さんは殺人事件とは何の関係もない」

黒木の言葉を背中で聞いて、佐江は事務所をでた。谷神があとを追ってくる。

エレベーターに乗りこむと谷神がいった。

「あれはもっといろいろなことを知っていますね」

「だがすべて話すわけにはいかないのでしょう。黒木も江口も命が危うくなる」

佐江はつぶやいた。谷神が訊ねた。

「その潰れた尾引会の縄張りはどうなったのですか」

「高河連合です」

「となると、黒木が資格を奪われるきっかけになった金融屋の一件も匂いますね」

佐江は頷いた。組織犯罪処罰法と暴排条令の施行で、暴力団関係者は表の商売ができなくなった。結果、営業許可をうけるための〝窓口〟をカタギに頼らなければならなくなっている。そのカタギの中に、やくざの上をいくようなワルがいて、ときにやくざを食いものにする。

最初から非合法と決まっている、売春や違法薬物といった商売なら、組員が直接仕切ることになるが、のリース業などではどうしてもカタギの名を借りざるをえない。〝表看板〟が必要な、金融屋、あるいは飲食店相手
尾引会は、そのために雇ったカタギに、顧客リストを奪われたのだ。高利とわかって金を借りにくる者の大半は多重債務者だ。その客に、債務を一本化し今より安い金利ですむ、とささやけば、大半が流

れる。

高利貸しの商売は、元本の返済ではなく、なるべく長く金利を支払わせることでなりたっている。元本が一とすれば、利子が十、二十の儲けを生む。だから顧客がいっせいに借りかえをしたら厳しくなる。

黒木のいう、「カタギに食われた」とは、そういう意味にちがいない。

「気になることがある。電話を一本かけさせてください」

ビルをでると、佐江はいって携帯電話をとりだした。呼びだしたのは、四谷署の立木だった。

「お疲れさん。例の吉崎だが、何かでたか」

「薬物の過剰摂取。通常の十倍近いシャブを一気に食って、心臓がパンクした」

「十倍？　ありえないだろう」

「ゴミ箱から見つかったパケの袋を分析したところ、微量のメタンフェタミンが検出されたが、純度がほぼ百パーセントだった」

「百パーセントだと？」

通常、覚せい剤は、その主成分であるメタンフェタミン、またはアンフェタミンを、五倍から十倍に水増ししてパケに詰めて売られる。吉崎が射ったのは、まったく希釈されていない覚せい剤だったというのだ。

卸し元でない限り、希釈されていないメタンフェタミンは入手できない。吉崎は、純度の高いメタンフェタミンを、ふだん買う希釈されたものだと信じて注射し、死亡したのだ。

「殺しだな」

佐江はいった。

「ふつうに考えればそうだ。だが射ったのが本人なら、純度が高いことを知っていたかどうか確かめようがない」

立木は答えた。

「どうするんだ」

「シャブ中ひとりにずっとかかわっていられるほど、

うちも暇じゃない」

　つまり事故で処理する、ということだ。

「わかった。仕事の邪魔をして悪かった」

　電話を切りかけ、佐江は思いだした。

「ところで、あのあとフリーライターをやっているという男に声をかけられたんだが、おたくの署に何かいってこなかったか。岡という五十前後の、眼鏡をかけたくたびれた感じの男だ」

「いや。俺は知らん。そのライターがどうしたんだ」

「だったらいい。特に関係あるとは思えない」

　佐江は告げ、礼をいって切った。そして谷神をふりかえった。

「オレンヂタウンにつきあってください」

「オレンヂタウンというのは、きのう江栄会の浅井を締めあげたところですね」

　佐江は頷いた。二人は徒歩で大ガードをくぐり、靖国通りを東に向かった。四季の路を通り抜ければオレンヂタウンだ。

「学生時代、先輩に連れられてきたことがあります」

　オレンヂタウンの入口に立つと、谷神がいった。

「映画研究会に所属し、左翼活動にかぶれていた人でした。当時、千円で何杯でも飲ませてくれる店があったんですよ。今より活気があって、くると必ず殴り合いの喧嘩を見かけましたね。映画や演劇の関係者が多くて、先輩はそういう雰囲気に憧れていました」

「最盛期に比べれば、半分近くまで店は減っています。その先輩は、今何を？」

　佐江が訊くと谷神は苦笑した。

「証券会社の課長です」

　佐江は吉崎の店に連れていった。扉には四谷署が封印をしていたが、それをはがして開く。

「いいんですか」

　谷神は一瞬、眉をひそめた。佐江は頷き、扉を開くと中に入って明かりを点した。店内は現場検証がおこなわれたときのままだ。

「先週、ここで店のオーナーの吉崎という男が死んでいるのを、酒屋の配達が見つけて通報しました。吉崎はシャブ中で、担当した四谷の人間に訊いたところ、死因は過剰摂取だったそうです。純度百パーセントのメタンの入ったパケがゴミ箱から見つかった」

谷神は首を傾げながら聞いている。

「その吉崎は、破門されましたが、尾引会の組員でした。尾引会は終戦直後からあった古い組で、このあたりを昔は縄張りにしていました。赤線が廃止され、移ってきた売春宿が並んでいた頃は、かなり景気がよかったらしい」

谷神の目が不意に鋭くなった。

「佐江さん、それは——」

「まだ俺にもわかりません。ですが尾引会も、潰れて高河連合に吸収されたという点では羽田組と一致する。それと——」

佐江はためらい、だがつづけた。

「ここで吉崎の現検に立ち会ったあと、妙な男に声をかけられました」

「妙な男？」

「ええ。フリーライターだと本人はいっていました。大きな儲け話になるネタをつかんだので、俺を刑事だと知って用心棒にならないかともちかけてきた」

「どんなネタです」

「でかい金が動き、これから人がたくさん死ぬ」

谷神はがっかりしたような顔になった。

「そんな話ですか」

「ええ。俺もいいました。この街じゃ毎日、どこかしらで儲け話がとびかうし、人が死んでいる。だからあんたの話を信じないとはいわないが、もっと確たる何かをつかんだら電話をくれ、と」

「そのライターの名前は？」

「岡と名乗りました。現検中に集まった野次馬の中にいて、先にここをでた俺のあとをついてきたんです」

谷神は考えるような目になった。

「つまり刑事にコネをつけたくて、見張っていたわけですか」

「その可能性もありますが、なぜここの現検のことを知っていたのかが、俺は気になり始めています。たまたま通りかかっただけなのか。でも昼間のことですから、このあたりに住んでいるか商売をやっていない限り、たまたま通りかかったとは考えにくい」

「どちらでもないとすれば、このあたりで何か取材をしていた。それが大きなネタにつながっていると考えているわけですか」

さすがだった。佐江の中に生まれた〝疑い〟を谷神はいいあてた。

「ええ。その通りです。黒木から、奴が資格を失うきっかけになった事件に尾引会が関係していたと聞いて、急に気になりだした。黒木が資格を失った理由が、罠だろうが何だろうがどうでもいいことだ。しかし、尾引会の潰れた理由が奴のいう通りなら、何か匂う」

「私も同じことを思っていました。顧客リストを横流ししたという雇われ店長について調べてみませんか」

佐江は頷いた。尾引会の元組員にあたれば、何かわかるだろう。

「ちょっと荒っぽいやりかたをしなけりゃならないかもしれない。一課の人をつきあわせるのはどうかと思いますが」

「気になさらずに。背中は私が守ります」

谷神はいって、静かに微笑んだ。

9

尾引会が潰れたのは二年前だ。その頃は組員も二十人を割っていた。その何年も前から、若くて目端のきく人間は、落ち目の組になど入ろうとせず、残っていたのは年寄りや足を洗う覚悟のできない者ばかりだった。

組長の井筒慶吾(いづつけいご)は引退届けをだしたあと、大久保で韓国人の妻にスナックをやらせ、細々と競馬のノミ屋をしている。

佐江と谷神は、そのスナックに向かった。テナントの大半が、韓国料理店か韓国人ホストクラブという雑居ビルにある。

扉を押し開けると、韓国歌謡曲のカラオケが大音量で流れだした。場所柄なのか、客は日本人と韓国人が半々のようだ。

「いらっしゃいませ」

ミニスカート姿のホステスが声をかけた。二人はカウンターの空いている椅子に腰をおろした。

「ママさんは?」

谷神が訊ねると、ホステスは客とデュエットしている女をさした。

四十を少し超えたくらいだ。元組長の井筒が六十を過ぎていることを考えると、年の差がある。

「ビールをくれ」

佐江が告げるとホステスは頷いて、カウンターの下の冷蔵庫からビールの中壜(ちゅうびん)をとりだした。日本人ではないようだ。

グラスが佐江と谷神の前におかれ、ホステスが酌をした。

「わたしも一杯、いいですか」

柿の種とチョコレートの入った小皿を二人の前において、ホステスが訊ねた。

「どうぞ」

「ありがとございます。いただきます」

訛りのある口調でホステスはいい、ビールを注いだグラスを両手で掲げた。

佐江はひと口飲んで、店内を見回した。サラリーマンらしいスーツ姿の客は韓国人で、テーブルには韓国製の焼酎のボトルがおかれている。一方、日本人らしき客は、スーツではなくジーンズやスポーツシャツといったラフないでたちだ。筋者(すじもの)の匂いを感じる人間はいない。

「いらっしゃいませ。こちら初めてですか」

歌い終わったママが、佐江のうしろから声をかけてきた。やはり訛りがある。

「初めてです。よろしく」

谷神が軽く頭を下げた。

「嬉しいわ。最近、新しいお客さんなんてめったにいらっしゃらないんで。うちのこと、どこかでお聞きになったの?」

濃い化粧をした顔に笑みを浮かべながらママは訊ねた。目は笑っていない。二人の正体に気づいているようだ。

「噂ですよ。井筒さんと話をしたくてきました。ここにこられるのかな」

単刀直入にいくことにして、佐江は訊ねた。

「いいえ。まったくきません。ごめんなさい、井筒さんに会いたいなら、他にいかれたほうがいいと思います」

「どこにいけばいいですかね」

谷神が訊ねた。ママは首をふった。

「私はわからないよ。お母さんじゃないから」

「それなら電話をくれるように伝えてくれませんか。佐江といいます」

携帯電話の番号が入った名刺をさしだし、告げる。うけとらず、ママは手をふった。

「わたし、困ります」

佐江は息を吐き、ママを見つめた。

「いいお店じゃないですか。お客さんも入っている。ママさんを困らせたくないのは、私らも同じですよ。わかりますよね」

ママの顔から笑みが消えた。佐江はつづけた。

「それと、私らがお会いしたい理由は、井筒さんも困るようなことじゃありません。むしろ、井筒さんにとってもいい話かもしれない。昔、井筒さんを苦しめた人をこらしめられる」

ママは瞬きした。佐江はその手に名刺を押しつけた。

「できれば今夜中にでも連絡をとってください」

「お勘定を」

谷神がすばやくホステスにいった。ホステスは怪訝そうにママを見た。ママが頷くと、

「三千円です」

と告げた。谷神は財布からとりだした札をカウンターにおき、領収証は、という問いに首をふった。

佐江は立ちあがり、ママにいった。

「連絡がつくまで、私らはここに通う。迷惑でしょう。よろしくお願いします」

ママは無言だった。怒りのこもった目で佐江をにらんでいる。

店をでて十分もしないうちに佐江の携帯電話が鳴った。


「足を洗った人間になんで嫌がらせするんだ、おいっ」

怒声が耳を打った。

「井筒さんだね。まあ、そう怒りなさんな」

「馬鹿野郎！　女房はカンカンだ。デコスケなんかに店にこられて」

「今、どこだ？　会って五分話せば、もうおたくの奥さんの店には寄りつかない」

「ふざけんな。俺は話すことなんかねえ」

「いいから。あんたにとっても損はない」

「何だってんだ」

「会って話そうや。どこにいけばいい」

井筒は黙りこんだ。やがていった。

「職安の向かいに『アスカ』ってサウナがある。そこにこい」

「裸のつきあいってわけか」

「そういうことだ」

電話は切れた。

「アスカ」は、歌舞伎町と大久保を隔てる職安通りに昔からあるサウナだった。建物も古く、客足が落ちている。それだけに、刺青の入った客も黙認しているという話だった。当然、くる客は限られている。

サウナ「アスカ」に着くと、入場料を先払いし、佐江と谷神はロッカールームに入った。佐江は拳銃を着装していた。サウナの簡易ロッカーにおくのは危険だが、貴重品ボックスには大きすぎて入らない。谷神がいった。

「佐江さんひとりで接触してください。私がロッカーの見張りをします」

「しかし――」

「拳銃を預けるのはまずい。何かあったらクビじゃすまない。といって、怒っている井筒を待たせて、署におきにいくというわけにもいかないでしょう。私が保管していれば大丈夫です」

谷神は笑みを見せた。佐江は頷いた。まさかサウナ室に拳銃をもちこむわけにもいかない。

谷神の前で衣服を脱ぎ、バスタオルを腰に巻いた。谷神は眩しそうに、佐江の体を見ている。

「何です？」

「ちょっと脂肪がついていますが、鍛えればすぐに落ちそうだ。若い頃はいい体をしていたのじゃありませんか」

佐江は苦笑した。

「若いときは、食っても食っても肉がつかなくて、貫目がないってよく先輩にからかわれました。それが今じゃ、水を飲んだだけでもぶくぶく太る」

「わかりますよ」

「谷神さんはスマートじゃないですか」

「私は、自分をいじめるのが好きなんです。走ったり、ジムでトレーニングをしたり、吐きそうになるまでやめられない。ちょっと病的ですね」

谷神は首をすくめた。

「それで、ですか。同じ独り者でもずいぶんちがう、と思っていた」

佐江はいって、ロッカールームをでた。洗い場を抜け、ふたつあるサウナ室のうち、ひとつの扉を開けた。

全身に刺青の入った坊主頭の男がひとり、段の上でアグラをかいていた。白いヒゲが顔の下半分をおおっている。汗で濡れそぼった体にはアバラが浮いていた。

「井筒さんか」

佐江が声をかけると、男は閉じていた目を開いた。

「お前が佐江か」

「そうだ。奥さんのことは悪かった。あんたに会いたくて急いでいた」

とりあえず詫(わ)びを入れた。家族を巻きこまないのが、極道と刑事のあいだの暗黙のルールだ。たとえば子供の前では決して、父親に手錠をかけない。

井筒は無言で佐江をにらんでいる。その目が佐江の腹にある弾傷に向いた。佐江は井筒のかたわらに腰をおろし、息を吐いた。サウナは苦手だった。早くも汗が背中に噴きだしている。

「その傷はチャカだな」

井筒がいった。

「そうだ」

「誰に弾(はじ)かれた」

佐江は井筒を見やった。

「関係ないだろう」

「関係ない俺の女房を、お前は巻きこんだ」

佐江は顎の下を手でぬぐった。汗がべっとりとついた。

「マニラチームと呼ばれてた奴らだ」

井筒は目をみひらいた。

「禿組(かむろぐみ)の殺し屋部隊か」

佐江は頷いた。〝狂犬〟という別名があった元捜査一課の西野を思いだした。同じ捜一でも谷神とはまったくちがった。

「あいつらを潰したのはお前か」

「そんな話はどうでもいい。あんたが昔やらせていた金融屋のことを訊きたい。黒木が弁護士資格をとりあげられた一件だ」

ほっと井筒は息を吐いた。

「黒木先生には悪いことをした。どこかで借りを返そうと思っていたが、返せずじまいだ」

「顧客リストをもち逃げした店長がいたそうだな。そいつのせいで、結局組が潰れたと黒木はいっていた」

「まあ、それだけじゃあないがな」

井筒はいって、再び息を吐いた。

「その店長はどうした。埋めなかったのか」

井筒はフンと鼻を鳴らした。

「お前もマル暴ならわかるだろう。殺しってのはな、銭がかかるんだ。左前になった組のために長ムシをしょってくれるようなお人好しはいねえ。ツトメが終わってでてきたら組がなくなってるかもしれないんだ」

長ムシとは長期刑のことだ。暴力団員の服役に仮釈放はない。刑期満了までツトめることになる。

「じゃあ今でも大手をふって歩いているってわけか」

「さあな。一度見かけたことはあるが、羽振りは悪くなさそうだった」

「どこで見かけた」

「歌舞伎町のキャバクラの前だ。もうなくなっちまった『マヨルカ』って店だ。女どもに送られて、ベンツに乗っていきやがった」

「ひとりでか」

「いや、仲間もいっしょだ」

「マヨルカ」の名に覚えがあった。殺された高部がやっていた店だ。

「その男の名前は?」

「猪野だ。猪野功一」

「なぜ猪野を使ったんだ?」

「若い者が連れてきた。当時、脱法ハーブの店を渋谷でやっていて、そろそろ取り締まりがきつくなるんで、商売がえをしたがっているって話だった。会ってみると頭の回転も悪くなく、使えそうだった」

「リストをもち逃げした件だが、ひとりで描いた絵図だと思うか」

「わからねえ。何度も考えた。あの野郎には不満はなかった筈だ。それなりのものも払ってやっていた」

「使う前にいろいろ調べたのだろう」

「もちろんだ。前科（マエ）はないし、よその組とつながってるようすもなかった。脱法ハーブは、ガキのときの遊び仲間から仕入れていて、組とは関係がない奴だった」

「その遊び仲間の名はわかるか」

「柴田（しばた）ってガキだ。今は日本にいない。タイにいるらしい」

　答えて、井筒は佐江を見やった。

「なんで今さらそんな古い話をむし返す」

　体が限界だった。

「先にでるぞ」

　佐江はいって、サウナ室をでた。水風呂にとびこむ。頭を水につけ、大きく息を吐いた。井筒がでてきて、見おろした。

「我慢がきかねえな」

　嘲笑うようにいった。

「苦手なんだ」

　佐江は唸った。井筒は水風呂のへりに腰をおろし、下半身を水にひたした。

「あれから考えた。もしかしたらハメられたんじゃないかと。猪野を連れてきた若い者を詰めようかと思ったが、行方知れずになっちまった」

「行方知れず？」

「組が潰れたあと、連絡がつかねえ。足を洗ったのだとしても、誰ひとり、どこで何をしているかを知らん」

「ハメられたのだとしたら理由は何だ？」

　佐江の問いに井筒は首をふった。

「わからねえ。うちの縄張りなんて、たいしたもんじゃなかった。あの件がなくたって今頃は潰れちまってたかもしれん。ただ猪野にやらせていた金貸しが一番うまく回っていたのは確かだ」

「縄張りはどこが多かった？」

新宿、ことに歌舞伎町におけるやくざの縄張りは、他の街と異なる。何丁目から何丁目といった決められた区割りはない。それはビル単位ですらない。用心棒代であるみかじめをおさめる先は、店の一軒一軒で異なっているのだ。したがって新しい店ができるときは、オープン前からみかじめを争うことになる。井筒は自嘲するような笑いを浮かべた。

「どこってのは別にねえ。強いていやオレンヂタウンだが、あそこは厄介でよ。昔は学生運動やってた奴とかが逃げこんだりするんで、公安のデコスケがしょっちゅうきたりしてな。みかじめとりにいって、あべこべにデコスケに話聞かせろなんていわれた。だいたいが貧乏くせえ店ばかりで、月に何千円とかがいいところだった」

「破門した吉崎てのを覚えているか」

「シャブ中のだろう。死んだらしいな。自業自得だ。あんなにシャブ食ってりゃ長もちはしねえよ」

「みかじめはおたくだったのか」

フンと井筒は鼻を鳴らした。

「それが笑っちまうんだが、あの店は奴のお袋が始めたんだ。お袋の頃はもちろんうちだったが、奴の代になって連合にクラがえしやがった。まあ破門にされた恨みもあったんだろうよ」

「もめなかったのか」

「連合ともめられるほどの力がうちにあるわけないだろう。あっちは大所帯だ。喧嘩でもして、二、三人もっていかれただけで、こっちは人手不足になっちまう」

小さい組なら当然そういうことはありうる。

「じゃあずっとつきあいはなしか」

井筒は目を細めた。体が冷えてきた佐江は水風呂をあがった。

「一度、奴の紹介で、何か物書きみたいのが訊ねてきたな。組を畳んだあとだ。オレンヂタウンの本を書くから話を聞かせてくれと言われた。謝礼があるのかと訊いたら、本がでてからでなけりゃ払えねえというんで追い返した」

「名前は何といった」

「忘れちまったな。貧相な感じの野郎だ」

「岡、といわなかったか」

「そうだ、確かそんな名前だった」

答えて井筒は佐江を見た。

「その野郎も死んだのか」

「いや。俺も取材の申しこみをうけたことがあるんだ」

佐江はとぼけた。

「岡とはそれきりか」

「ああ。それきりだね。本当に物書きかどうかも怪しかったが、オレンヂタウンてのは、そういうのがいっぱいきていたからな。売れねえ小説家だの役者だのってのが。そいつらがものにならねえと、あそこで店を始めるのさ。しょうもねえ」

「バブルのときに地上げが動いたろう。あれでは儲けなかったのか」

「少しだけいい思いをしたな。けれどな。あんな五坪もねえような店をやってる奴でも欲の皮がつっぱってやがって、立ち退き料を一千万よこせとかほざくんだ。あとは権利関係がとにかくややこしくてよ。また貸しなんてあたり前で、登記あげても地権者がどこにいるんだかわからねえなんて物件がごろごろあった。それが何百軒だろう。やってらんねえって、みんな音をあげたのさ。そうこうしているうちに弾けちまった」

「猪野の話に戻るが、外見はどんな感じの奴だ」

「サウナに戻って話してやる」

佐江はため息を吐き、井筒とともにサウナ室に入った。井筒は高い段にアグラをかいた。佐江は少しだけ涼しい床にすわった。

「見かけはごくふつうの野郎だ。今は三十一、二くらいじゃないか。目が悪くてコンタクトをしてたが、うちの店をやらせてたときは眼鏡にしろといってた。そのほうがマトモに見えるからな」

「出身はどこだ」

「東京だ。世田谷かどこかで、高校までは進学校にいってたのが、途中でグレてこっちにきた。確かに頭の回転はよかった」

「所帯は」

「離婚してた。ガキはいなかった」

「脱法ハーブの店の資金はどうしたんだ」

「悪ガキ仲間で羽振りのいいのがだしたらしい。おいれおれで稼いでた奴じゃないかと俺はにらんでた」

「猪野はそれに加わっていなかったのか」

「親に金があったんでやらなかったらしい」

「親が金持ちなら、リストをもち逃げしたときに実家に追いこみをかければよかったじゃないか」

「それが投資に失敗したか何かで、親父が五年くらい前に首吊ったのさ。だからそのときはもう駄目だった。そういうところからして、ツイてないんだ、俺は」

「写真とかはないのか」

「店をやらせるときに戸籍から何からおさえたが全部処分した」

妙だった。いくら組が左前になっていたからだとしても、あきらめがよすぎる。

佐江は井筒を見つめた。

「何だよ」

「ものわかりがいいな。組を潰されたんだ。ふつうならとことん追いこむだろう」

「稼業が嫌になってたんだよ。潮どきだと思った」

「それだけか、理由は」

「何だよ。人が親切に話してやってんのに疑うのか、手前」

「そうそう、そうやってすごめばいいんだ。それをなんで、街で見かけてもほうっておくんだ」

「やかましい！　おい、いくら足を洗ってるからって、なめてると承知しねえぞ」

「なめてるのはそっちだろう。やくざ者が組を潰されるほどの損害を負わされて、腕の一本もとらねえで泣き寝入りしたって話を信じろというのか」

「それが本当なんだからしょうがねえじゃねえか」

「手打ちをしたのだろ」

「何？」

「猪野か、猪野がリストをもっていった金融屋と手打ちをしたのだろう。その金を組に回したのじゃ消えちまうだけだ。だから畳むことにして懐に入れた。そうじゃないのか」

「何いってやがる、この野郎」

「元尾引会で、今苦労している奴はいっぱいいるだろう。それでも組長(オヤジ)が解散を決めたんじゃしょうがないとあきらめてな。ところが、組長だけこっそり、手打ち金をガメていたとわかったら、頭にくるだろうな。足を洗った極道くらいツブシのきかない者はいない。このご時世じゃカタギの仕事はそうそうは見つからない。あんただけがのうのうと、女房に飲み屋をやらせて楽隠居だ」

「何だとこらっ」

「ちがうってのか！」

佐江は立ちあがり怒鳴った。

井筒とにらみあった。汗が目に入りしみたが、瞬きをこらえた。井筒はさすがに年季のはいった眼(ガン)をしている。が、ここで退くわけにはいかない。佐江は井筒の目の奥をにらみつづけた。

やがて井筒がふうっと息を吐き、目をそらすと再びアグラをかいた。

「しかたがねえ」

と吐きだした。佐江も床にすわった。

「ここから先は誰にもいうな」

「わかった」

「追いこみはもちろんかけるつもりだった。だが女房をさらわれたんだ」

「あんたの奥さんを、か」

井筒は苦い表情で頷いた。

「そのとき女房は、赤坂の韓国クラブで働いていた。店の帰りに、俺の使いだって奴らがきて、女房を車に押しこめてさらった」

佐江は無言で井筒を見つめた。

「そいつらは女房の携帯を使って俺に電話をしてきた。そしていいやがった。猪野に追いこみをかけるなら、女房は戻ってこない。もしあきらめるなら、女房に五百万をもたせて帰す、と」

「呑んだのか」

「しょうがねえだろう。相手は極道じゃない。仁義もへったくれもねえ」

「なぜ極道じゃないとわかる」

「極道がそんなやり方をするか。猪野の仲間に決まってる。俺が追いこみをかけるだろうと踏んで先回りをしたんだ」

確かに極道のやり口ではない。組の看板を掲げている組織が、相手組長の身内を拉致して威すなどという真似をしたら蔑まれるだけだ。

「潮どきだと思ったのは、そのときさ。ハラワタが煮えくりかえったが、そいつらのひとりひとりを捜してぶち殺そうにも、うちにはもうそんな力はなかった。といって、警察に泣きついたら笑いものだ。手前の女房ひとりとり返せねえのか、とな。だから追いこみはしないと約束して女房を返してもらった」

「奥さんは無傷か」

井筒は頷いた。

「車の中で目かくしされ、ぐるぐる走り回っていたらしい。銭も一緒についてきた」

「なるほどな」

「やがてうちから借りていた客が続々と元本を返してきた。借りかえだ。断るわけにもいかず、客はいなくなっちまった」

「それで組を畳んだのか」

「そうなるのは見えていた。奴らはうちから客をもっていっただけじゃなく、俺の根性ももっていきやがった」

井筒は暗い顔になっていた。

「絵図を描いたのは猪野か、それとも猪野の仲間か」

「わからねえ。ただ金貸しにはケツモチがいるもんだ。奴の仲間がいくら極道じゃないといっても、リストを使った店のバックにはどこかの組がいたのはまちがいない。けれど今さらそれを見つけたってどうにもならない」

女房を拉致され、脅迫に屈服した時点で、井筒は、やくざとして終わったのだ。それが尾引会の解散につながった。

「猪野は仕込みだったと思うか」

佐江は訊ねた。暑さをさっきほどは感じなくなっていた。

「ああ。でき心じゃ、あそこまではできない。もしかすると奴を連れてきた森本ってのもグルだったのかもしれん」

「森本というのは、猪野を見つけてきた若い組員か。行方知れずだという」

井筒は頷いた。

「うちの若い衆の中では一番使えると踏んでいた奴だった。けれどな、あれが仕込みだとしたら、何のためだったのかがわからない。俺をそんなに潰したかったのか。それとも尾引会を潰したかったのか。二年たったが、それで儲けたなんて奴は現れない。だからわからねえんだ」

井筒の疑問はもっともだった。が、何か大きな絵図の切れ端だということはまちがいない。絵図が大きすぎて、全体が見えないだけだ。

猪野、柴田、森本。井筒の話に登場した三人を見つけだせば、より全体像に近づくことができるだろう。

「森本というのは、今いくつだ」

「生きてりゃあ、三十四、五だ。猪野より少し上だった」

尾引会の構成員だったのなら、あるていど資料がある筈だ。

「だが新宿にはいない。捜したからな。いたら見つかった筈だ」

猪野に対する追いこみはあきらめたが、身内だった森本の行方は追ったのだ。腹立ちをせめてぶつけようとしたのだろう。

「死んでいると思うのか」

「わからねえ。だが死んだと思ったほうが、気持ちが休まる」

佐江は頷き、立ちあがった。

「手間をかけた」

「妙だな。誰にもいわなかったが、あんたに吐きだして、少しすっきりした」

井筒は応え、うなだれた。痩せた体から再び汗が滴り落ちている。まるで全身を汗で流して、この世から消え去ろうとしているかのようだった。

シャワーでさっと体を流し、佐江はロッカールームに戻った。谷神は待ちくたびれたようすも見せず、佐江を迎えた。

「どうでした」

「お待たせしました。どこかで一杯やりながら話しましょう」

谷神は小さく頷いた。不思議な男だった。ベテランの刑事にありがちな臭みがまるでない。殺人や強盗、強姦(ごうかん)といった凶悪事件ばかりを手がける捜査一課に長くいる者とは思えない。

無色透明。谷神を見ていると、そんな言葉が頭に浮かぶ。初めて会った日以来、黒以外のスーツを一度も着ていない。もちろん毎日同じ服というわけではないだろう。まるで喪服のようだが、本人にそうした暗さはない。といって、明るく快活でもない。まさに無色透明なのだ。頭が切れ、優秀であるのはまちがいないのに、圧迫感を漂わせていないのも、刑事としては珍しい。

職安通りに面した、オープンテラスのあるバーに二人は腰を落ちつけた。歩道に面しておかれたテーブルは煙草が吸える。客の多くが女性で、韓国料理を食べにこのあたりにやってきたようだ。

佐江はビールを、谷神はジントニックを頼んだ。ビールで喉を潤し、煙草に火をつけた佐江は、井筒から聞いた話をした。周囲のテラス席にいるのは女ばかりのグループで、自分たちのお喋りに余念がない。

「女房をさらった。ずいぶんなやりかたですね。一歩まちがえたら、草の根を分けてでも追いこみをかけられかねない」

井筒の妻が猪野の仲間らしき連中に拉致されたことを告げると、谷神は首をふった。

「井筒は見切られていた。たとえ女房をさらわれても仕返しはできない、と。実際、組を畳んだあと、猪野を見かけたが声もかけていない」

佐江はビールのおかわりを頼んでいった。

「どこで見かけたのですか」

「もうなくなっちまったキャバクラの前で、仲間とベンツに乗りこんでいったそうです。そのキャバクラは、マル害の高部が、歌舞伎町でやっていた店です」

佐江が告げると、谷神は首を傾げた。

「偶然ですかね」

「猪野が渋谷でやっていた脱法ハーブの店ですが、資金をだしたのは、昔の不良グループの仲間だと井筒はいっていました。当時はまだ二十代の筈で、本当に仲間がだしたのなら、よほどの金持ちか、金回りのいい商売をしていたのでしょう」

「マル害は三年くらい前に新宿に現れ、居酒屋とキャバクラであてた、と佐江さんから聞きました。その元手は、詐欺か闇金で貯めたのじゃないか、と」

佐江は頷いた。

「つまり猪野の仲間とマル害は、ある時期同じような犯罪に手を染めていたわけですか」

「利口な奴は、いつまでも詐欺や闇金にしがみつかない。それで稼いだ金でカタギの商売を始めます。誰かが居酒屋を始めれば、誰かがキャバクラ、そして別の誰かは踊るほうのクラブといった具合で、重ならず客を融通しあえるような仲でやっていく。猪野の仲間とマル害のあいだにつながりがあったとしてもおかしくはない」

佐江はいった。谷神は首をふった。

「妙な時代になったものですね。犯罪で稼いだ金を元手に、カタギの商売をする。詐欺なんてものは、昔はプロがやると決まっていたのに」

「振りこめ詐欺は別です。道具と人間とマニュアルさえあれば、ガキにだって始められる。むしろガキのほうがだましやすい」

「詐欺で得た金をぱっと使ってしまい、なくなったらまた詐欺で稼げばいい、とは思わなかったわけですね。貯めておいて、それをカタギの商売に投資する。悪いのか真面目なのか」

「この十年くらいはそういうのが多くなった。犯罪でひと儲けしても、馬鹿騒ぎして使っちまったりせず、おとなしく貯めこんでいるんです。そういうのほど用心深く手堅いんで、つかまえるのも難しい」

「バブルを知らない人間ですかね」

「そうでしょう。今三十代の連中は、物心ついたときにはバブルが弾けていた。だから浮かれてアブク銭を使うという発想がないのかもしれない。もちろん、そういう馬鹿は今でもいるが、つかまっている」

佐江はいってビールを干した。

「いずれにしても、死んだマル害はともかく、猪野とその仲間だった柴田、そして猪野をひっぱってきた森本を追ってみましょう。尾引会が計画的に潰されたのだとしたら、江口一家の高利貸しを射殺させた者と、共通する目的があるかもしれない」

谷神の言葉に佐江は頷いた。だがその目的が何なのか、今は皆目見当がつかない。

ライターと自称した岡は、何か知っていたのだろうか。

今となっては、岡から連絡がくるのを待つ他なかった。

10

捜査本部が設けられてから五日が経過したが、高部斉殺害の犯人捜査の進展ははかばかしくなかった。日曜日の夜とはいえ、相当の人通りがある新宿歌舞伎町を逃走した犯人の手がかりが集まらないのだ。

歌舞伎町の随所におかれた防犯カメラからは、現場であるニューハヤシビル入口のカメラに撮影された犯人と思しき人物の映像は発見されなかった。犯人は、ニューハヤシビルをでてすぐに車などに乗りこんだか、変装して移動した可能性が高かった。

被害者の高部斉の周辺に関する捜査では、高部が最近は飲食店ではなく不動産経営に事業の力点を移していたことが判明していた。新宿区内を中心に、ビルや空き地を購入し、賃貸や転売をおこなっていたのだ。

ただそれらの不動産事業で、暴力団や取引先とトラブルがあったという情報はなかった。また高部の死亡によって、その財産を相続する人間も、犯人とは思われなかった。高部は独身で、両親は北海道に存命していたが、この十年ほとんど連絡はなかったという。高部の不動産会社には十数名の社員がいたが、ボディガードと運転手を兼ねていた二名の他は、この一、二年のあいだに雇われた者ばかりだった。高部の死亡によって事業の続行は困難となり、会社は清算される方向に向かっていた。

佐江は、新宿署に残る尾引会の資料から、森本の行方をあたろうとした。

森本啓一郎というのが本名で、年齢は今年三十四歳になる。大阪府出身、十八歳で上京しボーイやビラ配りなどのアルバイトを転々としたのち、二十一歳で尾引会の盃を受け、正式の組員となっていた。暴行傷害と威力業務妨害で逮捕され、服役している。

尾引会構成員時代、新宿署が把握していた住所は新宿区若松町の東京女子医大に近いアパートだったが、今はとり壊され、存在していない。

森本の経歴を調べていた佐江は、暴行傷害で逮捕された事件に目をとめた。森本が二十二歳当時で、歌舞伎町一丁目のスナックの客だったサラリーマン二人に、料金の支払いを求め、暴行を働き怪我をさせたというものだ。

店はいわゆるキャッチバーで、客引きの女が言葉巧みにカモをひっぱりこみ、法外な料金を請求する。一時は歌舞伎町に縄張りをもつ暴力団の多くが手を染め、それをさらに中国人が真似て強力な睡眠薬を混ぜた酒で客の身ぐるみをはぐ店まで乱立した。浄化キャンペーンによって、その数はかなり減っている。

怪我をさせられたサラリーマンが泣き寝入りせず交番に届けたため、森本は逮捕されたのだが、このとき十九歳の少年も暴行に加わったとしてつかまっている。

少年の名前は川端和広(かわばたかずひろ)、尾引会の準構成員だったと思われるが、その後正式の組員としての登録はない。

そこで「川端和広」を佐江は検索した。署のコンピューターには、日本全国の暴力団構成員名簿が入っている。完全ではないが、それなりの役には立つ。

ヒットした。「川端和広」は、指定暴力団高河連合武蔵(むさし)一家砧(きぬたぐみ)組の構成員として登録されていた。現在の年齢は三十一歳、住所は豊島(としま)区長崎二丁目だ。組員として資料に登録されたのは去年だ。つまり尾引会が潰れたときはまだ、砧組の正式組員ではなかったということになる。

尾引会が潰れたので砧組の盃をもらったようにも

とれるが、そうではないだろうと佐江は思った。

暴力団の正式組員になる、というのは、実はそれほど簡単なことではない。暴力団に求人募集はない。いきなり訪ねていって「組員にしてくれ」と頼んでも、まず難しい。

組員として認められるためには、最低でも一年近い修業期間が必要だ。しかもそこに入るためには、正式組員の引きがいる。

つまり縁故がなければ、修業にすら加われない。したがって入ろうと考えていた組が潰れたので、別の組に入ることにしたというのは、潰れた組が吸収されたのでもない限り、ありえない。

尾引会の解散後、森本はこの砧組に入っていない。川端は、森本のコネとは別に砧組の盃をもらったということになる。

一度は尾引会の準構成員のような立場で逮捕された川端が、それから十年以上もたってから砧組の組員となったのは奇妙だった。

佐江はさらに柴田という名を検索したが、上の姓しかわからないので、年齢を三十代に絞っても該当者が多すぎた。

猪野功一に関しては登録がなかった。

その日谷神は本庁に出勤してから佐江と合流することになっていた。合流は午後遅めになる。佐江はひとりで川端和広の住居に向かった。

住宅街にある、築年数の経過したマンションだ。オートロックではなく、家賃はさほど高くないだろう。

暴排条例のせいで、暴力団員が住居にできる建物が減っている。入居契約時に「反社会的勢力」と無関係であることを誓約させられ、万一それが虚偽であったとわかれば退去しなければならないし、最悪の場合、詐欺で逮捕される。稼ぎのある者なら、内縁の妻や組員ではない身内に、高級マンションを買ったり借りさせたりできるが、稼ぎのない者だと、審査のうるさくない安アパートが多くなる。組員であるのをひた隠しにして入居する他ない。

暴力団員を、「暮らしにくく」させるには効果がある。が一方で、暴力団員ではないのにプロの犯罪者となる者を生みだす理由にもなっている。

組員となれば、警察に住居を把握され、部屋を借りるのも商売を始めるのも困難になる。ゆえに盃をもらっていないカタギを装いながら、シノギに携わる者がでてきた。

かつては組員であることを笠に着てシノギをおこなう者が多かった。それに対しては、この暴排条例は有効だ。みかじめや債権回収といった、暴力団の古典的なシノギをおこなえなくなる。暴力団だけでなく〝被害者〟側にも罰則規定があるからだ。

その結果、古典的なシノギを捨て、新たな事業を始める暴力団が増えた。組員が一切表にでることなく、すべてを「嘘でかためて」、シノギに乗りだすのだ。

すべてを嘘でかためられた場合、佐江のような刑事は、捜査のきっかけを見つけるのが難しくなる。さらに表面的にはカタギが並ぶので、捜査は慎重にならざるをえない。

結局のところ、暴力団は資金だけをだし、実行犯はすべてカタギ、という犯罪が増える。いわば犯罪のアウトソーシングだ。組員になっても、目に見えるのは損ばかりで、得がないと思わせることは暴力団員の減少をうながすかもしれないが、組員ではないプロ犯罪者を増やす原因となる。

こうしたプロ犯罪者にはふた通りあって、犯罪を手っとり早い金儲けと考え、さらに儲けられる商売を見つけるとさっさとクラがえをするタイプと、窃盗や恐喝、さらには強盗といった、本来なら暴力団はかかわらないといわれているような犯罪にまで無節操に手を広げるタイプがいる。

暴力団ははっきりとした縦組織であり、犯罪にかかわるかかわらないの別なく、規律が存在する。が、このプロ犯罪者には明確な組織がなく、規律らしい規律もない。

経験者によるノウハウの伝授がないので、稚拙なものも多い一方で歯止めのない犯行にも及ぶ。

単純な話、やくざが人を殺すには、金なり抗争なり、そこには組織の理由がある。しかしプロ犯罪者には、それほどの理由がない。「目障りだ」「態度が気に入らない」、あげくは「殺したほうが早い」で、殺人をおかし、逮捕を逃れようとする。それはときに成功するが、その理由のひとつは表面的に彼らがカタギであることだ。

やくざなら、刑事は有無をいわさず締めあげる。が、カタギとなるとそうはいかない。

誤認逮捕はもちろんのこと、厳しい取り調べすら「人権侵害」だとマスコミに叩かれかねない。暴力団員に対してはどれほど厳しくあたっても、批判の声はあがらない。むしろもっと厳しくすべきだ、とすらいわれる。

暴力団員に不公平だとまでは思わないが、この傾向には今後拍車がかかると佐江は見ていた。

組織や規律という「安全弁」をもたないプロ犯罪者はますます増える。そうなれば、やくざ、カタギの区別は無意味だ。定職をもち、カタギのように見せかけながら、やくざもためらうような凶悪犯罪に平然と手を染める者が増えていく。そこに、暴力団では食えなくなった者が合流する可能性もある。

生きづらく仕向ければ、目に見える形での暴力団はなくなる。しかし犯罪が減ることとは別だ。見えないが存在するものを取り締まるのは、見えるものを取り締まるよりはるかに難しい。

社会不安はむしろ増大するだろう。

川端の部屋のインターフォンを佐江が押したのは、午前十時少し前だった。

「はい」

眠そうな男の声が応えた。

「佐江といいます。ちょっとお話を聞かせてもらいたくて、新宿からきました」

いいかたで刑事とわかったのだろう、インターフォンは沈黙した。

「川端さん、いるのはわかってる。開けてください」

「今ちょっと手が離せないんで、出直してくれ」

「いつ頃？」

「一時間後でいい」

「わかりました」

ドアについたのぞき穴の向こうが暗くなった。佐江は踵を返し、ドアの前を離れた。エレベーターのないマンションなので、階段を下りる。

一度マンションの玄関をでて、十メートルほど歩き、すぐにとって返した。階段を足音をたてないように上り、再びドアの前に立った。ただしのぞき穴からは死角となるよう、ぴったりと体をつける。

十分もたたないうちに、鍵を開ける音がしてドアが開いた。皮のジャケットにカーゴパンツをはいた坊主頭の男が、目の前にいる佐江に気づき立ちすくんだ。

「とぼけた真似するなよ、おい」

佐江はいって身分証を示した。そして中に入れと、顎をしゃくった。鍛えているのか、大食いなのか、ずんぐりとした体つきをしている。

佐江に気づいたときの目つきで、見かけほど度胸はない、と見当がついた。

「な、何だよ」

「何だよじゃねえだろう。出直せといっといて、どこに逃げようとしていたんだ」

体で川端を押しこみ、佐江はうしろ手でドアを閉じた。

「逃げようなんてしてねえよ。飯食いにいこうと思っただけだ」

川端は肩をそびやかした。

「そうかそうか。じゃあさっさと話を終わらせるから、飯を食いにいけよ」

「話すことなんか何もねえ」

「まだ何も訊いてないんだ。話すことなんかないだろう」

佐江がいうと、川端は面食らったように首を傾げた。扱いやすい、と佐江は踏んだ。

「それとも何か。逃げたいことでもあるのか」

「ないって」

「訊きたいのは昔の話だ。今のお前のことじゃないから安心しろ」

ひと呼吸おいた。川端の反応を見るためだった。わずかだが安堵した表情が浮かんだ。

「昔っていつだよ」

「お前が十九のときにパクられた一件だ」

川端は怪訝そうな顔をした。

「いっしょにパクられた兄貴分がいた。覚えているか」

「森本さんのことか」

「そうだ。今でも連絡があるんだろう」

「ねえよ、全然」

「正直に話そうや。お前は十九のときは尾引会の準構だった。だが盃をもらわず、三十過ぎて砧組の組員になった。どういうわけでそうなった」

「そんなことはあんたに関係ない」

「ないかどうかは俺が決める。尾引会に入らなかったのは、誰かにやめとけ、といわれたからじゃないのか」

「何いってんだよ」

「だってそうだろう。キャッチバーで客を殴っていっしょにつかまった仲だ。ふつうなら森本のところに世話になるのが筋じゃないか。それを十年以上たってから別の組とはどういうことなんだ」

川端は首をふった。

「ワケわかんねえ」

「おい、なめるなよ。誰かに止められなかったら、お前はまっすぐ尾引会に入ってた」

佐江は腹に力をこめ、川端の目を見つめた。川端は瞬きした。

「忘れちまった」

「思いだせ」

「そんなことはあったかもしれないけど、うんと前だ」

「うんと前っていつだ」

「三、四年前かな」

「十九でパクられて、そのあとすぐ尾引会に入らなかったのはなぜだ」

「迷ったんだよ。一度組に入ったら、そう簡単には抜けられないし、森本さんも焦んなくていい、カタギを試してからでもいいのじゃないかって」

「いい兄貴分じゃないか。それなら尚さら尾引会にいきたくなったろうが」

「だからやめろっていわれたんだよ。迷ったあげく、腹を決めて尾引会の世話になりたいって頼んだら、やめろっていわれたんだ」

「理由は聞いたか」

川端は首をふった。

「いってくれなかった。だから本当は俺のことが嫌いなのじゃないかって腹を立てた。そうこうしているうちに尾引会が潰れて、そういうことだったのかって。組が危ないとは、森本さんの口からいえなかったのだろうって」

「男前な話じゃないか。それで？」

森本をほめると、気分がよくなったのか川端の舌はなめらかになった。

「一昨年、尾引会が潰れて少しした頃、森本さんから連絡があった。潰れたときは心配になって何回も電話したけどつながらなかったんだ。森本さんは日本にいないっていってた。それで、『まだお前、極道になる気があるのか。あるなら、紹介してやる』といわれた」

「それで砧組に入ったのか」

川端は頷いた。

「森本は砧組の誰を紹介したんだ？」

「組長（オヤジ）だ」

「妙じゃないか。なんで尾引会にいた森本が砧組の組長を知ってるんだ？」

「共通の知り合いがいるっていってた」

「共通の知り合い？　誰だ」

「俺がいったって、絶対いわないでくれよ」

川端は気弱な目つきになった。

「ああ、いいだろう。秘密にする」

「江口さんだ。江栄会の組長の」

「じゃあ江栄会にいけばよかったじゃないか」

尾引会と同じように潰れた羽田組の傘下にいた江口を森本は知っていたのだ。

「今は人を入れる余裕がない、といわれた」

「江口がそういったのか」

川端は首をふった。

「森本さんから聞いたんだ」

「で、森本は今どこにいる」

「知らねえって」

「タイだろう」

川端の目が反応した。

「わかんねえ」

「日本にちょこちょこ帰ってきてるのか」

川端はあきらめたようにいった。

「半年に一回かそこらは帰ってるって」

「仕事は何をやってる」

「そいつは教えてくれなかった。本当だ」

「クスリ関係じゃないのか」

「知らない、本当だ」

「猪野は知ってるな」

カマをかけた。

「猪野さん。六本木の？」

「それだ」

「森本さんが日本に帰ってくると、猪野さんの店にいってるみたいだ」

「お前もいったことがあるのか」

「一度だけだ。たいした女もいねえのに馬鹿高かった。あれだったら新宿のキャバクラのほうがマシだ」

「店の名前は何という」

「『ホワイトヘブン』」

「儲けているのか、猪野は」

「そうでもないんじゃないか。ちょっと前はよかったらしいけど、最近は駄目だっていっていたから」

「高部はどうだ。新宿で以前キャバクラをやっていた」

「それってこの前ハジかれた不動産屋だろう。知らねえ」

「森本や猪野とは知り合いだったのじゃないのか」

「それは俺にはわからねえ。おい、妙なアヤつけて、殺しをしょわすつもりじゃないだろうな」

川端は怯えた表情になった。

「ほしはまだつかまってない。それもありかもしれんな」

「ふざけるな！」

「本気にするな。それとも何か、お前のところは高部ともめていたのか」

「そんなわけねえだろう。うちの縄張りは新宿じゃねえんだ」

確かに砧組の縄張り(シマ)は渋谷だ。

「そうだったな。ということは、新宿の組と高部はもめていたのか」

そういう情報はなかった。

「聞いてねえ、そんな話は」

川端は目を伏せた。何かある。

「もう少しだ。もう少し聞いたら、俺は二度とこない。なあ、何を知ってる」

佐江は川端の肩に手をかけた。

「何も知らねえよ」

川端は佐江の腕を払った。

「そんなことはないだろう。別にあれが極道の殺しだと思ってるわけじゃない。あれはプロの仕業だ」

川端はうつむいたままだった。やがてぽつりといった。

「噂だ」

「噂？　どんな」

「凄腕（すごうで）の殺し屋がいる。日本人じゃないらしくて、チャカの腕が百発百中で、そいつに狙われたら絶対に助からない」

「それだけか」

「それだけだ」

「おい、こっち見ろ」

佐江は川端の顎をつかんだ。

「そんな中学生みたいな噂話を、なんでおまえら極道がする？　わけがあるだろう」

「わけなんかねえよ」

「いや、ある」

いって佐江は川端の目をのぞきこんだ。噂のでどころは、おそらく川端の属する組内だ。

「連合か」

川端は激しく瞬きした。

「連合が何だよ」

「連合とかかわった殺しなんだな。その凄腕の殺し屋が仕事をしているのは」

「だから噂話だっていってるじゃねえか。誰もそんな殺し屋がいるなんていってねえ。ただ俺らがおもしろがってるだけなんだ」

「どうおもしろがっているんだ。お前らの噂でいいから話してみろ」

川端は大きなため息を吐いた。

「でいりとかにそいつがでてくることはない。狙われるのは極道じゃなくて、連合とは直接かかわりのない人間なんだ。けれどそいつが仕事をして少しすると、連合の商売が動く」

「わからないな。もっとはっきりいえよ」

「はっきりしたことは知らないんだ。俺らみたいな下っ端が教えてもらえるわけがない。うんと上のほうの商売の話だからよ。俺も人から聞いたし、教えてくれた奴だって本当のことを知ってるわけじゃない。都市伝説みたいなもんだ。ただそれだけだ」

「拳銃の名人の殺し屋がいて、連合のために仕事をしている、そういうことか」

川端は頷いた。

「歌舞伎町の殺しのことを聞いたとき、アレじゃねえかって。アレみたいだなって、おもしろがっていっただけだ」

証拠も根拠もない噂話だと川端はいった。

親分や兄貴分の運転手をしているチンピラどうしが、待っているあいだ暇潰しにするお喋りの中で、その噂が生まれた。高河連合には、契約する凄腕の殺し屋がいて、狙った標的は決して外さない。

確かにチンピラが好みそうな噂話だ。自分たちの所属する組が、いかにも大組織で謎めいていると思わせる。

だが佐江と谷神は同じ疑いを高部殺しの犯人にもち、それが信憑性を帯びつつあるのを佐江は感じた。

川端は怯えていた。高河連合に関する、とんでもない秘密を話してしまったと感じているようだ。

そう思わせておいたほうが都合がいい、と佐江は思った。罪の意識があるうちは、刑事に話したとはいわないだろう。

新宿に戻ると、谷神が署に現れるのを待つあいだ、インターネットで「ホワイトヘブン」という飲み屋を調べた。六本木のキャバクラで、ホームページがある。

谷神がきたのは、午後四時過ぎだった。

「遅くなりました」

「いえ。猪野の居場所がわかりました」

佐江が告げると、谷神は目をみひらいた。

「生きていたのですか」

「六本木でキャバクラを経営しています」

「六本木で?」

「さすがに新宿ではやりづらかったのでしょう」

川端から聞いた話をした。

「では森本は、足を洗っているということですか」

「少なくともどこかの組には入ってはいない。ただし江口とつきあいがある。その伝手で川端は連合系の砧組に入った。奴が尾引会に入らなかったのは、森本にやめておけといわれたからだそうです」

佐江がいうと谷神は目を細めた。

「すると森本は、尾引会がそうはもたないことを知っていた」

「知っていたどころか、息の根を止めた張本人かもしれない。猪野をひっぱってきて金融屋を任されるように仕向け、顧客リストを抜かせた。だからこそ尾引会が潰れたあと、連合系の組に入らなかった。入れば、猪野と描いた絵図だと見抜かれる」

「しかし尾引会を潰しても得などないと、当の尾引会の組長はいっていたのでしょう?」

「その通りです。だが理由があったからこそ、猪野と森本は動いた。羽田組も潰され、どちらも縄張りは今、連合系の組がおさえている」

「江栄会は、この前のケバブ屋でクスリを売っていましたね」

谷神は真剣な表情になった。

「大麻やメタンフェタミンは、タイルートもあります。森本がその仕入れ先ではないのですか」

「江口と森本がつながっている以上、充分その可能性はあります。しかし――」

佐江はいって、考えこんだ。それと高部殺しとはつながらない。クスリを扱っている連中は、殺しなどで警察の目を惹くのを嫌う。

薬物の密売が殺し合いの起きるようなトラブルにつながることは少ない。クスリはあくまで金儲けの材料で、極道の切った張ったの理由にはなりにくい。

「殺し屋が高部を殺す理由にはなりませんか」

谷神が訊き、佐江は頷いた。

「カタギの高部が、こっそり楽しむなら別ですが、商売としてクスリに手をだしていたとは思えません。仮にだしていたとしても殺されるほどの理由にはならないでしょう」

「すると高部が殺される理由となった、噂でいう連合の商売とは何でしょうか」

「そこです。仮に、高利貸しだった片瀬と高部を殺したのが同一犯人だとして、高部の死によって屋台骨が傾く組があるわけではない。片瀬殺しは羽田組を左前にしましたが、高部がどこかの組のフロントだったわけではありません」

「高部の死によって連合が得る利益があるとしたら何です」

「まず考えられるのは不動産事業です。高部が所有していた土地なり建物を、連合が手に入れたかった。でも暴排条例があるので、つながりを疑われるような業者は動けない。ただ、殺してまで手に入れたら当然、我々に目をつけられる。そんな危ない橋を渡るとも思えません」

「確かにそうです。高部の土地が誰かに渡れば、それはすぐにわかることですからね」

佐江は頷いた。それほどわかりやすい殺しを、高河連合がプロの殺し屋にさせるとは思えなかった。

どうしても手に入れたい土地があったとしても、まずは金と脅迫で何とかしようとした筈だ。だが、そういう脅迫があったという情報はない。

佐江と谷神は六本木に向かった。高部殺しの捜査と直接はつながらないが、猪野の話を聞くためだ。

猪野がどこかの組に所属していたという記録はない。しかし猪野と森本には深いつながりがある。二人は尾引会を潰した張本人なのだ。その上、猪野には仲間がいる。尾引会の組長だった井筒の妻を誘拐して脅迫した連中だ。

「五百万をつけた、というのも奇妙じゃありませんか」

「ホワイトヘブン」の入った雑居ビルは、六本木の交差点から溜池方面へと下る坂の途中にあった。同じビルには他にもキャバクラや居酒屋などが入っている。

その前に佐江が覆面パトカーを止めると、考えていた谷神が口を開いた。

「五百万？」

「井筒が女房といっしょにうけとった金です。猪野に追いこみをかけない見返りに。猪野は金融屋の顧客リストをもち逃げした。そのリストが別の金融屋に渡れば確かに金にはなるでしょうが、五百万を払ってでも欲しいリストだったのでしょうか。いくら闇金でも五百万稼ぐのは、簡単じゃない」

「狙いは尾引会を潰すことそのものだった？」

「ええ。五百万は、井筒を黙らせるための口止め料です。見かたをかえれば五百万で尾引会を買ったのと同じだ」

「すべてが計画的だったと？」

「そう考えると納得がいきます。森本も当然グルだった。猪野を入れ、リストを奪わせ、組長の女房をさらう。そして女房と金を渡して、井筒の心を折った。当時の尾引会の状況を森本がわかっていたからこそ、描けた絵図です」

「だとしたら、猪野はなかなかのタマだ」

「一歩まちがったら追いこみをかけられるのを承知で、尾引会の金融屋に潜りこんだのですから、只者（ただもの）ではないでしょう。脱法ハーブの店をやっていたという触れこみも本当のところは怪しい」

二人は覆面パトカーを降りた。客を装って「ホワイトヘブン」に探りを入れるつもりだった。

エレベーターに乗り、店のある階まで昇った。エレベーターを降りるとすぐ、そこが店の入口だった。風営法にひっかかりそうなほど暗い。

「いらっしゃいませっ」

黒服を着た二十代の男が声をあげた。

「お二人さまでいらっしゃいますか。ご指名は？」

「フリーだ」

佐江は答えた。

「こちらへどうぞ」

二人の正体を刑事と見抜いたようすもなく、男は店内へと案内した。客の入りは半分といったところだ。店は広く、満卓で百人近い客がすわれるだろう。

「焼酎、ウィスキーのハウスボトルが飲み放題となっておりまして、お一人様一時間八千円をちょうだいします。時間は自動延長でこちらからお声がけはいたしませんので、ご了承ください」

　インカムのイヤフォンを耳にさしこんだ男は告げ、マイクに、

「フリーお二人様、K卓ご案内」

　とささやいた。佐江は客を観察した。いかにもサラリーマンといった人間が約六割で、あとは極道には見えないがまっとうな仕事をしているとも思えない、ラフな服装の客だ。カーゴパンツにスニーカー、あるいはノーネクタイ、スーツだが髪がやけに短く、頬ヒゲをのばしたり、ピアスを入れたりしている。

　商売を訊けば、たいていは飲食関係と答えるだろう。前身は暴走族やカラーギャング、チーマーといった、昔の愚連隊に近い。

　かつては愚連隊といえば、暴力団の予備軍だった。が、暴力団に属することにそれほどのうまみのなくなった今、〝大人〟になった彼らは、とりあえず「正業」につく。その「正業」の多くが、飲食店や服飾関係だ。そこそこの元手で始められる上に、あたれば儲けが大きい。ただはやりすたりの激しい業界なので、何十年もつづけるのは難しい。そこでさらに元手を大きくして、不動産業やIT関連企業などに展開していく。

　殺された高部も、まさにそうした連中からでてきた成功者といえる。

　従来の分類でいうなら、彼らはカタギだ。スポーツ新聞では「青年実業家」と書かれる。

　だが佐江は、その多くにうさんくさいものを感じていた。理由のひとつが、最初の元手のでどころだ。居酒屋やキャバクラを始めるとしても、百万、二百万の金では不可能だ。少なくとも五百万、一千万の金はかかる。銀行が貸すとも思えない、その元手をどう調達したのだ。

　さらに気にくわない理由は、彼らに決して下積み

を経てきた気配りのようなものが感じられないことだ。傍若無人で、いかにもアブク銭を稼いでいると思わせる飲みかたをしている者が多い。

まっとうではない仕事で稼いだ元手で、一見まっとうなビジネスを起こし、さらに稼いで我がもの顔の飲みかたをしているように見える。佐江からすれば「叩けばホコリのでる」身なのに、カタギという看板に守られている。

何より腹立たしいのは、この連中を増長させている最大の〝犯人〟が警察だということだ。組織犯罪処罰法、暴排条例で、やくざを八方塞がりにした結果、こういう奴らがのさばりだした。

「威勢がいいな」

すぐ近くのテーブルで、シャンペンをたてつづけに開けさせているグループがいた。それを見て、佐江は隣にすわった娘にいった。年齢は二十そこそこだろう。似合うとはとてもいえないロングドレスを着けている。

「よくくるお客さんかい？」

「週三回くらいかな。くるとたいていヌキモノで盛りあがってる」

「ヌキモノ？」

谷神が訊ねた。

「シャンペンやワイン。一度抜いたらそれきりじゃない。キープもできないし」

客に敬語を使う気はないようだ。

「よほど儲かっているんだな。うらやましい」

「IT関係っていってたよ。お客さんたちは何関係？」

「何関係に見える？」

佐江は訊ね返した。

「怒らないでね。やくざ屋さんにも見えるけど、そうだったらお店が入れないだろうから、ちょっとガラの悪いサラリーマン？」

谷神が苦笑した。

「こっちのお客さんはお坊さんみたい」

娘は谷神を示した。

「お坊さん。多いのか」

「常連さんはいるよ」

「やくざ屋さんはいないのか」

「いない」

娘はきっぱりといった。

「本当はそうかもしれないけど、自分じゃ絶対いわない。六本木が長いお姉さんたちに聞くと、昔は平気で、自分をそうだっていってたらしいけど」

「じゃ、そういう人たちは飲まないのか？」

「飲んでるけど、いく店は決まっているみたい。他のお客さんがあまりいないようなとこ。昔はね、クラブとかで飲んでると、必ずひと組かふた組はそういう人がいたって、お客さんから聞いたけど、今は店がはっきり分かれてるって。ご飯屋さんもそうだっていってた。鮨屋（すしや）や焼き肉屋で高級なとこには、昔は必ずやくざ屋さんの客がいたけど、今いないらしいよ。みんなどこでご飯食べてるんだろう」

娘はやけに瞳の大きい目をくりくりと動かした。コンタクトレンズで大きく見せかけているようだ。

「この店は古いの？」

谷神が訊ねた。

「まだオープンして二年くらい」

「他でもやっていた人がだしたのかい」

「社長は、前に赤坂でやっていたって。オーナーは知らない」

「オーナーがいるんだ」

「たまに店にきてるよ。ふだんは銀座で飲んでいるんだって」

「景気がいいな」

「他にも商売をやっているんだって。外国から家具とか健康食品を輸入して売ってるって聞いたことがある」

「今日はいないの？　オーナーは」

娘は首をふった。

「くるとしても遅い時間。十二時過ぎが多い」

「オーナーの彼女とかいないのか、店に」

「知らない」

黒服が娘を呼びにきて、ホステスがかわった。次についた娘は、飲みものをねだるばかりで、何を訊いても、「知らない」「わかんない」としかいわない。超ミニスカートから長い脚をこれみよがしにだしているが、まともに話をする気はまるでないようだ。

頃合いを見て、佐江は勘定をするように告げた。その瞬間だけ娘は、

「えー、もう帰っちゃうの。もっとお話ししたかったのに」

とわざとらしく口を尖らせた。

「どうしますか、麻布で情報をもらいますか」

店をでてエレベーターで地上に降りた谷神がいった。所轄である麻布署には「ホワイトヘブン」の経営者に関する情報がある。

「それは任せていいですか。本庁の人のほうが、ウケがいい」

同じ所轄の刑事である自分がいくよりいい、と佐江は考え、いった。

谷神は頷いた。

「じゃあ私ひとりでいってきます。佐江さんはどうされます？」

「PCで時間を潰しています」

谷神を麻布署の前で降ろした佐江は、そのまま覆面パトカーの中に残った。

麻布警察署は、六本木の交差点から渋谷方面に向かった左手にある。六本木ヒルズに近く、飲食店街とは少し離れていた。新宿ほどの規模はないが、警察署と飲食店街が離れているという点は似ている。

考えてみればそれは当然で、警察署の近隣で、好きこのんで飲み屋をやる者はいない。結果、離れた地区に飲食店が増えていったのだろう。客引きも、警察署の前では仕事がやりにくい。交差点をはさんで反対側の飯倉片町方面やミッドタウン近辺に多くの客引きが立っているのを、佐江は見ていた。

新宿と比べると六本木は、洒落た街、富裕層の集まる街というイメージがある。が、実際の治安は決してよくない。飲食店での殺人の発生件数は近年、新宿を上回っている。にもかかわらず、新宿には、暴力団と外国人不法滞在者が多いと思われている。

もっともそれが、六本木より殺人事件が少ない理由でもある。「恐い街」のイメージが、素人の暴走を防いでいるのだ。新宿でトラブルを起こすと、必ずやくざが現れると人は信じ、それを恐れるがゆえ、暴力沙汰が大きくならない。

小さな喧嘩や殴り合いが、新宿では数えきれないほど発生している。それは日常茶飯事といっていい。新宿の住人は慣れっこだ。一方で、殺人が起これば、その理由を住人はたいてい知っている。警察より先に犯人を知っていることすらある。

つまりそれだけ新宿では、盛り場のルールが徹底しているのだ。だがそのルールが、最近は崩れ始めている。

どちらがよいのか、佐江にはわからない。やくざが幅をきかせている街だと思われるのは、管轄とする警察官には名誉なことではない。が、都合が悪くなるとカタギの看板の陰に隠れようとする連中には虫酸が走る。

やくざは少なくとも警察を利用しようとはしない。警官とやくざは互いの位置を理解し、法をはさんで向かいあう存在だからだ。だがいずれやくざにも、カタギつまり素人と、やくざ即ちプロの顔を使い分ける輩が現れる、と佐江は踏んでいた。

もしそんな奴が現れたら、何をおいても潰す、と決めている。スーツを着て洒落のめし、上品な言葉づかいで、シノギを「ビジネス」などといいかえるような奴より、刺青を背負い、小指を飛ばしている極道のほうがはるかにましだ。

奇妙な話だった。やくざを取り締まる側に立つ自分のほうが、古い極道を好んでいる。

それはつまり、精神性の問題なのだろう。

本性を隠し、上べをとりつくろって裏で犯罪に手を染める奴が許せない。法や条例で暴力団を規制しても、見かけ上のやくざが減るにすぎない。あたかも社会に存在していないかのように仕向けたからといって、存在が消えるわけではないのだ。

むしろ消えたと思いこむほうが危険だ。表面の清潔さに人は用心を忘れ、疑いを捨てる。結果、気づいたときには犯罪の牙が喉もとにつき刺さっていることになりかねない。

規制と犯罪は、殺虫剤と害虫に似ている。

どれほど強力な殺虫剤が開発されても、決してゴキブリが根絶されないように、規制が強まれば強まるほど、より狡猾（こうかつ）で凶悪な犯罪者が現れる。

規制をせず野放しにしろということではない。規制の結果、表面的にはいなくなったのを、消滅したと勘ちがいするのが危険なのだ。

警察という組織は役所だ。そして役人は数字が好きだ。

規制によって暴力団が潰れ、構成員の数が減れば、効果があがったと喧伝（けんでん）するだろう。だがそこに犯罪者が減ったという証拠はない。暴力団員でなくなっただけかもしれない。

所在や縦横のつながりを把握できない犯罪者をむしろ増やすのではないか。

佐江はそれを懸念していた。

自分のような末端の、それもカスのような刑事がそんなことを口にしても始まらないとは、わかっている。

テレビの刑事ドラマに悪役としてやくざが登場しなくなる日も近いだろう。そうなったからといって、現実のやくざがいなくなったとは誰も思わない筈だ。にもかかわらず、今の規制には、それをめざしているような滑稽さすら感じるときがあった。

谷神が麻布署の玄関から現れた。覆面パトカーに乗りこむと、

「お待たせしました。猪野の住居はこの近くです」

と告げ、佐江は頷いた。

「いきましょう」

11

あれからサチコの子供だという娘は現れなかった。が、娘の父親について、おぼろげだがわかってきたことがあった。西新宿のサウナでマッサージ師をしている、ユリ江の昔の男が調べてくれたのだ。

久しぶりに飯でも食おうと誘われ、夕方の早い時間、ユリ江は新宿で男と会った。デパートの中にある、少し高級な和風レストランだった。

男の名は吉富(よしとみ)といった。頭はすっかり禿(は)げあがり、でっぷりと太っていて、まるで達磨(だるま)のようだ。つきあったのはオレンヂタウンのスナックに勤めていたときだった。

当時吉富は水商売から印刷屋に転職していてそれなりに景気がよかった。コンピューターを使った印刷が誰にでもできるようになり、吉富の会社は潰れた。

「どうした、サチコの娘は。面倒みてるのか」

吉富に訊かれ、ユリ江は首をふった。

「それがあれっきりだよ。商売道具かたすあいだ、『アラビア』で待ってろっていったんだけど、こなくてさ」

「今頃、どっか田舎のスナックで働かされているんじゃないのか」

「そうなのかな。まだまるで子供って感じだったけど」

「東南アジアの女の子は、ませてるのはませてるからな。十七、八で子供産むなんてのはけっこういるぞ」

「あの子に限ってそれはないよ。サチコは去年死んじゃったっていってたし」

吉富はふーんと唸って煙草をとりだし、ユリ江に目でとがめられ、引っこめた。デパートは全館禁煙だ。

「で、そのミサワソウイチなんだがな、昔『パタヤ』にいて、今、赤坂で『イサーン』て飯屋をやってるミコってのがいるんで、訊いてみた。ミコはこっちの名前で、日本人と結婚したんで、わかりやすいから改名したんだそうだ」

ミコはサチコとサチコのボーイフレンドのことをよく覚えていた。

「静かでおとなしい奴だったって。飯田橋(いいだばし)にあった小さい出版社に勤めていたらしい。サチコと知りあうだいぶ前から『パタヤ』に飲みにきてたんだと」

「所帯もちだったんだろう?」

サチコがいっしょになれなかったのは不倫だったからだと考えていたユリ江はいった。だが吉富は首をふった。

「それがずっと独身だったらしい」

「えーっ。じゃあなんでいっしょになってやらなかったの」

「わからねえ。相当な変人で、『パタヤ』の他にもフィリピンクラブとかにもいってて、その理由が、言葉を勉強するためだったってミコはいってた」

「言葉?」

吉富は頷いた。

「なんか、フィリピンかタイに住むのが夢だったらしい」

「だったら尚さらサチコといっしょになりゃよかったんだ」

ユリ江は腹立たしくなっていった。

「そうなんだよな。実際そいつは、サチコがタイに帰る前に会社を辞めてフィリピンに渡っちまったらしい」

だからサチコは結婚をあきらめたのだ。

「その後は?」

「それきりだ。でもミサワって名前をいったら、ミコはまちがいないといってた。『パタヤ』で働いていた頃、客からもらった名刺をいまだにとってあって、探したらミサワのもあったんだと。写メールを送ってくれた」

吉富は携帯の画面をユリ江に向けた。

「株式会社　花井出版　企画編集部　三沢草一」と印刷された名刺が写っている。

「でな、俺はこの花井出版てところに電話をしてみたんだ。そうしたら三沢のことを知ってる社員がたまたま電話にでてきた」

吉富は、三沢の友人のフリをして、元同僚から話を聞いた。それによると三沢が会社を辞めたのは十一年前だったという。その少しあとにフィリピンに渡航した。

「じゃあサチコがあたしに占ってくれっていってきたときには、もう日本にいなかったんだ」

ユリ江はつぶやいた。サチコは、三沢が日本に帰ってきて、もう一度自分とつきあってくれるのを願っていたのかもしれない。そういわれてみると、サチコは娘の父親について、その当時のことを話さなかった。

「ひどい話だね。タイから出稼ぎにきていた娘に子どもを産ませておいて、自分は今度はフィリピンにいっちまうなんて。要するに東南アジアの女が好きで好きでしょうがないろくでなしだったってことかい」

吉富は首を傾げた。

「いや、三沢はマジメはマジメだったらしい。むしろオタクっぽかったようだ」

「オタク？　それなら日本人の女じゃ相手にされないから、フィリピンやタイのクラブに通っていたんだね。サチコもそんなのにひっかかるなんて、本当に運がない娘だよ」

ユリ江はがっかりした。もしサチコの娘がまた現れても、本当のことはとてもいえない。

あんたのお父さんは、あんたと母さんを捨てて、外国にいっちゃったんだよ。きっと今頃はそこで嫁さんをもらって子供もいるかもしれない。

「じゃフィリピンにいってからは音信不通？」

「それがな、偶然なんだが、つい最近その元同僚が、似ている奴を新宿で見かけたっていうんだ」

「えっ」

ユリ江は思わず大きな声をだし、あわててあたりを見回した。

「ずいぶん痩せちまっていて雰囲気もかわっていたけど、たぶん三沢だろうというんだ」

「新宿のどこで見たのさ」

「区役所通りだそうだ。ひとりで道につっ立っていたらしい」

「声はかけなかったの？」

「かけようと思ったらちょうど自分のほうを見て、目が合った。ところがまるで知らんふりをされたんで、三沢かどうか自信がなくなった。だからかけそびれちまったのだと」

「落ちぶれちゃってたとか」

「落ちぶれるったって、ホームレスだったわけじゃないだろうし」

「でも日本にいるならあの娘に会わせてやれるかもしれない」

「だけど三沢が今どこで何しているかわからないし、その娘だって連絡をつけられないんだろう」

「電話番号とか調べられないかね。その三沢の」

「さあ。やってはみるが。娘のほうは、お前が何とかできるのか」

いわれてユリ江はうつむいた。雨の中、傘もささずに母親の形身を届けにきたあの娘は、決して幸福そうではなかった。父親に会えたとしても、必ずしも喜ばれるとは限らない。

そんな変人ならむしろじゃけんにされてつらい思いをするのではないか。それだったら会わないほうがあの娘のためだ。

「正直、もうあたしのことを訪ねてこないような気がする」

「じゃあどうしようもねえ」

吉富は首をふった。

「考えてみろ、親父のほうはまだ名前がわかっているが、娘のほうは名前すら知らないのだろう」

「そうなんだよ。川崎のタイ人留学生の家にいるとはいってたけど。あんたは何してるのって訊いたら、何も答えなかった」

「そりゃあ——」

吉富はいって黙りこんだ。娘の言葉を信用できないと思っているのだろう。ユリ江も実は同じ考えだった。タイに帰ったサチコが、娘を日本に留学させてやれるほど裕福になったとは思えない。あの娘のみすぼらしい格好を考えても、日本には〝出稼ぎ〟できたにちがいなかった。

あんな年端もいかない娘が、日本でできる仕事なんて限られている。タチの悪い連中にとりこまれているかもしれない。

「よくねえぞ」

吉富がいった。同じことを考えていたようだ。

「情けをかけていろいろしてやっても、結局互いにつらいことしかないかもしれん」

「そうかねえ」

ユリ江はいった。

自分がひどく役に立たない人間になったような気分だった。

12

麻布十番（あざぶじゅうばん）の商店街に近い、新しいタワーマンションが、猪野の住居だった。

「いいところに住んでるな」

佐江は車を止め、つぶやいた。買えば一億円は軽くするだろうし、借りても月の家賃は四十万を下らないだろう。

「会社名義で借りれば、家賃も経費にできますからね」

谷神は淡々といった。

麻布署によれば、「ホワイトヘブン」は、風営法違反の深夜営業常習店の疑いがあるという。午前一時以降の接客営業が禁じられているにもかかわらず、客引きにエレベーターのキィをもたせて、午前一時以降も客を入店させているのだ。現行犯で摘発しようにも、踏みこめないでいる。

他店の大半が午前一時で営業を終了するのに、「ホワイトヘブン」だけは二時、三時までやっているという情報が入っているのだが、麻布署は現場をおさえられずにいた。顔のわかった客だけを入れているからだ。

午前一時以降はビルの入口にインカムをもった客引きや見張りをおき、麻布署の捜査員が回っているときは、客をエレベーターに乗せないという防御策もとっているようだ。客といっしょにエレベーターに紛れこんだ刑事に踏みこまれるのを防ぐためだ。

摘発されれば営業停止は免れない。下手をすれば逮捕もありうる。それを承知で危険な営業をつづけているのは、「ホワイトヘブン」の経営者が短期決戦で荒稼ぎをしようとしているからにちがいないと麻布署の人間は見ていると、谷神は話した。長く六本木で水商売をつづけていく気なら、警察を挑発するようなやりかたは決してしないものだ。

「稼ぐだけ稼いで、また別の商売をする気なんだな」

佐江は首をふった。

「常連客にマルBはいないようですが、ポルノサイトや出会い系サイトで荒稼ぎをしているフロントは何人かいるそうです」

ホステスがいっていた「IT関連」とは、まさにそういう連中のことだろう。

二人は車を降りた。時刻は午後九時を回ったところだ。猪野が自宅にいるかどうかはわからないが、とりあえずあたってみるつもりだった。

マンションのエントランスをくぐり、オートロックのインターフォンで猪野の部屋番号を押した。ややあって、若い女の声が応えた。

「はい」

「猪野功一さんのお宅ですか。こちらは警視庁の者です」

谷神が告げた。佐江はオートロックのカメラに向け、身分証を掲げた。

「猪野さんにお訊ねしたいことがあってきました。お時間はとらせませんので、少々お話をしたいのですが」

「待ってください」

女がいって、やがて男の声にかわった。

「どんな話でしょうか」

「猪野さんですか」

「はい」

「それはお会いして。いろいろとこみいっておりますので」

谷神はいって、佐江と目を見交わした。

「今はちょっと、来客中なんです」

「わかりました。では明朝また出直してきます」

「いや、朝はちょっと……」

「では何時頃がよろしいですか」

インターフォンは沈黙した。二人は無言で待ちつづけた。

「わかりました。今、僕が降りていきますんで」

あきらめたように男はいって、インターフォンが切れた。

やがてオートロックの自動扉が開き、ジーンズ姿の男が姿を現した。細身で眼鏡をかけ、片耳のピアスを除けば、サラリーマンでも通るような雰囲気だ。

「猪野さんですか」

谷神が訊ねると男は頷き、

「談話室があるので、そこで話しましょう」

と手を広げた。

自動扉をくぐると、エレベーターホールの手前に、ソファとテーブルのおかれた扉のない小部屋がふたつあった。どちらも無人だ。猪野はひとつを示し、先にソファに腰をおろした。

佐江と谷神は、その向かいに並んですわった。谷神が口火を切った。

「夜分突然お邪魔して申しわけありません。私、警視庁の谷神と申します。こちらは新宿署の佐江です」

新宿署と聞いて、猪野の顔がわずかにこわばった。

佐江は猪野を観察した。眼鏡の奥の目は切れ長で、怜悧(れいり)な気配がある。口は小さく、唇が赤い。見た目はやさ男だが、本質は強情そうだ。

「何の捜査ですか」

猪野は谷神を見すえ、訊ねた。

「殺人事件です」

「殺人？」

猪野は眉をひそめた。

「先日、歌舞伎町の雑居ビルで、不動産会社の社長が射殺される事件がありました。その捜査です」

「ニュースでは見ましたが、知らない人です」

谷神は頷いた。

「その事案と関連して我々が今調べているのが、暴力団尾引会です。ご存知ですか」

猪野は無表情だった。

「どこですって」

「暴力団尾引会です」

「知りません」

猪野は答えた。

「そうですか。こちらの資料によれば、三年近く前まで猪野さんは尾引会が経営する金融会社の社員、実際には店長をしていらしたとあるのですがね」

「何の資料です」

「尾引会の資料ですよ。あなたは尾引会の組員だった森本氏の紹介で、組長の井筒氏に会い、採用された」

谷神はじっと猪野を見つめた。

「僕が組員だったというんですか」

「組員じゃあない。組員だったら、六本木でキャバクラなんて開けない。あんたがカタギだからこそ、井筒はあんたを自分のところの金貸しの店長にすえたんだ」

　佐江はいった。

「井筒って誰ですか」

「だから尾引会の組長ですよ。その尾引会は二年前に潰れたが」

　佐江は猪野の目を見つめた。猪野は逃れるように目を閉じた。

「二年前で、覚えていませんか。あんたが『ホワイトヘブン』をオープンした頃だ」

「金融屋に入る前は、猪野さんは渋谷でハーブの店をやっていた。そうですね」

　谷神が畳みかけた。猪野は目を開いた。

「なんでそんなことまで――」

「必要だからですよ」

　佐江はいった。猪野は深々と息を吸いこんだ。

「何だか不愉快だな。あなたたちは僕を、犯罪の容疑者みたいに調べている」

「そんなことはまだ考えていませんよ」

　佐江はいった。

「まだ？　まだとはどういうことです」

「尾引会の金融屋にいたからといって、あなたをどうこうしようという気はありませんから、心配しないでください。ただこちらにはわかっている、というだけです」

　谷神がいった。

「別に答えなくてもいい質問ですよね、それは」

「答えたくない理由があるのですか」

「それもいいたくありません」

　猪野は唇をひき結んだ。佐江はいった。

「答えたくないなら答えたくないでけっこうですが、こちらも仕事なんで、返事がいただけるまで、ここやお店のほうにうかがうことになります。そのほうが猪野さんにとって、よほど不愉快になりますよ」

「威しているんですか」

「まさか。話を聞くのは我々の職務で、それさえ果たせれば、猪野さんの生活をかき乱すようなことは決してありません」

谷神は笑みを浮かべた。

「話さえ聞ければ、我々も帰ります。お互い、手間を惜しみませんか」

佐江はいった。この段階で、猪野に威しはきかない。カタギの立場にいるだけに、脅迫されたと逆に騒がれかねなかった。

猪野は無言だった。

「ところで、新宿には最近、いかれていますか」

谷神が訊ねた。

「いってない。忙しいんで」

「『マヨルカ』というキャバクラに以前いかれたことはありますか」

猪野の表情がわずかにかわった。

「あるかもしれないが覚えていない。今の店を始める前に、いろいろと勉強したので」

「誰か、キャバクラの経営について教えてくれた方がいたのですか」

猪野は瞬きした。佐江は気づいた。殺された高部と猪野には交流があったのだ。それを突かれるのを、猪野は警戒している。

「『ホワイトヘブン』を始める資金は、どちらから調達されました？」

谷神が矛先をかえた。

「借金ですよ、もちろん」

「銀行ですか」

「もあるし、友人からも借りて」

「たとえばその人が、猪野さんにキャバクラの経営を教えてくれたとか」

「わかったよ」

不意に猪野は言葉を投げだした。

「井筒さんとこの金貸しをやってた。そこで金を貯めた」

「なるほど。かなりいい給料をもらっていたのですな」

「あんたらは税務署じゃない。関係ないだろう」

「おっしゃる通りです」

谷神は笑顔になった。笑みを消さずにいう。

「で、顧客リストはどこへもっていきました？」

猪野の顔がひきつった。

「もちだしていますよね。勤めていた金融屋の顧客リストを。それが原因で、金融屋は潰れた」

「何だよ、それ」

「顧客リストを売った金が、六本木でのあなたの開店資金になった。ちがいますか」

「だから何だって――」

「井筒さんから聞いたんです。尾引会が潰れたのも、それが理由だ」

「何を調べているんだ、あんたたち」

「いいましたよね。殺人事件です。被害者は以前、『マヨルカ』を経営していた」

いって、谷神は猪野を見つめた。

「だから高部さんの件と俺とどういう関係があるんだよ」

「被害者の高部さんを知っていたのですか」

「会ったのを今思いだしたんだ。話を聞かせてもらった」

「それは井筒のところからリストをもちだしたあとだね」

佐江はいった。猪野はさっと向き直った。

「でもいい度胸ですね。カタギのあなたが、闇金融の顧客情報を流すのだから。よほどしっかりした人間がバックにいたのでしょうな。でなけりゃ恐ろしくてできなかった筈だ」

猪野は固く唇をひき結んで佐江をにらんでいる。

「どうしました」

谷神が訊ねた。

「やっぱりあんたたちは僕を罠にかけようとしている」

「罠？」

「僕に何かの罪をかぶせる気だろう」

谷神は首を傾げ、猪野を見つめた。

「何の罪です？」

「高部殺しとあんたは関係があるのか？」

佐江はいった。猪野は激しく首をふった。

「冗談じゃない。僕がなんで高部さんを殺さなけりゃならないんだ」

「高部さんとあなたは親しい間柄だったのですか」

谷神の問いに猪野はようやく向き直った。

「話をいろいろ聞かせてもらっただけだ」

「それはいつ頃です？」

「だから店を始める前だ」

「二年前？」

「もう少し前。二年半くらい前」

「金融屋を辞めたあとですか」

「その話は関係ないだろう。顧客リストを僕が盗んだなんて、いいがかりもいいところだ。被害届けがでているのか」

「でていません」

「だったらそんな話をするのはやめてほしいね。あんたたちは高部さんの件を調べているんだろう」

「高部さんと知りあったきっかけは？」

佐江は訊ねた。

「人に紹介されたんだ」

「誰です？」

「忘れた。知り合いの知り合いだ」

「それが二年半前ですか」

谷神の問いに猪野は頷いた。

「どこで会ったんです？」

「だから高部さんの店だよ。『マヨルカ』だ」

「高部さんとは何回くらい会いました？」

「三、四回かな。全部、『マヨルカ』で会った」

「紹介してくれた人もその場にいたのですか」

「いいや」

「六本木で店をやる資金も高部さんは貸してくれたのですか」

「まさか。経営を教わっただけだ」

「最後に高部さんと会ったのはいつです？」

猪野は口もとに手をあてた。

「一年くらい、前かな。『ホワイトヘブン』にきてくれた」

「ひとりで？」

猪野は頷いた。

「そのときどんな話をしました？」

「『もう飲食からは手を引く』といってた。不動産のほうを中心にやる、と」

「どう思いました？」

佐江は訊いた。

「どう、とは？」

「飲食から手を引くのをどう感じたのか、という意味です」

「別に。いつまでもやる商売じゃないから、時期がくれば当然だ」

「あんたも同じ考えか」

「飲み屋をいくらうまくやったって、事業とは誰からも思われない。上場とかするなら別だけど」

猪野は真顔になった。

「すると猪野さんもいずれは別の事業を始めようと考えておられる？」

谷神がいった。

「そうだな」

「何をするんです、そのときは」

「まだ決めてない」

「不動産業ですか」

「関係ないだろう、あんたたちには」

「資金を借りた人の名前を教えてくれませんか」

「断る。迷惑をかけたくない」

猪野は腕を組んだ。

「高部さんのことは答えたんだ。もう帰ってくれないか」

「尾引会の――」

「その話はしたくないといったろう！」

猪野は声を荒らげた。

「高部さんのこととは何の関係もない」

佐江は谷神に目配せをした。猪野は、高部と知り合いだったことは認めても、金融屋時代の話はしたくないようだ。

「井筒さんの奥さんを覚えていますか」

佐江は訊ねた。

「会ったこともないんだ。覚えているわけないだろう」

「わかりました」

谷神がいった。

「いろいろとありがとうございました。うかがった話をもとに調べを進めます。また、何かわからないことがあればうかがいます。猪野さんをお訪ねするのに、都合のいい時間帯や場所があれば教えてください」

「別に。もう会いたくないし」

「申しわけありません。職務ですので」

「だったらここでいいよ」

「では携帯の番号を教えていただけますか。次回は前もってご連絡します」

猪野が番号を口にした。

「ありがとうございます。ところで柴田さんとは会っていらっしゃいますか」

谷神がいうと猪野は目をみひらいた。

「柴田は……。柴田とはずっと会ってない。日本にいないし」

「どこにいるんですか?」

「ハワイかな」

「アジアではなくて?」

「どこか外国だってことしか知らない」

「柴田さんとは古いつきあいだそうですね」

「そうだよ」

「渋谷のお店もいっしょにやっていたとか」

「いっしょじゃない。仕入れを手伝ってくれただけだ。あいつの客は金持ちで、ハワイに別荘をもっていたんだ」

「なるほど。柴田さんのフルネームを教えてもらえますか」

「柴田ケンジ。健康の健に二」

「電話番号とか住所をご存知ですか」

「なんでそんなことを教えなけりゃいけないんだ」

「柴田さんも高部さんを知っていた。ちがいますか」

佐江はカマをかけた。

「柴田を疑ってるのか。ありえない」

「会ってお話をうかがいたいだけです。柴田さんも高部さんと知り合いだったのでしょう?」

猪野は唇をかんだ。

「あなたから聞いたとは、決していいません」

谷神がいった。猪野はジーンズのポケットから携帯をひっぱりだした。画面を操作し、番号を口にした。

「どうもお手数をかけました」

谷神は立ちあがり、頭を下げた。佐江もそれにならった。

「できれば二度と会いたくない」

猪野は仏頂面でいった。

「犯人がつかまれば、そうなります」

「何か思いだしたり、手がかりになるような話を聞いたら、私に連絡をください」

谷神は携帯電話の番号を印刷した名刺をさしだした。猪野は嫌々といったようすでうけとった。

猪野のマンションをでると、谷神がつぶやいた。

「同じグループですね」

「猪野と高部ですか」

佐江がいうと、谷神は頷いた。

「猪野、高部、柴田、全部同じグループですよ。森本もそうだったのかもしれない」

「森本は組員です」

「しかし今は足を洗っている」

谷神はいった。そして佐江を見た。

「森本の居どころはわかりますか」

「タイにいて、半年に一度、戻ってくると、川端はいっていました。携帯電話の番号は聞いてあります」

「猪野をもう一度攻めるには、材料がもう少し必要です。尾引会の金融屋にいたときのことを簡単には喋りそうにない」

「となると、森本を見つけないと難しい」

佐江はいって考えこんだ。猪野の口を開かせる材料が、森本、柴田以外にないだろうか。

　思いついた。

「江口だ」

「江口？　江栄会の？」

「川端は森本に江口を紹介され、その伝手で砧組に入った。森本と江口は、尾引会と羽田組という別の組にいたのに互いを知っていた。江口が高河連合に移って、外様にもかかわらず自前の組をもてた理由も含めて、そろそろ詰める時期だ」

江口には、黒木を通して話を聞いただけだ。

「確かにそうですね。森本の情報となれば、黒木を通すというわけにはいかなくなる」

「高河連合は傘下の組への締めつけが厳しい。だから江口は、我々とは直接会わずにすませようとしたわけだが、今度はそうはいかない」

佐江は谷神を見やった。

「直接会って、話を訊く。その過程で森本の情報も含め、猪野を再度攻める材料を手に入れる、そういうことですね」

谷神はいって頷いた。

「やはり佐江さんと組んでよかった。佐江さんでなければ、その知恵はでない」

佐江は首をふった。

「ほめるなら、狙った答が手に入ってからにしてください」

13

佐江と谷神は相談の末、捜査会議には「高河連合の凄腕の殺し屋」の話をあげないことにした。都市伝説のような噂話であり、裏をとろうにも、高河連合の組員がおいそれと認める筈もなかった。情報源として川端の名をあげるわけにもいかない。制裁をうけるかもしれず、もしそうなったら、協力を得られない。

高部斉射殺犯をすぐにつきとめられるわけではないが、猪野、柴田、森本、そして江口へとつながる人間関係がこの事件の背景にはある、と二人は考えていた。そのうち、江口は高河連合二次団体の組長だ。とはいえ、江口が殺し屋を雇って高部を殺させたとは、現時点では考えにくい。江栄会、あるいは江口個人と高部のあいだにトラブルがあったという情報はないからだ。

たとえあったとしても、それで都市伝説になるような殺し屋が駆りだされるというのも妙だ。

高部殺しには、高河連合全体がかかわるような大きな動機があると佐江は思っていた。その動機が、尾引会や江口一家、ひいては羽田組の解散につながっている。江口一家のシノギであった高利貸し三名、片瀬、小宮山、種田の死も、同じ動機によって犯された殺人だったのではないか。

ふたつの暴力団の消滅が、高河連合にわかりやすい形で利益をもたらしたとはいえない。時間をかけ、計画的にふたつの組を消滅させた者がいる。それが江口でないことは明らかだ。江口が描いた絵図なら、江栄会の組長におさまった今、目に見える利益を得ていておかしくない。が、江栄会に、羽振りがいいという情報はなかった。江栄会じたいのシノギは、江口一家の頃と大きく変化しておらず、組の経営は決して楽ではない。

佐江は黒木に連絡をとった。江口と直接会って話したいと伝えさせるためだ。

　黒木は渋った。

「知っての通り、江口さんが現在所属する団体の本部は、綱紀に非常にうるさい。組を預かる者が、あんたら刑事と直接会って面談するなどということは、とうてい許されんよ。だからこそ、私を通したんだ」

「わかっている。だが今回はどうしても直接会って訊かなければならないことができた。事務所に乗りこんで話を訊く、という方法も俺たちにはある。それでは江口の立場を悪くしかねない。俺ひとりならやるだろうと、江口はわかっている筈だ。だが捜一の刑事さんもいっしょなんで、ここは穏便にいこう、といっているのさ。俺の携帯に江口から連絡をさせてほしい」

　佐江は電話で黒木にいった。黒木は沈黙した。やがて、

「伝えるだけは伝える。だが一度は私を通してあんたらに協力した江口さんに、そういう威しをかけるようないいかたは感心せんな」

　と吐きだした。

「感心しないのは、こっちのほうだ。これは殺しの捜査なんだ。江口をマル被だと見ているわけじゃないが、協力を拒めばそれなりの対応をとらせてもらう。我々の立場は、弁護士だったあんたならわかる筈だ。高河連合の綱紀がいかに厳しかろうが、刑法一九九条より重いとはいわせない。まちがえないでくれ。あんたを紹介されたからといって、江口に借りがあるとは、我々はこれっぽっちも思っちゃいない」

　無言で黒木は電話を切った。横で聞いていた谷神は、ほっと息を吐いた。

「私が極道なら、あなたみたいな刑事が一番嫌です。いや、極道でなくとも、あなたに目をつけられるのだけは避けたい」

　佐江は首をふった。

「そんなことを思っている奴はいません。俺はただ感じが悪いだけの、下っ端の刑事だ。人から好かれようとさえ思わなければ、恐いものがなくなる」

谷神は苦笑めいた笑みを浮かべた。

「佐江さんが、ご自分が思っておられるほど嫌われ者だとは私は思いません。むしろ男女を問わず、人から信頼されるタイプなのではありませんか」

「よしてください」

佐江は首をすくめた。

「ほめられ慣れていない人間なんです。谷神さんは俺を買いかぶってる。俺が優秀なら、とっくに新宿をでている」

谷神はふと真剣な表情になった。

「新宿署を離れたいと感じておられるのですか」

佐江は返事に詰まった。

「いや、それは……。ただ異例に長くおかれているのは、俺みたいのをよそにもっていきにくいからだとは思います。なにせ問題ばかり起こしている」

「それらしいことは、あなたと組む前に聞きました。ですが実際に組んでみて、これほど頼りになる人はいない」

「もうやめましょう」

ぶっきら棒に佐江はいった。

「ジンマシンがでそうだ」

含み笑いをして、谷神は頷いた。

「あなたは決して嫌われ者などではありません。ただ妥協ができないだけです。しかしそれは刑事にとってむしろ重要な資質だといえるのではないでしょうか」

いってから、はっとしたように口をつぐんだ。そして目を伏せた。

「申しわけありません。偉そうな口をきいて」

「いいえ」

佐江は首をふった。同時に、谷神に感じていた不思議さの正体にわずかだが気づいた。それは孤独感だった。この男は、佐江以上に人から理解されることをあきらめている。

　佐江のは意地であり、開き直りだ。しかし谷神は、最初から人にうけいれられないと決めているようだ。

　捜査一課における谷神の立ち位置もそれで理解できた。優秀で、課長や管理官の信頼を得ながらも、会議などの場で同僚が寄ってこない。

　職務には忠実だが、人とのつながりを深めるのを避けているような節がある。

　それは人間が嫌いだとか、湿ったつきあいを好まないというのとは、ちがう。谷神自身が、自らを警察社会の異物だと決め、打ちとけようとしていないのだ。

　谷神が自分に好意的なのは、同じ異物としての匂いを感じるからかもしれない。

　だが谷神が透明なガラスのような異物だとすれば、自分はこぎたない石ころのようなもので、まるでタイプがちがう。透明な異物なら、人は存在を感じても無視できるが、よごれた石ころはつまんで捨てようとするだろう。

　いずれは谷神と相容(あいい)れなくなるときがくる、佐江にはそんな予感があった。


　江口から電話がかかってきたのは、翌日の昼過ぎだった。

「何をそんなに俺と話すことがあるんだ。それともこいつも嫌がらせか」

「そこまで暇じゃない。こっちもそれなりに気をつかっているんだ」

　佐江が告げると、江口は唸り声をたてた。

「まったく面倒くせえな」

「もっと面倒くさくなるようにもできる。互いに手間を省こうや」

　江口は沈黙し、やがていった。

「今日の夕方、ウエスタンホテルにこられるか。部屋番号はショートメールで送る」

「了解。俺ともうひとりでいく」

「もうひとり？　新宿の人間か」

「いや、本庁の捜一だ」

「何だって捜一がでてくる」

「会えばわかる。俺とちがって紳士だから心配するな」

　ふん、と鼻を鳴らし、江口は電話を切った。

　午後五時を少し回った時刻に、佐江の携帯にショートメールが届いた。「８０２」という数字だけだ。

　ウエスタンホテルは、西新宿のシティホテルだ。メールをうけ、佐江は谷神と向かった。会合があったのであれば、ロビーやホテルの周辺に極道の姿がある。が、それらしい者はおらず、二人はエレベーターで八階にあがった。

　部屋のチャイムを鳴らすと、わずかにドアが開かれた。長身で目つきの鋭い男が顔をのぞかせる。三十そこそこといった年だ。

「佐江だ」

　所属を告げず、名乗ると、男は谷神に目を向けた。

「そちらは？」

「谷神です」

　男は無言でドアを開いた。

　ありふれたツインルームだった。ベッドのひとつに江口が寝そべっている。二人が部屋に入ると、男は扉を閉めた。

「三十分ばかり時間を潰してこい」

　江口が男にいった。

「早めにすんだら、電話をする」

「承知しました」

　男は答えて、部屋をでていった。佐江と谷神は窓ぎわにおかれたソファに腰をおろした。江口は手にミネラルウォーターのペットボトルをもっていた。

　白いシャツにネクタイを締め、上着は脱いでいる。

　色白で眼鏡をかけ、目は細くて吊りあがっていた。いかにも切れ者という印象で、実際、頭は回る男だ。よほどのことがない限り威しが通じないのを、佐江は知っていた。それでもこうして会ったのは、江口の側にも何か理由があるからだろう。

「区役所通りのビルで撃たれた不動産屋の件だ」

単刀直入に佐江はいった。江口は無言で佐江を見つめている。

「マル害の高部とは知り合いだな」

江口は答えなかった。

「高部はキャバクラや居酒屋であて、不動産屋に転業した。その人脈の中に、今は六本木でキャバクラをやっている猪野、猪野の学生時代の友人の柴田、元尾引会の森本といった連中がいる」

「どいつも俺には関係ない」

江口がいった。

「関係ないが知り合いだ」

江口は頭をそらせ、ベッドのヘッドボードにもたせかけた。

「高部は知っていた。猪野と柴田ってのはわからない」

「森本はどうだ?」

「同じ新宿でやっていたからな。知らないわけじゃない」

「今どこで何をしているか、知っているか」

江口は佐江を見つめた。

「何をいわせたいんだ」

「だから今訊いたことの答だ」

江口は鼻先で笑い、水を飲んだ。

「とぼけた真似すんな。俺が、はいその通りというと思っているのか」

佐江は首を傾げた。

「何のことだ」

「しかも組対のあんたはともかく、捜一の旦那がつくようなことか。やりたいのなら令状もってこいよ」

佐江は谷神を見た。谷神が進みでた。

「誤解があるようです」

「誤解?」

「江口さんは、我々がオレンヂタウンのケバブ屋を狙っていると思っているのではありませんか。あそこで売っている品の仕入れ先が森本、あるいは柴田ではないかと疑っている、と」

「何もいってないぜ、俺は」

江口は険しい顔でいった。佐江はため息を吐いた。

「おい、とんだ勘ちがいだ。お前のところのシノギをやる気は、さらさらない」

「そうかい」

江口はまるで信じていない口調でいった。

「我々は本当に、殺された高部の人間関係について調べています」

「だからいったろう。猪野と柴田なんて知らない」

「猪野は、尾引会の井筒がやっていた闇金の雇われ店長だった」

佐江が告げると、江口の目が動いた。が、

「そんな昔話が何だっていうんだ」

と、そっぽを向いた。

「お前のいた羽田組、尾引会、どちらも最後は闇金でつないでいた。その糸が切れて、消えた。似てないか」

「何をいってやがる。シノギで闇金をやっていない組のほうが珍しい。たまたまそのふたつが潰れただけだ」

「潰れた理由についちゃどうだ。羽田組は、店長三人が死んだ。尾引会は顧客リストのもち逃げだ。どっちも狙って潰されたとしか思えない。お前は、そう思わなかったのか」

江口は佐江を見つめた。

「俺にそれを訊くのか」

「今のお前は、外様にしちゃ珍しく、組を預かっている。それについて今日詮索する気はない。元羽田組江口一家組長として、尾引会が潰れたいきさつを、どう思っているかを知りたいのさ」

江口は首をふった。

「話すことはないね。尾引会がどうこうなんて、俺の知ったことじゃない」

「井筒の女房がさらわれた一件は知っているか」

「何？」

「猪野が井筒のところから、闇金の顧客リストをもち逃げし、追いこみをかけようとした矢先に、井筒の女房がさらわれたんだ。追いこみをかけるなら、二度と会えなくなる、と威しが入った」

「何だ、そりゃ」

「そうなんだ。極道の女房をさらって威す、珍しいと思わないか」

空になったペットボトルを江口が握り潰した。

「俺には関係ない」

「だろうな。極道なら、ふつうはしない。家族をさらって威すってのは、やった瞬間に、笑いものになるか蔑まれる手口だ」

江口は無言だった。

「極道ならしないような、思いきった威しをかけるカタギ、というのはいったい何だと思う？　どんなコネやケツモチがいて、そんな真似ができるんだ？　お前の考えを聞かせろよ」

シャツの胸ポケットから江口は煙草をとりだし、火をつけた。頭をヘッドボードにもたせかけたまま、煙を吹きあげる。

「妙なんだよな」

ぽつりといった。虚ろな目を宙に向けた。

「お前らが気づく、うんと前に俺は気づいた。片瀬が弾かれ、小宮山と種田が事故と自殺。どう考えたってまともじゃない。そんなに羽田を潰したい奴がいたのか、とな。だが連合に吸収されてわかった。何もかわってない。羽田の縄張りが欲しかったのなら、何かかわっておかしくない。なのに何もかわらない。『もともとのシマだ、お前が見ろ』と、本部にいわれただけだ。裏なんかないって、最近ようやく思い始めた」

「では偶然だと？」

谷神が訊いた。

「ああ、偶然だ。三人の死も、尾引会が潰れたのも偶然だ。そりゃあ、お前らは刑事だから何でも結びつけたいのだろうが、全部偶然なんだよ」

谷神は首をふった。部屋の中は静かになった。佐江は息を吸い、いった。

「本気でいってるのか」

江口は首を巡らせた。

「本気だ」

「片瀬を弾いたほしはあがっていない。高部を弾いたのと同じほしだと、俺は見ている」

江口の表情はかわらなかった。

「それで？」

「お前の頭ごしに何かが起こっているってことだ。極道もカタギも関係なく、誰かの描いた絵図のために人が殺され、ふたつの組が消滅した。それがどんな絵図だか、知りたいとは思わないのか」

「知りたくないね」

「それがあなたの本音ですか」

谷神がいった。

「何だと？」

「あなたは知りたくない、といった。つまり深入りしたくないということだ。そう感じる相手はひとつしかない。連合そのものだ」

「ふざけるなっ」

江口はペットボトルを壁に投げつけた。

「俺はひと言もそんなことはいってないぞ」

佐江は落ちたペットボトルを拾いあげた。江口に背を向けたままゴミ箱に落とし、いった。

「お前はおもしろくないだろう。いや、おもしろくないだけじゃない。薄気味の悪さも感じている。何が起こっている？　何がお前抜きで進んでいる？　誰かに訊きたいが訊けない。なにげなく訊いたひと言が、虎の尾を踏むのじゃないかと、びくびくしているんだ。だから刑事と会うのも恐い。弁護士崩れをあいだに立てて、逆に少しでも入ってくる情報がないかと、耳をすましている」

「おいっ、喧嘩売ってるのか」

江口が立ちあがる気配を感じ、佐江はふりかえった。ベッドのかたわらの江口に歩みより、互いの息がかかるほど顔を近づけた。

「強がるなよ」

静かに言って、江口の目を見つめた。

「お前もうすうす感じてる筈だ。俺たちが追いかけている殺しは、縄張りがどうしたとか面子(メンツ)がどうだという、よくある極道の殺しとはまるでちがう。極道もカタギも関係なく的にかけている奴がいて、そいつはお前らも知らない、幽霊みたいな殺し屋だ。その殺し屋を動かしているのは、連合の上のほうにいる誰かだ。その誰かが誰で、何を目的にしているのかはお前にもわからない。ただお前のすぐそばにまで、殺し屋が近づいてきているのをお前は感じている。何かをしたから殺されたのか、あるいは何かをしなかったからなのか。それすら、お前はわかってない」

江口は肩で息をしている。

「極道が、対立している組の鉄砲玉に弾かれるならそれはしかたがない。あるいは連合のように大所帯になれば、会社でいうポスト争いや派閥争いで鉄砲玉が飛ぶこともあるだろう。それもまた、覚悟の上だ。一人前の極道なら、ケツは割らない。まして警察に泣きつくわけがない。けれども、何がなんだかわからない理由で弾かれるのは、誰だって嫌だ。それが今のお前だ」

江口は唇をなめた。

「高部を殺ったのは、本当に片瀬と同じ奴なのか」

「確証はまだありません。しかし手口は似ています」

谷神がいった。

「高部が殺された理由は何だと思う？」

佐江が訊ねると、江口は顔をそむけた。

「知るわけがないだろう」

「連合とつきあいはなかったのか」

「ないね」

「連合の縄張りで商売をしていなかったのか」

「以前はキャバクラをやっていたが、今は駐車場くらいだ」

「駐車場？」

「オレンヂタウンの隅っこにある月極の駐車場だ。店を潰して更地になっていたのを、去年だかに買いとって、駐車場にした」

「お前のところのケバブ屋の目と鼻の先にある駐車場か」

　江口は頷いた。

「元の地主は誰だ」

「羽田の組長（オヤジ）だ」

「羽田組の元組長ですか」

　谷神が訊くと、江口は目を向けた。

「そうだよ。組長（オヤジ）は引退してすぐ、脳梗塞を起こして寝たきりになってた。それで姐（あね）さんが土地を売った」

　佐江はぴんときた。

「その仲介、お前だな」

　江口は無言だった。

「羽田組の元組長の女房に泣きつかれたのじゃないか。暴排条例のせいで、消えたとはいえ、反社会的勢力が所有していた土地の売買に関与したがる不動産屋はいない。だから売ろうとしても買い手がつかずに困った筈だ。そこで元羽田組のお前に、組長の女房が泣きついた。何とかしてくれ、と」

　江口の顔はこわばっていた。

「それでお前は、不動産屋を始めた高部を紹介した。高部はオレンヂタウンの土地を買いとり、駐車場にした。高部とはいったいどんなつながりがあったんだ？」

「俺はひと言もそうだとはいってないぞ」

　江口は低い声でいった。

「いいさ、認めなくても。だがお前がびびるのも当然だ。知らないうちに、連合のでかいシノギの邪魔をしちまったのじゃないかと思っているんだろう」

江口は唇をひき結んだ。

佐江は煙草に火をつけた。

「お前が昔いた羽田組に比べ、高河連合てのは大所帯だ。傘下の二次、三次団体の組員は、互いの顔すら知らない。ましてや本部の幹部連中が、ふだん何を考え、この先どんなシノギをやるのかなんて、想像もつかない。だから知らないで、上のシノギを邪魔しちまうなんてこともあるだろう。それでも、ふつうなら手を引け、で終わる筈だ。いくらなんでも、いきなり弾かれるなんて無茶はない。知らないで殺されたのじゃ、理不尽すぎる。しかも高部殺しが、連合の上のほうの意向かどうかすらわからないときたら、たまらないだろうな」

「だから訊いたんだよ。本当に片瀬と同じ奴なのかって」

「連合は、伝説のヒットマンを飼っているらしいですね」

谷神がいった。江口はフンと鼻を鳴らした。

「馬鹿ばかしい。あんなものはチンピラの与太話だ」

「本当にそうなのか？　じゃあ片瀬や小宮山、種田はどうなんだ」

江口はベッドに腰かけた。大きく息を吐き、両手で顔をこすった。

「順番にいきましょう。高部との接点は何ですか」

谷神が訊ねた。

「柴田だ」

江口は短くいった。

「ここだけの話だ。柴田から、うちはネタを仕入れている。連合に拾われて、これまで通り縄張りを見ろといわれたが、金貸しをやらないではとうてい組は維持できない。そこでクスリを扱うことにして、ケバブ屋を始めた。柴田のことは、奴が渋谷の脱法ハーブ屋にネタを卸していた頃から知っていた。高部は柴田の仲間だった。あいつらは学生時代からのグループで、脱法ハーブや振りこめ詐欺で元手を作ったんだ」

「柴田は今、何をしている？」

「タイで手広くやってる。日本料理屋やクラブを何軒も経営してな」

「森本を知ったのは、柴田の紹介か」

「そうだ。尾引会が潰れ、俺は、奴も連合にひっぱられるだろうと思っていた。ちょうど俺が昔の縄張りを任されたみたいに、尾引会の縄張りを任されるのじゃないかと。だが奴は足を洗った」

「猪野はどうなんだ」

「猪野ってのは、森本の従弟だ。森本は、尾引会の組長に、闇金を任せるカタギを連れてこいといわれ、自分の従弟を紹介したんだ。猪野は、柴田や高部と同じグループだが金で苦労したせいで、人一倍、銭儲けに執着があるらしい」

「尾引会の闇金の顧客リストを猪野が盗んだ話は知っていたか」

「噂では」

「誰かが描いた絵図と思わなかったか」

「思うに決まってるだろう。殺されたっておかしくない真似だ。脱法ハーブ屋の店長がひとりでやれる仕事じゃない」

「じゃ、誰が描いた？」

江口は首をふった。

「俺が知るわけがない。尾引会を潰したかった奴さ」

「誰が潰したがっていたと思う？」

江口は息を吐き、無言で煙草をくわえた。

「尾引会の縄張りをもっていったところだ。連合だ」

佐江はいった。

「あんなしけた縄張りを、なんで欲しがる？」

江口は訊き返した。

「今のお前のところだって同じだ。江口一家の縄張りは、連合の江栄会がうけついだ。その理由を俺たちは知りたい」

「だからわからねえっていってているだろう」

佐江は谷神と目を見交わした。江口は本当に知らないようだ。知らないからこそ、不安にさいなまれているのだ。

「井筒の女房をさらって威しをかけたのは、猪野の仲間だな。井筒の腹は、森本を通して伝わっていた。威せば引くと踏んで、やったんだ」

「森本は、尾引会の将来を見限ってた。組も小さいし、ろくなシノギもない。だが組長に目をかけられた身じゃケツを割るわけにもいかない。尾引会が潰れて一番ほっとしたのが森本だ」

「妙じゃないか。尾引会が消え、自由になったのになぜ連合に入らなかったんだ」

「そいつは本人に訊けよ。足を洗った森本は柴田を頼ってタイに渡った」

「柴田の商売にかかわっているのか」

「俺は知らない。ちょくちょく日本に帰ってきているらしいが、連絡がくることもないからな。噂じゃ、養子に入って名前もかわったたってことだ」

「新しい名前は何だ？」

「知らん」

江口は首をふった。川端なら知っているかもしれない、と佐江は思った。

「高部が殺された理由を、柴田や猪野、森本といった昔の仲間は知っていると思いませんか」

谷神がいい、佐江ははっとした。江口は柴田とつながっている。ならば当然、連絡をとった筈だ。

「柴田は何といいました？」

「ただびびっていた。高部が殺された理由を知っているかどうかはわからない」

江口はむっつりと答えた。

「猪野はどうです？　柴田とちがって日本にいるのだから、何かを知っていておかしくありません」

「奴は俺とはつきあいを避けてる。極道とのつながりがバレれば、商売ができなくなる」

「向こうが嫌がるから連絡をしないのか。ずいぶんやさしい極道だな。なぜそこまで気をつかうんだ」

佐江はからかうようにいった。江口の顔が赤くなった。

「ほっとけや」

「猪野に触れない理由でもあるのですか。または森本に」

谷神が訊ねた。佐江をちらりと見やる。佐江は頷いた。今では佐江も谷神も気づいていた。猪野と森本には、江口も知らないような高河連合上層部とのパイプがあり、それを恐れているようだ。

「ねえよ、そんなもの。訊いても言わないだろうから訊かないだけだ」

「なあ、猪野はやけに強気だとは思わないか。左前だったとはいえ、組ひとつ潰れるように仕向けておいて、恨みを買わないわけがない。なのに今じゃ六本木でキャバクラを経営し、けっこうな羽振りだ。本当なら闇夜は歩けない身なのに、そんなようすがまるでない。なぜだろうな」

佐江はいった。

「腹がすわってるのだろう」

「そんなことじゃないだろう。いっちまえよ。猪野を守ってるのは何なんだ」

「知らんものは知らん」

佐江は深々と息を吸いこんだ。

「そうか。いいたくないってわけだな」

「俺は何も知らされてないんだよ。だから小突き回しても無駄だ」

江口の声には怒りがこもっていた。高河連合二次団体の組長である自分より、表面上カタギの猪野や足を洗った森本のほうが何かを知っていることへの怒りだ、と佐江は思った。

「わかった。小突き回して悪かった」

佐江は告げ、谷神を見た。谷神は頷いた。

「お前のことだからケツは割らないだろうが、何か相談したくなったらいつでも電話をくれ。高部を殺った奴は、また誰かを殺るかもしれん」

「威してるのか、俺を」

江口は目を細めた。

「何が起こっているのかわからない状況で、理由も知らずに殺されたくはないだろう。ときどき情報交換をしようといっているだけだ」

「誰がデコスケと情報交換なんかするかよ」

江口は吐きだした。佐江は谷神に頷いてみせた。谷神がいった。

「お手間をかけました」

二人は部屋のドアに向かった。

エレベーターに乗りこんでも互いに無言だった。ロビーに降りたつと谷神がつぶやいた。

「猪野を揺さぶる材料としては、まだ弱い」

佐江は頷いた。電話をとりだし、川端和広の携帯を呼びだした。

「はい」

「森本の名前がかわっていると、なぜ教えなかった？」

佐江は強い口調でいった。

「何の話だ？」

「養子に入ったんだろう、森本は」

「その件か。そんなのは小さいことだと思ったんだ。ふだんは森本さんは森本さんでやってるからよ」

「新しい名前をいえ」

「なんだっけ。相馬だよ。相馬さんだ」

「女房は何をやってるんだ」

「何も。金持ちの娘らしい」

「そんな女とどこで知りあった？」

川端は息を吐いた。

「知らねえ。誰かに紹介されたかどうかしたんだろう」

「誰かに紹介された。高部か、柴田か、猪野か」

川端は口をつぐんだ。そのうちの誰かだ。

「なあ、もう勘弁してくれよ」

やがて川端はいった。

「だったら誰の紹介か、いえ」

「知らないって」

「調べろ。そうしたら勘弁してやる」

佐江はいって、電話を切った。

14

殺された高部と柴田、猪野、そして今は相馬と名前がかわっている森本のあいだに共有の〝秘密〟があることは確かだと佐江は思った。その〝秘密〟は、縄張りを高河連合に奪われる形になった、ふたつの暴力団の消滅とかかわっている。

この四人が、高河連合の上層部の意向をうけて、羽田組と尾引会を潰す役割を担ったとは想定できないだろうか。

佐江と谷神は話しあった。

暴力団が暴力団を潰すとなれば、通常は抗争を考える。が、暴力団に対する封じこめが厳しくなった今では、抗争は双方の組にとっての命とりになりかねない。むしろ経済力を用いて乗っとる方法が選ばれる。

羽田組が潰れたのは、銃弾が組員ではなく、シノギを支えていた高利貸しに向け飛んだからだ。尾引会は、同じくシノギであった闇金の顧客リストを奪われて崩壊した。

このふたつの組の消滅には、高河連合の組員がひとりもかかわっていないので、抗争は起きていない。

「しかしカタギを使って組を潰すなんて真似をなぜしたんだ」

佐江はいった。二人は新宿を離れ、四谷三丁目のバーにいた。谷神のいきつけだという、坊主頭のバーテンがひとりいるきりの、静かな店だ。

「目的について今考えるのはよしましょう。江口の話を聞いても、ふたつの組の消滅で連合が直接利益を得た、という証拠はありません」

谷神がそこで飲んでいるのは、ヨード臭の強い、アイラモルトのスコッチだった。初めて飲んだ佐江は、最初のひと口こそ辟易したものの、二杯目からはむしろうまいと感じた。

「カタギを使った理由は、連合がふたつの組を狙っているとわからせないためだろう。わかれば抗争になりかねないし、当然警察にも目をつけられる」

「本当に連合が狙っていたのなら、連合に吸収された江口にはもうわかっていておかしくありません。なのに江口自身、まだその確信を得ていない。あれは嘘ではなかったと思います」

「だろうな。だからこそ奴は怯えているんだ」

佐江は煙草に火をつけ、カウンターの中にいるバーテンに目を向けた。バーテンはスマートフォンにつないだイヤフォンで音楽を聞いている。店内に音楽は流れていない。

黒いTシャツに黒いスラックスを着け、黒のジャケットを着ている。黒ずくめのところは谷神と同じだが、顔は似ていない。のっぺりとしてまるで無表情だった。必要最低限の言葉しか口にせず、谷神が、「ここは何を話しても大丈夫です」といった意味が理解できた。

店の壁の、出入口をのぞく三方にはLPレコードをぎっしりとおさめた棚があるというのに、音楽をまるでかけないというのも妙な店だ。

「つまり、連合の人間にも知られたくない理由で、潰したってことだ。敵をあざむくなら味方から、か」

「鍵になるのは森本です。森本は、尾引会がなくなったあとも連合に入ってはいない。中ではなく外にいる立場を選んだわけです。理由を知っている可能性が高い」

「次は猪野か。森本の従弟で尚かつ、一番危険な役目を果たした」

佐江の言葉に谷神は頷いた。

「そうなります。ですが今はまだ、猪野を詰める材料が足りません。視点をかえましょう。高部と羽田組の高利貸しだった片瀬を殺したのが、もし同じほしだとしたら、何があったのでしょう」

「四人がふたつの組潰しにかかわっていたのだとしたら、高部はむしろ片瀬殺しの犯人の側だ。それがあべこべに殺された。仲間割れか？」

「理由は？　仲間割れというのは、利益を配分するか、したときに起こるものです。しかし現状、そういう動きはありません。彼らがふたつの組を潰した報酬がどこからか払われた、ということでしょうか。だとすればそれは二年以上も前ですから、今になって仲間割れというのも解せない」

「捜査でも、高部が脅迫をうけたり、身の危険を感じていたという報告はなかったな。だとすれば、単に口を塞がれたか」

谷神はロックグラスの中の丸氷をくるくると回した。

「四人のうち、高部はふたつの組潰しで果たした役割がもうひとつはっきりしません。おそらくは井筒の女房をさらうとか、側面援護的な仕事しかしていなかったのでしょう。とすれば、さっきの理由については、森本とちがって何も知らなかったかもしれない。なのに殺されたということは――」

「知った、あるいは気づいた。そしてそれを口外しそうになったから、消された」

佐江は言葉をひきついだ。谷神は頷き、苦笑いを浮かべた。

「いけませんね。想像ばかりです。もっと事実をこつこつ積み上げなければいけないのに」

「これは通常の殺しの捜査じゃない。被疑者がいれば、そいつをほしとするに足る事実を探して積み上げていけばすむが、この殺しの実行犯はたぶん四人のうちにはいない。道具と同じ、プロの殺し屋だ。だからアリバイや凶器をあたっても意味がない。必要なのは動機だけだ」

「動機があるとすれば、森本、猪野、あるいは両方か」

「もっと上かもしれん。四人を動かした人物だ。殺し屋を動かせるのも、そういう立場にいる者だ」

「伝説の殺し屋、ですか」

「そういえば八年前、高河連合の将来の組長といわれていた男が殺され、ほしがあがらないヤマがあった」

「西岡ですね」

「よく知ってるな」

「当時、一課にあがったばかりでした。ほしは月島のタワーマンションにある、西岡の愛人の部屋の前の廊下で待ち伏せして、撃ったんです」

「凶器は九ミリじゃなかったのか」

谷神は首をふった。

「現場で見つかった弾丸は、四十五口径のコルト軍用弾でした。米軍のお古の銃です。威力がある弾丸を、二発撃ちこまれていた」

「銃は現場に残されていたのか」

谷神は首をふった。

「いいえ。見つかっていません。西岡が死んだことで、一時、高河連合は不安定な状態になりました。あのとき一気に組対がやれば、潰せていたかもしれない。ですが当時、組対はいろいろあって、足並みに乱れがあった」

「何となく覚えている」

佐江は答えた。

「寄り合い所帯での発足から何年かたっていましたが、まだ中で綱引きが激しかった。佐江さんはひっぱられたのじゃありませんか」

「断った。権力争いが激しいと聞いたんでな。道具にされるのはまっぴらだ。もっともそれでにらまれ、新宿におきざりだ」

「正しい選択です」

谷神はいって、グラスを掲げた。

「結局、高河連合は、関東最大の組織として生き残った。西岡の一件で、冷や飯を食わされた奴が、今は実権を握っている」

佐江はいった。

「それは誰です?」

谷神が訊ねた。

「延井という若頭だ。ところ払いをくってタイに何年かいたが、戻ってきて一年もたたないうちに若頭が癌で死に、筆頭補佐だった延井が跡を継いだ」

「どんな男です?」

「情報はほとんどない。酒も飲まず、博打もうたない。病弱だという噂で、義理かけにはほとんど、補佐をいかせていて、表にはめったに姿を現さない」

谷神はふうっと息を吐き、手にしたロックグラスをのぞきこんだ。

「極道には珍しいタイプですね」

「二年のところ払いで人間がかわったらしい。西岡が殺されるまでは野心まんまんで、できるのを隠さないタイプだったようだが、タイでよほど泥水を飲まされたのか、戻ってからはうってかわって、目立つのを避けている印象だ。そうなってから、あれよあれよという間に出世したのだから、人間てのはわからないものだ」

谷神は感心したように首をふった。

「佐江さんは極道のことを本当によくわかっている。ふつうはマル暴のベテランといえば、マルBがどこの出身で何が好きで、誰を恨んでいる、恨まれているといった程度ですが、佐江さんはそれぞれの人生観にまで目を配っているような気がします」

「そんなご大層なものじゃない。ただあいつらが何を考えているのか、つきあっているわけでもないのに、見ているとなんとなくわかってくるんだ。だがそのせいで、俺がマルBとずぶずぶだと勝手に思いこむ奴もいる」

捜査対象者である暴力団員の情報を多く得るためには、ある程度のつきあいは避けられない。それが結果、互いへの情につながり、癒着を生むこともある。ためにマル暴の刑事は、定期的に異動となるのがふつうだ。同じ署に長くいれば、それだけ管内のマルBとつながりが深くなるのを避けられない。

にもかかわらず佐江が動かされないのは、情報をもちながらも、実際はマルBと癒着していないことを上層部が理解していて、余人をもって代えがたいという評価をうけている証でもあった。

が一方で、「扱いにくい職人気質」の刑事だと思われているのも事実だ。新しい署に移せば、署の内外を問わず軋轢が生じる危険もある。過去、佐江は本庁の刑事部だけでなく公安部の人間とも対立したり、命令の不服従をくり返してきた。

「そう思っているのは、現場を知らない人間だけです。佐江さんがずぶずぶだなどというのは、自分たちにできないことを佐江さんができているのでやっかんでいるんです。そうでなかったら、とっくに飛ばされています。何しろ佐江さんの評判は一課でも――」

いいかけ、谷神は口をつぐんだ。

「最悪か？　よく俺と組もうなんて考えたな」

佐江は自嘲の笑みを浮かべた。谷神はつられたように苦笑した。

「盗みたいと思ったんです。あなたが恐がられている、その技を」

「恐がられている？　嫌われている、だろ」

谷神は首をふった。

「恐がられています。マルBにも、上にも。もっといえば、上はあなたのことを非常に高く評価している。結果を必ずだす人だと。ただそのためにはあなたを規則で縛ったりチームワークに組みこむべきでない。そんな真似をしたらあなたは反発し、動かないどころかうしろ向きに進みかねない。それを上はわかっているんです。珍しいですよ。警察は、本来そういう不純物を嫌いますからね。砂粒の中に金が交じっていても、金だからと大切にするよりは、とりだして捨てるほうを選ぶ。ひと粒の金よりも、多くの砂のほうが有用だからです。でもあなたは金として、特別な場所を与えられている」

「使い捨てられるからさ。使い捨てても、文句はいわない。したいようにさせておけば便利なんだ」

佐江は吐きだした。谷神は反論しなかった。

「そうですね。それはある、と思います。でもそんな特別なポジションを自力で勝ちとる人は、めったにいない」

「勝ちとったのじゃない。気づいたらそうなっていたんだ。面倒ごと、貧乏クジ、そんなものばかりを押しつけられて、それが俺の役回りだと思ってやっていたら、こうなった」

「わかります。そしてそういう役回りは、一度でもしくじったら、あなたの命とりになった。なのにあなたはしくじらなかった」

佐江は谷神に目を向けた。思った以上に、谷神は佐江について知っているようだ。

いったいどうやって、自分に関する情報を谷神が得たのか、佐江は不思議だった。人事だけでなく、部長クラスとのパイプをもたない限り、知りようがないこともある。

佐江の視線に気づいたのか、谷神は話をかえた。

「先ほどの西岡ですが、ほしがあがっていません。誰が、なぜ殺したのだと思います？」

「誰が、はわからん。なぜ、と考えるなら、連合の弱体化を狙ったとしか思えない。西岡は実力者で、将来の組長を確実視されていた。西岡が組長になれば、稼げる極道が強くなる時代がくる、と思われていた。稼ぐだけなら、極道じゃなく商売人になればいいと反発する者も、連合にはたくさんいた。昔ながらの、喧嘩が得意な奴らだ。西岡がトップの座におさまったら、自分たちの領分が小さくなるという危機感はあったろう」

「ではそういうひとりがやったと？」

「やったとしても、本人じゃない。もちろん組の鉄砲玉を使ったら必ず話が洩れるから、その鉄砲玉を消す必要がでてくる。だが、連合のトップレベルを弾けるくらい、腕と度胸のある者を消すのはもったいない話だし、あとから理由を詮索されかねない」

「外部ですか」

「殺し屋を使ったと考えるのが妥当だ。だから九ミリか、と訊いたのさ」

「同じ殺し屋が、その頃は四十五口径を使っていたのかもしれません」

「いや、この殺しは、一連の九ミリの殺し屋の仕事じゃない」

佐江は断言した。谷神は不思議そうに佐江を見つめた。

「なぜそう思うのです？」

「動機だ。西岡がトップになれば、連合はもっと早くに合理的で経済性を優先する組になったろう。今以上に資金力のある組織になっていたかもしれない。もちろんそこにいくまでに軋轢を生じ、場合によってはでかいお家騒動が起きていたかもしれないが、その後の暴力団に対する締めつけを考えたら、否応（いやおう）なく西岡が理想とする組織になっていかざるをえなかった。西岡が死んだことで、連合はそこへの脱皮にもたついた。つまり、西岡を殺した者は、連合にマイナスになる結果を求めた。九ミリの殺し屋は逆だ。何がプラスをもたらすのか、まだつきとめられないが、少なくとも、連合に不利益になる殺しをしてはいない」

「なるほど。では西岡の方針に不満を抱いた連合の別の幹部が、外部の殺し屋を使ってやらせた、と」

「俺は捜査に加わったわけじゃないから断言はできない。ただもしそうなら、警察だけじゃなく、連合そのものによる犯人捜しで何かしら見つかってもよかったような気はしている。腕の立つ殺し屋を雇ったのだとしても、ツナギや報酬の払いを考えれば、何かしら連合による犯人捜しにひっかかってもおかしくはないからな。それが結局、一切でなかった」

「延井がやらせたとは考えられませんか。それでところ払いをくらった」

「当時の延井にはそんな力はないし、むしろ延井は西岡の側だった。奴がタイに飛んだのは、おそらく自分の身を守るためだ。西岡が死んで、一時的に古いタイプの極道が連合内での勢力を盛り返したとき、第二の西岡になる可能性があると目されたのが延井だった。西岡色を徹底的に排したいと思えば、延井も的にかけられる危険があった」

「すると延井をタイに逃がした人間は、連合の今を考えていたことになりますね」

「ああ、そうだ。延井が戻ってきて若頭にならなければ、連合は古いタイプが勢力を保ったままで、我々からはよりやりやすい組だったろう。そうなるのを危惧した奴が、将来のために延井を生きのびさせたことになる」

「誰です、延井を助けたのは」

「おそらく、死んだ先代の若頭だ。五十代のうちに癌を宣告され、余命がいくらもないことをわかっていた。だから組長にもならず、そのかわり冷静に人間を判断できたのかもしれない」

「延井に会ってみませんか」

谷神がいった。

「延井に？」

「ふたつの組潰しの手を引いている者が連合にいるとすれば、延井かもしれません。直接会って揺さぶりをかけるんです」

「延井は江口とはちがう。嫌がらせをしても何をしても、簡単にはでてこない。立場を考えたら、令状なしで奴に会うのはかなり難しい」

「自宅はどうです？」

「門前払いだろうな。声も聞けないと考えるべきだ。威そうが何をしようが、熱くなるタイプとは思えない。少なくとも猪野なり、森本から延井の名がでてこない限りは、奴が我々に会う理由がない。もっともそんなことになったら二人は消される」

「そこだ！」

谷神が小さく叫んだ。

「高部が殺された理由が口封じだったとしましょう。ならば同じ可能性が、猪野や森本にはある。それを使って、猪野を揺さぶるというのはどうです？」

「延井の名をぶつけるのか」

「そうです。万一、延井が本当に裏で糸を引いているなら、延井ににらまれたら高部同様に殺される危険があるのを、猪野はわかっています。延井のところにお前の話を訊きにいく、といったらかなり揺れるとは思いませんか」

「延井にまったく関係がなかったら、揺さぶりにはならないぞ」

「それも確かめられるわけです」

佐江は考えこんだ。谷神の思いつきは大胆で、表面上カタギの人間を揺さぶる方法としてはあざとい。が、効果があったときは、一気に〝壁〟をつき崩せる可能性はある。

「押しかたをまちがえれば、本当に死人がでるかもしれん」

「そうですね」

谷神の声は落ちついていた。佐江は谷神を見つめた。谷神は佐江を見返した。

「どうしました」

「いや、別に何でもない」

佐江は首をふって酒をあおった。

15

翌日の捜査会議で、射殺される直前まで高部が使用していた携帯電話の通信記録が報告された。

高部は、地下格闘技戦の会場にいたときにかかってきた電話に応え、殺害現場に移動していた。それは犯人の側による呼びだしとも考えられる。

会場にいては殺害を実行できないと考えた犯人が、外に誘導するために高部に電話をかけた可能性があるのだ。

だが最後の着信記録は、携帯電話に登録のない番号からで、しかも海外からであることが判明した。しかし着信をうけ、高部が即座に席を立って会場をでていったという、ボディガード兼運転手の話を考えると、未知の人間からではなかった可能性が高い。

高部はその夜、携帯電話に連絡がくることを知っていた。実際、撃たれるまでの十数秒間、高部は会話を交わしている。

おそらくその電話は、高部にとって重要なものであった筈だ。そうでなければ着信を無視し、あとからかけ直すこともできた。

会議では、高部の携帯電話のメモリーにあった二百余の電話番号のリストも配られた。捜査本部は今後、この番号すべてに電話をかけ、高部との関係について所有者に訊きとりをおこなう。

佐江は渡されたリストを見つめた。猪野功一の名と携帯電話の番号がある。

柴田健二の名前もあった。海外の番号らしく、やたらに長い。「ホワイトヘブン」の番号もあり、森本の名もある。今は相馬と姓がかわっているので、この森本が、以前尾引会にいた森本かどうかはわからない。相馬の名での登録はなく、また江口や延井の名もなかった。

他の名前は今のところ、佐江にとって意味はない。今後の捜査で、リストと同じ名前がでてくれば、高部との関係の証拠になる。

被害者の携帯電話に登録されたすべての番号に連絡を試みるのは、危険な方法でもあった。その中に犯人または共犯者がいれば、警戒されるからだ。

だが捜査本部は、これまでのところ犯人につながる有力な情報を入手できずにいた。したがって危険ではあっても、シラミ潰しのこの方法をとらざるをえない。

捜査会議が終了すると、佐江と谷神は麻布十番に向かった。

途中、谷神が猪野の携帯電話を呼びだした。

「先日おうかがいした、警視庁の谷神です。今、よろしいでしょうか。実は、また少しお訊ねしたいことがでてきたので、そちらに向かっております」

相手に有無をいわせない畳みかけかただった。「うかがっていいか」とは訊いていない。「訊きたいことがあるので向かっている」という通告だ。

「待っているそうです」

電話を切った谷神はいった。

「やるな」

覆面パトカーのハンドルを握る佐江はいった。谷神は、猪野を本気で揺さぶる覚悟のようだ。

「木の下で待っているだけでは実が落ちてこないこともあります。落ちそうな実を見つけたら、枝を揺すってやらないと」

谷神はいって微笑んだ。

前回とは異なり、猪野は二人を近くのカフェテラスへと案内した。

昼間なので、マンションの談話室だと他の住人の目があると考えたようだ。

煙草の吸えるオープンカフェで、三人はテーブルを囲んだ。猪野は寝起きらしく、腫れぼったい目をしている。

「これで最後にしてくれませんかね。僕は犯人じゃない。あれからネットで調べましたけど、高部さんが殺されたとき、僕は友人の店で飲んでいました。証人もいます」

運ばれてきたコーヒーをすすり、喧嘩腰(けんかごし)で猪野はいった。

「あなたが犯人だとは、我々も思っていません。ですが犯人につながる情報を、あなた自身が知らずにおもちかもしれない、と思っているのです」

谷神が告げると、猪野は息を吐き、そっぽを向いた。

「手短にすませますか。それともじっくりいきますか」

佐江は訊ねた。

「決まってます。手短にしてください」

「じゃあ単刀直入に。江口という人物を知っていますか。江口崇(たかし)」

猪野は瞬きし、視線を宙に向けた。

「すぐには思い浮かばない。何をしている人です？」

うまい逃げかただ。

「江栄会という暴力団の組長です。江栄会は高河連合の二次団体だ」

「江栄会……」

「それ以前は羽田組で江口一家という組をひっぱっていました。羽田組が潰れたので、高河連合に移ったんです」

「大昔、会ったかもしれない」

「大昔？　いつです」

「わからない。昔すぎて」

「江口はあなたを知っていました。あなたの従兄も」

猪野の表情がこわばった。

「従兄って、誰のことです」

「元尾引会の森本さんです。前にうかがったときにもいいましたが、尾引会は二年前に潰れている。ちなみに、江口の話では、あなたは森本さんに紹介されたそうです。柴田さんともつきあいがある、と認めた」

猪野は深々と息を吸いこんだ。が、何もいわない。

「森本さんにお会いしたいのですが、連絡先をご存知ありませんか」

高部の携帯のことはいわず、佐江は訊ねた。

「今は音信不通です。だからわからない」

「いつ頃からそうなのですか」

谷神が訊ねた。

「もう二年以上。井筒さんの店を辞めて以来」

尖った声で猪野は答えた。

「あなたがもちだした顧客リストだけど、その後どうしたんです？」

佐江はいった。猪野はさっと佐江を見た。

「その話は――」

「したくないではすまないこともありますよ。高河連合が関係しているとわかった以上、我々もそうやさしくはできないんです」

「何だって」

猪野は蒼白（そうはく）になった。

「高部さんの殺害です」

谷神がいった。

「見えづらい形ですが、高河連合が関係している可能性がでてきました。高河連合は、資金力のある暴力団だ。従来のやくざのシノギだけではなくて、不動産や飲食業といった、本来なら暴力団がかかわってはならないとされている事業にも巧妙にかかわっている。殺された高部さんは、不動産業を営まれていたが、もしかするとそこで高河連合とトラブルを抱えていたかもしれない」

「ありえない！　高部さんが、そんなトラブルを起こすなんて」

「なぜ断言できるんです？」

猪野は黙りこんだ。

「高部さんが高河連合とはトラブルを起こしていなかったと断言できるのはつまり、うまくやっていたというのをご存知だからじゃありませんか」

谷神がいった。

「馬鹿ばかしい。何てことをいうんです」

「先ほどの江口だが、彼も今は高河連合の一員だ。その江口ですら、高部さんと高河連合のあいだにトラブルがあったとは知らなかった」

「だからそれは、そもそもトラブルがなかったからですよ」

「だったらなぜ殺されたんです？」

猪野は目をみひらいた。

「あんたたちは、高部さんが高河連合に殺されたと思っているのか」

佐江も谷神も答えなかった。やがて佐江はいった。

「これは噂ですがね。高河連合には、トップクラスと直結した、腕のいい殺し屋がいるらしい」

猪野は唇をわななかせた。

「あくまでも噂ですから、高部さんを殺ったのが、その殺し屋なのかどうかはわからない。ただ、もしその殺し屋が犯人なのだとすれば、高部さんは高河連合にとって非常にまずい存在だったということです。そこで話が戻るのですが、あなたと森本さん、柴田さん、高部さんは、ある時期グループを作っていたと我々は考えています――」

猪野は大声をだした。

「嘘だっ。グループなんて作ってない」

「それを証明してくれる人はいますか。柴田さん、あるいは森本さん？」

猪野は黙った。恨むような目で佐江をにらんでいる。

「わかりました。グループではなかったとしましょう、しかし交遊はあった。そうですね？」

谷神がいった。猪野は息を吐いた。

「まあ、それは」

「高部さんが殺され、ご自分は危険を感じませんか」

「冗談じゃない。僕は高河連合なんかと、何のつきあいもないんだ」

「高部さんも、表面上はそうでした」

「僕は本当にそうだ！」

「それを確認する方法が我々にはない。まさか高河連合の幹部、たとえば延井という若頭がいるのですが、彼のところに、あなたを知っているかと訊きにいくわけにはいかない」

猪野は今にもとびだしそうなほど目をみひらいた。

「だ、誰だって」

「延井です。知っていますか」

「知るわけがない」

「あなたの従兄はどうですか」

「そんなこと、ぼくにはわからない」

「森本さんは尾引会が潰れたあと、やくざを辞めているようです。ところが森本さんの紹介で、高河連合系の組織に入った若い衆がいる。妙ですね」

「訊いておきます」

「今、訊けませんか」

「連絡先を知らない」

「高部さんが遺した携帯電話に森本という名前がありました。もし同じ人なら、猪野さんがかければわかりますね」

猪野はぽかんと口を開いた。

「さっき、あんた連絡先を教えてくれといったじゃないか。なのに――」

「同じ森本かどうかわからないからです」

「ひどいな、罠じゃないか」

「罠？　我々がなぜあなたを罠にかけるのです？　ひとりひとり、順番にたぐって、殺人犯につながる情報を探しているだけです」

谷神が冷ややかにいい、携帯電話をとりだした。

「今、高部さんの電話のメモリにあった、森本という名前の番号にかけます。相手がでたらかわりますから、ご本人かどうか確認してください」

「待った」

猪野は手をのばし、谷神の手をおさえた。

「それはやめてくれませんか。その番号が森本さんなら、僕が警察とグルだと思われてしまう」

「グルだと思われてはまずいですか」

「あたり前じゃないか。足を洗ったとはいえ、森本さんは元やくざだ。警察とかかわりたいわけがない」

「しかし電話をしなければ、我々の知るこの番号が森本さんのものかどうかわかりません」

「そんなこと、あんたたちが直接確認すればいい」

「そうですね」

谷神は携帯のボタンに再び手をかけた。

「だからここからはやめてくれ。僕が巻き添えになる」

「ずっと会っていないのに、森本さんはそれほど恐いのですか。親戚でしょう？」

佐江はいった。猪野は黙っている。

「親戚だからこそ、尾引会の金融屋の仕事も手伝った。ちがいますか」

佐江は畳みかけた。

「断れなかったんだ。小さい頃から知っていたけど年上で、逆らうといつも泣かされた」

猪野は低い声でいった。

「子供の頃から恐い存在だったのですね」

猪野は頷いた。

「親戚なら、森本さんの結婚式には出席しましたか」

谷神が訊ねた。不意を突かれたのか、猪野は、

「えっ、ああ。でたことはでたけど」

と答えた。

「噂では、養子に入った相馬さんという家はお金持ちだそうですね」

猪野は頷いた。

「何をしている家なのです?」

「パチンコ屋のチェーンをもってる」

「なるほど。それならお金持ちだ」

「関東地方に何十軒というパチンコ屋をもっていて、機械も作ってるって聞いた。あんたたち警察のOBとも仲がいい。パチンコ屋の組合には、いっぱい天下りしているだろう」

「確かにそんな話を聞いたことはあります」

パチンコ業者の団体に、警察官OBが多く天下りしているのは事実だ。

「しかしそんなお金持ちの娘さんを、よく森本さんは見つけましたね。言葉は悪いが、逆玉の輿だ」

佐江はいった。

「奥さんがタイを旅行しているときにトラブルに巻きこまれて、それを助けたって聞いた。奥さんの親父さんは大金持ちで、国会議員にもたくさん知り合いがいるそうだ」

「ほう。すると森本さんは今は義理のお父さんの仕事を手伝っている?」

「そこまでは知らない」

「それで、この番号は森本さんのものですか?」

谷神は携帯電話の画面を見せた。猪野はのぞきこみ、いった。

「たぶんそうだ。最後の四桁に覚えがある」

「ここから電話をするのはやめておきます。ところでリストはどうしたのです？」

「リスト」

「金融屋の顧客リストです」

猪野はあきれたように目をみひらいた。

「またその話か」

「あなたが知っていて、我々が知りたいと思うことがある限り、質問はつづけます」

谷神は淡々と告げた。猪野は息を吐いた。

「リストは、森本さんに渡した」

「森本さんに？」

「最初からそういう約束だった。金融屋の店長になって、リストに接触できるようになったら森本さんに渡す」

「すると森本さんがそれを商売敵に流し、結果、尾引会は潰れた」

「そこまでは知らないよ」

「しかしそういうことですよね。森本さんは尾引会の組員だったのに、組長の井筒に恨みでもあったのですか」

猪野は首をふった。

「森本さんは井筒さんには目をかけられてた。けれど、尾引会に先はないと、よくいっていた」

佐江は谷神と顔を見合わせた。

「話を整理しましょう。あなたの従兄である森本さんは、あなたを尾引会の闇金の表の顔である店長にひっぱった。そして顧客リストに触れるようになったら、それを自分に渡せと命じた。あなたがいわれた通りにすると、そのリストが他の闇金業者に流れ、客をとられた尾引会の金融屋は潰れてしまった」

谷神がいうと、猪野はやけになったように頷いた。

「そうだよ」

「仕返しは恐くなかったのですか。相手はやくざだ」

「心配するなといわれていた。井筒さんが僕に手がだせないようにしてやる、と」

「森本さんにそういわれたのですか」

「そうだ」

「報酬は？」

佐江は訊ねた。

「報酬？」

「一番危ない橋を渡ったのはあなただ。報酬はあったでしょう」

猪野は黙った。

「六本木での開店資金じゃありませんか」

谷神が畳みかけた。猪野は答えない。

「我々は税務署ではない。だから教えても大丈夫だ」

佐江はいった。猪野は目を上げ、佐江を見ると頷いた。

「一千万くらいもらいましたか」

「そんなところだ」

もっと多かったようだ。

「その金はどこからでたんでしょう」

「知らないよ、そんなことは」

「そのときはまだ森本さんは婿入りしていませんよね、相馬家に」

猪野は頷いた。

「するとどこからか大金が森本さんを通して、あなたに渡った」

猪野は無言だ。

「森本さんに会うしかありませんね。どこにお住まいか知りませんか。あなたから聞いたとはいいませんから」

「ヒルズだよ」

「ヒルズ？」

「六本木ヒルズだ」

「それはたいしたものだ」

「でもほとんど日本にいない」

「タイによくいかれている?」

「タイだけじゃない。カンボジアとかマカオにもよくいってるみたいだ」

「わかりました。いろいろとありがとうございました」

谷神がいって、腰を上げた。佐江を見る。

「本当にいろいろと。ところで延井の名は、誰から聞きました?」

「そんなの、わからない」

佐江は頷いた。

カフェテラスをでた二人は覆面パトカーに乗りこんだ。

「森本、現在の相馬が鍵ですね」

谷神がエンジンを始動し、いった。

「猪野に一千万以上、井筒にも五百万を渡している。顧客リストを売ってもそこまでの金にはならない。どこからでてきたんだ」

佐江はつぶやいた。

「順当に考えれば、尾引会の縄張りを得た高河連合です。しかしそんな大金をなぜ注ぎこむ必要があったのか」

谷神は佐江を見た。

「金だけじゃない。羽田組を潰すために殺し屋まで動かしている。それほどまで縄張りを手に入れたい理由がわからない」

「次に会うのは誰です? 相馬ですか、それとも高河連合に乗りこみますか」

佐江は考えこんだ。高河連合の情報は欲しい。が、この件に関しては、二次団体の組長である江口すら何も知らない。となると、いきなりトップクラスのところにいったところで口を開くわけがないだろう。

「やはり相馬か。ただ、気をつけないと潰されるな」

谷神も硬い顔で頷いた。警察とパチンコ業界とのパイプは、ある種の聖域だ。下手に接触すると、あっさり捜査の線を潰される危険がある。ノンキャリアを中心に、多くの警察ＯＢが業界団体と管理団体に天下りしている。義父がそれだけの〝大物〟なら、耳打ちひとつで、相馬という糸を切られる可能性があった。

国会議員からの圧力も面倒だが、それ以上に厄介なのが身内からの牽制だ。恩やつきあいのある元上司、先輩などから、現役の幹部に「そっとしておいてくれ」と頼まれたら、よほどの証拠がない限り、触れなくなる。

だが高部殺しと相馬を結びつける、強い材料は、まだ見つかっていない。

谷神はもうこれ以上は動けないだろう、と佐江は思った。相馬にあたるとすれば、刑事として失うもののない自分ひとりの仕事だ。

16

タイではお化けのことを「ピー」という。男に初めて会ったとき、プラムはまるでピーみたいだと思った。

プラムには全部で三人の父親がいる。ひとりめは、本当の父親で日本人だ。タイに引っ越すまでは、毎日ではないがいっしょに暮らしていた。日本語を話せるのは、この父親に教わったからだ。母親はプラムほどは日本語が上手になれなかった。

プラムというのはニックネームだ。タイ人の名前は長いので、生まれたときに男も女もニックネームをつける。男なら「ジョー」とか「エース」、女なら「アップル」とか「ケーキ」。プラムは日本では「モモコ」という名で呼ばれていた。日本人の父親がつけてくれた名前だ。だがタイにいってから「モモコ」は呼びづらいので、日本語の「桃」に近いプラムにした。ピーチにしなかったのは母親が反対したからだ。娼婦みたいでよくない、と母親はいった。

ふたりめの父親が「プラム」の名づけ親だ。タイ人で、母親の兄だ。コービーという名前でパタヤに住んでおり、母親が最初にタイで身を寄せたのはコービーの家だった。コービーは若いときに奥さんを病気で亡くし、それからはずっと独身だった。コービーの家は大きいので、二人は初めそこで暮らした。

母親がパタヤのバーで働くようになると、コービーとプラムは夜ずっといっしょだった。タイ語や勉強を教えてくれたのもコービーだ。コービーの仕事はバイクの修理だった。プラムはコービーからバイクの運転を教わった。

三番めの父親は、コービーにバイクの修理をいつも頼んでいたシェルだ。シェルはコービーより年上のアメリカ人で、六十歳を過ぎていた。昔軍隊にいて、アメリカがベトナムと戦争をしたとき、タイにきて、大好きになった、といった。シェルみたいなアメリカ人は、実はタイにいっぱいいる。戦争は嫌だったが、ベトナムやタイにいたときが彼らの青春時代で、その頃の自分に戻りたくてタイに移り住んでいるのだ。軍隊にいたから年金をもらえるし、タイに住めばお金もあまりかからない。

パタヤには、シェルが若い頃通ったのとかわらないようなバーがたくさんある。ロックンロールが流れ、ビキニやミニスカートの女がたくさんいて相手をしてくれるのだ。

シェルはタイ語も話せ、軍隊で覚えた格闘技や射撃をタイ人に教えていた。シェルの住居は、パタヤの海岸からは少し離れた場所にあり、母親がつきあうようになると学校が休みのときだけ、プラムはシェルの家に泊まった。

シェルと母親をひきあわせたのはコービーだった。日本人とのあいだに作った子供を連れ帰った母親を、大切にしてくれるタイ人の男はあまりいなかったからだ。母親に近づいてくるタイ人の男は、たいてい母親の稼ぐ金を目当てにした「メンダー」ばかりだ。メンダータレーと呼ばれるカブトガニのメスがオスを背中にのせていることから、女にたかって生きる男を、タイではメンダーと呼ぶ。

それなら年をとっているがシェルがいい、とコービーが考えたのだ。シェルは白髪を短く刈った、がっちりした白人だった。六十をうんと過ぎているのに贅肉がほとんどなく、背中がいつもぴんと伸びていて、動作がきびきびしている。あまりよく喋るほうではなくて、いっしょにいるとコービーがいつもひとりで話していた。

コービーとシェルはすごく仲がよかった。休みの日になると二人はゴルフや釣りにいっしょにでかけていた。あるとき、シェルの家の近くの射撃場に、プラムはコービーと連れていかれた。コービーはときどきピストルをシェルに習っていた。いくら教わってもうまくならない、俺にはピストルなんて必要ないからだ、とコービーはいっていたが、プラムが試しに撃たせてもらうと、コービーよりはるかにうまいことがわかった。

「この子は音を恐がらない、コービーは銃の音を恐がっているから撃つときに余分な力が入る。プラムにはそれがない。たぶん才能がある」

とシェルはいった。何かの才能があると人からいわれたのは初めてだった。プラムは嬉しくなった。映画やテレビでピストルをバンバン撃っているスターも格好よくて、自分もそうなりたいと思った。

シェルにいろんな銃の扱いかたや、ムエ・タイ、マーシャルアーツを教わった。銃や格闘技がうまければ、女優になれるかもしれない。

プラムがシェルと仲よくなり、コービーと三人でいることが多くなった頃から、母親が酒ばかり飲むようになった。バーを辞めてシェルと暮らしていたが、朝から酔っぱらっていることが多くなった。

酔った母親はよく日本の話をした。プラムの父親や他の日本人の話をプラムに聞かせた。

母親は、ミサワというプラムの父親のことを忘れられないでいた。だからシェルとはそのことでよく喧嘩になった。でもシェルはプラムには決してあたらなかった。親友のコービーの姪だったからだ。

そのコービーが殺されたのは、プラムが十八のときだ。コービーの修理工場には、客から預かったバイクがおいてあった。ある晩それを盗みにきた泥棒を止めようとして撃たれたのだ。コービーを殺した泥棒は、修理工場にあったハーレー・ダビッドソンを盗んでいった。それはシェルのバイクだった。

コービーの葬儀のあと、シェルはピックアップトラックに乗って、パタヤの街を走り回った。盗まれたバイクをとり戻すためだ。

プラムの母親が癌だとわかったのはその頃だった。シェルは母親を、バンコクの病院に入院させた。パタヤからは車で二時間近くかかるが、パタヤの海軍基地にいた知り合いのアメリカ人ドクターが、その病院にいるからだ。

プラムとシェルが母親を病院に預け、帰るためにバンコク市内を走っているときだった。いきなりシェルが急ブレーキを踏んだ。そして運転していたピックアップをバックさせた。

「どうしたの？」

「俺のバイクだ」

ラーマ四世通りに面した狭い路地を、シェルはのぞきこんでいた。食べものの屋台が並んでいる細い通りの奥に昼間から開いているバーがあり、その前に確かにハーレー・ダビッドソンが止められていた。

「本当にシェルのなの？」

「ああ。ナンバープレートは替えられているがまちがいない。ミラーにつけたリボン、お前も見覚えがあるだろう」

いわれてプラムも頷いた。

携帯電話をとりだし、プラムは訊ねた。

「どうするの。警察に教える？」

「いや。警察に知らせたらバイクは戻ってくるかもしれないが、コービーを殺した奴はつかまえられない」

バイクを盗んだ犯人と、今乗っている人間はきっと別だろう。犯人はバイクを売り、それを買ったのがバンコクの人間なのだ。だから乗っている者に、誰からバイクを買ったのかを白状させる、とシェルは説明した。

シェルはピックアップを路地の入口に止めた。エンジンをかけたままだ。

「プラムはここにいろ。外にでるな」

そういってピックアップを降りたシェルは、路地の奥のバーに入っていった。

プラムはどきどきしながら待っていた。パタヤではシェルが何度か喧嘩に巻きこまれるのを見たことがあった。酔っぱらった兵隊や薬でおかしくなった若い男が、静かに飲んでいるシェルにからんだのだ。なぜからむかというと、そういうときのシェルは、ひどく冷たい目で相手を見るため、馬鹿にされたと思いこんで怒りだすのだ。

喧嘩といっても、たいてい勝負にならないくらい、シェルは強い。殴りかかってくる相手の腕を関節技で決め、肘か掌底(しょうてい)で軽く打つだけで動けなくする。シェルがキックやパンチをだすのを、トレーニング以外でプラムは見たことがなかった。

やがてバーの入口が開き、若い男三人とシェルがでてきた。初めは低い声で四人はいいあっていたが、突然殴り合いになった。

シェルがひとりに肘打ちを見舞い、別のひとりがシェルをキックした。それを膝でブロックしたシェルがワン・ツゥを腹に打ちこむと、その男は倒れた。最後のひとりがハーレーにまたがり、逃げだそうとした。シェルが追おうとすると、最初の男がとびかかった。

ハーレーのエンジンがかかった。プラムはとっさにピックアップの運転席に移ると、サイドブレーキを外し、アクセルを踏んだ。ピックアップが路地の入口を塞いで、ぶつかりそうになったハーレーは急停止した。

とびかかってきた男を路上に投げとばしたシェルが、ハーレーにまたがった男の襟首をつかんだ。男は悲鳴をあげた。

プラムに親指を立て、シェルは男をハーレーからひきずりおろした。

そして地面に仰向けに倒れた男の胸に片足をかけ、上から恐ろしい顔でのぞきこむと質問をした。

男はすぐに答えた。

シェルは頷き、よろよろと立ちあがった男たちを手招きした。彼らは逆らわず、ピックアップの荷台にハーレーをのせる手伝いをした。

そうしてパタヤに戻ったのだった。

その晩、シェルはプラムに告げた。

「コービーを殺したのは、ソイ・ダイヤモンドの『ケサン』に集まっているギャングたちだ。そいつらがパタヤで盗んだ車やバイクをバンコクで売りさばいているらしい」

「どうするの」

プラムは訊ねた。シェルが警察をあてにしていないことはわかっていた。実際、警官の多くがギャングとつながっていて、賄賂をもらっている。コービーを殺したギャングと警官が知り合いだったら、つかまる前に逃げだしてしまうだろう。

「コービーの敵をとる」

シェルはきっぱりといった。

「じゃあ、あたしも手伝う」

「馬鹿なことをいうな」

「あたしを連れていけば、きっと役に立つよ」

「実戦と訓練はちがうんだ。いくら俺に鍛えられているからって、的を撃つのと人を撃つのは違う」

シェルは厳しい目をしていった。

「わかってる。でもコービー伯父さんが殺されて、お母さんも病気で入院してる。これでもしシェルに何かあったら、あたしはひとりになっちゃう」

「だから俺を手伝うというのか」

プラムは頷いた。

「今日だって役に立ったでしょう。それにじっと待っているほうが恐い」

シェルは無言で考えていたが、いった。

「プラム、俺はこの国が大好きだがアメリカ人だ。だから何かあってタイにいられなくなっても、アメリカに帰れる。だがお前はそうはいかない。もちろんお前をアメリカに連れていくこともできるが、お母さんを残してはいけないだろう」

「日本がある。あたしのお父さんは日本人だから、何かあったら日本にいく」

プラムが答えると、シェルは一瞬怒ったような目になった。母親と喧嘩をしたのを思いだしたようだ。

「お前は、日本のお父さんがどこにいるのかを知っているのか」

プラムは首をふった。

「知らないけれど、そのときはがんばって捜す」

シェルは息を吐いた。

「わかった。この話はあらためてしよう」

「じゃあ結論がでるまでは、ひとりでソイ・ダイヤモンドにはいかないって約束して」

シェルは頷いた。

「約束する」

その晩遅く、シェルがどこかに電話をしていた。相手がタイ人ではないことは、英語を話しているのでわかった。

翌日、プラムはナコーンパトムにあるバーンプラ寺にバイクで向かった。サック・ヤンと呼ばれる、お守り刺青を入れるためだ。

サック・ヤンは、ファッションタトゥとはちがう。昔の人は、サック・ヤンを入れていれば、切られたり撃たれたりしても死なないと信じ、今も災厄から身を守るためにサック・ヤンを入れる人は多い。

サック・ヤンには動物や仏塔、お経といった柄がある。プラムは背中に仏塔のサック・ヤンを彫ってもらった。僧侶に経をあげてもらったあと、寺にいる彫り師が小さな仏塔をいくつも背中に彫りこんだ。

ファッションタトゥとちがってサック・ヤンは針で刺すので激しく痛む。だがプラムは我慢した。シェルに見せれば、自分の覚悟をわかってもらえると思ったのだ。

彫り終わったあとは、背中で火が燃えているようだった。苦痛をこらえ、バイクでパタヤに戻った。

プラムの顔をひと目見て、シェルは眉をひそめた。

「いったいどうしたんだ？　顔がまっ青だ」

プラムは無言でシェルに背中を向け、Tシャツをまくった。

「サック・ヤンがあたしを守ってくれる」

ふりかえるとシェルが泣きそうな顔をしていた。

「プラム、お前を守るのは刺青じゃない。お前自身の力だ」

その晩、プラムはひどい熱をだした。サック・ヤンのせいだった。

背中が腫れあがり、冷やしても冷やしても、熱は下がらなかった。

うつぶせでしか寝られず、プラムは一昼夜、高熱でうなされた。

恐ろしい夢を何回も見た。母親が死に、シェルもギャングに撃ち殺される。何度も悲鳴をあげて、とび起きた。

そしてようやく熱が下がったとき、ベッドの横に、その男が立っていたのだ。

「ピー」

とつぶやいたプラムに、男は首を傾げた。色が白く、タイ人ではないとすぐにわかった。清潔なジーンズにTシャツを着て、ほっそりした体をしている。

「初めまして」

日本語を男は喋った。それを聞いて、プラムは、自分が半裸であることを思いだした。

「大丈夫だ。私はシェルさんの友だちだ」

あわててシーツで体をおおったプラムに、男はいった。

「私の言葉がわかりますか」

「わかります」

プラムが答えると、男はにっこりと笑った。

「よかった。シェルさんに君のようすを見てきてほしいと頼まれたんだ。君が目を覚ましたと教えるよ」

男が部屋をでていったので、プラムは大急ぎでシャツを着た。背中の腫れはひいていたが、まだ痛みはある。

やがてシェルと男が部屋に入ってきた。

「大丈夫か」

「もう元気」

「よかった。感染症にかかったのじゃないかと心配したんだ」

シェルはいって、男を、

「私の生徒で日本人の、ミツだ」

とプラムに紹介した。

「よろしく」

ミツはいった。年齢の見当がつきにくいが、髪が黒く、シェルよりはだいぶ若そうだった。

「シェルさんは、私の先生です。シェルさんから電話をもらって、すぐタイに飛んできました」

ミツはいった。プラムはシェルを見た。

「ミツがお前のお父さんを捜してくれる。お父さんの話をするといい」

シェルはいって、プラムの部屋をでていった。自分がその場にいたのでは、プラムが父親の話をしづらいと考えたようだ。ミツはプラムの勉強机の椅子を引き、腰をおろした。

「すわって」

プラムはベッドにすわった。

「お父さんのことを話してください」

17

相馬に接触する前に、佐江はもう一度、尾引会の組長だった井筒に会うことにした。井筒の携帯電話の番号は聞いてあったので、それにかけ、会う段取りをつけた。

井筒は、妻のやっている大久保のスナックを指定した。会ったのは、開店前の夕方だった。

着替えや出張の美容師に髪をセットされる順番を待つ韓国人ホステスが、明るい店内に何人もいて、足を踏み入れた佐江は落ちつかない気分になった。

井筒は奥のボックスに入口を向いてすわり、ひとりでビールを飲んでいた。佐江に片手をあげ、向かいを示した。

「女だらけでいいだろう」

井筒は楽しげにいった。

「俺は開店前にばたばたしているこいつらを見ながら酒を飲むのが好きなんだ。店が始まったら、金にならない奴はでていけと追いだされちまうんだがな」

言葉通り、髪をセットさせている井筒の妻が険しい視線を二人に向けている。

「奥さんが働き者でよかったな」

「ああ。ソープに沈めることも考えたんだが、あいつが飲み屋でがんばるというからやらせてみた。よかったよ」

佐江はホステスたちを目で示した。

「連れだしもやっているのか」

連れだしとは、客を相手にホステスに売春させることだ。

「さあな。俺は知らねえ。店にはいないし、こいつらひとりひとりの名前すら知らないのだから」

小皿に入れた柿の種をかみ砕きながら、井筒は首をふった。

「猪野に会った」

井筒の口の動きが止まった。

「六本木でキャバクラを経営している」

井筒はビールをあおった。

「野郎、生きていやがったか」

「顧客リストを猪野に盗めと指示したのは、森本だったようだ」

井筒は目を細めた。

「やっぱりか」

「猪野が認めた。その報酬に、奴は一千万を超える金をうけとったようだ」

「何だと」

井筒の顔が怒りで染まった。

「あんたは女房の体と五百万。リストは一千万。安く見られたな」

「ふざけやがって。ぶっ殺してやる。野郎、今どこにいるんだ」

「この暮らしに納得しているのだろう。つまらないことは考えるな。あんたの敵は、俺がとってやるよ」

「どうやって？」

「森本のことを話してくれ。猪野は奴の兵隊だ。尾引会潰しの絵図を描いたのは森本だ。なぜそうしたのかを知りたい」

井筒は唸り声をたてた。

「俺は奴には目をかけてた。恨まれる覚えなんかねえ」

「あんたはそうでも向こうはちがったのじゃないか。修業中にいたぶったとか」

井筒は首をふった。

「俺はそういうことはしねえ。行儀作法は仕込んだが、理由もないのにぶっ叩いたりはしなかった」

「どういういきさつで尾引会の盃をもらったんだ？」

井筒は宙を見つめた。激しく瞬きしている。

「奴は二十過ぎてから、うちに入ってきた。サラリーマンをやっていたが、先がないと思って極道になる腹を固めたといっていた。とりあえず運転手をさせたら、道はよく知っているし、車の扱いもうまかった。よけいなことは喋らねえで、こっちの先、先を読んで動くんで、はしこい野郎だと感心した」

「何のサラリーマンをやっていたんだ？」

「確か不動産会社だ。奴がうちに入って少しして潰れたというのを聞いた」

「キャッチバーをやらせていた時期もあったな」

「ああ。奴がうちにいるあいだで唯一、パクられた一件だな。客を殴って」

「唯一？」

「唯一だ」

井筒は頷いた。

「もともとキャッチバーをやらせてた奴が別件でパクられたんで、森本にふったんだ。奴は本当は嫌がっていた。もっと賢い金儲けがやりたいとほざきやがった。だが当時、うちにはそんな洒落たシノギはなかった。キャッチバーか女、あとはしょぼいみかじめくらいだ。うちみてえな小さい組は、そんなシノギでもしがみつくしかなかった」

「金融屋を始めたのはそのあとか」

「そうだ。森本がいいだしたんだ。『どこにそんなタネ銭がある』と俺はいってやった。百や二百の小銭じゃ、さすがに金融屋は始められない。奴はいったよ。『自分がタネ銭を用意したら、やらせてくれますか』」

「タネ銭を？」

佐江は井筒を見つめた。

「そうだ。俺が『おう』といったら、本当に用意してきやがった」

「どうやって？」

佐江の問いに井筒は首をふった。

「知るか。確か千くらいあった。『強盗でもしてきたのか』といったら、『とんでもない、実家からちょろまかしてきました』と答えたが、奴の実家にはそんな銭はなかった筈だ」

「それで？」

「タネ銭を用意してきた以上、やらせねえわけにはいかない。だが全部を奴に任せたら、儲けを吸われるかもしれないんで、俺が仕切ることにした。そのときは奴もふて腐れていた」

「ひでえ話じゃないか。自分がやりたくてタネ銭を用意してきたのに、それで始める金融屋をあんたが仕切ったのか」

井筒は佐江をにらんだ。

「組ってのは、そういうものなんだよ。組長のいうことに逆らうのなら辞めちまえって話だ」

「それで？」

「やるにあたっちゃ、カタギの顔がいる。それで奴に店長を探せといったら、猪野を連れてきた。そのときから野郎、俺に仕返しする気だったのかもしれん」

「可能性はあるな。執念深い奴だったのか」

「執念深いというか、何ごともじっくりかまえてかかる野郎だった。極道には向いてないといってやったことがある」

「組うちに親しかった奴はいたか」

井筒は首をふった。

「あいつは好かれちゃいなかった。うちにいたのは、たいていが、頭より体を動かすほうが得意って奴ばかりだったからな。いっしょになって馬鹿をやることもないし、本当はうちの組に入ったのを後悔していたのじゃないかと思っていた。それがあったんで、できる奴ではあったものの、俺もどこか気を許せねえでいた」

「森本と今でも連絡をとっていそうな奴を知らないか」

井筒は腕を組んだ。

「組を畳んでからは、誰の消息も伝わってこねえ。ああ、ひとりいたか」

「誰だ」

「足を洗って、居酒屋をやっているのがいる。そいつも板前の修業中にグレてうちにきたんだが、極道に向いてない奴だったから、もしかすると森本とつきあいがあるかもしれん。小野寺という男だ」

「どこで店をやっている？」

井筒は目を上げ、佐江をにらんだ。

「猪野がやっているキャバクラの名前と交換だ」

「何をする気だ」

「嫌みのひとつもいってやろうかと思ってな」

いって声を潜めた。妻をうかがう。

「六本木のキャバクラなら、若くていい女もいるだろう。俺から金はとれない。楽しみじゃないか」

佐江は息を吸いこんだ。昔の〝貸し〟をたてに、ただ酒にありつこうという魂胆か。

組を潰し、若い衆もいない井筒が、猪野にできる嫌がらせは、タカリくらいのものだろう。

「『ホワイトヘブン』という店だ」

「『ホワイトヘブン』だな。中野の『五合』てのが、小野寺の店だ」

「あんたはいったことがあるのか」

「一度な。喜ばれてねえのがわかったんで、二度といってない」

「なぜ喜ばれていないとわかったんだ」

「勘定はいらないんで、もうこないでくれといわれた」

佐江は頷いた。足を洗った極道のつける、まともな職は少ない。苦労してもった自分の店で、かつての親分に大きな顔をされたらたまったものではないだろう。

「『ホワイトヘブン』でもめごとは起こすなよ」

井筒をにらんでいった。

「そんな器量はもうねえよ。歓待してくれりゃ、それでいい」

井筒はにやりと笑った。店をでた佐江はその足で中野に向かった。今日明日は、谷神とは別行動ということになっている。

谷神は本庁での仕事があるらしく、好都合だった。

「五合」は、駅から少し離れた住宅街のマンションの地下にあった。藍色のノレンに「五合」という白文字が染め抜かれている。

格子の引き戸を開けると、

「いらっしゃいまし」

白木のカウンターだけの店内から声がかかった。白の上下を着けた、がっしりした男がひとり立っている。目と目の間隔が狭く、強情そうな顔つきだ。

他に三人の先客がいた。

　空いた椅子にかけた佐江は、ビールと刺身の盛り合わせを頼んだ。手伝いはおらず、ひとりでやっているようだ。

「初めて、ですよね」

　ビールとグラスをカウンターごしにおきながら、男はいった。

「ああ。いい店がある、と聞いたんでね」

「ありがとうございます」

　誰からとは訊かず、男は頭を下げた。佐江も無言で男のようすをうかがうことにした。

　男はほとんど口をきかず、黙々と調理に徹している。客あしらいは決してうまくないが、仕事はていねいな板前という印象だ。

　客の前では森本の話をだしづらい。

「ここは何時までですか」

「十一時です」

　魚を切っていた男は答えた。刺身は、カワハギと〆め鯖、鮪の赤身という組み合わせだった。それを食べ、ビールを飲み干した佐江は勘定を頼んだ。

　十一時を少し回った時刻、佐江は再び「五合」の戸を引いた。

　客はいなくなり、男が店のかたづけをしている。

「申しわけありません。もう――」

　佐江の顔に気づいて、言葉が途切れた。

「わかってるよ。終わるのを待っていたんだ」

　佐江の正体がわかったのか、男は硬い表情になった。

「何です」

「森本さんのことを訊きたい。あんたの古巣でいっしょだった」

　男は俎を洗い始めた。力をこめ、ごしごしと洗っている。

「今は相馬さんといったな。この店にきたことはありますか」

「一度」

「ひとりで？」

「奥さんといっしょに」

「奥さんはお金持ちだそうですね」

「知らない」

「小野寺さん、俺はあんたの商売を邪魔する気はない。相馬さんについてちょっと知りたいだけです」

小野寺はそっぽを向いた。

「あの人も足を洗った」

「足を洗って今は何をしているんです？」

「コンサルタントだといっていた」

「何のコンサルタントですか」

「聞いてない」

「景気はよさそうでした？」

「わからない。俺は中で料理を作っていただけだ。なんで森本さんのことを調べているんだ。あの人が何かしたのか」

「尾引会が潰れた原因を作ったのが森本さんだというのを知っていますか」

小野寺は佐江を見た。

「何だ、それ」

「金融屋の客のリストがよそに流れて、尾引会のシノギはたちいかなくなった。そのリストを盗んだ店長をそそのかしたのが森本さんだ」

「潰れたのは組長のせいだ。金融がうまくいきだしたとたん、他のシノギを馬鹿くせえとやめちまったんだ。元手だって自分で用意できなかったくせに、儲けはほとんど自分の懐に入れてた。森本さんが頭にくるのは当然だ」

「その元手だが、どうやって用意した？」

小野寺は顔をこわばらせた。

「俺が知るわけないだろう」

「そうかな。あんたは森本さんと仲がよかったと聞いたが」

「誰がそんなこといったんだ」

「元の組長の井筒には、金はいらないから二度とこないでくれと、あんたはいってる。しかし森本さんのことはかばっているじゃないですか。尾引会が潰れたのもリストを流した店長のせいじゃなく、井筒のせいだという。親しかったからこそかばっている」

小野寺は答えなかった。洗い終えた俎をたてかけ、並べてあった包丁の一本を手にとった。砥石にあて、とぎ始める。

無言のまま出刃包丁をとぐと、次に柳刃を手にした。佐江も黙って見つめていた。

仕上げとぎをした柳刃を、小野寺は自分の指の爪にあて、切れ味を確かめている。

「もう、誰ともかかわりたくないんだ。だから森本さんにもきてほしくない。ここは、あの人がくるような立派な店じゃない」

やがてひとり言のようにいった。

「今は相当な金をもっていると聞きました」

「住む世界がちがう。俺だって足を洗ってから、ここまでくるのに死ぬ思いをした。だが森本さんがいるところはレベルがちがう。あの人のバックには、とんでもない大物がついているんだ」

「義理のお父さんのことですか」

佐江がいうと、小野寺はあきれたように顔をしかめた。

「何いってんだ。あんた何もわかってないだろう」

「わからないから、こうして訊ねて回っている」

「冗談じゃない。おっかなくて、いえるかよ」

「なるほど」

佐江は息を吸いこんだ。大物とは、義父のことではないようだ。となれば、ひとつしかない。

「しかしなぜ、森本さんは連合に入らなかったのでしょうね」

小野寺の頬がひくりと動いた。

「森本さんは頭が切れた。尾引会が潰れても、拾ってくれる組はあったはずだ。実際、森本さんは舎弟をひとり、連合系の組に紹介している」

小野寺はふうっと息を吐いた。柳刃を下におろし、佐江を見た。

「もう二度とこないでくれ。俺は、俺の、この店を守っていきたい。やっとの思いで開店にこぎつけ、ようやく客がつきだしている」

佐江は頷いた。

「よくやっている、とさっき思いましたよ。足を洗った極道がまっとうな商売をやっていくのは大変だ。俺は、本当にカタギで生きている人の足をひっぱるような真似はしない」

「キャッチでつかまって実刑くらったとき、刑務所で出会った人がいた。その人が森本さんに目をかけた。森本さんの刑は短かったから、先にでることになって、でたらある人に会いにいけ、と」

「ある人」

小野寺は頷いた。

「名前はいえない。いえば、店どころか俺の命がなくなる。だがそのある人が、森本さんに金貸しのタネ銭を都合した」

「ほう」

佐江は唸った。

「おもしろい話です。そのある人は、井筒の性格や尾引会の状況がわかっていて、タネ銭を用立ててやったわけだ。尾引会の金貸しがうまくいくようになったら、井筒はそれまでのシノギを畳んでしまった。その頃合いで、顧客のリストが流れ、尾引会はにっちもさっちもいかなくなった。つまりタネ銭は、尾引会を潤わせるためじゃなく、いずれ潰すためのマキエだった」

小野寺は答えなかった。かまわず佐江はつづけた。

「しかしなぜ、そうまでして、その人は尾引会を潰したかったのでしょう。ほうっておいても潰れたかもしれない小さな組の、何が欲しかったんです?」

「そんなこと、俺にわかるわけがない」

小野寺は吐きだすようにいった。

「けれど、何かとてつもなくでかい絵図があったんだろうよ。その絵図はいまだに完成していなくて、森本さんはまだ動いている」

「何年がかり、というわけですね。しかも連合がかかわっていることは、絶対に秘密にしておかなければならないような計画だ。だからこそあえて、森本さんは、連合には入らず、足を洗った」

　小野寺は宙を見つめた。

「森本さんはその人に人生を預けたっていっていたよ。その人に頼まれて、タイでヤク漬けになってた女を捜しだした。売り飛ばされたわけじゃなくて、好きで溺れていたんだ。クスリやりたさに、タイにいっちまうような、とんでもなくいかれた女だ。阿(ア)片(ヘン)窟みたいなところに沈んでるのを、その人が見つけだし、森本さんにサルベージしてこいと命じたんだ。森本さんはいわれた通りにして、女が二度とヤクをやらないように目付け役にもなった」

　佐江は小野寺を見つめた。

「それが奥さんですか」

　小野寺は小さく頷いた。

「ガキの頃から何度もつかまっている、とんでもない馬鹿女だが、親父の力でそのたびにもみ消してきた。どうしてもヤクと縁が切れなくて、タイに渡ってた。親父とその人は仲がよくて、泣きついたんだ。娘を何とかしてくれ、と。森本さんがその役目を果たした。自分がそうじゃないのに、ヤク中を女房にするなんて、並みの覚悟じゃできない。たとえどんな金持ちの娘だろうとな」

　佐江は息を吐いた。連合の幹部がパチンコ業界の大物に頼まれ、その大物の娘を薬物中毒者の巣窟から救いだした。

　そこまでは、珍しくもない話だ。薬物を断てない、有名人や金持ちの子供が行方不明になると、極道が動いて捜しだす。蛇(じゃ)の道はヘビで、警察よりも裏社会の人間のほうが鼻がきくからだ。

　だがその娘を立ち直らせるために結婚までしたとなれば、ふつうではない。財産目当てだとしても限界がある。

「よく嫁にしたものですね」

「薬と縁を切らせるためとはいえ、さすがに極道と娘をいっしょにはさせられない。親父の外聞もある。森本さんは足を洗っていたし、サラリーマンの経験もあった。何より、その娘が森本さんに惚れてた。森本さんは、腹をくくれといわれて、いっしょになったんだ」

「いったのが連合の大物というわけですね」

「そこまでは俺は認めない。いったろう、命がかかっている」

佐江の携帯が鳴った。谷神だった。午前零時になろうとしている。

目で小野寺に断り、耳にあてた。

「佐江だ」

「今どちらですか」

前おき抜きで、いきなり谷神は訊ねた。

「中野だが、何か」

「六本木の『ホワイトヘブン』で発砲事件がありました。猪野が撃たれ、重体です」

佐江は目をみひらいた。

「犯人は？」

「その場でピストルをくわえ、自殺しました。身許はまだわかりません。現場に向かえますか？」

「了解」

電話を切り、見つめている小野寺に告げた。

「いろいろとありがとうございました。いずれ、あなたのいえない人の名前をうかがいにくることがあるかもしれません。しかしそのときは、あなたが答えても、決して迷惑がかからない状況になっています」

小野寺は鼻で笑った。

「警察がそこまで万能なわけないだろう。あの人たちは、その気になったら俺なんか簡単に黙らせることができるんだ。俺は、あんたに店を潰されたくないから喋った。だからって、殺される覚悟まではない」

小野寺のいう通りだった。連合は、必要となれば容赦なく、口を塞ぐだろう。縄張り争いのような抗争より、何年もかけた大がかりな絵図を守るほうが、連合にとってははるかに重要だ。鉄砲玉など飛ばさず、それこそ腕のいい殺し屋を使うにちがいない。そのとき小野寺の死の理由を、連合と結びつける材料は何もない。

連合ほどの大組織が、ひとたび殺すと決めた人間を守り抜くのは、一刑事の佐江には不可能に近い。

佐江は息を吐き、頷いた。

「いう通りです。わかりました。今日ここで聞いた話が、森本さんや連合には伝わらないようにします。それなら信じてもらえますか」

小野寺はじっと佐江を見つめた。

「ああ」

低い声で答えた。包丁を手にした。

「そう思ったから話したんだ。そうじゃなけりゃ、あんたを刺してた」

18

タクシーを飛ばし、現場検証中の「ホワイトヘブン」に佐江が到着したのは、午前一時前だった。ビルの前にはパトカーに交じって、早くもテレビの中継車が何台も止まり、ライトの光であたりは煌々と明るい。

立っている制服警官に身分証を見せ、佐江はエレベーターに乗りこんだ。

店内に足を踏み入れると、床に散乱したグラスや酒壜(さかびん)の破片が目についた。発砲に恐慌をきたした客やホステスが逃げるときに倒したようだ。

黒スーツの袖に腕章をつけた谷神が、人だかりの中で手をあげた。佐江が近づくと、人だかりが割れ、ソファに大の字になっている井筒の姿が目に入った。

「くそ」

佐江は思わずつぶやいた。自分のせいだ。

井筒の手もとには小型のリボルバーがあった。銃口を上向きに口にくわえ、引き金をひいたのだとわかった。弾丸は頭頂部を抜けていないが、顔は別人のようにひどいことになっている。それでもひと目見て、井筒だと佐江にはわかった。

拳銃自殺は、口にくわえて引き金をひくのが、最も確実な方法だ。こめかみを撃つと、場合によっては重い障害を負って生きのびることになる。人間の生命活動を司る脳の大部分は、鼻の裏側に位置しているので、そこを撃つのが一番確かなのだ。つまり顔の中心だ。正面から自分の顔の中心を撃つのは難しい。口蓋に銃口をあてがい、引き金をひけば簡単にそれができる。

「知っている顔ですか」

谷神が訊ねた。

「尾引会の組長だった井筒だ」

佐江が答えると、谷神はわずかに目をみひらいた。

「十時頃にフリーで入店して、飲んでいたそうです。少しして猪野に会いたいと従業員にいい、出勤した猪野が席につくと、いきなり銃をだして撃ったんです。客や従業員がいっせいに逃げだし、店はパニックになったようです。事件発生時、ほぼ満卓の客が入っていました。足がすくんで逃げられなかったホステスの話では、井筒は倒れた猪野に何かをいいながら酒を飲み、煙草を吸った。そうしてから、自分を撃った。猪野は、胸と腹に三発くらっていて、おそらく助からないそうです」

「俺のせいだ」

佐江はつぶやいた。谷神はあたりを気にし、

「こっちへ」

と店の隅へと佐江をひっぱった。

「どういうことですか」

「夕方、井筒と会っていた。尾引会時代、森本と親しくしていた組員の情報と交換で、ここのことを奴に教えたんだ」

谷神は息を呑んだ。

「俺が甘かった。仕返しなんて考えるなといったら、奴は酒をタカリにいくだけだといったんで、うかつにも信じちまった」

谷神は首をふった。

「しかたがありません。その気になれば、井筒はこの店のことをつきとめられたでしょう。佐江さんのせいではありません」

「いや、俺のせいだ。奴がまだ恨んでいるのを見抜けなかった。あるいは、忘れていた恨みを思いださせちまったのかもしれんが」

猪野が死ねば、森本につながる太い糸が切れる。

「そのことは誰にもいわないでください」

佐江は谷神を見た。

「せっかく絞りこんできた、私たちの捜査がやりにくくなります」

佐江は首をふった。

「あんたをこれ以上つきあわせられない。所轄の下っ端の俺と、一課のあんたじゃ、失くすものがちがう」

「相馬のことをいっているのですか」

佐江は頷いた。谷神はうしろを気にして、

「外にでましょう」

といった。

「現検はいいのか」

「犯人は死んでいます。麻布署に任せておけばいい」

二人は「ホワイトヘブン」をでるとエレベーターで地上に降りた。ビルの入口を野次馬がとり囲んでいる。

「親しくしていたという組員には会ったのですか」

「会った」

「何かわかったことがあれば、教えてください」

小声でやりとりを交わしながら、二人は野次馬をかき分けて進んだ。

佐江は立ち止まった。

「あんた!」

大声をだした。野次馬の中に見覚えのある顔を見つけたのだ。ショルダーバッグをさげた、スーツ姿の貧相な男、岡だった。

　佐江の声に気づくと、眼鏡の奥で岡は目を丸くした。くるりと背を向け、あわてたようにその場から逃げだした。

「どうしたんです」

「あいつだ。オレンヂタウンの現検の帰り、話しかけてきたライター」

　佐江はいって、岡を追いかけた。野次馬がいるので、これ以上大声をだすわけにはいかない。

「ホワイトヘブン」の入ったビルが面した六本木通りを、岡は溜池方面に向かい、急ぎ足で下っていた。佐江はあたりを確かめ、小走りになった。

　ふりかえらなければつかまらないとでも思っているのか、岡はふりむかずにせこせこと歩いている。

　追いついた佐江は岡の前に回りこんだ。

「ひっ」

　岡は声をたて、のけぞった。

「なぜ逃げる？　前は俺のあとをくっついてきたくせに」

「な、何の話ですか。僕はあんたなんか知りませんよっ」

　谷神がさりげなく、岡を佐江とはさむように立った。岡はびくりと谷神を見やった。

　六本木通りの、溜池に近いあたりは向かいのホテルを別にすれば店の数が少なく、人通りも多くない。

「よく見ろよ。区役所通りで声をかけてきたろ」

　佐江は顔をつきつけた。岡は激しく瞬きした。上ずった声をだした。

「僕が何をしたっていうんです。職質するのなら理由をいってくださいよ」

「俺はまだ警官だとはひと言もいってないぞ。なのになぜ職質されると思うんだ」

　岡の顔が白っぽくなった。谷神が身分証を提示した。

「警視庁の谷神です。よろしければ、お話を聞かせていただけませんか」

岡は唇をかんだ。

「岡さんだったな。忘れているかもしれないからいうが、俺は新宿署の佐江だ。前に会ったとき、あんたはこれから新宿でたくさん人が死ぬ、といった。そしてそれを記事にするから、俺にあんたの保険にならないかともちかけてきた」

「あ、あれは勘ちがいだ」

「勘ちがい？　どんな」

「まあまあ、佐江さん。立ち話もなんですから、どこかで腰をすえませんか」

谷神がいった。

岡は激しく首をふった。

「嫌だ。あんたたちと話すことなんかない」

「どうした？　前はあんなに話したそうにしていたのに。それに新宿といったくせに、今日はなぜ六本木の殺人現場にいたんだ？」

佐江は岡の目を見つめた。

「ぼ、僕を疑ってるのか」

佐江は答えずに訊ねた。

「坂の上のあのビルで何があったか、あんた知ってるか」

「知らない」

「キャバクラの社長が撃たれた。撃った奴は自殺した。尾引会の組長だった男だ。吉崎の昔の親分だ。あんたが俺に声をかけた日、オレンヂタウンの自分の店で死んでいた吉崎だよ」

岡の頬が痙攣した。

「まさか六本木にいたのが偶然とはいわないだろう。あんた、何をつかんでいる」

「いえない」

岡は首をふった。

「いったら、消される」

「誰に消されるんですか」

谷神が訊ねた。岡は瞬きし、唇をなめた。

「心配しなくていい。ここで話していることは誰にも聞かれちゃいない。それでも心配なら、新宿署にいくか」

岡はそれにとびついた。

「そうしよう。新宿署に連れていってくれ」

佐江と谷神は顔を見合わせた。佐江は通りかかったタクシーの空車に手をあげた。

新宿署に到着すると、佐江は小会議室に入った。

「ここなら安全だ。何を知ってる？　話してくれ」

コーヒーをもってくるといって会議室を離れたついでに、自分のデスクからとってきたＩＣレコーダーをポケットの中に忍ばせ、佐江はいった。

岡は紙コップのコーヒーをせわしなく飲み、頬をひくひくと動かした。

「オレンヂタウンだ」

「オレンヂタウンがどうした？」

「何年か前から、オレンヂタウンをこっそり地上げしている連中がいる」

「オレンヂタウンの地上げは、バブルのときもあったが、うまくいかずに宙吊りになっている」

佐江は煙草に火をつけ、いった。本来は禁煙だが、吸い殻さえ残さなければバレない。岡も煙草をひっぱりだした。

「そんなことは知ってる。俺はずっと新宿でジャーナリストをやっているんだ」

煙草で落ちついたのか、岡は肩をそびやかした。

「だが今度の地上げは本物だ。バブルのときの地上げがなんでうまくいかなかったのか知っているか。新宿に縄張りをもつ、ありとあらゆる組が、菓子にたかるアリみたいに群がってきたからだ。あの頃、新宿に事務所のあった組は、十や二十じゃきかなかった」

「今だってそうだろう」

「だが根っこの数がちがう。あれから二十年以上たって、暴力団の統廃合は恐ろしく進んだ。刑事なら知ってるだろう」

その通りだった。組織犯罪処罰法や暴力団排除条例などで、弱小の組はシノギを失って潰れたり吸収され、残っているのは大組織ばかりだ。

「あの頃は、大小さまざまな組が邪魔をしたり値を吊り上げようと、入り乱れて収拾がつかなくなり、そのうちにバブルが弾けた。今はちがう。二次、三次、いろんな団体はいるが、オレンヂタウンに関しちゃ、縄張りにしている組の根っこはひとつだ」

「高河連合だな」

岡は頷いた。佐江は息を吐いた。

「地上げのバックに高河連合がいるというのですか」

谷神が訊ねた。

「そうだよ。連合は、地上げの邪魔になる奴を消してる。吉崎だって、店を売るのを断ったから殺られたに決まってる」

「オレンヂタウンを地上げしてどうするんだ」

佐江はいった。

「え?」

「だからオレンヂタウンを地上げしてどうする。暴排条例で、不動産取引に暴力団やフロントは一切かかわれないんだ。下手をすりゃ高河連合には一銭も入ってこない」

地上げの可能性は、佐江も考えなかったわけではなかった。が、今さらオレンヂタウンを地上げして、それほどの収益が得られるとも思えない。確かに大規模な再開発にはなるし、大型のビルが建てば、それなりの金は動くだろう。しかしそこに高河連合がかかわっていくのは難しい。

「とことん秘密にして地上げすりゃあいいんだ。土地を買いとるには、高河連合とはまったく関係のない会社を立てる」

岡はいった。谷神が佐江を見やった。

佐江は首をふった。

「確かに高河連合とは一切かかわりがないような会社に、地上げした土地を買いとらせるやりかたはあるだろう。だが、それだけじゃたいした儲けにはならない。バブルの頃とちがって、土地がべらぼうに値上がりするとも思えないし、大規模な商業施設を造ったところで、これまで以上に新宿に人がくるとは限らない」

佐江は谷神に説明した。

「何かもっとでかい儲け話がからんでいるならともかく、ただの地上げだけじゃ、ここまで人が死ぬような流れにはならない筈だ」

「じゃあ高河連合の目的はオレンヂタウンの地上げではないと、佐江さんは思うのですか」

谷神の言葉に佐江は頷いた。

「最初のマル害は不動産業を中心にしていました。地上げに逆らったとは考えられませんか」

「マル害は猪野とは近い関係だった。むしろ地上げには協力する側だ」

「確かにいわれてみればそうです」

「しかも地上げに逆らって殺されたなんて話が回ったら、地上げの事実を裏づけるようなものだ。たとえ地上げがおこなわれているとしても、やっている側はそれを絶対に秘密にしたい。地上げの噂が流れれば、地権者が皆、欲の皮をつっぱらせるに決まっているからな」

「そうさ。だからまだ誰も知らないんだ」

岡がいった。

「じゃあなぜあんたは知っているんだ？」

「長年の取材と勘さ」

「それだけじゃないだろう。何を握っているんだ」

佐江は岡の顔をのぞきこんだ。岡は怯えたように目を泳がせた。

「吉崎だな」

佐江はカマをかけた。

「吉崎から何か、聞いたのだろう」

図星のようだ。岡の息が荒くなった。

「奴の店を誰かが買おうとしていた。ちがうか」

「知らん」

「そうかい。じゃあ勝手にしろ。俺たちは明日から連合の事務所にでかけていって、岡というライターから聞いたが、おたくらはオレンヂタウンの地上げをしているのか、と訊いて回ることにする」

「こ、殺す気か!? 俺を」

岡は目をみひらいた。

「あんたから裏がとれないのだから、直接連合に訊くしかないだろう」

「まあまあ、佐江さん。そんなことをしたら、本当にこの人は殺されてしまいますよ」

谷神がいった。

「殺されたら、地上げの話は本当だったと俺も信じるさ」

「冗談じゃない！　あんたそれでも刑事か。一般市民を何だと思ってる」

「一般市民ね。刑事を用心棒がわりに使うのが一般市民か」

岡は目をそらした。谷神がなだめるようにいった。

「岡さん、我々も捜査の手がかりがなくて困っているんです。地上げが理由だといわれても、もっと具体的な話を教えていただかないと動きようがありません」

岡は不満そうに口を尖らせた。

「あなたは警察に協力する意思があるので、こうして新宿署まで同行してくださった。私はそう思っています。だったらその意思をはっきり示していただかないと」

「だって俺の話を信じてくれないじゃないか」

「信じないとはいっていない。それだけで連合が動いているとは思えないだけだ。あんた、他に大きなネタを握っているのか」

佐江はいった。岡は小さく首をふった。

「俺が知ってるのは、吉崎のところに店を売ってくれ、という奴がきたって話だ。他のオレンヂタウンの店にも、同じ話がきていた」

「売ってくれといってきたのは何者です？」

「不動産会社の人間だそうだ」

「何という？　調べたのでしょう」

谷神の口調が厳しくなった。岡は抱えていたバッグからノートをとりだした。

「タカベコーポレーションて不動産屋だ。ここがきっと高河連合のフロントなんだ」

「タカベコーポレーションにはあたりましたか」

「あたるわけないだろう。あっという間に消されちまうよ」

佐江と谷神は顔を見合わせた。タカベコーポレーションは、殺された高部の会社だ。

「そこの社長は殺され、会社は清算される方向に向かっている」

「え？」

岡はぽかんと口を開いた。

「いつ」

「あんたが俺に声をかけた日の二日後だ。犯人はまだつかまっていない」

「そんな……」

「タカベコーポレーションに暴力団とのかかわりはなかった。資金が暴力団から流れていたという証拠はないし、暴力団とのトラブルもなかった。したがって、タカベコーポレーションが高河連合のフロントだったとは考えられない」

佐江が告げると、岡はうなだれた。

「嘘だ、そんな筈はない……」

「吉崎がそういったのか。タカベコーポレーションは連合のフロントだと」

岡は頭を抱えこんだ。

「いや、そうじゃない。だけど……、そんな……。そんな筈ない」

机を見つめ、ぶつぶつとつぶやいている。

「何を知っているんです？」

谷神がやさしげにいった。岡は煙草の袋をまさぐり、空なので握り潰した。佐江は自分の煙草をさしだした。礼もいわず、それを一本抜いて火をつけ、岡は考えこんだ。

「だが、確かにそういったんだ。連合だって。そうじゃなけりゃ尾引会が潰れるわけねえ」

「尾引会、羽田組、どちらもオレンヂタウンに縄張りをもっていた。それが潰れ、今は連合のものになっている」

佐江はいった。岡ははっと顔を上げた。

「知ってんのか、あんた」

「一般市民からの情報提供がなくても、それくらいは、な」

「じゃあわかるだろう。連合は、じわじわとオレンヂタウンに縄張りをもつ組を吸収して、今の勢力をもった」

「そいつはちがう。オレンヂタウンは、縄張りとしちゃ、まるでうまみがない。客単価の安い小さな店ばかりが集まっている。だからみかじめだってたいしたアガリじゃない。連合の勢力が拡大したのは、古いシノギにこだわらないやりかたをとったからだ」

「それは殺された西岡って幹部の方針だ。西岡は、連合を近代的な暴力団に方向転換しようとしていた。ところが守旧派に殺された」

岡がいった。高河連合についてはかなり調べたようだ。

「殺したのが誰だか、まだわかっていない」

佐江はいった。

「守旧派に決まってるだろう、西岡は連合の金庫番で、次の組長はまちがいないといわれていたんだ」

「だったらなぜ守旧派が連合を牛耳らなかったんだ？」

「死んだ、前の若頭だ。守旧派に天下をとらせたら、連合に未来はないと考え、地ならしをして、外国に逃がしていた、西岡の信奉者を呼び寄せた。今までのシノギじゃ、組が痩せ細る一方だと、守旧派を説得してな。癌で死にかけた若頭の言葉に、皆、納得する他なかったらしい」

「西岡の信奉者とは誰です？」

谷神が訊ねた。

「延井だ。自分は極力、表にでないで、警察のマークを避けながら、連合を動かしている。俺は延井が地上げをやらせているにちがいないとにらんでいる」

岡は佐江を見た。

「だってそうだろう。今やオレンヂタウンのほとんどは、連合の縄張りだ。奴がその気になれば、他の組はクチバシをつっこめない」

「縄張りにすることと、地主になるのは別だ。地主になるには、別の人間なり会社が必要だ」

「俺はそれがタカベコーポレーションだと思っていた」

「佐江さん」

谷神が呼んだ。岡の耳には届かない場所で、二人は向かいあった。

「高部が、連合のフロントだったという可能性は、本当にありませんか」

谷神が小声でいった。

「絶対にないとはいいきれないが、もしそうならなぜ殺された？　殺したことでかえって警察の注意を惹く結果になる。それに連合から資金が流れていれば、捜査でわかった筈だ」

「確かに殺しかたが派手すぎますね」

谷神は頷いた。やくざがカタギを殺すことがないわけではないが、歌舞伎町の中心のビルで射殺するというのは、ある種の見せしめ以外では考えられない方法だ。

大金のからんだトラブルでやくざがカタギを殺すなら、事故や失踪に見せかけたり、別の個人的な恨みが動機になったかのような手段をとる。人が殺されれば必ず警察が動く。そこに大金がからんでいたと捜査で判明すれば、大金そのものを得られなくなる可能性がある。

「しかし不思議です。連合があの殺しに関係していることは確かなのに、その理由がわからない。連合が地上げをおこなっていたと考えれば説明がつくと思ったのですが」

谷神がつぶやいた。

「百歩譲って、連合が地上げを進めているとしよう。オレンヂタウンの店を買おうとしていた高部が殺された理由は何だ？」

「高部が連合とは無関係だと仮定して、ですか？」

佐江は頷いた。

「連合の地上げにのっかったのが許せなかったのでは？」

「そんなことで弾いていたら、それこそ地上げの存在を裏づけるようなものだ」

「確かにそうですね」

佐江は岡の向かいに腰をおろした。

「延井について聞かせてくれ」

岡は驚いたように佐江を見た。

「あんたは詳しいのだろう」

岡は得意げな顔になった。

「延井ってのは、一度死んだ男だ。極道としての目は、西岡が死んだときに潰れた。あのときもし延井が日本にとどまっていたら、連合は分裂し、内部抗争になったろう。その片方のみこしに担がれる可能性が、延井にはあった。それを見こした、当時の若頭が延井をタイに逃がした。延井はそこで泥水をすったようだ。相当危険な目にもあったらしい。タイのやくざに建前はないからな。邪魔だと思えばあっさり殺す。それに警察や軍隊が、それぞれマフィアみたいなものだから、にらまれたらやはり殺される。二年間、そんな暮らしをして、戻ってきたら太くなっていた」

「何がどう、太くなったんだ？」

佐江は訊ねた。

「会って話を聞いたわけじゃないから絶対だとはいえないが、組織を信じなくなったのだと思う」

「つまり連合を、ですか」

谷神の問いに岡は頷いた。

「今の延井は若頭で、いずれ組長になるのだから、連合は思いのままだ。なのにどこか延井は、連合そのものと距離をおいている。それは西岡が殺されたことで自分が経験した、組織の危うさというか、動きだしたら簡単には向きをかえられない恐さみたいなものを忘れていないからじゃないか。自分の個人情報を、組うちでも制限し、住んでいるところや愛人の有無なんかも、よほどの側近以外は知らないようだ。暗殺を警戒しているからだとは思うが、かなりの秘密主義だ」

「それでも子飼いの手下はいるのだろう」

「何人かはいるとは思うがわからない」

「外の人脈はどうなんだ?」

「外?」

「フロント、あるいは組の外に別働隊をもっているとか」

「連合にはいろんなフロントがついている。土建屋や不動産、金貸しもな。だがその大半を、警察はつきとめている。そうだろう?」

岡にいわれ、佐江は苦笑した。

「そうさ。だから高部がフロントではなかったのを我々は知っていた」

「たぶん延井には、組うちにも教えていないようなフロントがいるんだと思う。そこに地上げを任せているのさ」

岡の言葉は、小野寺の話を思いださせた。

「何かとてつもなくでかい絵図」のために、ある人物が、森本を動かしていると小野寺はいった。

それが延井ではないのか。

森本と延井を結びつける、もうひとつの材料がタイだ。森本はヤク中の娘をタイから助けだしたのが縁で、パチンコ業界の大物を義理の父親に得た。娘の居場所を見つけ、森本に救いだせと命じたのが延井だったのではないだろうか。

小野寺の話では、娘は阿片窟のようなところに沈んでいたという。タイのやくざにコネがなければ、簡単には見つけられない。森本に初めからそのコネがあった筈はない。延井なら、タイとのコネがある。

「森本、あるいは相馬という名を聞いたことがあるか」

佐江は訊ねた。岡は首をふった。

「いや、知らない。何者なんだ」

「知らなけりゃいい」

「そりゃあないだろう。俺は知っていることをあんたらに話しているんだ！」

岡は声を張りあげた。

「あんたの話には裏づけがない。連合が地上げをやっているならその目的は何なのか、それを調べてこい」

佐江はつっぱねた。

「そんないいぐさがあるかよ。俺はデカじゃねえんだ。下手に嗅ぎ回ったら消されちまう」

「だったら事件現場の周囲をうろつくな。だいたい何だって六本木にいた？」

「井筒を見かけたからだ。六本木に別件でいたら、尾引会の組長だった井筒があのビルに入っていくのを見たんだ。あのビルはキャバクラばかりで、どこにいったかがわからなかった。それからでてくるのを待って、取材しようと思っていたら、発砲事件があったって……」

岡と会ったことがある、と井筒がいっていたのを佐江は思いだした。

「なんで井筒は、キャバクラの社長を撃ったんだ？」

岡の問いに、谷神が答えた。

「撃たれた社長は、昔、尾引会の高利貸しの店長をやっていたんです」

「猪野か」

「そうだ」

岡ははあっと息を吐いた。

「今になって恨みを晴らしたのかよ。なんでだ。もう引退して、女房に食わせてもらっていた男が」

佐江は黙っていた。自分が井筒の復讐心をよみがえらせたのだ。

「まだ取材をつづけるつもりですか」

谷神が訊ねた。

「もちろんだ。ただの地上げじゃないとしても、いや、そうなら尚さら、でかいネタがオレンヂタウンにはある。そいつを俺は探りだしてやる」

谷神は佐江を見た。佐江は小さく頷いた。

「では、これが私の名刺です。携帯の番号も書いてありますから、何かあったらいつでも連絡をください」

谷神が名刺をテーブルにおいた。それを手にとり、岡はいった。

「俺のケツモチになってくれるのか」

「時と場合によります。あなた自身が罪をおかしたり、引き返せないほど危ない場所にいってからでは、助けられないかもしれない。今回の事件には、暴力団がらみの殺人としては奇妙な点が多い。これまでの経験や勘を過信しないことです。何が命とりになるかわかりません」

「ご忠告、ありがとうよ」

「あんたの連絡先も訊いておこう」

佐江はいった。岡の住所、電話番号をメモし、署の出口へと案内した。

「なあ、高部を殺ったのは、連合だとあんたたちもにらんでいるのだろう」

玄関まできて、岡は佐江に訊ねた。

「実行犯については、まだ何もわかっていない。本当だ」

「指示をしたのは？」

「実行犯をつきとめていないのに、指示を下した者がわかるわけない」

岡が人さし指を立てた。

「俺は知ってる。連合には凄腕の殺し屋がいる。たぶんそいつだ」

「ほう。そいつの名前は？」

岡は首をふった。

「それをこれからつきとめるのさ」

「気をつけろ。消されるぞ」

岡はびくりとした。

「つきとめたらそのときは、あんたらに教えてやる。だから俺をしっかり守ってくれ」

佐江は頷いた。

会議室に戻ると、谷神と向かいあった。

「森本と親しかった組員というのは誰です？」

淡々と谷神が訊ねた。

「小野寺という、今は中野で割烹をやっている男だ。見た感じでは、完全に足を洗っている。森本が、どうしてパチンコ業界の大物の婿になれたのかを聞いた」

佐江は小野寺の話をした。

「森本を動かした男というのが、延井ですか」

「断定はできない。森本の周辺を、俺は少し探ってみようと思う。そこから延井につながる線がでてくれば、裏づけられる」

谷神は佐江を見つめた。

「ひとりでやるつもりなんですか」

「あんたは高部をもう一度洗ってくれ。連合のフロントじゃなかったか。フロントだとすりゃ尚さらだが、なぜ殺されたのかがわからない」

「地上げにのったという説はとらないのですね」

佐江は眉間をおさえ、目を閉じた。

「とらない。地上げにのっただけだったら、殺さずにとりこむって手もあった筈だ。高部は森本とは古いつきあいだ。森本と延井がつながっているなら、そこに何か殺される理由があったのかもしれん」

「つまりよほど許されない理由があった、と思うのですね」

「そうだな。延井と森本がつながっているのを知ったのが命とりになったとか」

「だとしたら、佐江さんが会った小野寺も危ない」

「だから下手に森本には近づけない。森本はバックに連合がいることを、絶対に知られたくないだろうからな。会議にもあげられないし、俺ひとりでやらせてくれ」

「わかりました。私は高部を調べます」

佐江は頷き、煙草を吸った。井筒の死に顔が目に焼きついている。今夜は眠れないだろう。

夜が明けるまで街を歩き回っている自分の姿が、容易に想像できた。

19

延井は、どうしても外せない小さな会合にでていた。相手は組うちの人間ではない。

携帯の画面に表示された番号を見て、

「失礼します」

と断り、席を外した。よほどの緊急事態でない限り、相馬は携帯にかけてこない。

「申し訳ありません。ただちょっと、ご相談したい状況になりました」

相馬はいった。

「どうしました？」

「以前使った、猪野という、私の従弟を覚えていますか」

「覚えています。確か今、六本木で店をやっている」

「それが撃たれて危篤になっています。撃ったのは井筒で、その場で自殺したそうです」

「なぜそんなことになったんです？」

相馬は一瞬、間をおいた。よくない理由だと延井は気づいた。

「先日のことですが、その猪野から連絡がありました。高部さんの件を調べている刑事が、猪野のところにきたそうです。尾引会の解散と高部さんを関連づけ、私や柴田のことをしつこく訊いていたというのです」

「警察が、ですか」

信じられなかった。尾引会を潰した絵図に気づいているというのか。

「ええ。高部さんが連合とのあいだにトラブルを抱えていなかったか、江栄会の江口の名までだして、探りを入れてきた、と。このぶんだと私のところにくるのも時間の問題かもしれません」

「いや、あなたのところをうかつには訪ねていけないだろう。そうじゃありませんか」

「ええ。いちおう義父には話をしました。何かあったら業界団体の伝手を通じて、おさえこむとはいってくれています」

「Kプロジェクトについて刑事は何かつきとめているのですか」

「いや、それはないと思います。おそらく私たちの名は、井筒から聞いたのだろうと。井筒は当然、猪野や私を恨んでいたでしょうから」

「佐藤」を使ったのが裏目にでたのかもしれない。Kプロジェクトに関連して「佐藤」を二度、使っていた。高部と羽田組と。江口の名を刑事がだしたというのは、これらの殺しを関連づけて考えている証拠だ。しかし、それほど勘のいい刑事がいるとは、想像もしていなかった。

「時間をかけ、慎重にやってきたつもりだったが」

「ええ、まさか井筒のところまで刑事がいっていたとは驚きでした。ただ延井さんのことまではわかっていないと思います」

「あなたのところまでいきついたら時間の問題です。Kプロジェクトは中止しましょう。どうせ法律ができるまでは手をつけられない」

「わかっています。しかし義父たちはかなりロビー活動をがんばっていて、時間の問題だと考えているようです。法律が通ったときに出遅れるようでは、まずい」

延井は息を吸いこんだ。確かにその通りだ。法案が国会を通ればすぐさま、いろいろなところが名乗りをあげるだろう。スピードは何より重要だ。

「ではどうすれば」

相馬はすぐには何もいわなかった。

「実は、私が尾引会時代にかわいがっていて、今はおたくの砧組に面倒をみていただいている川端という者のところにも、猪野のところにきたのと同じ刑事がきています。それで昔馴染みをあたったら、足を洗った、尾引会時代の友人のところにもきていた。そいつは割烹をやっていて、何も喋らなかったというのですが、前に女房と一度いったので、女房のことは喋ったかもしれない。ただ川端とそいつのところにきたときは、どちらもひとりなんです。猪野のところは二人だったのですが」

「高部の件では、五十人くらい動いていると聞いています」

「でしょう。まあ場所も場所だし、やりかたもやりかただったんで、向こうもそれなりの布陣ではあたっている筈ですから。なのに、いつも同じ刑事がひとりで動いているというのは妙じゃありませんか」

延井は考えを巡らせた。

「井筒は、前も猪野の店にきたことがあったんですか」

「いや、引退してからは、例の女房のヒモで、あちこち出歩くようなことはなかった筈です。完全に折れていましたから」

「じゃあなぜ、六本木の店まできたんでしょう」

「そこです。私も同じことを考えました。その刑事が教えたのじゃないかと。だとしたら許せない」

「どうでしょう。高部の捜査で、Kプロジェクトに関連しそうな話があがっているかどうか、義理のお父さんの線から探りを入れることはできませんか。捜査本部全体が知っている話なのか、そうじゃないのか」

「実はもう、それはしています。高部さんのことがあってからすぐに、新宿から情報をひっぱれる現役の人間を手配しました。リタイアした新宿署の元署長が団体にいるんで、探りも入れてあります。会議には一切、連合の話も、尾引会の例の件もあがっていないそうです。どうやら、川端や私の友人のところにきた刑事はひとりで動いている公算が大きい」

「ひとりで?」

「ええ。変わり者で、新宿のマル暴に何年もいる刑事だそうです。上司に反抗的で、いきすぎた捜査で何度も停職をくらっているんです。だけどひきうけ手がいないので、異動させられないでいるらしい。そんな男なんで恨みはいろいろ買っている。離婚していて家族もおらず、井筒のやりかたは使えない。初め、川端に何とかさせようかと思ったのですが、奴も今は連合の人間ですから、何かあって名前がでたらマズい」

延井は息を吐いた。延井が考えることを、相馬はいつも先回りして考えている。その頭の回転のよさを、初めて会ったとき、買ったのだ。相馬と刑務所で知りあい、延井に紹介したのは、西岡のボディガードだった加来田(かくた)だ。守っていた西岡が殺され、加来田は組うちでずっと干されていた。その後、昔の恐喝を警察に穿(ほじく)りだされ、服役中に相馬と知りあったのだ。

相馬は、小さい組でのセコいシノギに嫌気がさしていた。サラリーマンがつまらなくて極道の世界にとびこんだのだが、結局サラリーマンの世界と同じで、小さなところに属していたのでは、大きな仕事ができないと気づき、出所後は足を洗う決心をしていた。

二人とも短期刑で、相馬のほうが先にでた。日本に戻ってきて間がない頃だったが、西岡に心酔していた加来田を、出所後拾ってやると延井は決めていた。

親分を殺された人間に自分の身を守らせるのか、と驚いた者も多かった。が、延井には信念があった。一度つまずいた奴は、腐るか、それを糧に強くなるかだ。

その加来田から紹介されたと接触してきたのが相

馬だ。相馬は、尾引会を抜け連合で働きたいと望んでいた。だが、それは容易ではない。サラリーマンとはちがう。A社を辞めて、B社に移りましたは、極道の世界ではありえない。

尾引会に残れ、と延井はいった。

そのとき、延井の頭には、すでにプロジェクトのもとになるアイデアが生まれていた。

ますます厳しくなるであろう暴力団のシノギに対する圧力を、一気に逆転し莫大な収益をもたらす可能性を秘めたアイデアだ。

だがそれを成功させるには、暴力団、特に高河連合のような大組織に連なる人間は決して関与してはならない。

本来なら、組に属したことが一度もないような、まっさらなカタギをあたらせるべきだと、延井は思っていた。だがまっさらなカタギで度胸があり、尚かつ頭のきれる人間は、まず極道とはかかわりをもたない。

相馬は当時、森本といった。森本がどこまで使えるかを試すつもりで、延井は闇金融のタネ銭を融通してやった。その前に羽田組のシノギだった金融屋を「佐藤」に処分させ、闇金融をやるとやらないのとでは、小さな組のアガリが大きくかわることがわかったからだった。

闇金融は、小さい組にとっては禁断の果実だ。昔はクスリがそうだった。利益率の高いクスリの密売は、組の懐を大きく潤す。が、いったん警察にルートを潰されると、打撃は大きく、顧客は別の売人にすぐ走る。

あたり前の話だが、シャブ中は、卸すネタのない売人に義理だてはしない。ネタ元がどこの組であろうと、欲しいときに欲しいシャブを売ってくれる者のところにいく。

そういう点では、金に詰まっている人間はシャブ中よりはるかに多く、しかもシャブと違って金は、ルートを潰される心配がない。

クスリで儲けた組がクスリのルートを失うと一気に左前になるように、闇金融で儲けた組も金融屋を潰されるとおかしくなる。

結局それは、組の親を張る人間の器量でもある。ひとつのシノギがうまくいっているからといって調子にのり、他のシノギを軽視したり贅沢したりするような親では、組は長続きしないのだ。

大組織は、決してひとつのシノギに寄りかかったりしない。構成員も多く、シノギの得手不得手がある以上、さまざまなシノギを展開する必要がある。当然、頭である親も、ひとつがうまくいっているからといって、調子にのるのは許されない。油断すれば、すぐにでも親の座を追い落とされるからだ。それは西岡のことを考えればわかる。シノギの絶頂期に、暗殺された。

尾引会の組員である森本に闇金融をやらせ、それが回りだし親の井筒がアグラをかいたタイミングを見はからって、延井は顧客リストを横流しさせた。

もともと金融をやってきた経験があったわけではない尾引会は、客を奪われるともろかった。見る見る左前になり、さらに井筒の妻をさらって金をつけて返してやるのとひきかえに引退を迫ると、あっさりと呑んだ。

羽田組のときは、金融の規模が大きく、顧客リストを奪ったくらいでは潰せないと、延井は読んでいた。「佐藤」に殺させた小宮山と種田はその道のプロで、生かしておけば羽田組を再生させた可能性もあった。

ただ江口に関しては、オレンヂタウンをしばらく現状のままにするために、高河連合で拾ったのだ。オレンヂタウンを高河連合が狙っているという噂を広めないための策でもあった。

結果として、オレンヂタウンが高河連合の縄張りとなった、という形が必要だと貝沼が主張したからだ。

「では、どうします？　その刑事が気づいてくれないことを願って、息をひそめていますか」

延井は相馬に訊ねた。

「消しませんか？」

相馬がいった。

「『佐藤』さんなら簡単にできるでしょう。俺は頭にきているんです。そいつのせいで猪野は撃たれました。たぶん、助からない」

「いいか」

延井は口調を変えた。相馬が足を洗い、カタギになってからは、なるべく荒い言葉づかいでは接しないようにしてきた。それは「息がかかっている」と、周囲に思わせないためだ。

「刑事を消そうなんて考えはもつんじゃない。あいつらは蜂と一緒だ。一匹潰せば、ムキになってとびかかってくる。たとえ殺してもろくなことにはならん」

「しかしそいつが捜査会議に情報をあげていない今なら、口を塞ぐ意味があります」

「逆だ。殺したら、何も知らなかった刑事までが、なぜ殺されたのかをつつき回す」

「では、Kプロジェクトをあきらめますか。これを逃すと、オレンヂタウンを使えるのがいつになるか、わかりませんが」

延井は息を吐いた。でかい仕掛けというのは、必ずこういうときがある。最初から最後まで何の障害もなく、順風満帆というわけにはいかないものだ。

勝負どころ、博打どき、というやつだ。うまくいけば、このあとをすんなり乗りきれる。失敗すれば、全部を失いかねない。

博打にでなければ、大成功もない。

Kプロジェクトは成功させなければならなかった。連合の台所を、未来にわたって潤しつづけるシノギになるからだ。

そして成功するためには、秘密が保たれることは不可欠だった。

「その刑事の名前は？」

「佐江です。新宿署、組対の警部補だそうです」

20

父親について思いだせる限りのことを、プラムはミツに話した。ミツはときどきメモをとりながら、プラムの話を聞いていた。

話が終わるとプラムは訊ねた。

「お父さんを捜しますか」

「お父さんを捜せますか、だね」

ミツはメモ帳をポケットにしまい、プラムの日本語を直した。

「たぶん捜せると思う。ただし見つかったとしても、お父さんが君といっしょに暮らしたいと思うかどうかはわからない」

プラムは頷いた。それはわかっていた。たぶん、いや、きっと暮らしたがらないだろう。

「会えばいいです。話がしたい」

ミツは頷いた。

「そう思うなら、日本語をもっと勉強したほうがいいね。お父さんが日本人なのだから、君が日本で暮らすのはそれほど難しくないが、言葉を喋れなければ苦労する」

「勉強します。パタヤにも日本人がたくさんいます」

ミツは頷いた。

「君の日本語が上手になる頃には、お父さんは見つかっている。シェルから聞いたが、もし君がタイにいられなくなっても、日本で暮らしていくことができるだろう」

ミツはシェルの家にひと晩泊まって、日本に帰っていった。翌日、プラムはシェルと話しあった。

一番の問題は、プラムの母親のことだった。医者の診断では、母親の病気は決して治らず、生きてあと一年だという。

覚悟はしていたものの、それを聞いたときプラムは落ちこんだ。母親が死ねば、プラムはひとりぼっちになってしまう。母親の田舎には、親戚が何人かいるが、日本人を父親にもつプラムを快くうけいれてくれるかどうかはわからない。

話しあった末、コービーの敵を討つのは、母親がこの世を去ってからということになった。ソイ・ダイヤモンドのギャングたちには仲間がいるし、場合によっては警察に追われるかもしれない。そうなったら二人ともパタヤにはいられない。最悪の場合、シェルはアメリカに戻り、プラムは日本に逃げることになるだろう。

日本に逃げたら、初めはミツがプラムの面倒をみてくれるだろうと、シェルはいった。だが一生、面倒をみてくれるわけではない。日本で生きていく方法をプラムは自分で見つけなければならない。

ミツのことは信用していい、ミツは女に興味がないから、プラムにいい寄るようなこともしない。

それはミツと話しているときにプラムも感じていた。タイにはゲイが多い。ゲイの人々は、学校や職場でもそれを隠さず、カミングアウトしている。男用、女用、ゲイ用のトイレが学校や会社にあるほどだ。

ミツとシェルがゲイの関係だったわけではない。ミツはゲイであることを日本では秘密にしていて、その満たされない気持ちを解放するためにタイをしばしば訪れるうちに、シェルの生徒になったのだ。

ミツに限らず、自分の国ではゲイであるのを隠していて、タイにきて〝恋人〟を作る外国人は多い。特にヨーロッパの白人は、タイにくると、男どうしで堂々と手をつないだり、タイ人の若い娼夫(しょうふ)を買ったりしている。

母親が亡くなるまで、プラムは日本語を勉強するとともに、射撃と格闘をこれまで以上にシェルに習うことにした。

八カ月後、母親が亡くなった。最期はがりがりに痩せ、シェルの手を握って、ありがとうをくり返しながら逝った。プラムもその場にいたが、母親は日本人の父親のことは何もいわなかった。

プラムは少しほっとした。最期まで面倒をみてくれたシェルをこれ以上傷つけてほしくなかったからだ。

葬儀はひっそりとしたものだった。シェルは急に年をとってしまったように見えた。母親のことを本当に大切に思ってくれていたのだとわかり、プラムは嬉しくもあり、悲しくもなった。自分がいなければ、シェルと母親は、もっとうまくいっていたろう。

母親が亡くなると、シェルは夜、でかけるようになった。寂しさをまぎらわせるために飲み歩いているのかとプラムは思っていた。

だが、ちがった。ソイ・ダイヤモンドのギャングたちの情報を集めていたのだ。

コービーを殺したのは、キアウ（鎌）という男がリーダーのグループだった。キアウは、渾名の通り、鎌をもった死神の絵のタトゥを体に彫っている。

キアウとその仲間は、ほぼ毎晩のようにバー「ケサン」に集まっていて、常連のアメリカ人と組んでアメリカ兵に麻薬を売ったり、基地から盗みだした武器や備品を横流ししているという。

キアウの住居をシェルはつきとめていた。初めはそこでキアウを襲うことを考えたが、問題がひとつあった。キアウの家には妻と三歳になる男の子がいたのだ。その二人を巻きこみたくない、とシェルはいった。だがそうなると、「ケサン」で襲撃する他ない。「ケサン」には、キアウの仲間もいる。

キアウのグループは皆銃をもっているので、撃ち合いになるだろう。通行人やバーの従業員を巻き添えにするかもしれない。

「正面から乗りこんだらそうなるかもしれないけれど、あたしがいれば撃ち合いになる前に片をつけられる」

プラムはいって、〝作戦〟を話した。シェルは顔をこわばらせた。

「プラムには運転を頼むつもりだ。その場にいてほしくない」

「シェルひとりだったら、必ず撃ち合いになる。キアウには仲間がたくさんいるのでしょう」

「『ケサン』にはいつも、三、四人できている。『ケサン』のオーナーは、キアウの女房の父親なんだ。それにキアウと組んで悪い商売をやっているアメリカ人もたいてい、ひとりか二人はいる。中のひとりは、俺も知っているバーンズという白人だ。海兵隊を不名誉除隊になったクズだ」

シェルは海兵隊にいたのだ。

「バーンズは完全なジャンキーだ。何をするかわからない」

「大丈夫」

シェルは大きく息を吸いこんだ。

「わかった。プラムを信じよう。ひとつだけいっておく。引き金をひくときは躊躇(ちゅうちょ)するな。殺さずにすませようとは思わないことだ。胸の中心か顔を撃て。そうすれば、撃ち返されることはない」

決行の日を、二人は人通りの少ない月曜で、できれば雨降りの夜にしようと決めた。

それから半月後、その日がきた。雨期に入っていて、夕方のスコールは多いのだが、その晩は、暗くなってから弱い雨が降りだし、パタヤも人の数が少なかった。

午前零時、ヒップラインがすけるような超ミニをはき、胸の半分がのぞくタンクトップを着て、プラムは「ケサン」を訪れた。売れ残りの女たちが鋭い視線を向けてくる。

プラムは店の奥、壁を背中にできる席にすわった。大きなテレビをおいたカウンターが入ってすぐのところにあり、画面にはアメリカンフットボールの映像が流れている。近くのテーブルに、キアウとその仲間が三人すわり、それぞれ横に女をはべらせていた。

「あんた、見たことない」

ウェイトレスも兼任する女が寄ってくると、高飛車な口調でいった。

「待ち合わせなの。コークハイちょうだい」

プラムは答えた。

「誰と？」

「あんたの知らない人よ。アメリカ人」

女はフンと鼻を鳴らし、歩き去った。カウンターにいる、アロハを着た白人に近づくと、こちらを見ながら耳打ちをした。その白人がプラムをふりかえった。酔っているのかクスリのせいか、カウンターを離れふらつきながら歩みよってきた。

「俺と待ちあわせていたっけ、お嬢さん」

焦点のどこかぼやけた青い目で、プラムの顔をのぞきこんだ。下手くそなタイ語だった。鼻の下に薄いヒゲをたくわえている。

「あなたの名前は？　ミスター」

「バーンズだ。ミスター・バーンズと呼んでくれ」

白人は気どって、胸に手をあて、よろめいた。

「じゃあ、あなたじゃない」

「残念。待ち合わせにふられたら、そのときはよろしくな」

白人はウインクし、カウンターに戻っていった。コークハイが届くと、プラムは携帯電話をとりだした。シェルにかける。

「いるわ。全部で三人。あと、シェルがいっていた白人も」

「他に客は？」

プラムは店内を見回した。バーテンが二人、女が四人。うち三人はキアウとその仲間の席にいる。

「いない」

「わかった」

電話は切れた。五分後、シェルが「ケサン」に入ってきた。アロハの上にジャケットを着け、太い葉巻をくわえている。

カモと見て、女たちが群がった。シェルはプラムには目もくれず、カウンターにすわりバーテンを呼んだ。

「女の子たち全員に一杯奢ってやってくれ」

　歓声があがった。キアウのかたわらにいた女三人もシェルにすり寄る。

　それは作戦だった。万一撃ち合いになったとき、女たちを巻き添えにしないためだ。キアウとその仲間はおもしろくなさそうな顔をしてシェルを眺めている。

　プラムは深呼吸した。足もとにおいたバッグに手をのばす。中にベレッタの九ミリが入っていた。汗で濡れた指先が震えている。

　ベレッタのグリップをつかんだとき、不意に声がした。

「待ち合わせの相手は、あの男じゃないのかい」

　はっと顔を上げた。バーンズだった。いつのまにかカウンターを離れ、また近よってきていたのだ。

　プラムは思わず手をひっこめ、笑みを浮かべた。

「ちがう」

　バーンズは頷き、シェルをふりかえると眉をひそめた。

「ずいぶん景気がよさそうだ。だがどこかで見たことがある」

「そう？　あたしは知らないけれど」

　シェルが大きな声をだした。

「さあて、お嬢さんたち、これから愉快なゲームをするぞ。優勝したら千バーツをプレゼントだ」

　女たちがとびあがって喜んだ。シェルはストゥールを降り、女たち全員に、奥の壁ぎわに並ぶよう指示した。

「いいかい、モデルのようにポーズをつけて」

　女たちは何が始まるのかもわからず、プラムとは反対側の店の奥に並んだ。

「よしよし。じゃ、腰に手をあてて、セクシーな表情をしてみよう」

　シェルは両手の人さし指でカメラを模した四角形を作り、のぞきこんでいる。

「何をしているんだ、あいつ」

バーンズがあきれたようにつぶやいた。

「あっちへいって」

プラムはいった。バーンズが邪魔だ。

「え？　何だって？」

「あっちへいってといったの」

「ようし、今度は全員、こっちにヒップを向けて、つきだすんだ」

女たちが背中を向けた。始まりだ。プラムはバッグからベレッタをとりだした。それを見たバーンズの顔色がかわった。

シェルが腰からコルトのガバメントを抜いて、キアウたちをふりかえった。使いこんだ愛用の銃だ。

キアウと仲間はぽかんと口を開け、向けられた銃を見ている。

「コービーを殺したのはどいつだ？」

シェルが訊ねた。

「何だって？」

うしろをふりむいた女のひとりが悲鳴をあげ、しゃがんだ。他の女もそれにならった。

「バイクの修理工場を襲って、ハーレーを盗んだろう」

プラムはテーブルの下でベレッタを握りしめていた。

「あ、あんた誰だ」

「五つ数えるうちに答えないと、全員を撃つ」

バーンズの姿が消えていた。

「ワン・トゥ・スリー」

二人の仲間が同時にキアウを指さした。キアウが叫び声をあげ、ジーンズの腰からリボルバーをひっぱりだそうとした。

シェルのコルトが炎を吐き、キアウは椅子ごとうしろに倒れこんだ。

「お前たちの命は助けてやる。だが、いつでも殺せるというのを忘れるな」

シェルはいって、プラムに目で合図をした。プラムはベレッタをバッグに戻し、立ちあがった。

　先に店を出て、止めておいたピックアップトラックまで走った。エンジンをかけ、「ケサン」の前まで戻ると、コルトをかまえたままシェルがでてきたところだった。シェルが助手席に乗りこむと同時に、プラムはアクセルを踏みこんだ。

21

　佐江は息を吐き、吸い殻でいっぱいになった覆面パトカーの灰皿に煙草を押しこんだ。

　森本こと相馬啓一郎の行動確認を始めて四日目になる。今、相馬は上野にある遊技事業者組合の事務所ビルの中にいた。ビルの下では、運転手が乗ったレクサスが待っている。

　十二年前は、歌舞伎町のキャッチバーの用心棒をやっていたチンピラが、たいした出世だった。極道としてのしあがったわけではないのだ。相馬の肩書は、義父の会社の専務で、事業者組合の理事だ。

　これまでのところ、相馬が高河連合の人間と接触する様子はなかった。芝大門（しばだいもん）にある、義父の会社に午前中出社し、夜は銀座で同業者らしき人間たちと飲み食いしている。そのあと午前二時には、六本木ヒルズの住居に帰っていた。

　移動は運転手つきのレクサスで、運転手はボディガードを兼任するようなタイプではない。

　携帯が鳴った。谷神からだ。

「先ほど猪野が死亡しました。どうやら一度も意識は戻らなかったようです」

　佐江は息を吐いた。

「くそ」

　意識が回復すれば、きっと何か役に立つ情報を喋ったろう。一度死にかけると、人間はかわる。相馬と高河連合のつながりについて、きっと何かを知っていたに違いない。

　相馬についてさらに知る者として、小野寺がいる。

が、足を洗っている小野寺の身を危険にさらしたくなかった。

猪野が死に、相馬は神経を尖らせているだろう。自分の身辺を嗅ぎ回る刑事がいるのに気づけば、何が起こるかわからない。

遊技事業者と警察ＯＢの関係を考えると、これまでに判明した事実を捜査会議にあげないでいてよかった、と佐江は思った。スパイがいるとまではいわないが、相馬に疑いを抱いている刑事の存在を当人に知らせる動きがあったとしても不思議はない。

「見舞い客を調べましたが、特にひっかかる人間はいませんでした。経営していたキャバクラがらみの人間だけです」

「高部について、新しいことは何かでたか」

「昨年夏、ふた月前と、マカオに二度旅行しています。ギャンブルが目的だったようです。二度とも二泊して、カジノに入りびたっていたそうです」

「マネーロンダリングかな」

佐江はつぶやいた。大金を洗うのに、カジノほどもってこいの場所はない。もちこんだ現金をチップに換え、また現金に戻すだけで、でどころの追跡を難しくできる。

「私もそれを考えたんですが、同行したツアー会社の人間の話では、それほど莫大な金は賭けていなかったそうです」

マネーロンダリングをするなら、千万、億という単位の金だ。高部が、高河連合のマネーロンダリングを請け負っていたという仮説を、佐江はすぐに捨てた。

「マカオで誰かと接触したようすは？」

「知り合いがカジノにいたようです。二度目のときに、その知り合いと夕食を共にしたという話です」

「その知り合いは日本人か」

「ええ」

「それが何者だったか、調べられないか」

「今のところ名前までは判明していません。マカオまでいけばわかるかもしれませんが」

　捜査会議の了解を得ない限り、マカオ出張など不可能だ。しかもマカオで会った人物が、高部が殺された理由に関係していると考える根拠はない。

「カジノ関係者なのか」

「旅行会社の人間の話では、どうもそのようです」

　であるなら、高河連合の人間とは考えにくい。暴力団関係者をカジノが雇うとは思えなかった。

「他に何か情報はあるか」

「所有していた不動産や預金のだし入れまで調べさせたのですが、やはり高河連合との関係はでてきませんでした。ただ、オレンヂタウンには駐車場を所有していて、売却を打診されたが断っていたという話です」

「打診してきたのはどこだ？」

「待ってください」

　メモを調べる気配があった。

「『サンコウ不動産』という会社です。所在地は新宿五丁目」

「そこなら知っている」

　新宿でも老舗（しにせ）の不動産会社だ。店舗や住居の賃貸が中心の、どちらかといえば地味な会社だ。

「『サンコウ不動産』には、誰かをやったか」

「いえ」

「では俺がいく」

　佐江はいった。社長を知っていた。

「地上げに加担するような会社ではなさそうですが。それに高部は売却を断っています」

　谷神は意外そうにいった。

「ああ。こぢんまりとやっている、古い不動産屋だ。ただ社長を知っているんで、何かおもしろい話を聞けるかもしれない」

「わかりました。何かわかったら知らせてください」

　相馬に対する行動確認を切りあげ、佐江は新宿に戻ることにした。覆面パトカーのエンジンをかけ、その場から離れるためにシフトをバックに入れた。ルームミラーを見て、思わずブレーキを踏んだ。いつのまにかまうしろにワゴン車が止まっていたからだ。黒のアルファードで、ぴったりと鼻先を、覆面パトカーの後部につけている。佐江は縦列駐車の気配をまったく感じていなかった。

軽いショックが伝わった。アルファードの前のバンパーに接触してしまったようだ。

佐江は舌打ちした。シフトをパーキングに戻し、サイドブレーキをかけた。ルームミラーの中で、スーツを着て眼鏡をかけた中年の男がこちらを見ている。

ドアを開け、降りた。

「申しわけありません」

アルファードの運転手は聞こえなかったように前を向いたままだ。誰かのおかかえ運転手で、雇い主がでてくるのを待っているのだろうか。

佐江はアルファードのバンパーを見た。へこみはないが、ぶつけたのは事実だ。おかかえ運転手なら、当然アルファードのもち主は運転手ではない。だからといって、そのままでいいとは思わないだろう。

練馬ナンバーの白プレートだ。

佐江は運転席の窓をノックした。運転手は初めて気づいたようにサイドウインドウをおろした。

痩せた、表情に乏しい男だ。眼鏡の奥の目が、どこか眠たげだった。男はゆっくりと首を巡らせ、佐江を見た。

「今、バックしたとき、おたくにぶつけてしまったようなんですが」

佐江はいった。男は何もいわなかった。

「傷はないようですが、確認してください」

「ぶつかっていません」

男がいった。低く、聞きとりにくい声だ。

「え？」

「ぶつかっていません。大丈夫です」

「いちおう見てください」

「大丈夫です。急ぎますから、これで」

男はアルファードをバックさせた。エンジンをかけたまま止まっていたのだ。

「ちょっと――」

ハンドルを切り、発進した。佐江を一切見ようとはせず、その場から走り去る。

佐江はそれを見送った。ついていた、と考えるべきだろう。軽微な接触事故とはいえ、捜査車両で起こせば、面倒な手続きや処分がある。それを回避できたのだ。

佐江は覆面パトカーの後部を見た。パトカーにも傷やへこみはない。

「何だよ」

つぶやいた。男の態度は不可解だった。習性で、アルファードのナンバーは覚えている。それを忘れないうちにメモし、佐江は新宿に向かった。

パトカーをコインパーキングに止め、「サンコウ不動産」を訪ねる。物件のポスターがガラス窓にべたべたと貼られた、古い雑居ビルの一階だ。

「ごめんください」

サッシの引き戸を開けると、事務服を着た中年の女と、セーターの襟もとからネクタイをのぞかせた髪の薄い男が、顔を上げた。

「ごぶさたしてます。新宿署の佐江です」

「おお、刑事さん、久しぶり。おい、お茶」

女に命じて、男は立ちあがった。

「さあ、どうぞ」

デスクの横におかれた、古い皮張りの応接セットを示した。

「いいんですか」

「ああ、どうせ暇だから」

男は手をふった。富山(とやま)という名で、六十代半ばを過ぎている。三十年以上、同じ場所で不動産屋をしているのだ。

佐江と向かいあい、富山はかけていた老眼鏡を額の上にずりあげた。

「まあ、駄目だね。まったく景気が悪いよ。客が少ないところにもってきて、近頃、敷・礼ナシって物件も多くなっちゃって、あがったり、あがったり」

　訊ねてもいないのにぼやいた。

「駄目ですか」

「まったく。バブルがなつかしいよ、なんていってもどうしようもないのだけどね」

「でも賃貸物件は動いているのでしょう」

「いやいや」

　富山は首をふった。

「この頃はね、お水の女の子も近くには住まないから」

「そうなんですか」

「ああ。昔はタクシー代がかかるからって、ホステスさんは店の近所で部屋を探したもんだけど、今はあれだよ。送りっての？　乗り合いの白タクみたいので帰るから、吉祥寺でも二千円くらいでいけるらしいんだ。だからちっとも新宿の物件が動きゃしない」

　富山はぼやいた。

「なるほど」

「ああいうのって本当はいけないんだろう。お巡りさんが取り締まってくれないと」

「それは交通課にいっておきますよ」

　佐江は話を合わせた。

「ところで、社長、最近、オレンヂタウンの駐車場を買おうとしたでしょう」

「ああ、その件か。そういや、あそこの社長、撃たれちゃったんだな」

「売ってくれないんで、社長が撃った？」

　佐江が冗談めかしていうと、富山は笑い声をたてた。

「勘弁してよ。あんなところ、人を殺してまで欲しいわけないじゃない。仲介よ、仲介」

「他の業者に頼まれたんですか？」

「そうそう。どうかと思ったんだけど、頼まれたんでしかたなく――」

「名前を出したくない業者とか」

「地上げじゃあるまいし、今どきそんなのある筈ないよ」

「地上げじゃないのですか」

「オレンヂタウンを？　どうするの、あんなところ。それはとり壊すのは簡単だろうけれど、面倒くさいでしょう。コレもいっぱいからんでるし」

人さし指を頰にあて、富山は顔をしかめた。

「バブルのときだって、うまくいかなかったんだから。今さら地上げしたって、うまみはないって。ま、場所は悪くないけどね」

「じゃあなぜ、その業者は名前をだしたくなかったんでしょうね」

「地元じゃないんで、足もと見られるのが嫌だったのじゃないの？　だから、古い、うちみたいなところに頼んできた」

「どこが地元なんです？」

「会社は南青山っていったな。あっちのほうが、よっぽどいい商売できるでしょう」

その口調にこもった皮肉に、佐江は気づいた。

「どんな会社だったんですか」

「松城（まつしろ）興産っていったかな。表参道の正面のビルに入ってる、なんか派手な会社だよ」

「表参道ですか」

「そう。周りはさ、ブランドショップとかすごいビルや億ションばかりのところですよ。なんでそんなところが、オレンヂタウンの土地を欲しがるかね」

「そこは他にも新宿の土地を探していたのですか」

「いや。うちが頼まれたのは、オレンヂタウンの、あの駐車場だけだよ」

「高部さんは売らない理由を何かいっていましたか」

「特には、ね。提示価格も、割とよかったのだけれど」

「よかったというのは？」

「相場の一割増しぐらいだったから。松城さんからは一・三倍まではだしていいっていわれていたのよ。でもまるで交渉の余地なしって感じだったね」

「社長はどう思いました？」

「そうね。悪い話じゃないって、あたしもふったのだけれど、何だかこだわりがあったのかねえ。まあ、いずれはそりゃあ、オレンヂタウンの土地も値上がりするかもしれないけれど。うちの物件だったら、その条件ならすぐ売ったなあ」

「その松城興産ですが、オレンヂタウンの土地を欲しがる理由を何だと？」

「渋谷、港区以外にも、手を広げてみたいのだとはいっていたけど、それがオレンヂタウンじゃね。まあ確かに、手頃ではあるけど、すぐに何か建てられるわけじゃないし」

「松城興産の担当は何という人です？」

「木村って部長さんだったね。あたしの見るところ、新宿に手を広げたいってのは表向きで、あそこも仲介だね」

「なぜそう思ったんです？」

「いくら新宿がホームグラウンドじゃないといったって、ど素人じゃあるまいし、いきなりオレンヂタウンはないよ」

富山はいって、茶をすすった。

「するとバックはどこです？」

「まあ、反社じゃないとは思うけど、見当はつかない」

反社とは反社会的勢力のことだ。暴排条例のせいで、不動産の契約から暴力団や関係者を排除しなければならなくなり、富山のところのような小さい不動産屋は苦労している筈だ。富山はため息を吐いた。

「あの条例のせいで、うちもけっこう、キツいよ」

「オレンヂタウンに地上げの噂があるんですが、社長は聞いたことはありますか」

佐江が訊ねると、富山は顔をしかめた。

「噂はずっとあるよ。でも実際はね……」

「仮に本当だとして、うまみはありますかね」

富山は唸り声をたて、宙をにらんだ。

「まあ、全部を地上げできれば、それなりの土地ではあるけれど、何ができるかじゃないの？　跡地に」

「ビルとかではおいしくないですか」

「ビルは余ってるよ。歌舞伎町でもテナントの埋まってないビルはたくさんあるんだ。デパートって時代でもないし、あの場所に商業ビルの大きなのを建てても、よほどいいテナントが入らない限り、大儲(おおもう)けまではいかないでしょう。地上げにかかる手間だの費用だのを考えたら、微妙だよね。もし儲かる採算の見通しがたつのなら、とっくに大手のディベロッパーが手がけてる。それをしないのは、やっぱりうまみがないからじゃないの。だって、新しいビルだと、どうしても家賃が高くなる。オレンヂタウンなんて、客単価何千円て飲み屋街じゃない。そんなところにビル建てて、客単価一万円なんてとれないでしょう。といって、あのあたりじゃ企業が入ってくれるとも思えないし」

佐江は頷く他なかった。

「でもそうなると、松城興産とおたくの両方にまで仲介を頼んで、オレンヂタウンの土地を欲しがった理由がわかりませんね」

「そうなのよ。タワーマンションでもぶっ建てるのかな。それで賃貸にだしてくれれば、うちあたりにも少しは客がくるかもしれないけれど……」

富山はいった。佐江は礼をいい、松城興産の住所を訊ねた。富山は、木村という部長の名刺のコピーをよこした。

「サンコウ不動産」をでた佐江は、松城興産に向かうことにした。住所は南青山五丁目だ。あたりにはこぎれいなレストランやブティックが並んでおり、青山学院大学も近い。青山通りをはさんだ反対側は、原宿の表参道で、自分がひどく不似合な場所にいるのを感じる。

ビルの二階にある松城興産は、物件のポスターなどどこにも貼っておらず、不動産屋ではなく、ごく普通の企業のオフィスのようだった。ガラスの自動扉をくぐると、受付に妙に派手な女がすわっている。

「お忙しいところを申しわけありません。佐江と申しますが、木村部長はいらっしゃいますか」

「おとりつぎいたします、どちらの佐江様でいらっしゃいますか」

女は内線電話をとりあげ、気どった声でいった。

「新宿の『サンコウ不動産』さんでこちらをうかがってきました」

女は首を傾げ、佐江の身なりに目を注いだ。

くたびれたグレイのスーツに白いシャツとネクタイ。ネクタイには染みがいくつもある。身につけている拳銃を隠すため、スーツは大きめだ。そのせいでよけいだらしなく見えることはわかっていた。

「ご所属先は『サンコウ不動産』様でいらっしゃいますか」

佐江は首をふった。身分証を見せる。

「新宿警察署です」

女は目をみひらいた。刑事はきたことがないのだろうか。不動産屋は、何か事件があると、まっ先に刑事が訪ねるところだ。

「お待ちください」

数分後、立派な応接室に通された。コーヒーが出される。ついでに灰皿を頼むと、館内禁煙だと、別のやはり派手な女性社員に断られた。

コーヒーは新宿あたりの喫茶店でだされるものよりはるかに濃く、上等な豆を使っていた。ごていねいにクッキーまでついている。

「お待たせしました」

細身の黒いスーツに赤いフレームの眼鏡をかけた四十くらいの男が現れた。

「木村でございます。どのようなご用件でしょうか」

「新宿署の佐江です。うまいコーヒーですね。クッキーもまた高級品だ」

木村は瞬きした。

「おかわりをおもちしますか」

「いやいや、充分です。オレンヂタウンの土地の件です。先日殺された、高部さんの会社が所有していた」

「は？」

「おたくが欲しくて、新宿の『サンコウ不動産』に仲介を頼んだ駐車場ですよ」

木村は黙った。

「お忘れですか。売却を『サンコウ』さんを通して打診したが、断られたでしょう」

眼鏡の奥の目を見つめた。木村は目をそらし、咳ばらいをした。

「そのようなことがありましたでしょうか」

「なかったら、私はここにいませんよ。高部さんは歌舞伎町の雑居ビルで射殺され、犯人はまだつかまっていません。ご存知でしたか」

木村は目を泳がせ、

「いえ」

とだけ、いった。

「それは意外ですね。高部さんが亡くなったので、会社は清算されることになった。いずれ、その駐車場は売りにだされると思いますよ」

「そうなんですか。それはご親切に、どうも」

「お忙しい身でしょう。時間を節約しましょう。オレンヂタウンの土地、どうして買いとろうとしたんです？」

「それは……。当社も新宿に物件を所有してみては、という――」

「じゃないでしょう、本当は」

木村をにらみつけた。

「他に頼まれた。ちがいますか」

「他、でございますか」

「会社か個人か、もしかすると問題のある団体とか」

木村は黙っている。

「まあ、まさかおたくみたいにこんな立派な場所にオフィスをかまえている会社が、そんな問題のあるところとつきあいがあるわけないですよねえ」

「とんでもございません」

「でしょうな。すると、どこですかね」

「どこ、といわれますと?」

「だから時間を節約しましょうよ。おたくに、オレンヂタウンの土地を買ってくれと頼んだのはどこのどちら様なのか、教えてください」

木村は黙りこんだ。激しく瞬きをしていたが、やがていった。

「顧客のことは、ちょっと申しあげられないのですが……」

「殺人事件の捜査です。場合によっては捜索令状をもっておたくにうかがうことになるかもしれません。よろしいですか」

「ちょっとお待ちください」

木村は立ちあがり、応接室をでていった。数分後、上司らしい五十代の男を伴って戻ってきた。男は名刺をさしだした。

「松城興産　代表取締役社長　幸野忠（ゆきのただし）」とある。

「弊社の社長でございます」

木村の紹介に佐江は身分証を提示した。

「新宿署組織犯罪対策課の佐江です」

幸野は陽焼（ひや）けし、端整な顔立ちをしていた。

「弊社のお客様のことでお訊ねになりたいことがおありだそうですね」

深みのある低い声でいった。

「ええ。オレンヂタウンにタカベコーポレーションが所有していた駐車場の買いつけの仲介をおたくに依頼した会社なり人物の名をうかがいたいのです」

佐江は答えた。木村とちがい、この幸野は手強（てごわ）そうだった。威しはきかないかもしれない。

「なぜでしょうか」

幸野が訊ねた。

「ご存知とは思いますが、先日、タカベコーポレーションの社長、高部斉氏が歌舞伎町の雑居ビルで射殺され、犯人はまだ検挙されていません。高部さんが身辺にトラブルをかかえていなかったかどうかを、捜査しています」

「お訊ねの件の依頼者の方と、高部さんの事件とは、まったく関係がありません」

幸野は答えた。

「ほう。なぜ、そう思われるのです？」

「依頼者は、弊社と長くお取引いただいている、身許の確かな方ですので」

「なるほど。では、その方の名を教えてください。お会いすれば私も納得できるでしょうから」

「それはできません。不動産取引にかかわる個人情報ですので」

幸野はきっぱりといった。

「もし情報をお求めなら、正規の令状をおもちください」

「よほど大切なお客さん、というわけですな」

佐江は怒りを押し殺し、いった。

「お客様はすべて大切です」

幸野は動じることなく答えた。

「わかりました。では、事前に申しあげておきます。おたくに対し、捜索令状をとった場合、当然、高部さんの殺人事件に関連しての捜査であると、マスコミには伝わることになります、捜索に際しては、マスコミの取材も避けられません。よろしいですね」

幸野の表情が曇った。

「公表される、といわれるのですか」

「捜査本部が動けば、張りついているテレビや新聞の記者にもわかります。捜索は、ひとりではできません。何十人という刑事がやってきて、おたくの社内資料をかたっぱしから押収することになります。そのときになってから教えますといわれても、捜索は止められません」

幸野はわずかに息を吸いこんだ。

佐江は幸野の目を見つめた。

「結果として、どちらがおたくに損害となるのか、おわかりの筈です」

木村が不安げに幸野の顔をうかがった。

「これは威しではありません。捜索令状を請求、執行すれば、実際にそうなる、と申しあげているのです」

幸野がほっと息を吐いた。

「お客様の了承を得られれば、お教えします」

「それはやめていただきたい。万一、そのお客さんが殺人に関係していたら、捜査の対象になっていると事前に知らせることになる。場合によっては、あなたが罪に問われます」

幸野の顔にはっきりと不安が浮かんだ。

「どうしますか」

佐江はいった。幸野は黙っている。

「仮にそのお客さんの名をお教えいただいても、いきなりうかがうようなことはしません。周辺の捜査から始めて、殺人と無関係だとわかれば、訪ねてはいきません」

幸野は大きく息を吐いた。

「承知しました。弊社に仲介を依頼されたのは、奥戸インターナショナルという企業です」

佐江はメモ帳を開いた。

「担当された方の名刺があれば、拝見させてくださ い」

「お待ちください」

幸野は木村に目配せした。木村が立ちあがり部屋をでていくと、やがてコピーを手に戻ってきた。

うけとった佐江はそれを見つめた。

「奥戸インターナショナル株式会社　事業本部長吉見大作」とある。住所は港区の西麻布だった。

「こちらの会社とは、これまでも取引をされていたのですか」

「いえ、今回が初めてのご依頼です」

佐江は幸野の目を見た。

「しかし社長は先ほど、長く取引をしている身許の確かな方だとおっしゃいませんでしたか」

幸野は咳ばらいをした。

「それはですね。そういう方にご紹介いただいたからです。こちらの奥戸インターナショナルさんを」

「どなたです?」

幸野は首をふった。

「それは本当にご勘弁ください。弊社にとってたいへん重要なお客様ですので」

「つまりおたくとは長く取引をされている?」

「はい。弊社の創業時からのおつきあいで、これまで何度となくお取引をさせていただいた方です」

「つまりその方個人の紹介ということですね」

幸野は苦しげに頷いた。

「ではその方の仕事を教えてください、やはり不動産関係をしておられるのでしょうか」

「申しあげられません。たとえ捜索令状をおとりになられても、奥戸インターナショナル様から仲介のご依頼があったことは申しあげられますが、ご紹介者については、一切申しあげられません。それに関して、書類も覚え書もございません。ご紹介者がいらした、というのをお話しするのも本来できかねることだったのです。したがいまして、私からこれ以上は、申しあげられません」

幸野は佐江の目を見返していた。何があっても喋らないという顔だ。言葉通り、紹介者についての書類やメモがないのなら、ガサ入れをかけても、その名前はつきとめられないだろう。

口を開かせるには、奥戸インターナショナルと高部殺しが関連しているという確かな証拠が必要だ。

「わかりました。ご協力を感謝します」

佐江は告げた。幸野と木村は拍子抜けしたように目をみひらいた。

「ご理解いただき、ありがとうございます」

幸野と木村は頭を下げた。

「ところでこの奥戸インターナショナルですが、どういった理由でオレンヂタウンの土地を購入しようとしたのでしょう」

「たぶん、飲食店用のビル建設が目的だったと思います」

幸野が答えた。

「つまり駐車場を潰してビルを建て、そこにテナントを集める?」

「はい」

「おたくが仲介をサンコウさんに頼んだ理由は何です」

「弊社はあまり新宿の物件を扱ったことがないもので、地元の業者さんにご協力を願おうと思ったのです」

「サンコウさんは何といいました?」

「何と、とは?」

「オレンヂタウンにビルを建てる計画について」

「それは……別に——」

幸野はいい淀んだ。佐江は腕を組んだ。

「妙ですね、私の聞いた話とはちがう」

幸野と木村は、はっと顔を上げた。

「オレンヂタウンには確かに飲食店が密集しているが、どこも客単価は数千円という安さです。新築のビルだと当然、テナント料は高い。それを回収するには、客単価を上げざるをえない。土地柄を考えると、商売としてはうまくいかない、と聞いたのですがね」

二人は答えなかった。やがて幸野が苦しげにいった。

「私どもは、そう、うかがっておりました」

「変だとは思われなかったのですか。聞いた話によれば、奥戸インターナショナルさんは相場の一・三倍までならだしてもいい、といっていたそうじゃないですか。一・三倍もだしたら、さらにテナント料は上げざるをえない。そこの土地をどうしても欲しい、他の理由があったのでは?」

「あるいはそうかもしれませんが、依頼主の意向である以上、仲介業者の私どもとしては詮索はいたしかねました」

幸野が歯切れの悪い口調で答えた。

「この奥戸インターナショナルですが、どんな事業をおこなっているか、当然調査されたのでしょうね」

幸野が木村を見た。木村が頷いた。

「はい」

「どんな会社です？」

「それが、昨年設立されたばかりの新しい会社でして、これまでは西麻布近辺のビル建築とテナント開発を主にやっていたようです」

「できたばかりの会社ですか。ところでその、紹介者の方と奥戸インターナショナルのあいだには、何かつながりがあるのですか。経営や出資者に名を連ねているとか」

「名義的には、そういうことはございません」

幸野が首をふった。

「ではなぜ――」

「それについては申しあげられません」

「ではうかがいますが、この奥戸インターナショナルは、新宿の土地ならどこでもよかったのですか。それともオレンヂタウンのあの駐車場が欲しかったのか、どちらです？」

木村が答えた。

「私どもにお話をいただいたときは、新宿歌舞伎町周辺で、ビル建設用地を探していらっしゃるということだったのですが、売却が告示されている土地に適当なところがなかったものですから、奥戸インターナショナルさんのほうでお探しになり、白羽の矢を立てられたのです」

「オレンヂタウンの駐車場を欲しい、とはっきり、奥戸インターナショナルのほうからいってきたというわけですね」

「はい。だいぶ、歌舞伎町周辺でお探しになられたようでした」

「するとあの駐車場以外にも、買いたいという土地の候補はあった?」

「いえ。絞りに絞って、あの駐車場を、というご希望でした」

「なるほど」

「それでサンコウ不動産のご協力をお願いしたのです。新宿方面に関して、弊社にはあまり実績がございませんので」

幸野がいった。

「それだけの理由ですか」

「え?」

「私は不動産業のことはよくわかりませんが、ある特定の土地が欲しい、と買主がいってくる場合、通常は、その土地の不動産屋を通して地主に売却の交渉をもちかけるものではありませんか。おたくのようにその土地から離れた場所を拠点にしている業者に仲介を依頼するのは、いささか妙だと思わざるをえません。おたくも実は同じことを感じた。この奥戸インターナショナルという会社の仲介依頼は、どうもおかしい。場所も場所だし、自分のところ一社だと、何かあったとき厄介だ。そこで地元の不動産業者も一社かませて、リスクヘッジをしよう。そうお考えになったのじゃありませんか」

木村がさっと幸野を見た。幸野は無表情だった。どうやら図星のようだ。

「そう、お考えになるのは、刑事さんの自由です」

幸野は抑揚のない声でいった。

「わかりました。リスクヘッジをしたいと考えた理由は、他にもありましたか」

「どういう意味か、質問の意図がわかりかねますが」

「遠慮のないいいかたをします。『この奥戸インターナショナルというところは、どうも怪しい。うち一社でやるのはやめておこう。何しろ、あの人の紹介だからな』と、そう考えたのではありませんか。あの人というのは、先ほど来、どうしても教えられないといわれている人物です。おたくにとっては重要な顧客ではあるけれども、もろもろを考えると、いささか問題のある筋といわざるをえない。どうです。ちがいますか」

幸野の顎に力がこもった。唇が白っぽくなる。

「ご想像にお任せします」

幸野は答えた。佐江は無言で幸野を見つめた。

南青山という、高級で金持ちばかりが集まる土地で、手広く不動産業をやっていれば、がつがつ怪しい商売にまで手をだす必要はない。おそらく無理をしなくても、それなりの儲けはでているだろう。

そこへ、客としてはつながりの深い人間の紹介で、奥戸インターナショナルの話がきた。

この幸野としては、オレンヂタウンの駐車場買収の件になど、かかわりたくなかったにちがいない。しかし紹介者の手前、知らん顔もできない。そこでサンコウ不動産に儲けを半分渡してでもいいから、共同仲介という形をとろうとした。


ある意味、幸野の勘は正しかったといえる。駐車場のもち主の会社社長が射殺され、こうして刑事が押しかけてくる事態になったのだ。やはりかかわらなければよかったと思っているにちがいない。

「ところで木村さん」

佐江がいうと、木村がはっと顔を上げた。

「この奥戸インターナショナルの吉見さんですか。どんな人物でした?」

「どんな、といわれますと?」

「不動産業をやっておられる以上、お客さんの観察には長けていらっしゃるでしょう。吉見さんの印象を話してください」

「ええと」

木村は口ごもった。

「三十代終わりから四十代初めくらいの方で、見た目は、その、あまりサラリーマンらしくない印象でした」

「サラリーマンらしくない、というと?」

「柄が悪い、というほどではないのですが、まあ、どこか水商売っぽいような雰囲気がありました」

「不動産には詳しい感じがしましたか」

「いえ」

木村は首をふった。

「私の印象では、こういう仕事を手がけられるのは初めてではないかと思いました」

「妙じゃありませんか。仮にも事業本部長の名刺をもっている人間が、仕事に詳しくないというのは」

木村は黙り、幸野をうかがった。

「いいよ、話しても」

幸野が頷いた。木村はほっとしたように佐江を見た。

「これは勝手な私の想像ですが、吉見さんもまた、どなたかの代理ではなかったか、と」

木村はいった。佐江は渡された名刺のコピーを見つめた。

「つまり、この奥戸インターナショナルというのが、そもそもダミーというか、オレンヂタウンの土地を買いつけるためだけに作られた会社である可能性がある、と」

「はい」

「よくわかりました。ご協力、本当にありがとうございました」

佐江はいって、携帯電話の番号の入った名刺を出した。

「もし今後、奥戸インターナショナルなり、紹介者の方から、何らかの連絡があった場合、お知らせ願えますか」

「はい」

木村はすっかり呑まれたような表情で頷いた。

松城興産をでた佐江は、谷神に電話をかけた。奥戸インターナショナルの話をする。

「ダミー会社だとすると、バックは連合ですかね」

谷神はいった。

「可能性はあるかもしれない。だとしても、もうワンクッションおいているだろう」
「あるいは共生者を使っているか」
共生者とは、暴力団ともちつもたれつでやってい
るカタギのことだ。フロントや企業舎弟とは異なり、
利益目的のために暴力団と手を組む、完全なカタギ
だ。
「会社の登記を調べてみます。佐江さんは？」
「俺は西麻布まで直接いってようすをうかがってく
る。ここまでの調べでは、どう見ても一種の地上げ
だったとしか思えない。だが、プロの不動産屋が地
上げなどありえないという。何かが欠けている。そ
れをつきとめたい」
「わかりました。気をつけて」
いわれて、ふと佐江は思いだした。上野でパトカ
ーをぶつけたアルファードのナンバーを、谷神に告
げた。
「悪いが、その車について調べてもらえないか」
「お安い御用ですが、何です？」
「いや。ちょっと気になることがあるので」
「わかりました」
電話を切り、西麻布に向かった。南青山からは五
分とかからない距離だ。青山墓地に近い、静かな住
宅地の一画に、奥戸インターナショナルの入居する
ビルはあった。
五階建ての小さなビルだ。面している狭い路地の
つきあたりには青山通りがある。
テナントを示す看板には、ローマ字で「OKUDO
INTERNATIONAL CORP.」と記されている。
佐江は覆面パトカーの中からしばらくようすを観
察した。奥戸インターナショナルは、三階に入って
いて、四、五階は、ビルオーナーの住居になってい
るようだ。ビルの規模からしても、明らかにダミー
会社の可能性が高い。
日が落ち、あたりが薄闇に包まれていた。墓地が
近いので、虫の音がよく聞こえる。ほんの百メート
ル先の青山通りは車がいきかい、ビルの明かりが

煌々と点っているが、路地の中は静かだった。

もう少しようすをうかがい、四、五階の住人に奥戸インターナショナルのことを訊ねようと佐江は考えていた。ダミー会社なら出入りする人間は少ない筈だ。

青山通りからヘッドライトをつけた車が一台、路地に進入してきた。佐江は一瞬、緊張した。車は客を乗せたタクシーだ。

タクシーは佐江の乗る覆面パトカーのかたわらを走り去った。張り込みに気づかれないよう、助手席に伏せていた佐江は体を起こした。

その瞬間、凍りついた。助手席のかたわらにいつのまにか男がひとり立っていた。眼鏡をかけ、グレイのスーツを着ている。見覚えがある、と思った。痩せた表情の乏しい顔を、つい最近、見ている。

男はいきなり覆面パトカーの助手席のドアを開いた。

「何だ――」

体を助手席にすべりこませ、男は右手の拳銃を佐江の顔に向けた。

22

「ケサン」を脱出したプラムとシェルは、そのままバンコクまで車を走らせた。シェルのアメリカ人の友人がバンコク市内にもっているコンドミニアムに身を潜めた。

キアウ殺しは大きなニュースになった。だが犯人について、警察は外国人だとしか発表していなかった。キアウはひとりで「ケサン」にいたところを撃ち殺されたことになっていて、店の人間は犯人をほとんど見ていないとテレビでは報道された。仲間はかかわりを避け、店の女にも口止めしたようだ。

「キアウがコービーを殺したとき、たぶんあいつらもいっしょにいたんだ。だからキアウが撃たれた理由を、あいつらは警察に知られたくないのだろう」

シェルはプラムが買ってきた屋台の料理を食べながら、テレビを見て〝解読〟した。

「じゃあ、あたしたちは警察に追われないですむの」

「うまくいけば、だ。それにはもう少しようすを見たほうがいい。撃ち殺されたのがクズだと、警察もわかっている。あまり真剣に捜査はしないだろう」

「それならこれは必要ない？」

プラムは、何かあったときのためにシェルから渡されていた封筒をとりだした。中には、東京いきのオープンチケットと、ミツの連絡先を記した紙が入っている。

「もうしばらくもっていたほうがいい」

シェルはいった。

一週間が過ぎた。キアウを殺した犯人について、警察は何もつかめていないようだった。

「この調子なら、パタヤに戻って元の暮らしができるかもしれない。もちろんソイ・ダイヤモンドには近づけないが」

その晩二人は、バンコクの街にでた。シェルが表にでるのは一週間ぶりだ。洋服やがらくたを売っている屋台を冷やかし、食事をしてコンドミニアムに戻った。

ドアを開け、部屋に一歩入った瞬間、二人は凍りついた。ドアの陰に隠れていた男が銃をつきつけたのだ。

部屋の明かりが点った。リビングのソファにアロハを着た白人が腰かけていた。目の前のテーブルの上に、シェルのコルトがおかれている。

「よう、久しぶり」

白人はプラムを見て、にやりと笑った。バーンズだった。

「今夜は待ち合わせの相手をまちがえないですんだな」

バーンズの他に三人のタイ人がいた。そのうちのひとりが手にもっていたバットでシェルの頭を殴りつけた。「ケサン」にいたキアウの仲間だ。

シェルは無言で床に倒れた。三人は次々にシェルを殴り、蹴った。

バーンズはシェルのコルトをプラムに向けた。

「助けようなんて考えるな」

「やめて、死んじゃう」

「そりゃそうだ。殺しにきたのだから」

バーンズはおどけたようにいった。

バーンズは銃を手に立ちあがった。三人がシェルから離れた。血まみれになったシェルがバーンズを見上げた。

「どうしてここがわかったのかって顔だな。簡単だよ。友だちの友だちは友だちだ」

にやにや笑いながらバーンズはシェルに告げた。左手にソファにあったクッションをもっている。

腫れあがった瞼(まぶた)の下でシェルの目が動いた。プラムを見やる。「逃げろ」と口が動いた。

プラムは動けなかった。バーンズがクッションをシェルの顔に押しつけ、上からコルトをあてがい、発射した。くぐもった銃声が二度して、シェルの脚がびくんと震えた。そして動かなくなった。

「さてと、次はお前だ」

バーンズはプラムをふりかえった。

「殺しなさいよ」

バーンズは首をふった。

「キアウが死んだせいで、俺たちは大損害だ。だからお前に働いてもらって、少しでもとり返させてもらう」

「死んでも嫌よ」

「そうかい、じゃ試してみようぜ」

男たちが襲いかかってきた。

23

「車をだして、ゆっくりバックしろ」

拳銃を左手にもちかえ、眼鏡の男はいった。

佐江は思いだした。上野で覆面パトカーを接触させた、アルファードの運転手だ。

「何のつもりだ」

佐江はいった。

「いいからいう通りにしろ。じゃなければ、今ここでお前を撃っておしまいだ」

男が手にしている銃を佐江は見つめた。見たことのないオートマチックだ。

佐江も腰にニューナンブを留めている。だがこの態勢で銃を抜くのは不可能だ。即座に撃たれる。

佐江はエンジンをかけ、シフトをリバースにした。

「ゆっくりだ。ゆっくりさがって、そこで向きをかえろ。右に曲がって青山墓地に入るんだ」

男の狙いが読めた。青山墓地の、人があまり通らない通路に車を止めさせる気だ。おそらくはそこで佐江を殺すつもりなのだろう。

同時に、この男がずっと自分を監視していたことに佐江は気づいた。

上野にいたときもそうだったし、その後、新宿、南青山、そしてこの西麻布と、男はずっと佐江を尾行していたのだ。

しかしその気配にまるで気づかなかった。

「何者なんだ」

男は答えない。

「俺が誰だか、わかってやっているんだろうな」

まったく聞こえていないように、男の表情に変化はなかった。

「なあ、お互い、若くはないんだ。もう少し大人の話し合いができそうなものじゃないか。だいたい、そのチャカだが本物か」

「頭に穴を開けたら納得するか」

「わかったよ」

佐江は息を吐いた。

「あんたはプロってわけだ。もしかすると、そのチャカで、前にも誰かをかたづけたことがあるのか」

軽い口調とは裏腹に、掌は汗で濡れ、背中は冷たくなっていた。男は確実に佐江を殺すつもりだ。

　バックさせ、向きをかえた覆面パトカーを佐江は墓地の通路に進入させた。まっ暗な通路をヘッドライトが照らしだし、左右に墓石が並んでいる。通路はまっすぐ二百メートルほどつづいている。

「つきあたりまでいって、ライトを消すんだ」

「わかったよ」

　ハンドルを戻し、佐江はアクセルを踏みこんだ、覆面パトカーは急発進し、舗装のない通路で大きく弾んだ。

　その瞬間、ハンドルを左に切った。目の前に大きな墓石がある。ライトを消した。

　激しい衝撃とともに、覆面パトカーは墓石に衝突した。墓石は高さ二メートルはある。

　大きなもので、台座も御影石で作られている。

　シートベルトが佐江の体を止めたが、男の体はそうはいかなかった。フロントガラスが砕け散り、エアバッグがふくらんだ。男の上半身がそれにめりこむ。

　次の瞬間、男が発砲した。車内がぱっと明るくなり、サンバイザーが吹き飛んだ。佐江はシートベルトを外した。男はエアバッグを押しのけようとしている。

　運転席のドアを開き、車外に転げでた。男が撃った。すぐかたわらの石がはね飛んだ。

　佐江は右腰のホルスターからニューナンブをつかみだした。さらに男が撃ち、佐江は左の踵に衝撃を感じた。

　狭い車内から、それも左手でしっかりと狙いを定めている。恐ろしい腕前だ。撃ちあったらまず間違いなく殺される。

　佐江は通路から墓石と墓石のすきまに転げこんだ。少し離れたところにある、青山墓地を貫く車道には街灯もあり、まったくの暗闇というわけではないが、とっさにヘッドライトを消したので墓石の陰は暗がりになっている。

拳銃を握りしめたまま、這うようにして墓石のあいだを進んだ。

ひときわ大きな墓石の裏に這いこむと、息をついた。全身が汗で濡れているのに、震えがくるほど寒い。

ニューナンブを握り直し、墓石の陰から覆面パトカーの方角をうかがった。ドアが開いているのでルームランプが点り、車内が見える。

ふくらんだエアバッグの奥に人の姿はなかった。恐怖がこみあげた。墓地のどこかにあの男もいる。

土と枯れた草の匂いが鼻孔にさしこんだ。しおれた供花が、すぐ足もとにあった。墓石に頬を押しつけ、佐江は息を殺した。足音、衣ずれが聞こえないかと、耳をそばだてる。

虫の音しか聞こえない。

男も気配を消しているのだ。先に動いたほうが負けだ。応援を呼ぼうにも、携帯電話を動かせばその光でこちらの位置を悟られる。

佐江は口を大きく開け、音をたてないように深呼吸した。

どこからか弾丸が飛んできて、自分の体を貫くかもしれないという恐怖と戦った。

撃ち合いの経験はある。マニラチームとの銃撃戦では、わき腹を撃たれ、貫通銃創の痕が今も残っている。

だがあのときはひとりではなかった。複数対複数の撃ち合いで、あっという間に終わった。

今夜のこれはちがう。自分を標的にする、プロの殺し屋と一対一で向きあっているのだ。

川端から聞いた「凄腕の殺し屋」の話を否応なく思いだした。連合の利益を守るために働く殺し屋で、構成員ではなく、日本人ですらないという。

眼鏡の男は、まちがいなく日本人だった。

佐江はおそるおそる、撃たれた左足に手をのばした。痛みはなく、弾丸があたったときの衝撃だけが残っている。

指先が血で濡れるかと思ったが、そうはならず、どこも痛まなかった。

　手探りで左の靴に触れ、踵がなくなっているのに気づいた。銃弾は靴底の踵の部分に命中したのだ。角度がよかったのか、そこから靴底だけをもぎとって、佐江の足は傷つけずに飛び去ったようだ。

　次の弾丸はそうはいかない。

　佐江は深呼吸をくり返した。汗がひき、寒けがおさまっていく。

　男は逃げたかもしれない、と考え、それを打ち消した。そう思わせ、佐江が動くのを待っている可能性もある。

　顔をひっこめ、墓石に背中を押しつけた。

　どうすればいいのだ。朝までこの状態でいるのか。

　覆面パトカーを墓石に衝突させたとき、かなり大きな音がした筈だが、人が集まる気配はなかった。五十メートルほど離れた車道は、青山陸橋へとつながる一方通行で、ときおり車が走り抜けていく。一方通行路をはさんで左右に、三、四百メートルほどの幅で霊園が広がり、その片隅に佐江はいた。

　青山通りの光が、一キロも離れていない場所にあり、喧噪も低く伝わってくる。走りさえすれば、ものの数分で、その光の下にでられるだろう。ただし背中に弾丸をくらわなければの話だ。

　男が外すことはまずない、と佐江は思っていた。まだ墓地に残っているとすれば、それは確実に佐江を仕留めたいからだ。

　左右に目を配り、再び墓石の向こうをのぞいた。無人の覆面パトカーが、車内灯の弱い光をあたりに放っている。

　車に戻るのは論外だ。相手もそれは期待していない。佐江が動き、気配が伝わるのを待っている。

　唇を強くかみしめた。夢を見ているような気分だ。現実感が薄れている。

　前にもこういう経験はある。ひどく悪い状況、命を失うかもしれない状態がつづくと、心が今ある現実を拒否し始めるのだ。妙にふわついた感じになって、分別のない行動をとりたくなる。

ほら、大丈夫だ。何も起きないって。これは全部、夢なんだから。

ちがう、夢じゃない。馬鹿なことを考えていると、脳みそをぶちまける羽目になるぞ。

踵が消えてなくなった左の靴に触れる。瞬時に現実に戻った。

とたんに頭が働きをとり戻した。メールだ。メールを打って応援を要請しろ。

携帯電話をポケットからとりだすと、上着の内側で光が洩れないように開いた。画面は明るく、せっかく暗がりに慣れた目が潰れそうだ。キー操作で音がでないように設定し、谷神にショートメールを打つ。

「青山墓地で撃たれた。応援頼む」

送信し、ポケットにしまった。ほっと息がでた。膠着状態はこれで終わりだ。応援が到着するまで、よけいな動きはせず、相手にチャンスを与えないことだ。

佐江には何時間にも思える時間が過ぎた頃、パトカーのサイレンが聞こえてきた。

サイレンは右からも左からも聞こえ、やがて赤色灯とヘッドライトが、青山墓地全体を照らしだすほどの数になった。

それでも佐江は動かなかった。男が最後のチャンスに賭ける可能性を警戒したのだ。

衝突した覆面パトカーが発見され、周囲を何十人という警官が囲むまで、佐江は墓石の陰をでなかった。

懐中電灯を手にした谷神の姿を認めてようやく、佐江は立ちあがった。右手に握ったニューナンブをしまおうとして、気がついた。

指がこわばり、離れなくなっていた。

24

ソイ・ダイヤモンドの外れにあるバーの二階に、プラムは閉じこめられた。二日間は飲みものしか与えられず、バーンズを始め、キアウの仲間たちに犯された。

三日目、ヘロインを射たれ、もうろうとなった状態で、最初の客をとらされた。客はドイツからきた白人で、反応のない女が好きだという変態だった。

キアウの仲間で、プラーワーン（クジラ）とピアスという渾名の男ふたりが、交互にプラムの見張りについた。クジラは名前の通り、百キロはある大男で、ピアスは体中にピアスを入れている麻薬中毒患者だった。プラムにヘロインを注射したのはピアスだ。

客をとらされているあいだも、プラムはベッドとシャワールームのあいだをいききできるだけの長さのチェーンで足首を縛られていた。客はタイ語を話せない、変態の白人ばかりで、そんな姿のプラムを見ても驚いた顔もせず、欲望を満たしていった。

ヘロインを射たれたのは、脱出や自殺を防ぐためだった。ヘロインが体に入ると、ふんわりとあたたかくなり、何をするのも億劫(おっくう)な気分になる。

ただしヘロインは高価なので、途中から阿片チンキにひたした煙草にかわった。プラムは煙草を吸わなかったが、ヘロイン中毒になっていた体は、すんなりと煙をうけいれた。

大切な人間すべてを失った今、プラムは自由も希望も存在しない凍った時間の中で、ただ生きているというだけの日々を過ごしていた。

唯一の慰めは、阿片煙草だった。だが食欲がなくなるため、体の肉が落ちていく。そうなると客が嫌がるというので、二週間に一度、プラムは「クスリ抜き」をさせられた。禁断症状にのたうち回り、吐しゃ物にまみれたプラムを、クジラとピアスが介抱し、むりやり食事をとらせた。

すべてはバーンズの指示だと、クジラがあるとき話した。バーンズとキアウは親友だったのだ。キアウを殺したシェルとプラムを絶対に許さないと、バーンズはいったのだ。

「クスリ抜き」を定期的にすることで、プラムはとり返しのつかない体になるのを遅らされ、そのぶん〝長生き〟させられる。〝長生き〟は、より多くの客をとらせるためで、それはより長く苦しみをプラムに与えるのが目的なのだった。

プラムは時間の感覚を失った。バンコクのコンドミニアムでシェルが殺され、バーンズたちに犯されたときから、プラムの心は時間を数えるのをやめていた。初めは死のみを願ったが、その気力をクスリが奪った。睡眠は、客のいない時間に途切れ途切れで、わずかな食事と飲みもの、そして阿片煙草が、生命がまだプラムの体に宿っている証だった。

客が自分にのしかかっている時間は、すべて夢の中のできごとだと思うようにした。阿片煙草がもたらす陶酔がそれを後押ししてくれる。

生活とはとうていいえない、暗黒の時間に区切りをつけるのが「クスリ抜き」だった。「クスリ抜き」は何より嫌だ。つらいし、阿片のあの気持ちよさを味わえない。どうせなら、朝から晩までクスリ漬けにしてほしい。何も飲まず、食べず、ふんわりとした気分にひたったまま死んでいければ、それが最高だ。

死ねばこの悪夢が終わる。母親、コービー、シェルと、天国で会える。コービーやシェルの家で過ごした時間が、プラムにとってこれまでで一番楽しいときだった。学校の友だちやボーイフレンドの思い出もあったが、何十年も前のできごとのようだ。

みんなはもう、プラムがこの世界にいたことすら忘れてしまっているだろう。

それでいい。麻薬中毒になり、おおぜいの変態にもてあそばれたこの体で、友だちやボーイフレンドには会いたくない。

　アクション女優になりたいと願った夢は来世でかなえよう。今のこの現世は、もうすぐ終わる。切れ切れの眠りに落ちるとき、プラムは、早く死ねることだけを願った。

25

　佐江を襲った男は姿を消していた。覆面パトカーから男の指紋は検出されず、青山墓地にも遺留品は残されていなかった。

　大規模な検証をおこなったにもかかわらず、男が発射した三発のうち二発の銃弾は見つからなかった。一発目はサンバイザーと車の屋根を撃ち抜いてどこかへ飛び去り、二発目は地面で跳ねて消えた。三発目は、佐江の靴底を削ったあと、地面で跳ね墓石にあたった状態で発見された。ライフルマークの検出が不可能なほど損壊し、口径すら判明しなかった。

　佐江は本庁で事情聴取をうけた。男のモンタージュを作り、襲撃の動機が何であったかを、捜査一課の人間に執拗に訊かれた。

　高部斉殺害の捜査に関連したものだと、佐江は答えた。事件の背景には高河連合が存在し、連合の利益のために働くプロの殺し屋が自分を襲ったのだ。

　が、佐江のこの意見に対し、捜査本部は懐疑的な見解を示した。高部殺害に高河連合が関与しているという証拠はなく、「オレンヂタウンの地上げ」が動機になるとは考えにくいからだ。

　その上、高河連合が尾引会消滅の糸を引いているという佐江の捜査内容を裏づけられる尾引会元組長の井筒と、消滅のきっかけを作った猪野はともに死亡している。かつての森本啓一郎、今は相馬啓一郎がこの件に関与していたと証言できるのも、死亡した二人だった。

　襲撃者が、プロの殺し屋だという佐江の主張も否定的にうけとめられた。殺すのが目的なら、狙撃のチャンスはいくらでもあった筈で、わざわざ墓地の奥まで連れていく理由はない、というのだ。

　佐江が新宿署組織犯罪対策課で大きな事件をいくつも手がけてきたことも、捜査本部の懐疑の材料になった。

　佐江がかかわった捜査の過程で、銃撃戦は数多く発生している。佐江の拳銃使用が妥当ではないという査問結果はでていなかったが、佐江が担当するとなぜか多くの死者がでるというのは、警視庁でも知られていた。

　結果、襲撃は、佐江に対する過去の恨みを晴らそうとした者による可能性が高い、という判断になった。もちろん、捜査においてはあらゆる可能性を排除はしない。が、佐江が担当した過去の事案からまず掘りおこしていくことになるだろう。

　それを佐江に伝えたのは谷神だった。連日の事情聴取に、ときには立ちあい、ときには別室で待って、佐江に気を配っていた。

「私の責任です」

　谷神はいった。

「あなたが私の経歴に傷をつけまいと、相馬の捜査を単独でおこなったことが、狙われる理由になってしまった。なのに、捜査本部は関連性に否定的だ」

　本庁一階の食堂の片隅で佐江と谷神は向かいあった。

「しかたがない。俺がこれまでかかわってきたのは、やたらに人が殺される事案ばかりだ。お偉いさんじゃなくとも、恨みをもっている奴が別にいるのだろうといいたくなるさ。ましてや、俺は札つきのカスだからな」

　佐江は息を吐いた。煙草を吸いたいが我慢していた。

「あなたがカスだなどとは誰も思っていません。むしろ過去の事案を調べれば調べるほど、あなたでなければ、捜査を終結させられなかったものばかりだと気づきます。ただ、彼らは恐れているんです」

「恐れている?」

「ええ。佐江さんのせいではありませんが、それらの事案では、とにかく銃を使用した凶行が多すぎる。撃ち合いの結果、死亡した者が何人といます。それを偶然だとは、なかなか思えない」

「じゃあ何か。俺が現れるとたんに、誰もがチャカをぶっぱなしたがるというのか」

間をおき、谷神は頷いた。

「単純にいってしまえば。あなたと組みたいと私が申請したとき、あなたのことを『死神』だ、気をつけろといった人がいました」

佐江は首をふった。そういわれてもしかたがないと思う気持ちはあった。捜査でかかわった多くの人間、警官、やくざ、カタギの区別なく、何人もの死を見てきた。

「しかし」

谷神が言葉に力をこめた。

「青山墓地であなたを襲ったのは、まちがいなく連合の殺し屋だと私も思います。奥戸インターナショナルを張っていたときに現れたというのが、偶然の筈はない」

「そういえば、奴の乗っていたアルファードのナンバー照会の結果はどうなった?」

「偽造プレートでした。実在しないナンバーです。奥戸インターナショナルに関しては、社長、役員とも、高河連合とかかわりのある人間の名は登記されていません。社長は奥戸誠という人物で、西麻布で飲食店を三店舗経営しています。一軒が居酒屋で、二軒がいわゆるガールズバーと呼ばれる営業形態の酒場です。経営状態はよく、他業種への野心もあるようです。ただ奥戸の前身はよくわかりません。三年前に西麻布で居酒屋を始め、それが成功して今がある」

「いっしょだな」

佐江はつぶやいた。

「いっしょ、とは?」

「高部や猪野といっしょ、という意味だ。前職が何だったのかがはっきりせず、元手をどう作ったのかもわからない。新宿や六本木、西麻布という盛り場の一等地である日突然、飲食店を始め、成功して他業種へと乗りだす」

谷神は頷いた。

「そういえば」

「飲食業は、元手さえあれば誰でも始められる。学歴や資格が必要なわけじゃない。あてるのは易しくないだろうが、そのかわりあてれば、一気に手を広げられる。コネと金さえあれば、成功する可能性が誰にでもある。高部と猪野は、互いをコネにしていた」

「すると奥戸も同じグループかもしれないと？」

「高利貸しや振り込め詐欺で貯めた金で、カタギの商売をやろうとすれば、一番とりつきやすいのが飲食業だ」

谷神はわずかに目をみひらいた。佐江はいった。

「法律や条例で、本職のやくざはどんどんシノギを削られている。資金はあっても、組員は身動きがとれない。そこで、カタギに金をだして、高利貸しや詐欺をやらせ、上前をはねる。このカタギたちは馬鹿じゃないから、いつまでも犯罪にしがみつかず、儲けた金を元手にひと山あてようと、事業家をめざすというわけだ。手始めに飲食店、それがうまくいったら不動産。あたり外れは大きいが、コネがものをいう商売に稼ぎをつぎこむ。そのコネのバックに、古いつきあいの暴力団がいれば、何かと役に立つ。ただし収益を暴力団に流す企業舎弟とはちがうので、警察も目をつけにくい」

「なるほど。そうして金儲けに成功した連中に、高河連合がカタギとしての名前を貸せと迫った。それが奥戸インターナショナルということですか」

「仮説だがな」

「高部が殺された理由は？　オレンヂタウンの駐車場の所有が名義貸しなら、奥戸が売却をもちかける必要はない筈です」

「名義貸しじゃなかった。高部は、オレンヂタウンで高河連合が秘かにしかけていた地上げの理由に気づいた。それがいずれでかい金になると知り、売却を拒み、殺されたんだ。つまり、連合は絶対にその理由を外に洩らしたくない」

佐江がいうと、

「そうか。わかりました」

谷神が大きく頷いた。

「なぜ、佐江さんを襲った男がその場では撃たずに、青山墓地の奥に連れこもうとしたのか。佐江さんが、地上げの理由をどこまでつきとめているのか確かめようとしたんです」

佐江は谷神を見つめた。その可能性はある。

あの男は、決して佐江を生かしておくつもりはなかった。それは確信できる。

ならばなぜ、墓地の通路に車を進めろと要求したのか。

佐江が何を知り、捜査の材料にしているのかを確かめようとしたのだ。上野の遊技事業者組合を張りこんでいたのが、あの男にとって〝決め手〟になった。

「奴は相馬を守ろうとしているんだ」

佐江はつぶやいた。

「相馬と高河連合が組んで、オレンヂタウンで始めようとしている何かが、事件の肝だ」

26

六度目か七度目の「クスリ抜き」が終わった。「クスリ抜き」の期間は、だんだん長くなる。それだけプラムの麻薬中毒が進んでいる証拠だ。クスリ欲しさに暴れ回る何日間かが、禁断症状にのたうち回る苦しさにかわり、それが過ぎると指一本動かすのも億劫な無気力な時間がやってくる。その無気力さを通りこすと、ようやく食欲が戻ってくる。禁断症状で苦しんでいるときは、何を口に入れてもすべて吐いてしまうのだ。

見張り役のピアスは、まるで医師のように正確に、プラムの中毒状態を把握していた。

ものを口に入れても戻さなくなるのを、「明日の夜からだな」と、見抜くのだ。何人もの人間を麻薬中毒に仕立て、自らもそれに苦しんできたからこそ可能な〝技術〟だ。

「クスリ抜き」が明けると、プラムは今度こそ阿片（アヘン）煙草と手を切ろうと決意する。が、ピアスとクジラは、明けて最初の客にいつも最悪の変態をつけた。心も体もどうしようもなく汚され、救いを麻薬に求めなければいられなくさせるのだ。

本当の意味で自分を死に向かわせているのがそのくり返しなのだと、プラムにはわかっていた。ひどい苦しみを経て体から麻薬を抜いても、一瞬の慰めのためにまた麻薬に手をだす自分への嫌悪が、生への執着を奪いとっていく。自分の体が内側からどんどん腐っていくのを、「クスリ抜き」明けの最初の一服をするとき、プラムは感じるのだった。

「今日はとっておきの客だ。お前みたいな若いヤク中女が大好きなんだとよ」

プラムの部屋の扉を開け、クジラがいった。

「殺してもらっちゃ困るといったが、二、三日は動けないくらい痛めつけてもいいことになってる。お前の十日分を支払ってくれたんでな。明日の朝まで、たっぷりかわいがってくれるそうだ。せいぜい、いい声だして喜ばせてやりな」

クジラが扉の前からその巨体を動かすと、ほっそりとした男が大きな鞄（かばん）を手に立っていた。クジラがかたことの英語でいった。

「顔、胸、あそこに傷、駄目。他の場所も、消えない傷、駄目。オーケー？」

「オーケー」

男は頷いた。東洋人だ。東洋人の客は初めてだ。

クジラは男を部屋に押しこみ、いった。

「食事する、帰る、電話しろ」

扉が閉まり、外から鍵のかかる音がした。

プラムはベッドから立ちあがった。

「洋服は脱ぐ？　それともあなたが脱がす？」

どうせ通じないだろうが、タイ語で訊ねた。

クジラとピアスは用心して、タイ語の話せそうな客をつけない。ありえないことだが、客がプラムに同情して警察に通報するのを防ぐためだ。

もっとも通報されても、バーンズは地元の警察にたっぷり払っているので、警察が踏みこむ心配はない。プラムが暮らすこのホテルの他の部屋に、警官や刑事も女を抱きにきているのだ。

「服を脱ぐ必要はない」

日本語で客がいった。思わずプラムは日本語で答えていた。

「破くのはやめてください。好きな服です」

客がにっこりと笑った。

「よかった。まだ忘れていないようだ」

そして部屋の中を見回した。ダブルベッドとテーブル、ソファ、それにバスルームがついている。

「カメラはどこにあるか知っているかい？」

「カメラ？」

プラムは客を見つめた。どこかで見たことがある。痩せていて、まるでお化けのようだ。

はっとした。

「ミツ？」

「思いだしたね」

ミツはいって、壁にはめこまれた鏡を見つめた。

「あるとすればここだな。よし、今から君のそばにいく。決して何もしないから服を脱いでくれ」

「ミツがなぜここにいますか」

「君をずっと捜していたんだ。シェルの死体がチャオプラヤ川からあがったのを、タイ警察にいる知り合いが教えてくれてから。さっ脱いで」

「でも、でもどうして。わかりません。あなたは女に興味がないんでしょう」

ミツは急に恐ろしい形相になってプラムに近よってくると、平手で頬を叩いた。プラムは悲鳴をあげ、ベッドに倒れた。

「早く洋服を脱げ！」

「わかったから殴らないでください」

プラムは急いで洋服を脱いだ。

「下着も全部とるんだ」

ミツはいって、もちこんだ鞄を開いた。中にはさまざまな道具が入っていた。

鞄にかがみこんだままミツがいった。

「これから君の、この足首の鎖を外す。そして二人でここをでていくんだ」

「どういうことですか」

「しっかりしろ。君を捜し回ったのは、助けるためだ。けれどもこの部屋は、カメラで監視されている。だから仕事をしているふりをするんだ」

プラムは全裸のまま、起きあがった。

「わたしを助ける？」

「そうだ。ここに死ぬまでいたいわけじゃないだろう」

プラムは息を吸いこんだ。信じられなかった。

ミツがバッグからだした足枷をプラムの両方の足首に留めた。もともと五メートルほどの鎖を固定する輪がプラムの右の足首にはめられ、外れないように南京錠で固定されている。

ミツは鏡に背を向け、自分の体でプラムの足首を隠しながら、ピンを南京錠にさしこんだ。プラムを見やり、いった。

「叫ぶんだ」

「何を？」

「何でもいい。痛がっているような声をだせ」

プラムは上半身をよじり、叫び声をあげた。

カチリと音をたて、南京錠が外れた。それがわからないように、ミツは鎖をプラムの足首に巻きつけた。

「よし、これでいい」

「どうしますか、これから」

「さっきの大男を電話で呼ぶ」

ミツはバッグの底から拳銃をとりだした。カメラには写らない角度で、ジーンズの腰にさしこむ。

「君は目を閉じて動くな。君が急病になったといって、あいつを呼び、この銃をつきつけてここをでていく」

「下にも仲間がいます」

「わかっている。私がきたとき、白人の、ボスのような奴がバーに入ってきた」

「バーンズです。あの男がシェルを殺しました」

プラムは泣きそうになった。だが涙はでてこなかった。

ミツは頷いた。

「奴にも報いをうけさせる」

プラムはミツを見つめた。

「できますか」

「もちろんだ。前にも人を殺したことはある」

ミツの目はまっすぐで、まったく曇りがなかった。人を殺したことがあるとは信じられない。

「わたしにも銃をください」

ミツは首をふった。

「ピストルはこれ一挺しかない」

「わかりました。ミツのいう通りにします」

ミツはバッグから柄のついたカミソリをとりだした。

「これならある」

ためらいがちにいって、さしだした。

「ありがとうございます」

プラムはいってうけとり、掌の中に隠して、ベッドに横たわった。

「いいかい。そろそろ電話をする」

ミツはいって、ベッドサイドの電話をとりあげた。英語で喋った。

「もしもし。女が動かなくなった。死んだかもしれない。きてくれ」

隠しカメラからプラムが見えるように、わざと体をずらしている。

プラムは深呼吸し、目を閉じた。本当にここをでていけるのだろうか。一度も考えたことのなかった可能性に、心臓がばくばくと音をたてている。

無理だ、きっと。ピアスやクジラ、それにバーンズまで下にいる。ミツはきっと殺されてしまう。

自分は、自分はどうなる？　プラムは目を開いた。殺されるなら幸せだ。たとえ脱出に失敗したとしても、これ以上の地獄などないのだから。

それに気づいたとたん、体じゅうに強い力がみなぎるのがわかった。逃げだせなかったとしても、バーンズは決して許さない。このカミソリで喉を切り裂いてやる。

部屋の扉の向こうで足音がして、ガチャガチャと鍵が回った。プラムは再び目を閉じた。

「何があった」

クジラの声に薄目を開けた。戸口に立ち、顔をしかめてこちらを見ている。食事の最中だったのか、口のまわりが脂で光っていた。

「わからない。彼女が急に動かなくなった」

ミツが答えると、クジラはのしのしと部屋に入ってきて、プラムの上にかがみこんだ。

プラムは目を開いた。ぎょっとしたようにクジラがのけぞった。ミツがそのこめかみに拳銃を押しつけた。

「声をだすな」

クジラは瞬きした。

「何だ？　いったい何のつもりだ」

「彼女はここをでていく。邪魔をしたら撃つ」

ミツが低い声でいった。

プラムはベッドから起きあがり、足枷を外すと、衣服を身に着けた。

クジラはまだ事態がわかっていないようだった。

「お客さん、何をいってるんだ。この女がでていけるわけないだろう」

プラムを見た。タイ語でいう。

「そうだろう。いってやれよ、この客に。あたしはずっとここにいるって」

プラムはカミソリをクジラの喉にあて、力をこめた。

「何すんだ、お前っ。痛いじゃないか」

クジラが恐ろしい形相で向き直った。その顔を見たとたん、手が勝手にカミソリを走らせていた。

クジラの喉が裂け、激しい勢いで血が噴きだした。クジラは目を大きくみひらいた。叫ぶように口を開いたが声はでなかった。かわりに傷口がごぼごぼと音をたてた。

クジラが両手で喉をつかみ、ひざまずいた。まるで自分で自分の首を絞めているように見えた。

やがて床に倒れこみ、動かなくなるのを、プラムはじっと見つめていた。

プラムが目を上げると、ミツの視線とぶつかった。ミツはわずかに眉をひそめてはいたが、怒ってはいないようだ。

「彼にひどいことをされたんだね」

クジラを見おろし、いった。

「この人だけじゃないです。ピアス、バーンズ、みんな嫌いです」

ミツは深々と息を吸いこみ、うつぶせに倒れているクジラの体を探った。ショートパンツのヒップポケットに、小さなリボルバーが入っていた。クジラの大きな体に比べると、笑ってしまうほど小さい。

弾倉を開き中の弾丸を確認したミツが、それをプラムにさしだした。

「使えるかい」

「はい」

プラムは握った。二十二口径くらいだろう。まるでおもちゃみたいに軽いが、弾倉には六発の弾丸が入っていた。

「いこう」

ミツがうながし、二人は部屋をでた。

部屋の外にでるのは、バンコクから連れてこられて以来だった。

廊下の左右に扉が並んでいた。プラムが監禁されていたのと同じような客室があるのだ。

廊下のつきあたりに階段があり、その下から音楽やざわめきが聞こえた。

「私のうしろに立って。もし私が撃たれても、そのまま逃げなさい」

ミツがいった。プラムは答えなかった。二人は階段を下りていった。

階段の下はビヤバーだった。カウンターがあり、ビリヤード台とテーブルが並んでいる。

バーンズがいた。キューを手にビリヤード台のかたわらに立っている。キューを握った女が玉を突こうとしていた。

ピアスがカウンターにいた。他にも四、五人の男と女がいたが、仲間なのか客なのかわからない。

ピアスが階段を見上げ、ガタッと音をたてて立ちあがった。

「どうなってんだ、おい」

叫び声をあげたので、店の中が静かになった。カウンターのテレビ画面の中でレディー・ガガが歌っている。

ミツが拳銃を見えるようにかざした。

「動くな。動かなければ撃たない」

「何をいってやがる。ふざけるな。その女をどうする気だ」

ピアスが階段の下に歩みよってきた。

「連れて帰る」

ピアスは笑い声をたてた。目はじっとミツの拳銃を見ている。

「そんなに気にいったのか、シャチョー。だったらまた明日もくればいいだろう」

プラムはバーンズを見ていた。バーンズは落ちつきはらっていた。キューをビリヤード台におき、まるで関係のない客のような顔をして、こちらを見ている。

目が合った。

バーンズは小さく首をふった。唇をすぼめ、キスするようにつきだした。

プラムはリボルバーをかまえた。バーンズの目が丸くなった。

プラムは引き金をひいた。パン、パンという銃声に悲鳴があがり、女たちがしゃがみこむ。グラスが割れ、テーブルが倒れた。

ピアスがアロハの下から拳銃をひっぱりだした。ミツが撃つと、くるりと一回転して倒れこんだ。

プラムのリボルバーが空になった。ハンマーがガチンガチンと空撃ちしかしなくなると、プラムはそれを捨て、階段を駆け下りた。

バーにいた者たちがいっせいに出口に殺到した。

「プラム！」

ミツの叫び声が聞こえた。プラムは倒れているピアスにかがみこんだ。ベレッタのM92が手もとに転がっている。それを手にし、スライドを引いた。

バーンズをふりかえった。姿がない。だがビリヤード台に血がとび散っているのが見えた。

バン、という銃声が背中でして、プラムはふりかえった。カウンターの中にいたバーテンダーがつっぷすのが見えた。ナイフを手にしていた。ミツが撃ったのだ。

呻き声がした。ピアスだった。プラムを見上げている。

「逃げられるなんて思うなよ」

歯をむきだし、タイ語でいった。プラムは銃口をピアスの目と目のあいだに向け、引き金をひいた。

ベレッタをだらりとたらし、ビリヤード台に歩みよった。

ビリヤード台の陰にバーンズがいた。肩と太股から血を流している。にやにやと笑っていた。

「驚いたな。今日も待ち合わせか、え？　お前には男がいっぱいいるんだな」

プラムはしゃがみこんだ。無言でバーンズの目をのぞきこんだ。

「楽しかったろう、この半年。いろんな男とやれて。シェルも仲間に入りたかったろうな」

バーンズは蔑むような目で、プラムを見返した。その目が動き、上を見た。

ミツがプラムのかたわらに立っていた。

「お前は誰だ」

英語でバーンズが訊ねた。

「シェルの友人だ」

ミツがいった。バーンズは苦しげに眉を寄せた。

「お前か、バンコクでシェルのことを訊ね回ってたっていう日本人は」

「そうだ」

「何者なんだ」

「私は警官だ」

答えて、ミツがバーンズの顔を撃った。プラムはミツをふりかえった。

「本当ですか」

ミツはバーンズの死体を見おろし、頷いた。

「本当だ。君を日本に連れていく。もうタイには帰ってこられないかもしれない」

「わかりました」

プラムはいって立ちあがった。そしてベレッタのすべての弾丸をバーンズに撃ちこんだ。

27

「佐藤」が延井（のぶい）に電話してくることはめったにない。直接のやりとりは、延井と「佐藤」をつなぐ証拠になりかねないからだ。が、不測の事態に備え、「佐藤」しか番号を知らない携帯電話を延井は一台もっていた。契約者名はもちろん延井ではない。したがって「佐藤」が逮捕され、所持している電話の通信記録を調べられても、延井との関係は決して発覚しない。

その電話が振動していた。「公衆電話」からの着信を表示している。書斎のデスクの上で、震えているのだった。

里美は眠っている。今日は短大時代の友人とテニスをしてきた、といっていた。いつもより早めに帰宅した延井に、

「ごめんなさい、今、夕食の仕度をしますね」

と、あわてた顔をした。

「急がなくていい。なんだったら、今日は出前でもとろう」

延井がいうと、ほっとした表情を見せた。

「いいんですか」

「気にしなくていい。鮨でもとってくれ」

届けられた鮨を、二人で静かに食べた。疲れていたのか、あとかたづけをした里美は十時過ぎに寝てしまった。

延井はニュースを見て、書斎に入ったのだった。深夜にメールチェックをするのが習慣になっている。組関係のメールは、延井のパソコンには届かない。あくまでも個人的な友人とのやりとりのみにパソコンを使っている。

震えつづける携帯電話をとりあげた。

「はい」

「『佐藤』です」

「珍しいな」

「申しわけありません。失敗しました」

問題の刑事が、相馬の行動確認をしていたという報告をうけ、延井は決断した。

しかもこともあろうに、刑事は「佐藤」の使っていた車に覆面パトカーを接触させたという。それがわざとなのか偶然なのか、「佐藤」にもわからないということだった。が、それを聞き、刑事を殺せと延井は命じた。

刑事は「佐藤」の顔を見ている。放置できない。

「今、どこにいる」

失敗したわけを訊くのは後回しにして、延井はい

った。

「渋谷です」

「追われているのか」

「いえ。それは大丈夫です」

「例のところにこられるか」

訊ねると、「佐藤」は驚いたように黙った。

「いいのですか」

「話を聞きたい。お前が失敗するなんて珍しいからな」

「しかし――」

「追われてはいないのだろう。だったら平気だ」

仕事に失敗した殺し屋との接触を避ければ、「切られた」と、殺し屋は感じる。危険な仕事をさせられた上に見捨てられたら、恨みをもつし、その後の仕事に対する集中力も衰える。

失敗したときこそ、会って話をしてやることが重要なのだ。「佐藤」には、自分への強い忠誠心があることを、延井は知っていた。

「佐藤」にとっては、この数年で唯一の失敗だ。その相手が刑事だったのは、最悪といっていい。

だからこそ、延井は会おう、と思った。「佐藤」の口を塞ぐことは考えていない。消えろ、といえば「佐藤」は消え、延井との関係の痕跡をすべて消去するだろう。

会うのはあくまで、「佐藤」のモチベーションを失わせないためと、佐江という刑事についての意見を聞くためだった。

「わかりました。これから向かいます」

「佐藤」は応えて、電話を切った。

延井は立ちあがり、スーツに着替えた。地味なグレイのスーツに白いシャツを着け、黒縁の眼鏡をかける。そうすると、ありふれたサラリーマンに見えなくもない。

運転手やボディガードを連れてでかけるつもりはなかった。「佐藤」とは、二人きりで会う。

延井の住居は、愛宕（あたご）に建つタワーマンションだった。芝公園や新橋に近く、東京タワーが眼前に眺められる。里美の父親の名義で、二年前に買った。

　玄関前には、タクシーの空車がつけ待ちをしている。

「東京駅丸の内口にいってください」

　運転手に告げた。

　東京駅丸の内口に到着すると、徒歩で駅の構内を抜け、八重洲口側にでた。八重洲口に近い、古いビジネスホテルが目的の場所だった。そのホテルのふた部屋を、延井は年間契約でおさえている。契約者は「サカイ金属加工」という、岡山県の会社だ。実在はするが、実体はない。

　フロントで告げると、

「サカイ金属加工です」

「いらっしゃいませ」

　とキィが渡された。このホテルを使っているのは、防犯カメラがロビーにしかないからだ。しかも、カメラに写らない角度でフロントを通り抜けることができる。

　狭いシングルルームにはタバコの匂いがこもっていた。多くの出張サラリーマンが、この部屋で侘びしい時間を過ごした証だ。

　ベッドにすわり、テレビを点けた。観る気はない。音が必要なだけだ。

　二十分ほどして、ドアが小さくノックされた。「佐藤」が立っていた。スーツではなく、ジーンズに薄いコートを羽織っている。スーツは「佐藤」の仕事着なので、失敗したあと、どこかで着替えたのだろう。

　ドアを開けた延井は、無言で首を倒した。

「佐藤」は入ってくると、ベッドのかたわらの小さな椅子に腰をおろした。両膝をそろえ、握った拳をのせている。まるで叱責を待つ小学生のようだ。

　延井はテレビの音量を上げた。隣室から文句がでる心配はない。隣り合わせのふた部屋を「サカイ金属加工」はおさえている。

「どんな失敗だったんだ？」

それでも小声で延井は訊ねた。「佐藤」はうつむいたまま、ぼそぼそと喋った。

「Kプロジェクトについてどこまで知っているのか調べろ、とおっしゃったので、それを喋らせるつもりでした。ちょうど青山墓地の近くだったので、奥まで車を入れるよういったんです」

「ひとりだったんだな」

「佐藤」は頷いた。

「昼間ぶつけた面パトに乗っていました。ほんの百メートルくらいいかせれば、痛めつけても周囲にわかりにくいところがあったので」

「じゃあなぜうまくいかなかった」

「いきなり墓石にぶつけられました」

「車をか」

「はい。わざとです。スピードをだしていました。俺はシートベルトをしていなかったんで、エアバッグに顔をつっこみました。そのあいだに奴は逃げました。撃ったんですが、あたらなかった。薬莢だけは拾って逃げました」

「何発撃った」

「三発。一発は足にあてたと思ったんですが、ちがいました」

「その刑事は、昼間ぶつけた車の人間だと、お前のことに気づいていたか」

「気づいていました。俺に殺されるだろうというのも」

延井は「佐藤」を見つめた。

「俺のことをプロだ、といいました。前にも、俺がもっている銃で、誰かをかたづけたことがあるのか、と」

「見抜かれたのか、お前の正体を」

「はい、緊張はしていましたが、怯えてませんでした。相当、修羅場をくぐっているようです」

そういう男だと、相馬を通して聞いていた。禿組が以前抱
「いっておかなかったのが悪かった。禿組が以前抱

えていたマニラチームを壊滅させたのが、あの佐江という刑事らしい」

「殺し屋部隊のマニラチームですか」

「知っているのか」

「フィリピンにもいましたから」

「そうだったな」

「見た目は、さえない小太りの刑事です。目つきは悪いが、そんなにしぶとそうには見えなかった。銃をつきつければ泣きが入るだろうと思っていました」

くやしそうにつぶやいた。

「お前に怪我はないのか」

「ありません。奴も銃をもっていましたが、撃ってはきませんでした。撃ち合いになれば、必ず仕留めてました」

「それがわかったんで、撃ってこなかったのだろう」

「佐藤」は怪訝そうに顔を上げた。

「お前をプロだと見抜いた。刑事の銃の腕なんて、タカが知れている。もっているのも、しょぼいリボルバーだろう。撃ちあったら勝てないと踏んで、車から逃げだした。応援を呼んだのだろう？」

「佐藤」は頷いた。

「すぐにパトカーがきました。絶対に仕留めてやろうと思ったんですが、逃げるしかありませんでした」

延井の目を見つめた。

「どうすればいいですか。俺は、このまま消えるべきでしょうか。それともまだチャンスをもらえるのでしょうか」

延井は目をそらした。

「お前の手がかりを、奴は、どれくらいもっていると思う？」

「顔だけです。指紋は残していません。指に細工をしたので」

延井は息を吐いた。

「少し時間がかかる。警察のでかた次第だ。調べてみる。刑事を殺そうとしたんだ。ふつうなら大騒ぎだ。Kプロジェクトとの関係をつきとめられたら、計画は塩漬けにするしかない。奴ひとりを殺したところで、もうどうにもならん」

「勝手に動いては駄目ですよね」

消え入るような声で、「佐藤」はいった。

「駄目だ。殺しは有効なタイミングと、むしろ命とりになるタイミングがある。特に刑事が相手ではな」

「佐藤」はため息を吐いた。

「反省します。仕事が甘くなっていました。刺しちがえてでも失敗はしません」

「馬鹿をいうな。お前が死体になったら、警察は、DNAやら何やらで、これまでの仕事をすべて洗おうとする。勝手に死ぬのじゃない」

「ありがとうございます」

「佐藤」は頭を下げた。

「使った銃だが、処分しろよ」

「それはすませました。融解するように、いつもの産廃場に届けておきました」

「じゃあ、新しいのが必要だな。また九ミリか？」

「できれば。四十五のコルトでもいいのですが、ガタがきている古いモデルが多いんで」

「手配しておく」

「お願いします」

「どのみち、新しい道具が手に入るまでは、仕事ができない。事故に見せかけて殺せるような相手じゃないだろう？」

「佐藤」は頷いた。

「じゃあ、少しのんびりしろ。どこかへいってこい。女とか、いないのか」

「佐藤」は首をふった。

「昔、つきあっていたことはありますが、言葉を覚えるためでした」

「言葉？　外国人か」

「フィリピンやタイです。射撃の勉強をしたくて」

「結婚は？」

「向こうがしたがるので、所帯もちということにしていました」

「意外だな。そんな知恵が回ったのか」

「娘を作られました」

延井は驚いた。

「その子はどこにいる？」

「知りません。たぶんタイに」

「別れたのか」

「俺には結婚する気がなかったので」

延井は沈黙した。子供を欲しい、と里美はときどきいう。だが極道に子供をもつ資格はない、と延井は思っていた。

人殺し以外できない、この「佐藤」すら、子供がいるというのに。

「そうか。じゃあ、忘れるんだな」

むしろその子供にとっても、この「佐藤」が父親だというのは、不幸でしかない。


延井は用意してきた封筒をとりだした。中に百万円入っている。

「これを渡しておく。パチンコでもいいし、どこか旅行にいってもいい」

「いただく資格がありません」

「俺の気持ちだ。もし俺に何かあったら、お前の面倒をみる人間はいない。だから渡せるときに渡しておく」

「もう充分いただいています」

「だったら娘にでも送ってやれ。匿名でな」

「佐藤」はぽかんとした顔になった。実の子供に何かを贈るという考えを、一度ももったことがなかったようだ。

「連絡先がわかりません。もう、十年以上会ってないんで」

「だったらタイに飛んで捜してみたらどうだ？」

「佐藤」は首をふった。

「俺なんかに会ったって、喜ばないと思います」

確かにその通りだろう。この男が、父親として何かをしてやれるとは、とても思えない。

「じゃあ、他の好きなことに使え」

「佐藤」はあいまいな表情のまま頷いた。本当に銃のこと以外、何も興味のない人間なのだ。人殺しは、好きな銃を撃つ喜びの延長でしかない。

「佐藤」にとって、世界には、自分と延井、それ以外のすべての人間の三種類しかない。そして二人以外の人間はすべて、標的にすぎないのだ。延井と出会わなければ、おそらく何年も前にこの男の人生は終わっていた。タイかフィリピンか、どこかの国の治安の悪い裏街で、拳銃を握りしめて死んでいく運命だったろう。

それこそがこの男の望みだったと、延井は知っている。生まれる時代も場所もまちがえた男なのだ。ガンマンとして生き、ガンマンとして死にたいと、願っているのだから。

28

いつ訪ねても、奥戸インターナショナルに社員はいなかった。インターフォンにも電話にも応答する者はいない。経営する店は三軒とも営業しているが、社長の奥戸は、ずっと姿を見せていなかった。

従業員の知る、奥戸の携帯電話に、佐江は何度もかけていた。が、返ってくるのはいつも、「電源が入っていないか、電波の届かない場所にある」というメッセージだ。留守番電話サービスにもつながらない。

明らかに捜査から逃げている。

青山墓地で襲撃をうけて以来、谷神は佐江と行動を共にする、といい張った。

佐江を襲った殺し屋は、また狙ってくるにちがいない。佐江がひとりで行動していれば、次は成功するかもしれない。だから、常にいっしょにいるというのだ。

「すぐにはこない。刑事を的にかけて失敗したのは、向こうには痛手だ。次にやるなら、絶対に失敗しないタイミングを選ぶだろう」

「だからいっているんです」

谷神の強い勧めで、佐江は高円寺のアパートをでて、新宿署の独身寮に一時的に移っていた。殺し屋が何としても佐江を仕留めようとしたら、自宅、またはその近辺で待ち伏せるだろう。

それは充分に考えられることだ。自宅のアパートは、お世辞にも防犯設備が整っているとはいえない。また襲撃に隣人が巻きこまれる可能性もある。それを防ぐには、短期間でも寝泊まりする場所をかえる他ない。

独身寮では、布団を広げて寝るだけだ。それも毎日ではなく、署に泊まることもある。

「決まった生活習慣を捨ててください。同じ部屋で寝る。同じ飯屋で食べ、同じ飲み屋にいく。殺し屋はそれを狙います」

「俺は追う側であって、追われる側じゃない」

「しかし相手の手がかりが何もない以上、今は先に殺されないようにする他ありません」

谷神は真剣だった。

佐江は、高河連合の構成員はもちろん、警視庁の記録にある、銃器犯罪の逮捕者のすべてのガン首写真を見た。あのスーツの男の顔はなかった。それはつまり、暴力団に所属しておらず、逮捕されたこともないという証だ。

「奥戸が姿を消したのは、地上げの一件をつつかれたくないからだ。つまり奥戸は、高河連合がオレンヂタウンを欲しがる理由を知っている」

奥戸が消えたことで、たどっていた糸は切れてしまっていた。殺し屋が佐江の襲撃に失敗したのも、消えた理由のひとつだ。おそらく当分は、居場所をつかませないにちがいない。

今の状況で相馬に会うのは無謀だった。事件の全体像がつかめていないばかりか、相馬との関連を裏づけられる材料がない。高河連合が地上げに関与しているという証拠も、佐江と谷神は手に入れられていない。

「もう一度、高部の周辺を洗いませんか」

　深夜、新宿署の食堂で谷神は、向かいあった佐江に告げた。

「高部、猪野、柴田（しばた）、奥戸。佐江さんがいわれたように、この連中は皆、表向きはカタギです。しかし連合の匂いがつきまとい、でどころ不明の金を元手に事業を始めている。にもかかわらず、高部だけが連合の殺し屋の的にかけられた。その理由を佐江さんは、オレンヂタウンの地上げの真相に気づいたからだ、とおっしゃっていましたね」

「ただ気づいただけじゃなく、それを利用しようとしたのじゃないか。一枚かませろ、といったか、あるいは口止め料を欲しがったか」

「口止め料なら殺されなかった筈です。それなりの金を払って土地をよこせといえば、高部は譲ったでしょうから」

「すると一枚かませろ、か」

　佐江の言葉に谷神は頷いた。

「ええ。しかしそれは許されないことだった。高部がかむと、計画に大きな支障がでる可能性がある、と相馬や連合は考えたんです」

「連合といっても、これは全体がかかわるようなシノギじゃない。むしろ徹底して連合との関係を秘密にしている。だからこそ、例の殺し屋が動いた」

「全体がかかわらないのに、大きな実入りが期待できる、ということですね。地上げのあとにくるのは、ふつうは建設です。連合と関係のある建築業者はいるでしょうが――」

「いや、そんなに小さい話じゃない」

「巨大なパチンコ屋をオレンヂタウン跡に作るのでしょうか」

「パチンコ業界には、警察の関連団体がくいこんでいる。連合は手をだせない」

「それもそうだ」

「問題は、高部がどうやってオレンヂタウンの地上げの真相に気づいたかだ。確かに高部の身辺をもう一度洗い直すべきだな。前はとるに足らないと思って無視していたものに、今なら気づくかもしれない」

「どこから始めますか」

「殺しのあったところからだ」

二人は新宿署をでた。青山墓地での襲撃が佐江に対する「お礼参り」だと考えている捜査本部や組対課長からは、外出をなるべく避けるように指示をうけているが、佐江はしたがうつもりはなかった。襲ってきたのは連合の殺し屋で、死にたくなければ事件の真相をつきとめる他ない。

高部斉が射殺された雑居ビルの前に覆面パトカーを止め、二人は降りた。時刻は午前零時過ぎで、歌舞伎町の中心といっていい通りには、多くの酔客や客引きがいる。が、客引きはアフリカ系の黒人ですら、二人を刑事と見抜いたのか寄ってこない。

風営法では、隣にすわって接客をするクラブ、キャバクラの営業は午前一時までと決められている。実際は入口の外にビデオカメラをおき、午前一時以降も扉を施錠して営業している店が多くある。客がくれば扉を開け、警官や一見の客だったら扉を開けない。

高部が射殺された晩、ＳＵＦの試合がおこなわれていたキャバクラ「キャロライン」もそうした店のひとつだ。

エレベーターで事件の起こった七階にあがった。

「ほしはこのエレベーターに乗った。そして扉が開くと、目の前にいた高部を撃ったんですね」

谷神がつぶやいた。

「つまり、高部が『キャロライン』の店内にいないことを知っていた。撃たれたとき高部は電話をうけていたのだったな」

「そうです。高部の携帯電話の通信記録を調べたところ、かかっていたのは、マカオからの国際電話で、プリペイドの携帯電話からでした」

「マカオか」

高部がマカオのカジノに遊びにいき、そこで知り合いと会って食事をしていたという谷神からの情報を佐江は思いだした。

「昨年の夏とふた月前の二度、高部はマカオにでかけていました。ギャンブルが目的で、カジノに入りびたっていたそうです。電話はそのときの知り合いからだったかもしれません」

佐江は谷神を見つめた。

「高部にかかった電話は、『キャロライン』から誘いだし、ほしに仕事をしやすくさせた。それがマカオからだった」

谷神ははっとした顔になった。

「そうだ。マカオからの電話が高部が殺されるきっかけになった――」

「つまりオレンヂタウンの地上げと、マカオからの電話には関係がある」

そのとき「キャロライン」の扉が開き、

「ありがとうございました」

と客を送りだす声が聞こえた。胸もとが大きく開いたドレスを着た、二十そこそこの娘が、ジーンズ姿の客を見送っている。そのかたわらに社長の元木の姿があった。元木は佐江に気づき、あっと声をたてた。

「ご苦労さまです」

そのひと言でドレスの娘も佐江たちの正体に気づいた。客に向けた笑顔がぎこちない笑顔にかわった。客だけが気づかず、二人のかたわらからエレベーターに乗りこんだ。

「まだ犯人、つかまらないんですか」

元木が娘に目配せをして、訊ねた。娘は急ぎ足で店に戻った。表に刑事がいると、スタッフに知らせるのだろう。

「そうだな。ところで、あんたの店、外にカメラをおいてるだろう」

「いや――」

「とぼけなくていい。別に俺は生安じゃないから、時間外営業をとやかくいう気はない。あるんだろ?」

渋々、元木は頷いた。

「でも犯人は写ってません。扉の前しか写してないんで」

「あの日の映像はあるか」

「いちおう、DVDに焼いて残してあります」

「それを見せてもらおう」

本来なら令状が必要だが、佐江に逆らうのが恐いのか、元木は息を吐いた。

「今、パソコンに入れてもってきます」

「店の中じゃまずいのですか」

谷神が訊ねた。

「お客様がいらっしゃるので」

佐江はぴんときた。マルBがいるのだ。店に暴力団員の客を入れていると知られたくないにちがいない。

「誰がいるんだ?」

「誰って?」

「俺に会わせたくない客がいるのだろう」

元木はうつむいた。

「勘弁してください」

「いいよ。パソコンを早くもってこい」

元木が店内に戻ると、佐江は谷神に説明した。

「マルBの客がいるんだ。俺の顔を見せたくないんだろう。デコスケと仲よくやっている店だと思われると厄介だから」

「なるほど」

やがてノートパソコンを手にした元木が戻ってきた。

「借りる。あとで返しにくる」

佐江はいって、谷神に目配せした。エレベーターで地上に降り、覆面パトカーの中で、ノートパソコンを起動した。

映像は、高部が殺された日の午後五時から録画されたものだった。カメラは店の扉の前に向いており、確かにエレベーターホールまで視界は及んでいない。

六時を過ぎると、SUFの試合を見にきた客や関係者がぞろぞろと扉をくぐっていく姿が映った。

「おっ」

佐江はスポーツウェアの大男の姿を認め、低く唸った。谷神の手が、映像を止めた。

「知っている顔ですか」

白いTシャツの前に大きな十字架を下げている。頭をつるつるに剃り上げ、顎ヒゲを長くのばしていた。

「くそ、なんで気づかなかったんだ。奴もいた筈だと」

佐江はつぶやいた。男の名前は須貝といった。以前新宿でモグリのクラブを経営していて逮捕されたことがある。ホステスが接客するクラブではなく、客が踊るクラブだ。かつてはディスコと呼ばれていたが、今はクラブだ。

須貝もどこからか、クラブの開店資金を集め、九〇年代にディスコだった店舗を使ってクラブを開業したのだ。ダンスを客にさせる、ダンスホール、ディスコ、クラブはすべて風営法の対象となるが、須貝は許可を得ておらず、朝まで営業をしていた。始発電車を待つ十代の子供が客には多くいて、親からの通報で摘発されたのだ。

五年前、須貝は振りこめ詐欺の「だし子」をさせるために、アルバイトを集めた容疑で逮捕されたことがあったが、証拠不充分で起訴はされなかった。

クラブを摘発されたあと、高部の経営するキャバクラの雇われ社長をしていたのを、佐江は知っていた。

大きな体に似合わず弁が立ち、そのせいで重宝がられているのだ。

それらのことを谷神に話し、佐江は再生を再開した。

　午後八時二十分、見張りらしき男しかいなくなっていた廊下に、電話を手にした高部と二人のボディガードが現れた。

　スマートフォンを耳にあてた高部は、ボディガード二人にその場に残れと手で指示し、カメラの視界から外れた。ほぼ一分後、ボディガードが驚いたようにふりかえり、駆けだすのが映った。

　見張りの男が扉を開け、店に飛びこんだ。それから十分としないうちに、客たちがぞろぞろとでてきた。エレベーターホールには向かわず、非常階段に元木やスタッフが誘導している。

「エレベーターを使われなくてよかったですね。現場をめちゃくちゃにされるところだった」

　谷神がつぶやいた。

　客の中には、知っているマルBやフロントの顔がいくつもあった。シノギとして地下格闘技にかかわる者もいるが、単純に格闘技そのものが好きな者がやくざには多い。元来が、暴力沙汰を好む連中だ。他人の殴り合いにも目がない。

　映像は、客の大半が「キャロライン」をでていったところまでだった。

「その須貝という男も、高部たちの仲間だった可能性があるわけですね。確か、事件の直後、佐江さんと会いにいった男が、高部はSUFのプロモーターだったかもしれないといっていましたが……」

「須貝なら何か知っているかもしれない」

　だがクラブを潰されて以来、須貝は警察を目の敵にしている。簡単には口を開かせられないだろう。

「どこにいるかわかりますか」

「支倉（はせくら）なら知っているだろう」

　支倉は、事件の晩訊きこみにいった義足の男だ。SUFのレスラーの面倒をみている。

　佐江は答えてパソコンからDVDをとりだし、車のグローブボックスにおさめた。証拠にはならないが、何かの役に立つかもしれない。

パソコンをもち、覆面パトカーを降りた。エレベーターを待っていると、七階から降りてきた。

扉が開き、スポーツウェアを着たチンピラとひょろりとした四十代の男が現れた。

「おっ」

ひょろりとした男が声をたてた。ＤＶＤにも写っていたやくざだった。芳正会の岩田という中堅幹部だ。

「よう」佐江はいった。「『キャロライン』にいい子を見つけたのか」

「何だ、この野郎」

チンピラが岩田と佐江のあいだに割って入った。

佐江はチンピラを無視し、岩田にいった。

「おとなしくしてないとお気に入りの店にも通えなくなると、この小僧に教えてやれよ」

「ああ？」

チンピラは佐江の顔をのぞきこんだ。

「何だ、手前。誰にものいってんだ、こら」

佐江はいきなりチンピラの頬をワシづかみにした。

「それはこっちのセリフだ、小僧」

指先を思いきりくいこませ、揺すった。

「やめろ」

岩田があきらめたように、チンピラにいった。チンピラは目を白黒させている。

「勘弁してやってくれ、佐江さん。こいつはまだ修業中なんだ」

「じゃ今のうちに教育しておかないとな」

チンピラの顔をひきつけ、佐江はいった。

「俺の顔を覚えとけ。誰に喧嘩売ったのかは、あとで聞くといい」

手を離し、つきとばした。血相をかえてつかみかかろうとするチンピラの襟首を岩田がおさえた。頭を殴りつける。

「馬鹿野郎！　失礼をお詫びしろ」

チンピラはわけもわからず、土下座した。

「申しわけありません」

「お詫びはいらねえ。岩田、お前、高部が弾かれた晩、『キャロライン』にいたろう」

チンピラをほうっておいて、佐江は岩田をにらんだ。

「何の話だ」

「とぼけるな」

「いたからって別に関係はねえよ。つきあいもなかった。俺はただ試合を見にいっただけだ。あんなことになって、とばっちりもいいとこだ」

「芳正会はオレンヂタウンに縄張りはないのか」

「オレンヂタウン？　小便くせえ、あそこか」

岩田は顔をしかめた。

「冗談じゃねえぞ。オレンヂタウンが何だってんだ」

「連合が欲しがっているらしい」

岩田は笑い声をたてた。

「そんなわけはねえだろう。今どき」

「今どきというのは、どういう意味だ」

「あんなややこしいところ、ノシつけてもお断りだって話だよ。連合てのは銭儲け(ぜにもう)にはしたたかなんだ。クソみたいな街を欲しがるかっての。佐江さんの鼻も詰まってるんじゃないのか」

「なるほど。新宿じゃちょいと知られたお兄さんでも、この話は知らないようだな」

佐江がいうと、岩田は警戒した表情になった。

「あんた、俺にそんな話を吹きこんで、何をしたいんだ。芳正会(うち)と連合とは、かかわりがないのは知ってるだろうが」

「噂(うわさ)を流してくれればそれでいいのさ」

谷神が眉をひそめ佐江を見たが、かまわずつづけた。

「連合がオレンヂタウンの地上げを狙っているってな。本当のことだ。うまくのれば、ひと儲けできるかもしれんぞ」

「ふざけるな。連合のシノギにちょっかいだして、戦争にでもなったらどうしてくれるんだ」

「そうなったらなったで、お前らをパクるだけの話だ」

岩田は首をふった。

「そんな手にのるか。やってられねえ。おい、いくぞ」

チンピラに顎をしゃくり、岩田は歩きだした。チンピラは佐江をにらんで、あとを追った。

「あんなことをいって、いいんですか。自分を的にかけさせようとしているようなものです」

谷神が低い声でいった。

「そうさ。最後はいつもそういうやりかたで俺は答えをだしてきた。もう的にかけられているんだから、恐くはない」

「佐江さん――」

エレベーターで七階にあがると、踊り場では元木が待っていた。

「DVDは預かるぞ」

佐江が告げると、あきらめたように頷いた。

「ところで須貝が今、何をしているのか知っているか」

「須貝さんて、司会をしていた須貝さんですか」

「司会？　SUFのか」

「そうです」

「なるほど。そういうことか。手間をかけたな」

佐江はいって踵(きびす)を返した。

覆面パトカーに戻った佐江は、支倉のやっているホテルに走らせた。「キャロライン」の入った雑居ビルからは目と鼻の先だ。

支倉はフロントにいて、ノートパソコンをいじっていた。佐江に気づくと、さっと閉じる。

「何だい、今度は」

「須貝を探している。SUFの司会をしているそうだな」

「リングアナの真似(まね)をしているあいつか」

支倉は吐きだした。

「警察を恨んでると聞きましたが」

谷神がいうと、支倉は顎を上げた。

「やっていたクラブがこれからってときに潰されたからな。あいつはリングにもあがりたいってタイプだ。ガチで喧嘩を売ってくるぞ、デコスケでも」

「それならそれで買ってやるさ」

佐江は答えた。支倉はあきれたように首をふった。

「須貝なら、大久保の『ストロング』ってジムに入りびたってる。トレーニング中毒なんだ」

「いってみよう」

「ストロング」は、職安通りを北に一本入った路地に面したビルの二階にあった。ガラス窓から、リングやサンドバッグ、パンチングマシーンなどが見え、ショートパンツやトレーニングウェア姿の男たちが体を動かしていた。

階段を上り、厚いガラス扉を押すと、むっとするほどの熱気と汗の臭いに包まれた。

リングの上は無人で、サンドバッグやランニングマシーン、パンチングボールなどに四、五人の男が向かっていた。少女アイドルグループの歌が大音量で流れている。

佐江と谷神の姿を見ても動きを止める者はいない。サンドバッグに拳や足が叩きつけられる重い音が、音楽とは別のリズムを刻んでいる。

「いませんね」

谷神がつぶやいた。

「ロッカーを見てみよう」

奥にある通路を目で示して佐江はいった。

二人がそちらに歩きだすと初めて、

「おたくら、何だ」

サンドバッグを抱えた、四十代の男が声をかけてきた。そのサンドバッグには、二十くらいの男がひたすら回し蹴りを放っている。

谷神が身分証を見せ、告げた。

「須貝さんを探しています」

「だったらシャワー浴びてる」

男は通路を目で示し、若い男に怒鳴った。

「ほら、もっと腰を切れ！　腰を」

　佐江たちは通路を進んだ。古い金属製のロッカーが並んだ部屋にでた。汗と脂のすえたような臭いが強くなった。

　正面に細長いシャワールームが四つ並んでいた。ひとつの扉が閉まり、水音がしている。

　プラスチック製の椅子とウォータークーラーが、ロッカーのかたわらにはあった。佐江は椅子のひとつに腰をおろし、シャワールームの扉が開くのを待った。谷神はロッカーのひとつに寄りかかり、腕を組んだ。

　やがて水音が止まり、バスタオルを腰に巻いた須貝が姿を現した。身長は百八十センチほどで、厚い筋肉の上に脂肪がのっている。スキンヘッドに顎ヒゲをのばし、首から十字架をさげていた。

　須貝はまず谷神を見つめ、首を傾げた。それからすわっている佐江に気づいた。

「何だよ、勝手に入ってくるんじゃねえよ」

細めた目には、すでに怒りが宿っている。

「須貝さんですね」

　谷神がいった。

「警視庁の者です。お話をうかがいたくて――」

「ふざけんな」

　須貝が話をさえぎった。

「お巡りなんかと誰が話すか」

「喋るのを商売にしてるんだろ」

　佐江はいった。須貝はさっと首を巡らせ、佐江をにらんだ。

「今じゃSUFのリングアナらしいじゃないか」

「手前」

　須貝は佐江に詰めよった。

「喧嘩売ってんのか。なんで俺が今、リングアナやってるのか、知らねえわけねえだろう。ああ？」

「高部斉とあんたは、古いつきあいだったんだろ。その高部を弾いた奴をつかまえたいとは思わないか」

佐江は須貝の目を見返し、告げた。

「やかましい！　今すぐでていかねえと、ぶっ殺すぞ」

「やめたほうがいい」

谷神がいった。

「職務執行中の警察官に暴力をふるっても、得することは何もない」

「うるせえんだよ！」

須貝が谷神につかみかかった。が、谷神はひょいと腰をかがめ、須貝の腕をかわした。

須貝は唸り声をたて、拳をつきだした。それを谷神はブロックし、右手首をつかもうとした。だがふり払われた。

佐江は立ちあがった。腰から特殊警棒を抜き、ふりだした。

「待ってください」

谷神が佐江を止めた。

「私が相手をします」

佐江は目をみひらいた。

「上等じゃねえか、この野郎！」

須貝が谷神に前蹴りを放った。谷神は上げた膝でうけとめた。さらに上体を深く折ると、同じ膝が鞭(むち)のようにしなって爪先がのびた。須貝の側頭部に命中する。

須貝がよろめいた。谷神は一歩踏みだし、背中を向けるようにして左肘を須貝の鳩尾(みぞおち)に叩きこんだ。

呻き声をたて、須貝が床にひざまずいた。またがるようにして谷神がその肩をはさみこみ、両手で須貝の顔をはさんだ。

「ひと捻(ひね)りで、あんたの首は折れる。映画のように簡単には死なないが、一生車椅子だ」

耳もとでいった。

ふり払おうとしていた須貝の動きが止まった。谷神がつづけた。

「そうなっても我々は刑事で、あんたはそれに暴力をふるおうとした結果だ。誰もあんたに補償はしない。どうする？」

「勘弁してくれ」

「話を聞かせてくれるね」

「わかった」

谷神はするりと須貝の体から降りた。須貝は畏怖のこもった目で谷神を見上げた。

「あんた、強えな。機動隊か何かにいたのか」

谷神は答えず、佐江をふりかえった。

「話は佐江さんに任せます」

佐江は椅子を手に、床にすわりこんでいる須貝の前に歩みよった。バスタオルがほどけ、局所が丸見えだ。

椅子にすわり、

「隠せ」

と告げた。須貝はのろのろとバスタオルを腰に巻きつけた。

「高部とのつきあいを話してくれ」

「昔、つるんでた」

「いっしょに稼いでいたのか」

須貝はわずかに沈黙し、

「そうだよ」

と答えた。

「何の商売だ？」

「いろいろだ」

「いろいろじゃわからない」

「ネットとかだよ」

「ネット？」

「だから、出会い系サイトとかだ」

「お前らが出会い系サイトを運営していたのか」

「そうだよ」

「技術者は？　そんなにコンピューターに強いのか」

「そういうのは、オタクを探してきてやらせるんだよ」

「出会い系以外には何をやった？　ポルノサイトの料金請求か」

須貝は横を向いた。

「忘れた」

「要するに、詐欺まがいの商売で稼いだわけだ。高部以外に誰がいた？」

「いろいろだよ」

「たとえば猪野か？　柴田健二もそうじゃないのか」

「知ってりゃ訊くことねえだろうが」

「とにかく荒稼ぎして、その金を元手に商売を始めたわけだ。お前以外は、皆うまくやっていた――」

「俺だってうまくいってたよ。お前らがうちの店を潰すまではな」

「確かにそうだ。だがお前はまだ生きてる。高部も猪野も殺されたが」

「俺は関係ねえ、そんなのには」

「わかってる」

佐江は須貝の肩を叩いた。

「俺たちはお前に殺しを背負わす気もないし、昔のイタズラをもちだしてどうこうしようというつもりもない」

「じゃあ何だよ」

「焦るなって」

須貝の目をのぞきこんだ。

「不思議なことがひとつあるな。お前らがネットの詐欺で稼ぐにあたっちゃ、元手はどうした？　何台ものパソコンや携帯、トバシの銀行口座とか用意するには金がかかったろう」

「それは、皆でだしあったんだ」

須貝は口ごもった。

「だしあった？　いくらずつだ」

「十万とか二十万……」

「全部で何人いたんだ？」

「四人だよ。俺、高部、猪野、柴田」

「ほう。それで全部そろえられたのか？」

「ああ」

佐江は間をおいた。

「なめるなよ」

「あん？」

「なめるなっていってんだ！」

　怒鳴りつけた。

「いいか、パソコンと携帯をそろえ、トバシの銀行口座も用意して、システムを組める技術者にギャラを払う。それをやる部屋だって借りなきゃならん。ざっと考えたって、何百万かの元手はいる。下手をすれば一千万くらいはかかるだろう。それをお前ら四人でだしあったんだと。そのときお前は何をしていた？　そんな稼ぎのいい仕事をしてたのか、ええ？」

　須貝はふて腐れたようにうつむいた。

「借りたんだよ」

「誰に」

「知り合い」

「だから誰だ、名前をいってみろ」

　須貝は黙った。やがて答えた。

「猪野が借りてきた」

「どこから」

「知らねえ。親じゃないか」

「猪野の親は、事業に失敗して自殺している。そんな金が用意できるわけないだろう」

「知らねえんだよ、本当に」

　谷神が歩みよった。須貝はびくっと体を震わせた。

「その金ですが、当然返したわけですよね」

「それは、返したさ。だが猪野が返した。俺たちじゃない」

「猪野さんが自分のとりぶんから返したのですか。そうではないでしょう。事業を始める元手だったのだから、アガリから返さなければならなかった筈だ。であるなら、あなたが知らないというのは通らない。むしろ元手は借金ではなく、どこからかの〝投資〟だったのではありませんか」

　須貝は黙っていた。佐江はいった。

「黙っていても終わらないぞ。お前が喋るまで、俺たちはお前に張りつく」

「従兄（いとこ）だよ」

須貝が吐きだした。

「猪野は従兄の知り合いに出資させたといってた」

「従兄の名は？」

「森本さんだ」

「その森本さんが何の商売をしているのか、聞いたんだろう」

「組の人だったけど、その組とは別のところから金をひっぱってくるって聞いたんで、俺らはのったんだ。やくざにだしてもらったんじゃ、あとからのっとられるかもしれない」

「もっと具体的に話してください」

谷神がうながした。

「森本さんは尾引会の組員で、猪野は頭があがらなかった。ガキの頃からずいぶん助けてもらってたみたいで。その森本さんが猪野に話を振ってきたんだ。『元手をだしてやるから、サイトビジネスをやれ』って。猪野は、バックが尾引会なら勘弁してくれといった。やくざのヒモつきじゃ、あとでどんだけしゃぶられるかわからない。そうしたら森本さんは、『尾引会は関係ない。別の金持ちからひっぱるから大丈夫だ』と」

「別の金持ち？」

「そうだ。正体は結局わからなかったが、俺らは約束通り、アガリの十パーセントを森本さんを通して、その人に払った」

「全部でいくらくらい払ったのですか」

「四千万か五千万だと思う」

「悪くない投資だな」

佐江はいった。四億から五億のアガリを須貝らは得ていた計算になる。経費をひいても、半分の二億以上が四人に渡ったわけだ。それを元手に四人は、飲食業にのりだした。

「その金持ちが別のやくざだとは考えなかったのか」

「思ったことはある」

「いつだ？」

「サイトビジネスを始めてすぐくらいの頃、森本さんに頼まれて俺たちは、韓国クラブのママをさらった。あとでそれが尾引会の組長の女房だとわかって、びびったよ。尾引会にケジメとられるんじゃないかってな。けど森本さんは平然としてた。『尾引会はもうじき消えてなくなるし、組長も引退する。だから恐がることはない』って。そんな強気になれるのは、どっか別の組が森本さんについてるってことだろう」

「どこの組だと思う」

「わからねえ。本当だ。尾引会が潰れたあと森本さんは足を洗って、今じゃカタギの会社の重役だ。だから結局、バックにどこがついていたかはわからずじまいだ」

須貝は激しく首をふった。

「猪野は知っていた。高部も知っていた筈だ。お前だけが知らないなんておかしくないか」

佐江はいった。

「高部は商売がうまくて、俺らがサイトビジネスをあがったあとすぐに、新宿でキャバクラをあてた。猪野はそれをうらやましがって高部とやたらつるんでいた。猪野は森本さんのことには当然詳しい。だから高部は猪野から聞いたんだろう」

「柴田は日本に帰ってくるのか」

「たまに、だ。今じゃ完全にバンコクを根城にしてる」

「バンコクで何をやってるんです？」

谷神が訊ねた。

「日本人相手の飯屋や風俗だよ。あと最近はカンボジアにはまって、向こうでホテルを経営するとかいってた」

「ホテル？」

「カンボジアとタイの国境地帯にはカジノのついたホテルがあるんだ。それをやりたいのだと」

「日本人が経営できるんですか」

「いや、それは難しいんで、現地の奴を雇って社長にすえる。まだ田舎カジノだから、腕のいいディーラーをマカオからリクルートする気らしい。ミャンマーが経済開放したんで、世界中からタイにビジネスマンが集まるんだ。ミャンマーにはまだホテルとかが少ないからだ。そいつらをタイからカンボジアに連れだしてカジノで金を使わせるといっていた」

「そういえば高部もマカオにいっていたろう」

「柴田が呼んだんだ。柴田はマカオのカジノの大物に知り合いがいる」

「大物というのは経営者なのか」

「いや、世話人て奴で、太客（ふときゃく）をカジノに紹介したり、ツアーのアテンドを全部仕切ってる。ホテルや飯、女の手配もしてやって、カジノからバックマージンをもらうらしい。アラブの王族だとかを客にもってるような世話人だと、カジノ側も頭があがんねえって話だ」

「なぜ柴田は高部を呼んだ？」

「高部が紹介してくれって柴田に頼んだんだよ。カジノのことを勉強したいからって」

「カジノのことを？　地下カジノでも始めるつもりだったのか」

「わからねえ」

地下カジノなら、むろん違法だ。表のビジネスでそれなりに成功した高部が、今さら地下カジノの経営に手を染める理由はない。しかも賭場の開帳はやくざの大きなシノギであり、よほど大きな〝ケツモチ〟がつかない限り、カタギが手をだせばすぐに潰される。

バブル時代、あちこちに存在した地下カジノは不況とともにその数を減らした。現在は、やくざと組んだ外国大使館の不良外交官が宿舎などを貸しているケースが多い。外交官特権をもつため、警察も簡単には踏みこめないからだ。

佐江は谷神を見た。谷神も佐江を見返し、小さく頷いた。

「高部が殺されたこととカジノは関係があるのか」

佐江が訊くと、須貝はきょとんとした顔になった。

「はあ？　なんでだよ」

「高部はカジノをやるつもりで、柴田から世話人を紹介してもらったのじゃないのか」

「どこでカジノをやるんだ。日本じゃないだろう。カンボジアか？　それはねえ。高部は、これからは新宿で儲ける。飲食は足がかりで、不動産のほうがはるかにでかい金になるといってた」

「オレンヂタウンについて、高部は何かいってなかったか」

「いいや。久しぶりに『キャロライン』で会ったら、やたら大物ぶりやがってムカついた。何だか知らないが、これからでかいビジネスに一枚かむ。そうなったら住む世界がかわるとかほざきやがって」

「でかいビジネスがカジノじゃないのか」

「カンボジアはまだど田舎だし、マカオのカジノに日本人が出店できるわけがない。カジノは関係ねえよ。もしかしたら、その世話人に、中国の大金持ちでも紹介してもらったのかもしれないが。マカオには、中国の高級官僚の大金持ちがよくきているらしいからよ」

「中国の大金持ちと組んで何をするんだ？」

「知るかよ」

「高部が殺されたのと『でかいビジネス』は関係していると思いますか」

谷神が訊ねた。

「わからねえ。関係あるかもしれないし、ないかもしれない。どっちにしろ、高部はたった三年ばかりで一気にのしあがった。そのあいだに恨みも買っただろうし、これ以上つけあがらせたくないと思ってた奴もいたろうさ。つまり、いつ足をすくわれてもおかしくないところに立ってた。だいたい、ボディガードを二人も連れて歩いてるって時点で、狙われているって話じゃないか」

須貝はたまっていたものを吐きだすように話した。

「確かにその通りだな。高部が殺されたあと、柴田とは話したのか」

「いや。猪野が殺られたときにはさすがに電話をしたけどな」

「柴田は何といっていた」

「危なかったってよ。まあ、猪野が一番、尾引会の組長には恨まれていたろうし、撃たれてもしょうがなかった。組長の女房をさらったのが俺たちだったというのは、さすがに猪野は喋っていないだろうが」

「森本というのは、どんな男なんです？」

谷神が訊ねた。

「自分のところの組長の女房をさらえとあなたたちに命じたわけですよね。妙だとは思わなかったのですか」

「俺は、二、三回しか会ったことがないけど、かわってる」

「かわってる、とは？」

「考えていることがまるで読めない。何に怒って、何に喜ぶのだか、わからないんだ。昔、猪野が『クラゲみたいだ』といったことがあって、その通りだと思ったな。クラゲってのは骨がないだろう。ふわふわして海を漂っているのだけど、毒のある触手でもって小魚とかエビを食うっていうじゃないか。森本さんも、何を考えてるかまったくわからないけれど、敵に回すとおっかない感じがある」

「頭が切れるのですか」

「きっとすごく切れるのだと思う。でもそういう奴って、自分が賢いのを見せびらかしたがるじゃないか。森本さんはそうじゃないんだ。あまり喋らなくて、口をきくときは必要なこととしかいわない」

「サラリーマンからやくざになったと、尾引会の井筒がいっていたが」

「そうみたいだ。人生は全部博打だと思ってるって、あるとき聞いたことがある。会社の社長になるのも、極道の頭張るのも、皆、博打に勝ったからだ。だったら勝てる博打をやることだ、と」

「独特の人生哲学というわけか」

皮肉をこめて佐江はいった。須貝は真顔で頷いた。

「そうさ。勝ちにいくのなら、全部を捨てて勝ちにいけっていってたよ。友だちとか家族を大事にしたいなんて思っちゃ駄目だ。全部を捨てるか道具に使えって。それで勝てば、黙っていても人はついてくる」

「森本と高部のあいだはどうだったのです？　つきあいはつづいていたのですか」

「たぶんあったとは思うが、森本さんはカタギになってからは、昔の人脈はほとんど切っていたんで、よくわからない」

「かなり成功しているようだな」

「そりゃそうさ。あの人の奥さんの親父さんてのは、パチンコ業界のドンだっていうからな。とてつもない金持ちで、政治家とだってパイプがある。表にはでてこないけれど、恐いものはないんじゃないのか」


「どうやってその女房といっしょになったのかは聞いているか？」

佐江は訊いた。森本の妻が麻薬中毒だったという、小野寺から聞いた話の裏をとろうと思ったのだ。

だが須貝は首をふった。

「知らねえ。どっか外国で知りあったとしか聞いてない」

「高部の死後、森本から何か連絡はなかったのですか」

「あるわけねえよ。それこそもう、俺たちとは住む世界がちがうんだから」

谷神の問いに須貝は答えた。そしていった。

「笑っちまうぜ。カタギだった俺らが、ひと山あてるために、ヤバい橋を渡ってようやくタネ銭をつかんだと思ったら、『やくざになんか未来はねえ』っていってた高部も猪野も殺られちまった。なのにそのやくざだった森本さんが、今じゃ一番の成功者なんだぜ」

「やくざに未来はない?」

佐江は訊き返した。

「高部の口癖だったよ。『今どきやくざになんかなったってタカが知れてる。法律でがんじがらめにされて、でかいことなんかできない。だったらカタギのままで悪さして銭儲けするほうがよっぽど賢い』って」

「なるほどな」

「結局、要領のいい奴が得をするんだ」

須貝はため息を吐いた。

「そうかな。世の中、そう甘くはない」

佐江は首をふった。

29

「ストロング」をでた佐江と谷神は覆面パトカーに乗りこんだ。

「カジノがやはり気になりますね。高部はなぜカジノの勉強をしようと考えたのでしょう。地下カジノとは思えないし」

谷神がいった。

「ありえない。今どきモグリのカジノをやって稼げるほど、金のだぶついている客は少ないし、下手に開けばそれこそやくざに食いものにされるだけだ」

佐江は首をふった。そして谷神を見つめた。

「ところで谷神さんはどこであんな技を覚えたんだ?」

「技?」

「須貝をぶちのめした。あいつはあんたには勝てないと、本気で恐がっていた」

「たまたま、ですよ。ああいう大男は筋肉に頼った動きしかしないし、相手が自分より小さいとなめてかかるんです」

谷神はこともなげに答えた。

「空手や拳法でもないようだが、何だい?」

「いろいろな格闘技を組み合わせているんです。下地になっているのは、ムエ・タイです」

「ムエ・タイって、キックボクシングの？」

「日本ではそういいますが、タイの伝統的な格闘技です。教えてくれる人がいましてね。ずっと習っていました」

一瞬、谷神の表情がかげった。

「今は？」

「もうやめました。さて、これからどうします？」

話題を打ち切るように谷神はいって、佐江を見た。

「結局、すべては森本のところで止まってしまいます。森本にぶつかりますか。佐江さんは自分を的にする覚悟を決めているようだし」

「そうだな。カジノをキーワードにしてみるか」

佐江はつぶやいた。高部はマカオのカジノ関係者からの国際電話に応えているときに射殺されている。

「柴田の話が聞けるといいのですが、こういう状況では日本に帰ってこないでしょうね」

「マカオに飛べないか？」

佐江は谷神を見た。

「マカオに？」

「俺は無理だが、捜一のあんたなら上を説得すれば何とかなるのじゃないか」

谷神は真剣な表情になった。

「これまでの材料を白戸さんにぶつければ、あるいは許可が下りるかもしれません。柴田が高部に紹介したというからには、そのカジノの世話人というのは日本人でしょうし、日本人はそう多くはいないでしょうから」

「マカオは、アメリカやヨーロッパほど遠くない。いろいろからみのある遊技業界をつつかれるよりマシだと、管理官も思うのじゃないか」

佐江がいうと、谷神は苦笑した。

「それならいっしょにマカオに飛びませんか。佐江さんがいてくれたほうが心強い」

「いや。俺は俺のやりかたで連合を洗ってみたい。それに俺みたいな所轄のクズを海外出張させるわけがない」

佐江は首をふった。

「私を出張させているあいだに、何か無茶をする気なのではありませんか」

谷神は佐江を見つめた。佐江は答えずに覆面パトカーを発進させた。

オレンヂタウンのコインパーキングの前で止めた。江栄会の密売人がいるケバブ屋が店を開けている。

「結局、ここに戻ってきますね」

谷神がつぶやいた。

「ああ。だがここにはまだ何もない。でかいシノギの材料が転がっているわけでもないのに、連合はなぜここを欲しがるんだ」

覆面パトカーを降り、運転席のドアにもたれかかって佐江は煙草をくわえた。

ケバブ屋の外国人店員がじっとようすをうかがっている。集金係の浅井を痛めつけたので、しばらくはここで品物を売らないだろう。

密売人や密売所などいくら摘発しても、違法薬物の売買を減らすことはできない。密売人になるのは、暴力団の組員ではなく、ただの中毒者にすぎないからだ。自分のクスリ代を少しでも浮かすために、中毒者はすすんで末端の密売人になる。十包売れば一包をタダにしてやるといわれ、逮捕される危険をおかすのだ。

つかまっても、どこからクスリを仕入れたかは決して喋らない。喋ったら、今後クスリが手に入らなくなる。たとえ口を割らせられても、売人の上にはさらにまた別の売人がいて、卸し元にはたどりつけない。

シノギとして違法薬物を扱う暴力団は、まず組に捜査が及ばないような下請けシステムを作りあげており、末端から捜査をさかのぼるのは不可能に近い。

「中国人が地上げの元締めにいる、という可能性はどうでしょう。マカオで知りあったという大金持ちが、この土地を欲しがっている」

谷神も覆面パトカーの助手席を降り、佐江のかたわらに立った。

「中国人の金持ちが、東京の高級マンションをかたっぱしから買っているという噂を聞いたことがあります」

「連合が中国人と組んでいる？」

「金になるのならやるのではありませんか」

佐江は首をふった。

「いや、小さい取引ならともかく、何十、何百億という金がからむシノギで、中国人と連合が組むとは思えない。あいつらはそこまで外国人を信用していない」

「しかしクスリや銃だって、一種の輸入品です。取引をしているじゃありませんか」

「それははっきり取引の対象となるブツがあっての話だ。オレンヂタウンを中国人の依頼で地上げして、連合に入るブツは何だ？　ただの手数料欲しさじゃ極道は動かない。まして人殺しまでしている。もっとでかい実入りがなかったらやるわけがない」

「たとえばここに高層ビルを造るとしたら？　日本の企業なら暴排条例が恐くて連合と組めなくても、中国人の不動産業者なら気にしない」

佐江は考えこんだ。高層ビルを造り、テナントに中国系の企業を誘致する。一時に比べて減りはしたが、歌舞伎町は中国人観光客が「最も訪れたい日本の名所」だったこともある。中国人相手の免税店やホテルがここに造られれば、連合が大きな利権を得る可能性はある。暴力団が関係しているという黒い噂は、外国人には届かないし、届いてもあまり意味をもたない。

「そのビルの中にパチンコ屋を作り、中国人観光客に金を落とさせようと考えているのかもしれません」

「高部が殺された理由は？」

「マカオで知りあった金持ちから、オレンヂタウンの再開発計画を聞き、自分もそれに一枚かんでひと儲けしようと考えた。しかし連合はそれを許さなかった」

「なぜ？　おそらく高部たちにネットビジネスの資金を提供していたのは連合だ。森本は尾引会の組員でいながら連合のシノギも手伝っていた。使い勝手がわかっている高部を、連合が殺す理由はない。むしろ抱きこんで土地を売らせる手もあった」

佐江の言葉に谷神は沈黙した。

「殺すには殺す理由があった。高部をどうしても排除しなけりゃならなかったから、例の殺し屋が動いたんだ」

「さっきも話したように、事件の夜、マカオから高部に電話をかけてきた人物と連合のあいだには、何らかの関係があった筈です。間接的とはいえ、高部を消す手伝いをしたのですから」

佐江は頷いた。

「高部はマカオで、このオレンヂタウンにからむでかい連合のシノギの正体を知った。だが連合は決してそれに高部をかませるわけにはいかず、殺し屋を使って消した。それが免税店やホテルの入った高層ビルを建てるための、オレンヂタウンの再開発だというのか」

「ちがいますね」

谷神は難しい顔になった。

「連合がそのビルに関係していると知られても、日本人はともかく、中国人観光客に、さほどのマイナスイメージにはならない。免税店やホテルの従業員にやくざを使うわけではないでしょうし、ぼったくりなどしたらかえって客を呼べなくなる。高部がかむこと自体が事業を危うくするので、排除する他なかった。つまり連合の関与を決して知られてはならない事業なんです。それが免税店やホテルの経営とは思えない」

佐江は頷いた。

「そいつが何だかつきとめるには、あんたがマカオにいくしかない」

「そうですね。捜査の進展が見られない、今の状況ならいかせてくれると思います。署に戻って、話してみましょう」

その夜の捜査会議で、谷神は報告をあげるとともに、マカオへの出張の必要性を訴えた。

翌日、谷神の出張に許可が下りた。同行者は中国語に堪能(たんのう)で、捜査本部に応援で入っている、本庁組対部の刑事だ。

谷神とその刑事は、出張前の現地情報収集にあたることになり、佐江は谷神のパートナーを外れた。

佐江は再び、相馬の監視に戻ることにした。相馬の周辺にいれば、またあの殺し屋が現れるという予感があった。そしてそれこそが、相馬と事件の関係を裏づける材料になる。

捜査会議で報告したとしても、信頼性に欠けるとして退けられるかもしれない。が、佐江の中の確信が重要なのだ。その確信さえ得られれば、相馬にぶつかるつもりだった。

谷神がマカオに出発した日、佐江は着替えをとりに、自宅に戻った。自宅を監視している者がいないかを確かめる目的もあった。

もし佐江の自宅が連合側に割れていたとしても、あの殺し屋本人が監視にあたるとは考えられない。顔を知られた以上、接近してくるのは仕事をするときだけだ。

とはいえ、物陰からいきなり発砲するような、確実性の低い襲いかたをしてくるとは、佐江は思わない。

あの男は、これまでにも何人も殺してきたにちがいなかった。車内で隣りあったときの落ちつきぶりがそれを裏づけている。

どれほど修羅場をくぐった極道でも、これから人を殺す、と決めたときは、目がすわり、全身を緊張させているものだ。だがあの男にはみじんもそんなようすがなかった。

人を殺すことへのためらいも恐れも感じていない

かのように見えた。それはいいかえれば、自分が殺される恐怖も感じていないということだ。

人を殺そうという人間は、必ず自分が殺される可能性も考える。相手が女や子供でない限り、殺されそうになった者は死にもの狂いの抵抗を示すからだ。

ましてや相手は銃をもった刑事だ。あべこべに撃ち殺される可能性だってある。

にもかかわらず、あの男には恐怖を抱いている気配がなかった。人間的な感情がまったく欠けていたように思う。見かけは決して屈強でも凶暴でもない、淡々と人を殺し、ひきあげていくタイプだ。心がどこか〝死んでいる〟人間なのだ。だから恐怖を感じない。

そういう殺し屋は、仲間をもたない。自分の生命に無関心な人間は、当然仲間の安全も気にかけず、そんな者とは誰も組みたがらない。

したがってあの殺し屋のために佐江の情報を集める人間がいるとすれば、それは〝雇い主〟の側だと佐江は思っていた。雇い主とはつまり連合だ。連合の人間が佐江の行動を監視していたら、殺し屋と連合の関係を裏づける材料になる。

自宅周辺に張りこんでいる人や車はなかった。閉めきっていたアパートの室内はむっとして、捨てそこなった生ゴミの腐敗臭が漂っている。

佐江は舌打ちした。生ゴミの袋を縛り、窓を開けた。佐江の部屋は二階にあり、周辺から狙撃される危険があるので、カーテンは閉めたままだ。

エンジン音が聞こえた。

注意しながら下をのぞいた。フルフェイスのヘルメットをかぶったライダーがまたがったバイクが、アパートの下に止まった。

ライダーは小柄だった。佐江は緊張した。バイクを使った監視は、小回りがきくぶん、まくのが難しい。体型からしてライダーがあの殺し屋とは思えず、マル走あがりの連合の組員かもしれない。

窓を閉じ、鍵をかけた。職質をかけるか迷った。

だが露骨にアパートの下にバイクを止めたのは、罠(わな)である可能性があった。佐江がライダーに近づき、職務質問を始めたところを狙撃してくるかもしれない。まずいことにアパートの下の通りには、小さな路地が何本も接していて、狙撃者が隠れるにはもってこいの条件だ。

佐江は日が暮れるのを待つことにした。暗くなれば、離れたところからの狙撃は難しくなる。

年中だしっぱなしのコタツにもぐりこみ、座布団を枕に寝転がった。部屋の明かりはつけない。

疲れと日頃の睡眠不足が重なり、瞼(まぶた)が重くなった。玄関の扉には鍵をかけてあるので、さすがにそれを蹴破って襲撃をしてくることはないだろう。

抗弾ベストを外し、拳銃の入ったホルスターを枕もとにおいた。目を閉じる。

夢を見た。その夢に、奇妙な違和感があった。いるべきでない場所にいる。ここにいては危険だ、と本能が警告している。

はっとして目を開いた。手がホルスターにのびた。おいた場所になく、佐江は完全に目ざめた。

室内の暗がりに、自分を見おろす男の姿があった。スーツの上に薄いコートを着け、拳銃をわきにたらしている。

まだ夢のつづきを見ているようだ。が、夢でないことは、男が口を開いた瞬間に悟った。

「寝ているあいだに撃つこともできた。なぜそうしなかったか考えろ。騒げばもちろん、お前は死ぬ」

男の拳銃には、三十センチはある不格好な筒がとりつけられていた。それが佐江の顔に向けられた。

「このサイレンサーは俺が作った。九ミリ弾は音速を超えるんで、消音効果が低い。だから、火薬量をもう少し減らして、亜音速にしてある。威力は落ちるが、これだけ近ければもちろん殺せる」

佐江は無言で男を見つめた。カーテンのすきまから入る外の光を、男のかけた眼鏡のレンズが反射した。

「サイレンサーってのは作るのが大変なんだ。それに何発も撃つと、駄目になる。銃に負担もかける。だからあまり使いたくない」

「だったら使うなよ」

佐江の声は喉にからんだ。

「使わない。お前が俺の質問にきちんと答えれば、ここを静かにでていく」

「どうやって入った?」

男はわずかに首をふった。

「ずっといなかったからな。合鍵を作る時間ができた」

「チェーンもかけた」

「あんなもの、簡単にちょん切れるカッターがある。いびきをかいてたぞ。疲れているんだな」

佐江は深々と息を吸いこんだ。自分の拳銃と抗弾ベストはいつのまにか部屋の隅に移されている。

致命的な失敗だった。まさか部屋の中に入りこんでくるとは思わず、眠ってしまった。

今度は逃げられない。

「何が訊きたいんだ」

「何を調べているかだ」

「殺人事件だ。歌舞伎町の雑居ビルで——」

「知っている、それは」

男が言葉をさえぎった。

「上野と西麻布にいた理由をいえ」

「上野?」

「俺の車にぶつけた」

佐江は息を吐いた。嘘(うそ)をついても真実を告げても、この男は自分を殺す。ならば真実を告げ、どんな答えが返ってくるかを聞いてやる。

「相馬啓一郎を監視していた」

暗がりの中で男の目を見つめ、答えた。男はわずかに首を傾げた。

「相馬?」

「以前は森本といった。森本啓一郎だ。元尾引会の組員で、今は足を洗って結婚し、パチンコ業界にいる」

「西麻布にいた理由は？」

男は質問を変えた。

「奥戸インターナショナルという会社の監視だ。奥戸インターナショナルは――」

「わかった」

男が再び言葉をさえぎった。佐江は背筋が冷たくなるのを感じた。この男はただ伝書鳩(でんしょばと)のように佐江の情報を運ぶだけだ。

「オレンヂタウンを地上げして何をする気なんだ？」

佐江は動かない舌を回していった。恐怖が口すら痺(しび)れさせている。

「地上げ？」

「高河連合だよ。お前は高河連合の殺し屋だろう。前にも人を殺している」

男は黙っていた。ただじっと佐江を見つめている。

「もういい、わかった。でていけ。話はした」

佐江はいった。男が小さく首をふった。

「最後が余分だった」

「何？」

「高河連合の名前をだした。それがなければ、お前は助かった――」

不意にアパートの扉が開いた。佐江と男は同時に玄関を見た。

ヘルメットをかぶったライダーが戸口に立っていた。両手をまっすぐのばし、拳銃をこちらに向けている。

男が体をひるがえし、跳んだ。ライダーのかまえた銃が炎を吐いた。

リビングの窓が砕けた。男がそこに向かって走った。さらにライダーが撃った。佐江は頭を抱え、伏せた。

洋服ダンスに弾丸が刺さり、テレビの画面が粉々になる。

何が起こったのか、わからなかった。だがライダーが男の仲間でないことだけはわかった。男がリビングのサッシを開き、ベランダに躍りでた。ライダーがまた撃った。容赦のない発砲だった。何としても男を撃ち殺す気のようだ。だがカーテンが邪魔して、男の姿を隠した。

ライダーがくるりと踵を返し、戸口から消えた。下に向かったようだ。

佐江は銃と抗弾ベストに突進した。ホルスターからニューナンブをひき抜き、ベランダに向けかまえた。開いた窓から吹きこむ風で、大きくカーテンがふくらんでいる。佐江はすわりこんだまま銃口をベランダに向けていた。手が震えている。

どれほどそうしていたかはわからない。やがていちだんと強い風が吹き、カーテンが舞いあがって、無人のベランダが見えた。

男の姿は消えていた。ベランダを乗りこえ、地上にとび降りたのだ。

やがて立ちあがった。腰に力が入らず、がくがくと膝が震えた。ベランダから下を見た。男も、バイクも消えていた。

30

バーンズの売春宿を逃げだした晩、二人はミツの車でバンコクに走った。バンコクの一流ホテルにミツは部屋をとっていた。プラムですら名前を知っているような、チャオプラヤ川沿いに建っている、超高級ホテルだ。従業員がうやうやしくミツに接する。

大きくてふかふかのベッドは売春宿を思いださせ、プラムは床にベッドカバーをしいて寝た。

人を殺して、眠れないだろうと思っていたのに、逆だった。シェルが殺された、あの晩以来、初めてぐっすり眠った。恐い夢も悲しい夢も見なかった。ただひたすら眠った。

バーンズの仲間の復讐(ふくしゅう)や、警察につかまる不安も感じなかった。コービーやシェルの敵を討った今、希望もなくなっていた。

死ぬことしか願わなかった日々が終わったからといって、何かをしたいという気持ちなど起きる筈がない。死にたいとは思わなくなっただけで、生きたいという気持ちはない。

これから自分がどうなるのか、プラムは考えないことにした。少なくとも、バーンズたちにつかまっていたときより悪くはならないだろう。

目を覚ますと、ミツがどこかに電話をかけていた。英語で話している。プラムが床で寝ていることに気づいても、起こさないでいてくれたのを、心で感謝した。

プラムがバスルームからでると、

「買い物にいこう」

とミツが日本語でいった。

「洋服や、これから必要なものをそろえるんだ。今夜の便で私たちは東京に向かう」

「今夜？」

プラムは驚いて訊き返した。パスポートもないのに、どうやって向かうのか。

「君のパスポートは、私がもっている。シェルと君がいたコンドミニアムから回収しておいた」

ミツはいって、部屋の金庫からパスポートと航空券をとりだしてみせた。

「パタヤにいく前にすべて準備しておいたんだ」

プラムは信じられなかった。黙っていると、ミツが訊ねた。

「日本にいくのは嫌かい」

プラムは首をふった。

「そうではないんです。どうしてわたしにそんなに親切なのか、わかりません。あなたはわたしのために殺されるかもしれない危険をしました」

「危険をしましたではなくて、危険をおかしました、というんだ」

ミツは微笑(ほほえ)んで、プラムの日本語の誤りを正した。そして笑みを消し、宙を見つめた。

「私は、友だちがとても少ない人間なんだ。本当の私のことを知っている、唯一といっていい友だちがシェルだった。そのシェルが、娘のように思っていた君を助けるのは、私にとっては当然のことだ」

「わたしは何をお礼すればいいですか」

ミツは首をふった。

「お礼など必要ない」

「でも、何かしたいです」

「日本にいってから、それは考えよう」

ミツは答えた。ホテルをでて、ミツはプラムのために洋服や旅行に必要な、いろいろなものを買ってくれた。

「この時期、日本はタイよりかなり寒い。上に着るものを買っておかなければ、すぐに風邪をひいてしまう」

スーツケースも買って、着替えや化粧品などをしまった。夕食をとり、空港に向かうまでまだ時間があるので、二人は一度部屋に戻った。

「ミツさん」

シャワーを浴びたプラムは、バスタオルを巻いただけの体で、ソファにすわっている日本人の前に立った。

「今、わたしにできるお礼、これだけです」

「やめなさい」

ミツは恐い顔をした。

「私は女性の体に興味がないし、たとえあったとしても、君にそういう気持ちは抱かない」

プラムはうなだれた。死にたいほど恥ずかしく、悲しかった。床にすわりこみ、泣いた。

「私は、どうしていいかわかりません。これから、どうする、いいですか。何をしていくのですか。もう、ふつうの生活、できないです。人を殺しました」

「忘れるんだ。この何カ月間のことは」

「無理です。わたしは一度、死にました。もう生き返らない」

「大丈夫だ。君には、そのサック・ヤンがついている」

　ミツは、プラムが背中に入れた刺青をさした。プラムは首をふった。

「サック・ヤンは役に立たなかった。わたしはバーンズの店で、毎日毎日、いろんな男の人に――」

　あとは言葉にならなかった。

「もういい、プラム」

　ミツがそっとプラムの肩に手をおいた。

　プラムはその手をふり払った。

「ミツさん、わたしにできるのはふたつだけです。バーンズのところで覚えたことと、人を殺すこと。それ以外、わたしは何もできない」

　ミツをにらんだ。

「もう、わたしはピーなんです。誰もわたしのことを知らないし、知られたくない。わたしは死んだ人です」

　ふり払われた腕を宙に浮かせたまま、ミツはじっとプラムを見つめた。

「もし、どちらもいらないなら、わたしをこのままにしてください。日本にはいきません」

　ミツは息を吐いた。

「わかった。洋服を着なさい。バンコクを発つ前にしておこうと思っていた仕事をすませにいこう」

「仕事？」

「君たちを裏切った男を殺す」

　プラムは目をみひらいた。

「君とシェルにコンドミニアムを貸したアメリカ人だ。カオサンでバーをやっていて、バーンズに君たちのことを密告した。バーンズが殺されたと聞いて、今はボディガードと、あのコンドミニアムに隠れている」

　プラムは立ちあがった。ミツは険しい顔でプラムを見つめた。

「できるか？」

「もちろんです。サック・ヤンが今度こそわたしを守ります」

守らなければ体が死ぬだけだ。心はもう死んでいるのだから、恐いものは何もない。

コンドミニアムに向かう前、ミツは拳銃を二挺、バンコクのインド人街で用意した。インド人街には銃砲店が数多くあり、密売人もいるのだとミツはプラムに説明した。

「仕事」はあっけないほど簡単だった。プラムが、部屋をまちがえたふりをして、ドアをノックした。のぞき穴からプラムを見てドアを開けたボディガードの顔を、背中に回した手に握っていた銃で撃ち抜く。隠れていたミツが部屋の中にとびこみ、もうひとりのボディガードとアメリカ人を射殺した。一分もかからなかった。

「銃を」

止めておいた車に乗りこんだミツがいった。

「これはもっていたいです」

銃をもっていると、気持ちが落ちつくのをプラムは感じていた。

「それはできない。空港で見つかったら、この国をでられなくなる」

ミツはいった。プラムは銃を返した。人を殺したというのに、手も震えていなかった。

「では日本で、新しい銃をわたしにください」

ミツは無言でプラムを見つめた。プラムはその目を見返した。ミツの目には、あきらめがあった。

「人を殺すのが恐くないのか?」

ミツの問いにプラムは首をふった。

「恐くないです。わたしが大事に思っていた人は、皆、殺されました。殺した人を殺すのが、わたしの夢でした。わたしはその夢を実現した。昔のわたしは、きっと恐かった。今のわたしは恐くない。ピーだから」

ミツの目からあきらめが消え、真剣になった。車を発進させ、無言のまま走らせた。

信号で止まったとき、ミツがいった。

「あの子を殺せるかい?」

車に飾る花輪を売り歩いている男の子がいた。赤信号で停止している車の運転手ひとりひとりに、花輪を掲げ、買わないかと訊ねて回っている。十歳くらいだろう。

少し考え、プラムはいった。

「銃を貸してください」

ミツが拳銃をよこした。サイドウインドウを下げ、プラムは拳銃をかまえた。男の子は二人が乗った車の前の車の運転席に寄りそっている。前の車の運転手が花輪を買ったのだ。

男の子の背中に狙いをつけ、引き金に指をかけた。撃てない。何もしていない人は撃てない。

プラムは銃をおろした。ミツを見ると、恐ろしい顔でプラムを見ていた。

「無理です。いい人は殺せない。でも、バーンズのような人なら、わたしは殺せます」

ミツは頷き、ほっと息を吐いた。

「よかった。君の心は、まだ完全には壊れてはいない」

だが、このままだったら、いつかは壊れる。プラムは思った。バーンズにとらえられていたとき、クスリに溺れている時間だけが、プラムにとっての〝現実〟で、あとは悪い夢の中だった。

今、それがかわった。自分にとっての〝現実〟は、人殺しだ。バーンズのような奴を、全部殺したい。そういう連中を殺しているときは、きっと生きていると感じられる。あとの時間は、やっぱり夢の中にいるようだ。悪夢ではない。だが〝現実〟でもない。

日本に到着すると、ミツは日本の空港に止めてあった車にプラムを乗せた。長いドライブの末、二人はコンドミニアムに着いた。周囲にも似たような建物がたくさんある。プールも庭もない、小さなコンドミニアムばかりだ。

寒さを感じ、プラムは子供の頃を思いだした。それはなつかしい感覚、ずっと忘れていた気持ちだ。

冬の夜、自分の吐く息が白くかわるのがおもしろくて、母親と住んでいたアパートの窓から顔をだし、遊んでいたことがあった。母親は仕事にでかけていなかった。

ずっとそうしていたら風邪をひいてしまい、母親に心配された。

ミツはバンコクのコンドミニアムから、プラムのパスポートの他に、パタヤをでるときにもっていたバッグもとり返していた。その中に、母親の形見のペンダントがあった。

それを見て、日本にいたときの記憶が次々とよみがえった。

ユリ江という女の人がいた。

「今日から君はここで暮らすんだ」

ミツがいった。コンドミニアムの部屋は十階にあり、窓からはビルと道路ばかりの夜景が見える。

「ここはミツの家ですか」

「いや、ちがう。私の住居は、ここからふた駅ほど離れたところにある。この部屋は、私の妹のものだ」

「ミツの妹？」

「そうだ。看護師をしていたが、去年病気で亡くなり、私がうけついだ。いずれ貸しにだそうと思って、家具だけを残し、そのままにしてあった。大きくはないが、君が暮らしていくにはちょうどいい」

ミツに家族がいたという話を、プラムは不思議な気持ちで聞いた。あたり前のことなのに、ミツも自分と同じでひとりきりのような気がしていたのだ。

「ミツは奥さんはいないですか」

ミツは首をふった。

「ここに住んでいた妹だけだった。これからは、君が家族になる」

「わたしがミツの家族」

「そう。しかし秘密の家族だ。君のことは、誰にも教えない。私と君の、両方の安全のために」

それは理解できた。二人はタイで人を殺している。

日本でもいっしょだとわかれば、きっと追われるだろう。

「バーンズの仲間は、日本にもいますか」

プラムの問いにミツは首をふった。

「いない。だが似たような犯罪者はたくさんいる。そいつらと戦うのが私の仕事だ」

「わたしも戦います」

「ありがとう。だが、まず君は日本に慣れることが必要だ。それに、君にはまだお父さんがいる。お父さんはこの日本にいる筈だ」

プラムは目をみひらいた。

「以前、パタヤを訪ねたとき、シェルに頼まれて私は、君のお父さんを捜す手伝いをする約束をした。しかし君がバーンズにつかまり、助けだすことを優先させてきた。日本にきた今、君は自分の力でお父さんを捜せる」

「わたしが、お父さんを見つけるのですか」

ミツは頷いた。

「そうすることで、君は日本により馴染める筈だ。日本の地理に詳しくなって、電車の乗りかたを覚えたり、もっと上手に日本語を話せるようになる。そして日本人として生きていくんだ。君にはできる。半分、日本人なのだから」

プラムはミツを見た。

「新宿は遠いですか」

「新宿?」

ミツは驚いたような顔をした。

「新宿にお父さんがいるのか」

「ママの友だちがいます。その人に訊けば、お父さんのことがわかるかもしれません」

ミツは考えていた。

「わかった。その人に会いにいってごらん。新宿は、ここから電車で三、四十分だ。ただその人に会っても、私のことを話してはいけない」

「わかっています。ミツのことは誰にもいいません」

ミツは頷いた。

「明日、君が日本で暮らしていくために必要なものをそろえる。携帯電話は、まず必要だ。それに、日本人の身分証。タイ人のままでいるのは危険だからね。明日からは日本人として生きていくんだ」

「モモコにしてください」

思いだした名前を、プラムは口にした。

「わたしの名前です」

「モモコ……」

「お父さんがつけました」

「わかった。君のお父さんは確かミサワといったね。ミサワモモコで身分証を用意しよう」

31

佐江のアパートの廊下と玄関から、ライダーが放った銃弾と薬莢が採取された。口径は九ミリ×18、高部を殺したのは九ミリ×19なので、別の銃から発射された弾丸と断定できる。

九ミリ×18は、別名九ミリショート弾とも呼ばれ、ワルサーPPKやマカロフなどの中型拳銃に使用される弾丸だ。

佐江を西麻布で襲い、アパートにも忍びこんだ男がもっていた、サイレンサーつきのオートマチック拳銃は、佐江の部屋では発砲されていない。しかし、

「九ミリ弾は音速を超えるんで、消音効果が低い」

という男の言葉から、銃に詳しい新宿署の鑑識係は、九ミリ×19である可能性が高い、と佐江に告げた。

九ミリ×19は、九ミリパラベラム弾とも呼ばれ、米軍のベレッタM92や自衛隊のシグ・ザウエルP220、あるいはグロック17など、世界中の軍隊や警察の制式拳銃で使用されている弾丸だ。

音速を超える速度をもつのは、それだけ貫通力が高いことを意味する。九ミリパラベラム弾は、現在最も多くの種類の拳銃に採用されていて、弾丸の入

手は比較的簡単だという。

一方、ライダーが使用した九ミリショート弾を発射するマカロフは、旧ソビエト製の軍用拳銃だが、中国人民解放軍の制式拳銃としてライセンス生産されているため、日本国内には相当数が密輸入されている。

こと日本国内に関していえば、九ミリパラベラム弾を発射するベレッタやシグ・ザウエルなどよりマカロフのほうがより多く流通している可能性が高いのだった。

ともあれ、二度にわたる男の襲撃で明らかになったことがある。

男は、プロの殺し屋で、怨恨から佐江を狙ったのではなく、オレンヂタウンの地上げに関係する〝秘密〟を守るために襲ったのだ。しかも、男の背景に高河連合があることがその言葉から裏づけられた。佐江が高河連合の名を口にしたことで、男はあたかも殺害を決意したかのように、

「高河連合の名前をだした。それがなければ、お前は助かった」

と、いった。

佐江のこの〝証言〟に捜査本部は、方針の転換を余儀なくされた。高部斉殺害に高河連合が関係している可能性がでてきたからだ。

殺された高部には、暴力団とのトラブルはなかったと見てきた捜査本部に、佐江は谷神と調べあげた、尾引会解散に森本、猪野、高部、柴田らのグループが関与していた事実を報告した。

問題は、当時、暴力団構成員であったのは森本だけで、しかも尾引会の組員であり、高河連合との関係を裏づける材料がないことだった。仮に森本が、尾引会を解散に追いこんだ張本人であるとしても、そこに高河連合の意思が働いていたとは証明できない。しかもその森本は、現在暴力団員ではなく、警察とも関連の深い、遊技業界の大物となっている。

それらの報告を、新宿署組対課長を通じてあげた

翌日、佐江は署長室に呼びだされた。

署長室には、署長の他に刑事課長の前田、そして捜査一課管理官の白戸がいた。

「報告を読ませてもらった。大変な目にあったな」

佐江の顔を見るなり、前田がいった。

「青山墓地のときは、まさかこの事案とは関係ないだろうと思っていたが、どうやらまちがっていたようだ」

「今度こそ殺られる覚悟をしました」

佐江は答えた。

「問題はあとから現れたバイクのライダーだ。顔は見ていないのだな」

「まったく見ていません」

「声は？」

「ひと言も喋りませんでした。ただ撃ちまくっただけで」

「目的は何だったと思う？　最初の殺し屋の始末か？」

白戸が訊ねた。

「可能性はあります。ただそれなら俺を最初の奴が消してからでしょう」

「なるほど。ここでは仮に、最初の殺し屋をA、あとから現れたライダーをBと呼ぶことにする。Aの目的は、捜査の進捗状況を訊きだすことにあったと君は書いている」

「ええ。そのあとで俺を殺す気だったと思います」

「殺し屋が捜査の進捗状況をなぜ気にする？　自分が追われているかどうかを確かめたかったというのか」

前田がいった。

「いえ。奴が気にしていたのは、オレンヂタウンの地上げの背景を、どこまで警察がつきとめているか、でした」

「なぜそう思うのかね」

署長が訊ねた。

「Aは、俺に、上野と西麻布にいた理由を訊ねました。上野にいたのは、遊技事業者組合の理事である相馬啓一郎、元森本啓一郎を監視するためで、西麻布にいたのは、高部に、所有するオレンヂタウンの駐車場を売却するようもちかけた奥戸インターナショナルという会社を監視するためだ、と答えました」

「Aの返事は？」

「これは俺の勘ですが、Aは実際は、相馬の名も奥戸インターナショナルについても、知らなかったようです。雇い主から質問を与えられ、俺の答をもち帰るだけだったのではないかと思います」

「あるいは、相馬も奥戸インターナショナルも、事件とはかかわりがないか、だ」

白戸がいった。

「それはありえません。奴は上野にいたんです。偶然、あそこにいたとは思えない」

「上野にいたのは、君を監視、尾行していたからだとは思わないか。西麻布も同様だ」

「だったらなぜ俺を襲うんです、もし俺が的外れな捜査をしていたのなら、ほうっておけばいい。質問したり殺したりする必要はない」

「Aは、相馬や奥戸インターナショナルとのつながりをほのめかす言葉を口にしたかね」

「いえ。相馬については、『相馬？』と訊き返しました。知らないような口ぶりでした。ただし奥戸インターナショナルについては俺が監視している理由をいおうとしたら、『わかった』と、さえぎったんです。そこで俺は、『オレンヂタウンを地上げして何をする気なんだ？』と訊きました」

「すると？」

「『地上げ？』と奴は訊き返しました。初耳だといわんばかりに。それで俺はいったんです。『高河連合だよ。お前は高河連合の殺し屋だろう。前にも人を殺している』。そしたら、奴は黙りこみました。そして俺が、話はしたからでていけというと、『最後が余分だった』といいました。高河連合の名をだしたから、俺を殺す、と」

　思いだしても背筋が冷たくなる。あのとき絶対に助からない、と佐江は覚悟した。

「そこまでのやりとりだけでは、オレンヂタウンの地上げがこの事案の原因になっているとは、判断できない。唯一の情報は、Aと高河連合が関係しているという点だけだ」

　前田がいった。

「つまりAは、高河連合の殺し屋であることを暗に認めたが、それ以外については何も認めていないのと同じだ」

　署長が佐江に告げた。

「そうかもしれませんが、奴は俺から確かめたいことがあったのだと思います」

「何を確かめようとしたんだ？」

　佐江は息を吐いた。

「わかりません。おそらくオレンヂタウンを地上げする理由だと思うのですが、それを俺がつきとめているかどうかを知ろうとしたと、今は思っています」

「それがそんなに重要なことなのか？」

「高部が殺された理由もそこにあります。高部は三年前まで、インターネット詐欺グループのメンバーでした。猪野も仲間です。連中に資金援助をしたのが森本ですが、その金をどこからひっぱったのかがわからないのです。当時属していた尾引会でなかったことは確かです。尾引会にはそこまでの余裕はなかった。重要なのは、尾引会と羽田組が消滅に追いこまれた結果、その縄張りを高河連合が手に入れているという点です。そこにはオレンヂタウンが含まれています。羽田組のシノギであった闇金融を仕切っていた片瀬は、今回の高部と同様、九ミリパラベラム弾を使う拳銃で射殺されています。つまり高河連合は、長い時間をかけて、オレンヂタウンを手に入れてきたんです。ところが偶然にも、高部はそのオレンヂタウンに土地を所有しており、奥戸インターナショナルからの買い入れの申しこみを断っています。この奥戸インターナショナルが、オレンヂタウンを地上げするためのトンネル会社であるのはまちがいありません」

署長が首を傾げた。

「今の話では、高部と高河連合とのあいだには何のつながりもなかったように聞こえるが」

「インターネット詐欺の資金を、森本がどこからもってきたか。闇金融の顧客リストを猪野に流させたのは森本で、その結果尾引会は潰れ、高河連合は労せず縄張りを手に入れています」

「つまり森本が尾引会の組員でありながら、高河連合のために動いていたというのか」

「その可能性は高いと俺は思っています」

「だったらなぜ今、高河連合にいない?」

「もっとおいしい場所を見つけたからです」

佐江は中野の割烹「五合」の主人、小野寺から聞いた話をした。

「尾引会の組員であったときから、森本にはバ、ッ、ク、がついていました。そのバックが闇金融のタネ銭を森本に用意してやり、やがて尾引会の潰れるきっかけを作った。同様に、尾引会がなくなってからの森本の人生をかえる出会いをもたらした。相馬勝歳というパチンコ業界の大物の娘との結婚です。森本は養子に入り、相馬啓一郎と名をかえました」

白戸が咳ばらいをした。

「話がそれている。高部が殺された理由を訊いているのだ」

「高部をかませられない計画が、相馬と高河連合とのあいだで、オレンヂタウンを舞台に進行しているのだと俺は考えています。本来なら知らない仲ではないので、高部を土地の売却とひきかえに、その計画にひっぱりこむこともできた。それをしなかった理由は、俺にもわかりません。ただ高部は、オレンヂタウンが秘かに地上げされている理由を知ったのだと思います」

「それが原因で殺されたと？」

佐江は頷いた。

「地上げが噂になれば当然、地権者は値を吊り上げにかかります。それを防ぐには、高部を計画に加えるか口を塞ぐかのどちらかしかありません。しかし何らかの理由で、高部を加えるわけにはいかなかった」

「何らかの理由とは？」

「わかりません」

「その計画のことを、高部はマカオで知った。それを確かめるために谷神くんが、今現地にいっている、ということか」

「そうです」

三人の幹部は顔を見合わせた。

「Bについての意見を聞きたい」

前田がいった。

「標的は君とAの両方だったのか」

「まったくわかりません。ただBは最初からAだけを狙っており、俺のことは眼中にないように感じました」

「Aが撃ち返さなかった理由は？」

佐江は首をふった。

「撃ち返すより逃げるほうを選んだとしか思えません。AはBの出現を予想もしていなかった。あるいは、警官が俺を救いに現れたのだと思ったのかもしれない。そうだったら撃ちあうより逃げるほうを選びます。その場に残ったら、射殺されるか逮捕されるだけですから」

「結果としてBは君を救った」

「そうです。しかし俺にはまったく心当たりがありません。Bが、少し前から俺のアパートの下にいたのはわかっていました。俺は、Aの仲間だと疑って暗くなるまで部屋をでないことにしました。ですがそのあいだに眠ってしまい、気づいたらAが部屋の中にいたんです」

「報告書によれば、Aは君の部屋の合鍵をもち、チエーンも切断した、とある」

「その通りです」

「つまり最初から君を標的にしていた」

「青山墓地で失敗したときからチャンスをうかがっていたのだと思います」

「同様にBも、君を助けるチャンスをうかがっていた。にもかかわらず、心当たりがないというのかね」

前田が疑わしそうに佐江を見つめた。

「撃ち合いを覚悟してまで、君を助けたんだ」

佐江は首をふった。わからないものはわからないのだ。

「あるいはBはAに恨みがあり、Aを殺すチャンスをうかがっていたのかもしれないな」

白戸がいった。

「それなら俺の眼前ではなく、別の場所でAを撃ったと思います。Aが俺の部屋に侵入する前にチャンスはあったでしょうから」

佐江は答えた。

「報告書を読む限り、Bは、Aが君を殺すと宣言した、まさにそのときに出現し発砲している。やはり君を助けるためだったようにうけとめられるが？」

「結果として俺を助けたのはまちがいありません」

「だが心当たりはない、というのだね」

「ありません」

白戸は息を吸いこんだ。

「君は過去、さまざまな銃器犯罪の捜査にあたってきた。その過程で、〝貸し〟を作ったような人物はいなかったか」

「それは俺も考えました。しかし今も連絡をとっているような者はいません。まして警官でもないのに、逮捕される危険をおかしてまで撃ちまくる奴など思い浮かびません」

白戸はそれでも疑わしげに佐江を見つめている。

前田がいった。

「こうは考えられないか。Aは高河連合が事件の背景にいるようなことをほのめかし、君を殺すと宣言したときにBが現れ発砲したので逃げだした。結果、誰も傷ついていない。それが一種の演出だったとしたら？」

「演出？」

「事件に高河連合が関係していると、我々に思わせるためだ。この場合、AとBは仲間で、いかにもBが君を助けにきたように思わせ、捜査を別の方向に誘導する」

「実弾を仲間にぶっぱなして、ですか。そんな危険をおかす理由が、高河連合が関係しているという偽の情報を俺に与えるためだったというんですか」

佐江はさすがにあきれていった。前田は気まずそうな表情を浮かべた。

「いや、ちょっと思いついたのでいってみたのだが……」

「偽の情報を与えるだけなら、Bは必要ないだろう。佐江くんを殺すと威（おど）したあと、気がかわったと、でていけばすむ」

白戸が首をふった。

「問題はなぜ、Aが執拗に佐江くんを狙ったかだ。動機が怨恨ではなく誰かの指示だったのなら、佐江くんひとりを殺したところで警察の捜査方針がかわるものではないというのを、わかっていないということなのか」

署長がいった。

「Aが高河連合に所属するプロの殺し屋なら、警察官を殺したらかえって事態が悪化するとわかってい た筈です。やはり捜査の進捗状況を知ろうとしたと考えるべきではないでしょうか」

白戸が署長を見た。

「佐江くんから情報をとり、しかるのちに口を塞ぐつもりだった。佐江くんにこだわったのは、自分の顔を知られてしまったという理由と、彼の捜査が、彼らにとって致命的な何かに近づいたから、と考えられます」

「致命的な何か、ですか」

　前田が疑わしげにつぶやいた。

「俺はそれが、相馬ではないかと思っています。高河連合は広域暴力団で、相馬は遊技事業者組合の幹部です。この二者のあいだで秘かに進められている事業計画を、絶対に知られたくないと考えたんです。だからなりふりかまわず、俺を消しにかかった」

　佐江は前田に告げた。

「ではBは？　Bはなぜ現れた。その二者の敵対グループに属しているのか」

「それはないと思います」

「Bに関する議論はひとまずおこう。BがなぜAを襲ったのか。Aの敵なのか、それとも佐江くんの〝守護神〟なのか、結論をだすには情報が少なすぎる」

　白戸がいって署長を見た。

「とりあえずは、オレンヂタウンの地上げに関し、何か情報がでてこないか、人員を少し割いてみようと思います」

　捜査本部を動かす、と白戸はいっているのだった。

　署長は頷いた。

「そうしてください。壁にあたっているこの状況下では、新しい攻めどころになるかもしれません」

32

　相馬が直接会って話したい、と電話で告げたとき、延井は反対した。今のこの状況で、自分と相馬が会うのは絶対に避けたほうがいい。相馬に警察の監視がついていたら、それこそすべてが水の泡だ。自分と相馬の関係は、決して知られてはならない。Kプロジェクトを放棄しなければならなくなる。

　相馬は息を吐いた。延井は組本部の執務室にいた。部屋には誰もいない。

「ご存知かどうか……。例の刑事がまた狙われたんですが」

「また？」

延井は訊き返した。

「青山墓地の件ではなくて？」

「いや、そのあとです。アパートにいたところを、あがりこんできた男に殺されそうになって――」

「アパートって、どこの？」

「高円寺だかどこかです。聞いておられないのですか」

「いや」

「佐藤」には、しばらくなりをひそめていろと命じた。それに逆らったというのか。信じられなかった。これまで「佐藤」が延井の命令に反したことはない。

「とにかく、アパートの部屋にあがりこみ、刑事にピストルをつきつけて、質問をしたのだそうです。私の名前と奥戸インターナショナルの名を、刑事は口にしたようです。そして、男を、高河連合の殺し屋だと見抜いた」

延井は息を吐いた。「佐藤」は終わりだ。

なぜ命令に反してまで刑事を再度襲ったのか。

「その情報は、どこから？」

「捜査本部です。私の名前がでてきたことで、こちら側のパイプも動揺しています。今後は情報が入りにくくなるかもしれません」

「待ってください。その刑事は死んでいないのですね」

二度も「佐藤」が失敗するというのは、考えられない。

一度目の失敗は偶然だろう。だが二度目も失敗するほど、「佐藤」は愚かではない筈だ。まして自分の命令に反してまで、その刑事を殺しにいったのだ。何があっても失敗するわけがない。

「ぴんぴんしています」

「じゃ、その男がつかまった？」

「いえ。つかまってません」

「何があったんですか」

「それがですね」

相馬が声を低めた。

「その男が刑事を殺す直前、別の男が乗りこんできて銃を撃ちまくったんです。別の男の狙いは、最初の男で、刑事には目もくれなかった。それで最初の男は逃げだした」

「何ですって。よく、わからないのですが」

「警察も理解に苦しんでいます。あとからきた男は、警官じゃないんです。刑事を助けにきたわけではない。だとすると、最初の男の敵で、命(タマ)をとりにきたのかもしれない」

「あとからきた男もつかまっていないのですか」

「ええ。二人とも逃げました。それを最初聞いたとき、延井さんが、最初の男の口封じを手配したのかと思ったんですが、ちがうのですね」

「もちろんちがいます」

「では、いったい何があったんでしょう。警察もこの件を秘密にしています。刑事が自宅で襲われたことを公開するのはマズいみたいで……。ですが問題はそのことじゃありません。捜査本部は、今回のこの件で、高部とオレンヂタウンとを結びつけたようです。高河連合がオレンヂタウンを地上げした証拠を探すよう、一部の捜査員に指示が下りました」

延井は息を吐いた。

「Kプロジェクトを中止する気ですか」

「塩漬けです。少なくとも今は、土地を動かすわけにはいきません」

じわじわと怒りがふくれあがってきた。「佐藤」を許すわけにはいかない。これまで一度として逆らいも失敗もしなかった男が、この重大な件に限って、失敗し、逆らい、そしてまた失敗した。結果、自分の一世一代の勝負が頓挫しようとしている。

「佐藤」を生かしてはおけない。何としても口を封じる。

だが、その前に。

「冗談じゃない」

延井はいった。

「ここまで苦労してしこんできたものを、ケツを割るわけにいくか」

「しかし――」

「おい、そっちはきれいな場所にいて、手をよごさずやってきて、危なくなったら知らんふりか。こっちはこのためにいくつ命（タマ）とってきたと思ってるんだ」

「延井さん」

「例の刑事と、殺りそこなった人間についちゃ、こっちできっちり始末をつける。そっちはそっちで、義理の親父使ってでも何でも、徹底しておさえこめ。中止だけは許さねえ」

「わかってます。わかってますが――」

懐柔するように相馬がいった。

「わかっちゃいねえよ。いいか、人の命（タマ）をとるってのが、どういうことか。金じゃすまねえもんを、こっちは賭けているんだ。もしこれがうまくいかないなんてことになったら、そのケツは誰がふくんだ。お前か、それともお前の義父（おやじ）や、その連れの国会議員か。全部吹っ飛ぶぞ。こっちはハナから泥をかぶるハラでやってるんだ。もし自分たちだけうまく逃げようと思ってるなら、空が落っこちてくるくらいの覚悟をしたほうがいいぞ。威しているんじゃない。本当のことをいっているんだ、森本よ」

昔の名で呼ばれ、相馬は息を呑（の）んだ。

「延井さん、延井さんがさんざん骨を折ってこられたことを、無駄にする気はありません」

「あたり前だ。法案が通ったら、あとは場所選びなんだ。そのときに出遅れたら、勝負はついちまう。もし延ばすのなら、法案の成立も遅らせるくらいのことを義父（おやじ）にしてもらえ」

相馬は息を吐いた。

この男は勘ちがいをしている。今の地位にいられるのがなぜなのかを忘れてしまったようだ。

「森本、世の中には忘れちゃいけないことってのがあるのは、わかるよな」

「もちろんです。延井さん――」

　いいかけた相馬の言葉をさえぎった。

「恩を着せようっていうんじゃない。自分の立ち位置を忘れてるのじゃないかといってるんだ。お前がなぜ、どんな道を通って、今のその場所にいるのか。ふだんは忘れていたっていっこうにかまいやしない。だが、こういうときに忘れるってのは許されないのじゃないか？　どう思うよ」

　相馬は黙りこんだ。相手の胸に何があるか、延井は想像できた。驚き、反発、怒り、そして最後に残るのは恐怖だ。相馬が足を洗いカタギになり、大物の婿養子になったとしても、いや、なったからこそ、高河連合を敵に回す恐ろしさはわかっている筈だ。極道なら、命(タマ)をとりにくるヒットマンから逃げ回ったり反撃する道があるだろうが、カタギにはない。カタギは的にかけられた時点で、逃げ場がなくなる。警察の護衛は一生つづくわけではないし、金で雇った警備員は、ヒットマンに撃ち返す銃をもっていない。何より、カタギは逃げ回っていたら、仕事や生活の基盤を失う。逃げ回れるのは、基盤をもたない半端者だけで、相馬が今さらそうなれるわけがなかった。

　人間は得るものが増えれば増えるほど、弱くなり、〝覚悟〟を失う。極道がカタギに比べ圧倒的に有利な点がひとつあるとすれば、どれほど〝出世〟しようと、次の瞬間はすべてを失う〝覚悟〟を、いつも決めているということだ。

　相馬が今気づかなければならないのはそのことだ。

「昔のお前には〝覚悟〟があった。だから今、そこにいる。その〝覚悟〟を、俺は買ったんだよ。わかるか。手前(てめえ)を売った人間が、買った人間に逆らったら、あのときの〝覚悟〟をもう一度思いだすことになる。できるか？　今のお前に」

「――できません」

　長い沈黙のあと、相馬は答えた。

「いいんだよ、それで。お前が開き直るほどの馬鹿だったら、それこそ弾が飛んだところだ」

「申しわけありませんでした。私は、調子にのっていたんです」

「しかたがないさ。そうなるように仕向けたのは俺だ。だがこれは一世一代の大勝負なんだ。絶対に引けない。そいつをわかってくれ。延井公大（こうだい）という極道が、これまでの人生とこれからの人生を全部張った博打なんだ。こいつに勝てば、連合は向こう何十年て、子を食わせられる土台を得る。そいつを可能にするのも駄目にするのも、お前の腹づもりひとつだよ。その腹づもりに、俺っていう人間とお前のつながりが入っているかってことなんだ」

「入っています。決してなくなることはありません」

相馬の声は震えていた。

「よかった」

延井はいった。

「それなら俺も、もう二度と唸るようなことはしない。今後のことをいうぞ」

「はいっ」

気合のこもった返事を、相馬はした。

「あらゆるコネを使って、警察をおさえこめ。正念場なんだ。俺は俺で、見えちゃならないものを、もっと見えなくするような手を打つ」

それがどういうものなのかはいわなかった。いずれはわかる筈だ。

「了解しました」

相馬は答えた。

「よし、この携帯は二十四時間空けておく。何かあったら、いつでもいい、連絡してこい」

「わかりました」

延井は電話を切った。それからしばらく考えていた。「佐藤」をどうするか、だ。

「佐藤」専用の携帯電話を手にした。「佐藤」を呼びだす。

「――はい」

佐藤が応えた。

「何をした」

淡々と延井はいった。

「申しわけありません。勝手とはわかっていたんですが、あの刑事を――」

「それはいい。邪魔が入ったと聞いたが？」

「いきなり撃ちまくられたんです」

「誰にだ」

「わかりません。ヘルメットをかぶっていて顔は見られませんでした。不意を突かれ、逃げるしかなくて……」

「怪我をしたのか」

「かすり傷です。現場に血とかはこぼしていませんん」

「わかった。ひとまず例の刑事のことは忘れろ。別の仕事がある」

「佐藤」ははっと息を呑んだ。

「いいんですか」

「起こっちまったことをとやかくいってもしかたがない。先にかたづけなけりゃならない仕事があるんだ」

「ありがとうございます」

「二人だ。ひとりは、うちの人間だ。もうひとりは、調べてまた知らせる。銃は使うな、二人とも」

「二人とも銃は使わない。わかりました」

「それと、お前の邪魔をした野郎だが、お前の命が目的だったのか、刑事を守るためだったのか、どっちだ？」

「佐藤」は黙りこみ、やがて答えた。

「刑事、だと思います。刑事を守る気で、アパートに張りこんでいた」

「妙じゃないか。警官でもない野郎がチャカぶっぱなして刑事を守ったのか？」

相馬は佐江を「一匹狼」だといっていた。そんな刑事を、いったい誰が守るというのか。

「中国人かもしれません」

「なぜそう思う?」

「使っていた銃です。ちらっとしか見ませんでしたが、マカロフでした」

「派手にぶっぱなしたのか」

「五、六発。予備のマガジンも用意していました」

「そいつは豪気だな。弾代はケチらないってわけか」

「道具屋をあたれば何かわかるかもしれません」

道具屋とは銃の密売人だ。

「わかった。それはこっちでやる。お前は準備にとりかかってくれ。資料はあらためて送る」

電話を切り、執務室の外で待機している加来田(かくた)を呼んだ。

「砧のところにいる川端(かわばた)の資料を集めろ」

「はい」

直立不動で加来田は答えた。

「それから、森本の連れで、元尾引会、今は足を洗って割烹をやっている男がいるだろう」

加来田には、相馬というより、森本といったほうが通じる。二人は刑務所仲間だ。

「小野寺ですね」

加来田は頷いた。

「そいつの資料も集めろ」

「承知しました」

相馬にとっての連合とは、即ち(すなわ)自分だ。自分と相馬の関係に詳しい者の口は塞いでおく。この状況ではやむをえない。

「それから道具屋をあたってもらいたい。最近、マカロフと大量の弾丸を買った奴がいないかを調べろ」

「ああいう連中は、口が堅いです」

「金でも威しでも、どっちでもいい。とにかく、全力でやれ」

「わかりました」

33

佐江は署内に軟禁されているも同然だった。

オレンヂタウンの地上げを調べるために、本部から八名の捜査員が駆りだされていたが、佐江はそこに入れられなかった。組対課長から、許可なく署外にでることを禁じられている。

やむなくデスクにすわり、苦手なコンピューターで、高河連合の構成員データをチェックしていると、携帯電話が鳴った。

「佐江さん、谷神です。今、話せますか」

「大丈夫だ。今は署にいる。一歩も外にでるなといわれて」

「何があったんです？」

「詳しいことはあんたが帰ったら話す。いつだ？」

「明日、戻れそうです。手がかりをつかみました。上にあげる前に、佐江さんには知らせておこうと思いまして」

佐江は周囲を見回した。夜の八時を過ぎ、課内に人は少ない。私服警らで管内に散っている者も多い。

「何がわかった」

「まず世話人です。カジノの太客のアテンドをしている日本人の名がわかりました。貝沼（かいぬま）という男です」

「貝沼」

佐江はパソコンに打ちこんだ。高河連合に貝沼という構成員はいない。

「高部が会っていたのは、この貝沼でした」

「あんたも会ったのか、貝沼と」

「会いました。とぼけていましたが、心証はクロです。貝沼は、このヤマに関して何かを知っています。ですが当分日本に帰る予定はないとかで、締めあげるのは難しいでしょう」

佐江は息を吐いた。

「ただ、貝沼と親しい、マカオのホテルの日本人従業員がいて、この男からおもしろい話がでました。

貝沼は、日本にカジノを作ろうとしているグループの相談役だというのです」

「カジノって、裏カジノか」

「ちがいます。本物の、政府が作ろうとしているカジノです。東京だとお台場、関西国際空港周辺、あとは沖縄など、観光客を誘致しやすい場所が候補になり、地域活性化にもなるというんで、けっこうな数の自治体が名乗りをあげているんです。カジノの開業には法改正が必要なため、これを推進しようという超党派の議員連盟ができています」

「日本に合法カジノを作ろうというのか」

佐江はつぶやいた。

「ええ。マカオでは、中国人の富裕層が大挙してカジノに押し寄せているそうなんです。東京にもしカジノを作るのであれば、お台場よりオレンヂタウンのほうがはるかに中国人客を呼べます」

「そうか。それで相馬が動いているんだな」

「今は、日本に合法カジノはありませんが、海外のカジノで使われているスロットマシンには日本製があります。遊技場という意味では、パチンコ業者は経営の経験がある。カジノの開業許可が日本で下りたら、運営に加われる公算が大きい。問題はその場所です。話を聞いた従業員によれば、カジノはただ賭場があればいいというわけではなく、劇場やホテル、遊園地などを併設した統合型リゾートでなければ、客を呼べないというのです。それにはあるていどまとまった土地が必要になります」

「そこで地上げか」

「この地上げを連合が操り、建設にも手をつっこみ、最終的には運営にも見えない形で参加する。遊技事業者組合と警察は関係が深いので、当然、暴力団は徹底的に排除される。ですが土地の確保に連合が動いていたら、どうやっても関係が発生します。ですからそれを絶対につきとめられないようなカモフラージュをするでしょうね」

「高部が殺された理由か」

「高部は、連合が地上げに協力している土地にカジノが作られるかもしれないという情報をマカオでつかんだ。そこで土地の譲渡とひきかえにカジノ経営に加わらせろと迫ったのだと思います。高部は、相馬と連合の関係を知っています。もし事前に連合の関与が疑われたら、オレンヂタウンにカジノを作るのは不可能になります」

ずっと欠けていたものがぴたりとはまりこんだ。

佐江は深々と息を吸いこんだ。

「それを俺がつきとめているかどうかを、奴は知りたがったんだ」

「奴？」

谷神が不思議そうに訊き返した。

「俺が間抜けだったんだが、アパートに着替えをとりに戻ったところを、例の殺し屋に襲われた。奴は俺を殺す前に口を割らせたがった」

「怪我をしたんですか」


「〝守護神〟が現れた。ヘルメットをかぶっていたんで顔は見られなかったが、銃を撃ちまくって奴を追いはらった」

「その〝守護神〟はどうしました？」

「消えちまったよ。命の恩人だが、礼もいえなかった。もっとももしその場に残っていたら、パクることになったかもしれない」

そして佐江は捜査本部がオレンヂタウンの地上げの捜査にのりだしたことを告げた。

「俺も加えられるかと思ったが、署内に足止めをくらってる」

ため息を吐いた。谷神は沈黙していたが、やがていった。

「佐江さん、昔の相馬のことを知っている人間に注意してください」

「森本とかかわった人間という意味か」

「高部もそうでしたが、相馬と連合をつなげられる人間は、口を塞がれる可能性があります」

佐江は思わず舌打ちした。その通りだ。なぜ気がつかなかったのだ。

法律が改正され、開業が許可されるカジノ事業に相馬がかかわっていくとなれば、その相馬と高河連合の関係を〝証言〟できる人間は、双方にとって危険な存在になる。相馬が推進しているカジノ用地の買収を高河連合が後押ししている理由が明確になるからだ。

さらに事業者である相馬の協力があれば、高河連合がカジノの運営に携わるのも決して難しくはない。

組員が堂々と従業員にはなれないだろうが、レストラン経営や劇場での興行、さらにはカジノを使ったマネーロンダリングなど、いくらでも金をひくことが可能になる。暴排条例でさんざん痛めつけられたので、どこをどう調べても〝シロ〟の人間を集め、カジノの出入り業者に仕立てあげようとするだろう。

そのすべての鍵となるのが、相馬だ。元暴力団員で服役歴がある過去は、姓がかわり、大物となった今、簡単には明らかにならない。

だが相馬の過去と高河連合をつなぐ事実を知る者だけは、計画の障害となるだろう。

「小野寺が危ない」

佐江はつぶやいた。

「小野寺というのは、尾引会の元組員ですね」

「そうだ。今は中野で割烹をやっている。森本の時代はもちろん、相馬になってからも会っている」

「他には？」

「柴田、それに川端だ」

「川端は、今は高河連合の構成員です。口を塞ぐ必要はないでしょう」

「捜査がオレンヂタウンの地上げに向かえば、そうもいっていられなくなる。目をつけられる前に、どこかへ飛ばすか、殺すかする」

「まずは小野寺ですよ」

「今すぐ動く。電話を切るぞ」

「待ってください。小野寺の店の名前は何といいましたか」

「『五合』だ。中野の住宅街にある」

「いくのだったら気をつけてください。佐江さんを襲った殺し屋と鉢合わせするかもしれない」

「今度は俺が先に撃つ」

いって、佐江は電話を切った。「五合」の電話番号は、存在を井筒に教えられたときに調べてある。

「五合」の店舗電話にかけた。呼びだし音を五回、六回と聞いているうちに、冷や汗が噴きだした。もう殺されてしまっているのではないか。

が、呼びだし音が十回を超えたとき、

「はい、『五合』です」

ぶっきら棒な返事があった。聞き覚えのある、小野寺の声だ。

「小野寺さん、以前一度だけうかがった、警察の者です」

佐江が告げると、

「今、お客さんがたてこんでいて話してる暇がない」

というや、電話は切れた。佐江は舌打ちして受話器を戻した。こうなったら直接「五合」に向かう他ない。

組対課長の許可は、道中得ることにして、抗弾ベストと拳銃を身につけ、覆面パトカーに乗りこんだ。

「五合」が地下に入ったマンションの前に覆面パトカーを止めたのは、午後九時過ぎだった。看板には明かりが入っていて、佐江が階段の途中まで降りてようすをうかがうと、笑い声が格子戸の向こうから聞こえた。

佐江は階段を上り、覆面パトカーに戻った。組対課長の携帯電話を呼びだした。留守番電話サービスにつながる。佐江は何も吹きこまず、電話を切った。

やがて「五合」から四人の客がでてくるのが見えた。白い調理着に下駄といういでたちの小野寺があとからついてくると、腰をかがめ礼の言葉を口にした。

客たちが駅の方角に遠ざかっていくまで、ずっとその姿勢で見送っている。

佐江は車を降りた。

ようやく腰をのばした小野寺がそれに気づいた。鋭い目を向けてくる。

「あんたにもう話すことはない。帰ってくれ」

「そっちにはなくてもこっちにはある。他に客はいるか」

佐江は前回とは口調をかえた。危険がさし迫っていると気づかせるためだ。

「いないがあんたを店に入れる気はないね」

暗い路上で、佐江は小野寺とにらみあった。

「あんたの命が危ない」

小野寺は動じなかった。

「そうやって威せば、俺がべらべら喋ると思ってるのか」

「威しじゃない。相馬の狙いがわかったんだ。高河連合と組んで、歌舞伎町にカジノを開こうとしている。許可を得るためには、過去を知っている者が邪魔だ。その筆頭が、あんただ」

小野寺の表情がわずかに変化した。が、

「俺には関係ない」

と吐きだした。

「あんたは関係ないと思っても、向こうはそうは思わんさ。現に、こうして俺が会いにきている」

「俺を殺したところで、刑事のあんたが奴の過去をバラせば終わりだ」

「確かにな。だが二度も、奴らは俺を殺そうとした。証言できる者がいなくなれば、力で押し切れると思っているのかもしれん。警察にもコネをもっている」

小野寺は顔をそむけた。

「昔の連れに殺されるならしかたがない。そんな人生しか送ってこなかったってだけだ」

「相馬が殺そうと思わなくても、連合はちがう。カジノ用地を手に入れるため、これまでも何人か殺している。それだけのものを連合も賭けているんだ。甘っちょろい友情じゃ助からない」

小野寺は答えなかった。佐江は小野寺との距離を詰め、告げた。

「あんた、相馬のバックにはとんでもない大物がついている、といったな。それは高河連合の幹部じゃないのか」

小野寺は無言だった。やがて首を巡らせ、佐江を見た。

「かたづけがある。待っていてくれ」

「車の中にいる」

佐江は答えて、覆面パトカーに戻った。煙草を吸い、待ちつづけていると、看板の明かりが消えた。調理着に黒い皮ジャンパーを羽織った小野寺が階段をあがってくる。

佐江は助手席のドアロックを解いた。小野寺は乗りこんだ。

「こんなに早く閉めていいのか」

「前にきたときは十一時過ぎまで開けていた。

「今日はもう予約がない」

答え、小野寺は息を吐いた。佐江のほうを向き、いった。

「煙草、くれないか」

「吸うのか」

佐江は箱をさしだした。

「料理人の見習いを始めたとき、やめた。極道あがりの俺でも雇ってくれた親方にやめろといわれた。舌が駄目になる、と」

「じゃあ吸わないほうがいいだろう」

小野寺は答えず、一本抜いた。佐江はライターの火をさしだした。

「極道あがりだろうがなかろうが、商売ってのはやさしいもんじゃない。がんばってはきたが、来月あたりで店を閉めなきゃならん」

煙を吐き、小野寺はいった。佐江は前を見た。

「なるほどな」

「要するに俺にそれだけの力がなかったたってことなんだ」

　小野寺は低い声でいった。

「店を閉めて、どうするんだ」

「どこかの店に拾ってもらうしかない。前科もちを雇ってくれるところがあれば、な」

「さっきの親方の店はどうなんだ」

「もう亡くなった。店もない」

「そうか」

　佐江は息を吐いた。小野寺はぼそりといった。

「極道ってのは、上にあがらなけりゃやってるときもつらいが、やめたあとはもっとつらい。足を洗った極道なんて、恐がられもしなけりゃ、頼りにもされない。ただのゴク潰しだ。仕事にはつけない、うしろ指はさされる、どうにもならねえよ。今の若い奴らなんか、悪さをしたって極道にだけはならない。しれっとして、『俺はカタギだ』なんてほざきやがる」

「極道を選んだのはあんただ。誰かになってくれと頼まれたわけじゃないだろう。足を洗って板前になったのは立派だ。だがもっとまっとうにやってきても、思い通りにならない人間は、世の中にたくさんいる。小利口に世渡りしようなんて奴は、必ずしっぺ返しをくらう」

　佐江はいった。小野寺がふっと笑った。

「森本がよくいってた。猪野や高部みたいな奴らを、『盃をもらわず、上手に組を利用しようなんてふざけてる。いつか痛い目にあう』ってな」

「確かにその二人は死んだ」

「だが他にも同じような奴はいっぱいいる。極道なんて馬鹿がなるもんだとうそぶきやがって……」

「そんな半端者は、何にもなれない」

　小野寺は意外そうに佐江を見た。

「あんた、極道の肩をもつのか、デカのくせに」

「もちはしない。半端者は極道以下だと思っているだけだ。極道には少なくともしきたりやルールがある」

る。それすらない奴らがあぶく銭を見せびらかしたって、世の中は相手にしない。それにな、本気で敵に回したら極道のほうがはるかに危険だ。組織で潰しにくるのと、ひとりふたりの恐いもの知らずと、どっちが恐い？」

「今どき、組織で潰しにくるなんて、めったにない。抗争を起こせば、警察に追いこまれるからな」

「だからプロを使う。俺を狙ってきたのはプロの殺し屋で、たぶん高河連合の隠し玉だ」

「隠し玉？」

「組員じゃない。だが連合のでかいシノギがからんだときに殺人を請け負う腕ききがいるらしい。連合の人間でも知っている奴は少なくて情報が錯綜している。存在を初めて聞かされたときは外国人だという話だった。だが俺が会ったのは日本人だ」

「あんたが生きてるってことは、パクったのか、そいつを」

「いや。二度とも俺の運がよかっただけだ。パクるどころか、まちがいなく殺られると覚悟した」

小野寺は吸いさしを車の灰皿につきたてた。

「そいつが俺を殺しにくるのか」

「可能性はある。話がこじれたら、相馬も殺られるかもしれん。カタギと極道のちがいはそこだ。極道は、殺ると決めたら、殺る」

小野寺は無言だった。

「家、どこだ。送る」

佐江はいった。

「下石神井だ。上井草の駅のそばだ」

佐江は頷き、覆面パトカーのナビゲーションシステムに上井草の駅を表示させた。直接小野寺の住所を入力しなかったのは、万一の情報洩れを警戒したからだった。覆面パトカーは、他の警官も使う。

走りだしてしばらく、小野寺は黙りこくっていた。やがてつぶやいた。

「もう少し、店をがんばってみるか。他に何もできないんだ……」

「俺も食いにいくぞ、入れてくれるなら。この事件(ヤマ)がかたづいてからだが」

　小野寺はふっと笑った。

「殺されちまったら、借金もへったくれもない。迷惑をかけることを考えたら、畳んだほうがいいかもしれん」

「殺されないために俺がいる」

「そのあんただって、二度も殺られかけたのだろうが」

「ああ。だが今度は、ちがう。守るのは自分じゃない。そのほうが体を張れる」

「妙なことをいう。手前(てめえ)の命が大事だろう」

　佐江は答えなかった。これまで、何人の命を奪い、何人の仲間を見送ったろう。いつも自分だけが生き残った。

　いつか殺される。畳の上で死ぬことだけはない。そう信じている。

「どうせ殺されるなら、誰かを守って殺されたほうがいい。警官なんだから」

　佐江がいうと、小野寺は嘲笑を浮かべた。

「警官てのは、そんな立派な商売かよ」

「立派かどうかは知らないが警官になろうなんて奴は、誰かを守りたいからなるんだよ。悪い奴をとっちめたいとか、犯罪をなくしたいなんてのは、二の次だ。本当の警官の仕事ってのは、誰かを守ることから始まる。長年やっていると忘れちまうが、こうやってときどき思いだすんだ」

　小野寺は笑いを消した。

「あんたひとりで俺を守りきれるのか」

「わからない。だが今のところ、あんたの重要性に気づいている人間は、警察にはそういない。捜査本部には、いろんな考えかたをする奴がいるんでな」

　小野寺は息を吐き、前を見つめた。

　やがていった。

「高河連合の延井さんだ。延井公大、若頭だ」

34

ミツから電話がかかってきたとき、プラムは新宿にいた。新宿は、日本に戻ってきてからの三カ月で、プラムが一番好きになった街だ。いつもざわついていて、人が人を気にしない。何人だろうと、この街なら居場所を見つけられるのだ。その証拠に、新宿にはありとあらゆる国の人間がいる。

パタヤやバンコクにも外国人は多い。だが大半は観光客で、長くはいない。新宿にいる外国人は、この街で食べていこうとしている者ばかりだ。だから他人を気にしない。いや、気にする余裕がない。

着古したヨットパーカーとジーンズ、スニーカーで、プラムは靖国通りのガードレールに腰かけている。もつれあったカップルが通り、酔っぱらいに客引きがすがり、タイとは異なる雰囲気だが、ひと目でギャングとわかる男たちがあたりを威圧するようにうろつく。

この先の通りを右に曲がれば、ユリ江がいる。母親の形見を渡したあと、お茶を飲もうと誘われたが、プラムは避けた。子供の頃の自分、日本にいたときの母親をよく知っている人と話したら、いろんなことがバレてしまいそうだったからだ。それに何より、ユリ江は占い師だ。自分が人殺しだと見抜かれてしまうのではないか。

ユリ江は、母親が仲よくなった数少ない、日本人の女性だった。タイに帰る前、母親に連れられて会いにきたときのことも何となく覚えている。そのときも、再会したときも、雨が降っていた。雨の中、ユリ江はちょっと恐い顔をして、道いく人を見つめていた。

新宿にいるのは、落ちつくからだけではない。行動するとき、川崎からでてきたのでは時間がかかりすぎる。

バイクを新宿の地下駐車場に止め、服と拳銃はロッカーに預けてある。新宿には電車でくる。川崎からバイクで移動するのは危険だ、とミツがいったからだ。

日本の道路にはいたるところにカメラがあって走っている車やバイクのナンバーを撮影しているという。だから走れば走るほど、警察にいろいろな情報を知られてしまうのだ。

「はい」

携帯電話を耳にあてた。ミツがいった。

「行動だ。君が守るべき人が中野にいる。住所を教えるから、そこに向かってくれ」

「また殺し屋がくるの?」

「おそらく、くる。ただし、同じ場所に、前回君が助けた刑事もいる。気をつけるんだ。彼は君に恩を感じてはいるだろうが、警察官としては見逃すわけにはいかないとも思っている」

ミツのいいかたは難しく、プラムは理解に苦しんだ。

「それはわたしをつかまえるということですか」

「場合によっては」

プラムは黙った。

どうすればいいのだろうか。

「少し離れた位置からようすを見ることだ。殺し屋も君と同じような行動パターンをとる。それを意識していれば、彼らより先に殺し屋を見つけることができるだろう」

「つまり二人を殺す気持ちになって見ていろ?」

「簡単にいえばそうだ。殺し屋も、刑事に自分を見つけられたくない。だから近づくのは殺すときだ。それを見逃してはいけない」

「わかった」

プラムはいった。

「住所をメールで送る」

ミツはいって電話を切った。やがて英文で住所が届いた。

プラムは地下駐車場に向かった。ロッカーからライダースーツを入れたボストンバッグをだし、公衆便所で着替えた。バイクにはナビゲーションシステムがついていて、住所を入力すれば矢印で進むべき道が表示される。

　バイクにしまってあったフルフェイスのヘルメットをかぶった。バッグの中にはミツが用意した拳銃と予備のマガジンも入っている。

　銃を身につけ、バイクにまたがると、プラムは本来の自分に戻ったような気がした。この銃を悪い奴に向けて使うために、自分は生きている。

　ナビゲーションの表示にしたがって、バイクを発進させた。

35

「ここでいい」

　小野寺がいったので、佐江はブレーキを踏んだ。

　七階建てのまあたらしいマンションの前だ。

「きれいなところだな」

「ワンルームばかりだ。住んでいるのは学生が大半だ」

　小野寺はいった。

「ここで寝て起きて、買い出しにでかけて店にでる。そのくり返しだ」

「部屋まで送る」

　佐江がいうと、小野寺は驚いたような顔をした。

「あんたを殺しにくるかもしれない殺し屋は俺も狙っていて、俺の部屋の合鍵を作っていやがった」

　佐江が告げると、

「本当か」

　と眉をひそめた。

「俺はそいつに二度襲われた」

「なんでデカを狙うんだ」

「知りたいことがあったようだ。それを俺から訊きだして殺すつもりだったらしい」

　小野寺はあきれたように首をふった。

「デカを的にかけるような馬鹿がいるとはな」

「そいつはたぶん極道じゃない。見た目は地味な感じの野郎さ。プロの殺し屋なんだ」

小野寺は息を吐いた。

「そんなのに頼らなきゃならない時代なのか」

「あんたが現役の頃とはだいぶかわった。殺しは外に頼んだほうが賢いと考えているんだ」

「確かにそのほうが安上がりだな。ツトメのあとの身の処し方までを考えると」

小野寺はいって、助手席のドアを開いた。

「何階の何号室だ？」

覆面パトカーのハザードランプを点(とも)し、運転席を降りてドアをロックした佐江は訊ねた。

「四階の４０１だ」

「俺が先にいく。何かあったらすぐに逃げだして一一〇番しろ」

佐江はいった。小野寺は頷き、皮ジャンパーのポケットから鍵をだし、佐江に渡した。


佐江はそれを左手にもち、マンションのロビーに入った。右手は上着の中に入れ、いつでも拳銃を抜けるようにしてある。

オートロックを開け、エレベーターホールまで歩いた。建物の中は静かだ。

エレベーターに乗り、四階まであがった。４０１は、エレベーターホールのすぐわきだ。

ドアの前に立つと、佐江は退(さが)るように小野寺に指示し、鍵穴に鍵をさしこんだ。万一、扉の内側から発砲されたときのことを考え、扉の正面には立たない。

鍵が開くと、拳銃を腰のホルスターから抜き左腰の前でかまえた。ドアノブをひいた。

弾丸は襲ってこず、廊下の照明だけで室内が見渡せるような、狭いワンルームが視界に入った。扉の前から外れ、佐江は鍵を返して訊ねた。

「明日は何時にでかける？」

「築地(つきじ)に買いだしに。八時にはでる」

「わかった。八時前に下にいる。今夜はもうでかけないのだろう?」

佐江が訊くと、小野寺は目を広げた。

「ずっと俺に張りつく気か」

「いずれ他の刑事にかわるだろうが、今日明日は俺だ」

小野寺は首をふった。が、何もいわず部屋に入って扉を閉めた。鍵のかかる音がした。

佐江は一階に降り、覆面パトカーに乗りこんだ。パトカーを移動させ、近くのコインパーキングに止めると、徒歩で小野寺のマンションの前まで戻った。

駅が近いせいか、電車が走っているあいだは人通りが多く、明かりも多いが、深夜になればそれが一変する可能性もある。

佐江は周辺の建物を見渡した。小野寺のマンションを監視しながら、雨露をしのげ、かつ自分の姿をさらさずにいられるようなところがないかを探す。空き家や空き部屋があれば好都合なのだが、それらしいところは見あたらない。

小野寺を狙ってくるのがあの男だったら、佐江は自身の安全も考えなければならなかった。小野寺のようすをうかがいにやってきた殺し屋が佐江の存在に気づけば、一石二鳥とばかりに襲ってくる可能性がある。

だがあの男は二度、失敗している、小野寺の口封じには別の人間が使われるかもしれない。小野寺は、刑事である佐江とはちがう。狙われているのを知らなければ、知り合いからの呼びだしに応え動くこともあるだろう。たとえば相馬がどこかへいこうと誘い、連れだした先で待ち伏せて殺すという方法もとれる。

その場合は、あの男のような殺し屋は必要ない。何人かの組員を用意するだけでこと足りる。

ビジネスマンとして成功している相馬より、やくざである延井のほうが、佐江としてははるかに対決しやすい。延井が高河連合の大幹部だとしても、やくざはやくざだ。何百、何千の兵隊を動かせる立場にあろうと、そこからひきずりおろすことができる。そこがカタギとのちがいだ。

やくざはどれだけ出世し、金や権力をもとうと、安月給の刑事を遠ざけることができない。

いくら大物になっても、まっとうな会社の重役や社長とはちがう。なぜなら、得ている金も権力も、違法行為の結果だからだ。よれよれのスーツを着て、財布の中に一万円も入っていないような刑事を、やくざの大物は馬鹿にする。ろくな飯にも酒にもありついたことがない、貧乏人だと。

その通りだ。だがその貧乏人がひとたび逮捕状を執行し、裁判で有罪が確定すれば、大物は仮釈放をうけることもなく刑期を満了するまでクサい飯を食わなければならない。そして服役するまでの贅沢な暮らしを出所後もつづけられるという保証はない。

カタギには生活の安定がある。高級外車を乗り回したり、目の玉の飛び出るような食事や酒とは縁がなくとも、積み上げてきた暮らしを他者が簡単に奪うことはできない。正業で得た収入は、その人のものだからだ。

やくざの収入には、正業で得たものはない。だからこそ失うときは、一円も残らない。落ち目になったやくざが、そのわずかな貯えでさえ、同じやくざに寄ってたかって奪われるのを佐江は見たことがあった。

それがやくざなのだ。延井にどれだけの金があろうと、佐江は、だからどうしたといえる。やくざはしょせんやくざで、刑事は天敵だからだ。それをひっくりかえしたいなら、足を洗ってカタギで成功するか、刑務所に入る覚悟で刑事を殺すかだ。

佐江の携帯が振動した。佐江はとりだし画面を見た。組対課の課長だった。佐江からの着信を知って、かけてきたのだろう。

「はい」

人目につかない、建物の陰に移動して佐江は応えた。電話で話しているあいだに殺し屋に狙われるのは避けたい。

「どこにいるんだ?」

署にいないことはわかっているようだ。

「下石神井です。保護したい人間がいるので」

「詳しい場所をいえ。人を送る」

話が早すぎる。

「どうしたんです?」

課長は間をおいた。

「先ほど、本庁の刑事部長から管理官あてに連絡があった。相馬啓一郎が弁護士を通して、事情聴取に応じるといってきたそうだ」

「どういうことです?」

「自分が内偵をうけているとわかった。探られるような痛い腹はない。だから訊きたいことがあるなら直接訊いてくれ、というわけだ」

先手を打たれた。佐江は気づいた。警察が高河連合と相馬との、オレンヂタウンの地上げをめぐる関係をつきとめる前に、自ら乗りこんで身の潔白を主張しようというのだ。返す刀で、警察の捜査がどこまで進んでいるのかを探る狙いもあるのだろう。

「事情聴取は、管理官がおこなう。その前にお前の話を聞いておきたいとのことだ」

「了解しました」

カタギの大物相手に、佐江は直接質問することすら許されないというわけだ。もちろん下っ端の刑事でも、佐江でなければばちがったかもしれない。口のききかたを知らない、礼儀知らずの佐江を、弁護士同席の事情聴取にあたらせるのはリスクが大きいと、上は判断したのだろう。

それでも、前もって佐江の話を聞こうといってくれるだけ、まだましだ。

三十分ほどすると、組対の二名が乗った覆面パトカーが到着した。佐江は小野寺の部屋の窓を見上げた。まだ明かりがついている。

一階のインターフォンで小野寺の部屋を呼びだし

た。二人を連れて四階にあがり、交代することを知らせる。

「急用ができて、署に戻らなきゃならなくなった」

小野寺は酒を飲んでいたのか、赤い顔をして、ドアを開けた。

「急用って何だよ」

佐江は携帯の番号の入った名刺を小野寺に手渡した。

「あんたのことはこの二人が守ってくれるが、もし何かあったら連絡をくれ」

小野寺は佐江の名刺を見つめていたが、ふんと笑った。目がすわっていた。どうやらあまり酒癖がよくないようだ。

「勝手にしろや」

ドアが閉まった。二人はあきれたように顔を見合わせた。佐江はいった。

「いろいろ悩みがあるみたいだ。それはともかく、銃をもった殺し屋が襲ってくる可能性がある。俺を狙ってきたのと同じ奴だ。用心しろ」

「銃は着装しています」

「相手は容赦なく撃ってくる。威嚇射撃なんかしてる暇はないからな。腹をすえてかかれ」

「了解です」

佐江は下に降りると二人と別れ、覆面パトカーを止めたコインパーキングに足を向けた。

コインパーキングから車をだした。新宿方面に向かって走りだしたとき、路地の入口から入ってきたバイクとすれちがった。フルフェイスのヘルメットをかぶったライダーが乗っている。

佐江ははっとしてブレーキを踏んだ。まさか、と思いながらふりかえった。バイクのナンバーを見ようとしたが間に合わなかった。

バイクは住宅街の路地の奥に消えていた。

あのライダーがなぜここにいたのだ。それとも見まちがいか。

佐江はブレーキを踏んだまま、ルームミラーをにらみつけた。バイクが戻ってくるのを待ったのだ。

だが戻ってはこなかった。

偶然だ。フルフェイスのヘルメットをかぶったライダーはいくらでもいる。佐江の命を救ったライダーがここにくるわけがない。

もしあのライダーだったならば、その目的は何なのだ。小野寺の命を奪いにきたのか、それとも守りにきたのか。いや、それ以前に、どうして小野寺の存在を知っているのか。

佐江のアパートに現れたとき、ライダーの目的は、殺し屋にあるように見えた。佐江には目もくれず、言葉もかけることなく、殺し屋に向け発砲した。結果として佐江を救いはしたが、佐江はそんな〝恩人〟に心当たりはない。

同じ警官ならともかく、銃を撃ちまくって殺し屋から佐江の身を守ろうとするような人物がいるわけがなかった。

もし今すれちがったライダーが、アパートに現れたのと同じなら、今度は小野寺を守りにきたと考えるか、あの殺し屋が襲撃してくるのを察知して先回りしてきたと考える以外にない。

いずれにしてもライダーは、これから狙われる可能性のある人間についての情報を、どこからか得ていることになる。

高河連合の内部にライダーを動かしている者がいるのか。佐江は考えこんだ。

新宿署に到着するまで考えつづけたが、答は得られなかった。

佐江の〝守護神〟とはなったが、ライダーの存在は、この事件の全体像をかえって不透明にしていた。

これまで延井と相馬の「計画」は円滑に進んでいた。そこに佐江と谷神が現れ、危険を感じた二人が殺し屋を放ったと考えていた。あのライダーが、殺し屋の〝敵〟であるなら、第三の勢力が存在することになる。

署にあがった佐江は組対課の部屋に向かった。課長が待っていた。

「管理官はもうきておられる。一課長もいっしょだ」

佐江は訊き返した。

「捜一の課長ですか」

「それだけ気を遣わなけりゃならない相手だということだ」

会議室に入ると、白戸と一課長の立花(たちばな)がいた。白戸が佐江を立花に紹介し、状況を説明した。

「今日の夕方のことだが、刑事部長あてに弁護士の早坂(はやさか)さんから連絡があった。早坂さんの名前は知っているね。元地検のエースだった人だ」

警察と検察の捜査法を熟知した、やめ検弁護士というわけだ。

「顧問をしておられる株式会社ソーマの専務取締役の相馬啓一郎から相談をうけた、と。警視庁の刑事が、殺人事件の捜査にからんで自分のことを内偵しているようだ。被害者の高部斉とは、かなり以前のことではあるが面識はあった。が何年も会っていない。一方、会社が進めているある計画に基づいて、現在新宿の土地を買収しているのだが、事件と関係があるとは思われないのに、その土地買収を任せている下請け会社について刑事が捜査をおこなっている節がある。自分は現在、業界団体の理事をしている身でもあり、あらぬ疑いをかけられるのは、業界全体に影響が及びかねない。そこで訊きたいことがあれば直接訊いてもらいたい、と相馬氏が早坂さんを通じて申しでてきた」

白戸が佐江を見た。

「この刑事というのは、あなたと谷神くんだね」

「一部の捜査に関しては、俺ひとりです」

佐江は答えた。白戸は立花と目を見交わした。立花がいった。

「あなたの意見を聞こう」

佐江はわずかに息を吸い、口を開いた。

「相馬啓一郎が新宿の土地を買収しているというの

は事実で、その対象はオレンヂタウンです。相馬は、オレンヂタウンに、いずれ法律で認可されるであろうカジノを建設するつもりなのです」

「その話も実は聞いている」

立花は驚いたようすも見せず、答えた。

「絶対秘密にしてくれということで、早坂さんが伝えてきた」

相馬はそこまで認めたのか、と佐江は驚きを感じた。肉を斬らせて骨を断つ作戦にでたようだ。

「よくそこまでつきとめたな」

白戸がいった。

「カジノ計画を、相馬は、絶対に秘密にしなければならない理由がありました。それは高河連合の関与です。オレンヂタウンに縄張りをもつ暴力団が、この何年かのあいだに解散、あるいは吸収されて、高河連合の傘下に入っているのです。今現在、オレンヂタウンはすべて高河連合の縄張りです」

「そのことと相馬氏を関係づける理由は？」

立花が訊ねた。

「相馬啓一郎という人物のすべてです。相馬は、高河連合の若頭である延井公大によって作りだされた人間だからです」

立花は眉をひそめた。佐江は、相馬がかつては森本といい、尾引会の組員であったときから延井の支援をうけ、さらに尾引会の解散後は、相馬勝歳の娘をタイで救ったことから婿養子となったのだと説明した。

「延井は、将来の大きな計画のために相馬啓一郎という人間を作ったのです。相馬の過去を知り、カジノ計画に気づいた高部は、それが理由で殺されました。俺が狙われたのも、カジノにあります。相馬は、延井には決して逆らえません。もしオレンヂタウンにカジノ建設が許可されたら、連合は大きな利権を手にします」

「だがカジノの運営に暴力団が関与することは不可能だ。警察が徹底的に排除する。あらゆる審査をパスしない限り、カジノには指一本触れられないだろう」

　立花がいった。

「組の盃をもらっている人間はそうでしょう。しかし前科もなく、準構であったというデータすらないような人間が、今は暴力団の周辺に数多くいます。中には飲食業や不動産業、建設業を営んでいる者もいる。そういう者も排除できると思いますか」

　立花は答えなかった。組対課長がいった。

「難しいだろうな。以前に比べ、カタギとやくざの境界が本当にぼやけてきている。頭の切れる極道は、まっ白な経歴なのにまるで子分のように動くカタギを抱えている。このカタギは、脅迫されて動いているわけではないので、極道とのつきあいに恐怖を感じていない。互いに懐を潤しあう相手、ビジネスパートナーだと考えている」

　立花は唸り声をたてた。

「そうであるなら、遠大な計画を、延井は立てたものだな」

「延井の経歴を考えれば、それは理解できます」

　白戸がいった。

「延井に関しては、谷神くんが情報を収集していました」

「西岡が殺されたあと冷や飯を食っていたのを先代の若頭が復活させたのだったな」

　立花はいった。白戸は頷いた。

「谷神くんは明日戻ってきます。彼のマカオでの捜査も、カジノに関する情報を裏づけています」

　立花は口もとをひきしめた。

「延井と相馬の関係を裏づける材料はあるのか」

「証言できる人物がいます。本人がその気になれば、ですが。ただし延井がバックアップした地上げについては、その人物は何も知りません」

　佐江は答えた。

「状況証拠しかない、ということだな」

「そうです。現在のところ、地上げと高河連合を関連づけられるのは、高部斉と片瀬庸一を射殺した犯人です。使用された銃から、同一犯の可能性がありますが、高河連合には、構成員ではないプロの殺し屋がいて、地上げの障害となる人間を排除している、と俺は考えています」

「先日、君を襲ったのも、同じ犯人だと？」

佐江は頷いた。立花は首を傾げた。

「刑事を殺すリスクをおかしてまで、相馬はカジノを建設したがっているのか」

「カジノを欲しがっているのは、相馬ではなく延井です。暴排条例以降、暴力団はシノギの道を断たれ苦しんでいます。高河連合という大所帯の、いずれトップに立つ人間として、安定した大きなシノギを延井は確保しようとしているのです。そのために、なりふりかまわず、俺の口まで塞ごうとしたのだと思います」

立花と白戸は顔を見合わせた。

「つまり、すべては延井の描いた絵図、ということかね」

「俺の考えはそうです。おそらく今の段階では、高河連合の内部でも、相馬やカジノ建設について知っている人間は、ごくわずかです。暴力団の関与が洩れれば、当然相馬はカジノ運営には触れなくなる。それだけに、早めに警察の信用を得ようと考えた」

白戸が立花に告げた。

「佐江くんの考えが正しければ、事情聴取は、こちらの手の内を明かすことになります。といって、形だけですませたら、何も得られない」

立花は険しい表情になった。

「今回の話は刑事部長あてにきたものだ。もってきたのは、二代前の刑事部長だった谷原さんだ。退官され今は、協会の理事長をしておられる」

協会とは、パチンコ、スロット業者の管理団体のことだった。二十年近く前、業界から暴力団を排除するために作られ、現在では、警察官僚の重要な天下り先になっている。

「もちろん谷原さんがこの件に関与しているとは考えられない。だが谷原さんに全部を話すわけにはいかないだろうな」

「カジノが認可されるということになれば、当然、協会もその運営にかかわるのでしょうね」

　白戸がいうと、立花は首をふった。

「そこまで我々にわかるわけがない。もっと上のほうが決めることだ」

「カジノの設置に一番熱心なのは議員(バッジ)先生たちです。利権がからまなければ、あの連中が動くわけがありませんからね」

　白戸は皮肉めいた口調でいった。

「おそらく、国会議員を動かしている中には、相馬の義父の相馬勝歳がいます。業界の大物ですから、法改正の流れは娘婿の相馬を通して、延井に伝わる筈です」

　佐江がいうと、立花は頷いた。

「相馬は、議員(バッジ)にとっては安全装置だ。高河連合のことが公になれば、あっさり相馬を切り、暴力団の関与など知らぬ存ぜぬを決めこむだろう」

「さらにいえば、こちらの動きも相馬を通して延井に伝わっている、と考えるべきです。殺し屋が俺を狙ってきたのは、それが理由です」

「めったなことをいうな」

　課長が険しい声でいった。

「いや、その可能性は充分にあります」

　白戸が首をふった。

「谷原さんに限らず、今、協会におられる先輩たちとつながりのある現役は多い。なにげない世間話のついでに洩らす場合もあるでしょうし、強く請われたら断れない関係の人に、わかっていて情報を流しているのかもしれません」

　そして佐江に目を向けた。

「だからあなたと谷神くんは当初、帳場に相馬のことをあげず、動いていた」

「そうです」

答えながら佐江は気づいた。谷神は、白戸にだけは報告していたのだ。その理由が保身であったとしても、責める気にはなれない。

しょせん捜一の刑事と自分とでは、立場がちがう。

「高河連合といえば、西岡殺しのほしはまだ、だったね」

立花がいった。

「まだです」

「その殺し屋を使って、延井が殺したとは考えられないか」

「西岡が死んだことで延井は日本にいられなくなった、と聞いています」

課長がいった。

「となると、別か」

「西岡が死んで、連合は一時弱体化しました。西岡は優秀な金庫番だったからです。もし延井が戻らなかったら、今頃はもっと駄目になっていたでしょう」

佐江はいった。その瞬間、閃いた。

「そうか――」

「何？　どうした」

延井の計画を妨害する、第三の勢力のことを思いついたのだ。西岡を暗殺したのと、同じグループだったのではないだろうか。

だがこの場でそれを説明すれば、話が複雑になりすぎる。佐江は首をふった。

「いえ、なんでもありません」

立花が佐江を見た。

「事情聴取だが、君は別室で立ち会ってくれ。途中で意見を求めることがあるかもしれない」

「了解しました」

「谷神くんにも同じことを頼むつもりだ」

36

谷神が戻ってきた翌日、警視庁ではなく、大手町のホテルの一室で相馬に対する事情聴取がおこなわれることになった。一課長と白戸がこれにあたり、相馬と弁護士には秘密で、部屋にテレビカメラをしかけた。録画すると同時に、別室で待機する佐江と谷神に見せるためだ。

　帰国した谷神に佐江は初めて会い、相馬と弁護士がくるのを待つあいだ、アパートで襲撃されたいきさつを話した。

　谷神はあきれたように首をふった。

「寝てしまうなんて、油断しすぎです」

　責めるような口調だ。

「ライダーが現れなければ、確実に俺は殺られていた」

「その男の目的は殺し屋だったのですか」

「としか思えない。そこまでして俺を助けてくれる人間に心当たりはないからな」

　佐江が答えると、谷神は首を傾げた。

「佐江さんなら、いそうな気がします」

「そんな人間じゃない。それよりむしろ――」

　佐江がいいかけたとき、モニターに二人の男が映った。相馬と弁護士が現れたのだ。

　弁護士は七十近い年齢になっている筈なので、相馬はすぐに見分けがついた。

「男前だな」

　佐江はつぶやいた。彫りの深い顔立ちで口ヒゲをはやし、メタルフレームの眼鏡をかけている。身なりは地味な紺のスーツで、むしろ派手なジャケットを着けている弁護士のほうがカタギに見えない。

　二人は、部屋で待っていた立花と白戸と挨拶を交わし、名刺交換をした。やがてソファで向かいあった。弁護士がＩＣレコーダーを鞄からだし、テーブルにおく。

「録音させていただきます。よろしいですね」

「もちろんです。こちらも、では」

　白戸がいって、同様のレコーダーをおいた。

　佐江は相馬の顔を観察した。

落ちついている。自ら話をしたいと申しでてただけあって、想定問答を完璧にこなしてきたのだろう。

「どうぞ、何でも訊いてください」

相馬の声は、太くなめらかだった。

「ではまず、高部斉さんとのご関係を」

白戸がノートパソコンを開き、いった。同じものを谷神が膝の上にのせている。質問したいことがあれば、メールで白戸のパソコンに送る手筈だ。

「その前に――」

弁護士の早坂が口を開いた。

「ここでの質疑応答の一切を、公開しないという誓約を確認させていただきたい。捜査関係者は別ですが、新聞、テレビ、週刊誌等、マスコミ関係者へのリークはもちろん、相馬さんの業界関連、現在は現役を退いておられる、遊技業管理協会の警察OBの方にも、相馬さんの個人情報を洩らさないという確認です」

「お約束します」

白戸がいった。早坂は立花にも目を向けた。

「もちろんです。お約束します」

「では官名とフルネームをおっしゃってください」

立花と白戸がそれぞれの役職と名前を告げると、早坂はICレコーダーを一度ストップさせ、録音されていることを確認した。つづいて再作動させたレコーダーに、日付とホテルの名、部屋番号を自ら吹きこんだ。

「確認された誓約が破られた場合、両名および警視庁を相手どった裁判が起こされる可能性があることを、申しあげておきます。では、どうぞ」

相馬は小さく頷き、咳ばらいをした。

「今となっては恥ずかしい話ですが、かつて尾引会という暴力団に籍をおいていたことがあります。当時尾引会の周辺にいたのが高部さんでした。つきあいらしいつきあいはありませんでしたが、面識はありました」

「高部さんも尾引会の構成員だったのですか」

「いえ、正式な組員ではなく、使い走りのようなことをしていたようですが、詳しいことはわかりません」

「高部さんには猪野さんという友人がいたのですが、ご存知ですか」

「猪野……」

記憶を探るように相馬は目を閉じた。

「思いだせません」

「猪野さんは、尾引会が実質的に経営していた闇金融の店長をしていた人で、あなたにとって従弟にあたります」

「そういえば思いだしました。猪野くんがいたんで、高部さんを紹介されたんです。猪野くんとは小学生くらいの頃、いききがあったのですが、それ以降つきあいがとだえていました。尾引会の本部で彼のほうから声をかけてきて、驚いたのを覚えています」

「猪野さんを尾引会に紹介したのは、相馬さん、当時は森本さん、ではないのですか」

「ちがいます」

きっぱりと相馬は答えた。

佐江は息を吐いた。尾引会の組長だった井筒と猪野が死んだ今、その言葉を嘘だといえる者はいない。

「あえて森本さんとお呼びしますが、森本さんは、尾引会の闇金融にかかわっておられなかったのですか」

「まったくかかわっていません。当時私は傷害で服役した直後でした。ですからまた逮捕される可能性のある仕事は極力、避けていました」

「では何をしておられたのです？」

「おしぼりのリース業です。いわゆるみかじめの監督でした」

「高部さんがその後不動産業をされていたことはご存知でしたか」

「いえ、まったく。高部さんとは十年近く、会っていません」

「では高部さんの会社が通称・オレンヂタウン内に

駐車場を所有していたこともご存知ない？」

「知りません」

「『奥戸インターナショナル』について、話していただけますか」

「『奥戸インターナショナル』は、私どもの会社が土地の買収を委託しているところです」

「土地というのは、オレンジタウンですか」

「オレンジタウン以外にも、遊技場を建設できそうな土地です。ご存知のように遊技場の建設は、いろいろ制約があります。ただ手頃な土地だから、では認可が下りません。そこで、あるていどそうした状況に詳しい業者に委託することにしているのです」

「他にもそうした業者はいますか」

「いると思いますが、会社に戻らなければわかりません」

「『奥戸インターナショナル』は、別の不動産業者を通して、高部さんにオレンジタウンの土地売却をもちかけていましたが、それについてご存知でしたか」

「いえ、ひとつひとつの案件については、部下に任せているので」

「オレンジタウンの土地買収の目的は、遊技場の建設ですか」

「そうです。立地のよさを考えると、かなり規模の大きなものが作れそうなので」

「パチンコやスロットですか？」

「別の可能性も考えています」

「何でしょう」

「ホテルや劇場なども備えたＩＲ、統合型リゾート施設です。今後の法改正を踏まえ、その準備です」

「ＩＲ……」

「お聞き及びとは思いますが、カジノが認可されるかもしれませんので、その候補地となるよう、準備をしておきたいのです」

「カジノを建設されるのですか」

「あくまでも準備です。お台場より新宿のほうが、はるかに多くのお客様をお呼びできる立地条件ですから」

「別の質問をさせていただきます。現在、暴力団関係者との交流はおありですか」

「ない、と思います。もちろん本人がそれを秘密にしておられたら、知らずにおつきあいしている方もいるかもしれませんが」

「高河連合について、何か訊きますか」

谷神が佐江を見た。当初の打ち合わせでは訊かないことになっていた。高河連合と地上げの関係を、警察がつきとめているのを知らせる結果になるからだ。

佐江は考えていた。うかつに延井との交流を問えば、小野寺が危険になる。

モニターでは、遠回しの質問がつづき、相馬は冷静に答えていた。

佐江は首をふった。

「ではカジノ関連でいきましょう」

谷神がいって、メールを打った。

「貝沼という人を知っていますか。マカオにおられる」

白戸が訊ねた。

「知っています。カジノに精通した方で、アドバイスをいただきました」

「相馬さんも会われたことがありますか」

「一、二度。マカオでお会いしました」

「高部さんも親しくしておられたようですが」

「そうなんですか」

「貝沼さんから名前を聞いたことがありませんか」

「なかったと思います」

「しかけます」

谷神がつぶやき、メールを打った。

白戸がわずかに沈黙した。相馬が身じろぎをした。

「実は捜査員が、この貝沼さんとも接触して、高部さんの話を相馬さんにしたことがあるかもしれないと訊きこんできたのです」

「私に、ですか」

「ええ。この貝沼という人の経歴が不明で、どうも本名ではないようなのですが」

相馬は間をおき、首をふった。

「高部さんの話はなかったと思います」

「ひっかからないか」

谷神がつぶやいた。

「延井でいこう」

佐江はいった。核心を突いて、反応を見る。

谷神のメールに、白戸は前以上の時間をおいた。

痺れをきらしたように早坂が、

「もう質問がないようですね」

といったところで、口を切った。

「延井公大という人をご存知ですか」

相馬が動揺した。目をさっと上げ、白戸を見つめた。

「誰ですって？」

「延井公大です」

「何をしている人ですか」

白戸はすぐには答えなかった。

早坂が白戸と相馬を見比べ、口を開いた。

「延井という人が――」

いいかけたとき、立花が制した。

「お答えは、相馬さんにしていただきます」

やがて相馬が首をふった。

「存じません」

「わかりました。ご協力ありがとうございました」

白戸がいい、相馬は目をみひらいた。

「終わりですか、もう」

「今日のところは。何かまたお訊ねしたいことができてくれれば、今度はこちらからおうかがいします」

早坂が首を傾げた。

「捜査本部はまだ相馬さんに対して、何らかの疑いをもっている、ということかな」

「いえ、そうではありません。ですがなにぶんにも高部さんの殺害事件では実行犯につながる証拠が乏しいのです。したがってご協力いただけるならどなたであっても、またどんな小さなことでも、お訊ねしていこうということです」

白戸が答えた。

「ですが今日お話しした以上のことは、私は存じません」

相馬がいった。眼鏡の奥の目を大きく開き、白戸を見つめている。

「その延井という人物は何者なのです？」

早坂が訊ねた。

「ご存知ないのなら、申しあげるわけにはいきません。捜査上の秘密になりますので」

「何らかの容疑をかけている対象者ということですな」

「それも申しあげられません」

早坂が相馬を見た。相馬は白戸に向けた視線をそらさなかった。

「私のほうから申しあげてよろしいですか」

相馬がいった。

「うかがいます」

「私の義父は、ご存知とは思いますが遊技事業者組合の幹部をしております。組合員にとって、東京に建設されるカジノ事業に何らかの形で協力させていただくのは悲願です。カジノ構想は、何年も前からあり、その段階からいろいろな方に、組合は協力しております。それが私個人の経歴が理由で、事業から外されるという事態にでもなったら、私の責任は大きいですし、失望される方も多いでしょう。おわかりでしょうか」

「威しか」

佐江はつぶやいた。相馬は、自分を疑えば、遊技業界が敵に回ると、ほのめかしている。その組合が、国会議員や元警察官僚とつながりをもつことは白戸や立花も当然知っていると踏んだ上だ。

「もちろんです」

立花がいった。

「経歴が経歴ですから、疑われてもしかたがないと私自身は思っております。しかし義父や業界すべてをそういう目で見るのはご勘弁ください。そうなったら、私は永久に社会に認められない人間になってしまう」

「経歴だけで相馬さんに疑いを抱いたことはありません」

白戸がきっぱりといった。

「では何が理由なのです？」

「高部さんを含む交友関係についてうかがいたいと考えていたのです」

「それについては今日、お答えしました」

谷神が息を吐いた。

「攻めてきましたね」

「今後、私に会いにこられるのであれば、何かはっきりとした容疑なり、事件に関係しているという証言を得た上でお願いしたいものです。また、私の会社や交友関係者を、刑事さんが訊ねて回るというのは、私のみならず義父の立場にも傷をつけかねません。そのあたりは、ぜひご配慮をいただきたい」

「わかりました」

立花がいった。

「ご迷惑をおかけすることがないよう、留意して捜査にあたります」

佐江は舌打ちした。触らない、と約束したようなものだ。

「そのお言葉を信じます」

「では」

早坂がうながした。二人は立ちあがり、部屋をでていった。

あとに残った白戸と立花は口をきかなかった。やがて白戸がカメラを向いた。

「こちらにこられるか」

「いきましょう」

谷神がうながし、佐江たちは二人のいる部屋に向かった。

「厄介な男だな」

立花がいった。

「尻尾をつかまれないという自信があるのでしょう」

白戸がいって、佐江と谷神を見た。

「どう思った？」

「延井の名をだしたとき、弁護士は何者だか訊きましたが、本人は何もいわなかった」

佐江は答えた。

「延井との関係を立証できないと考えているのだろうな」

「それだけではなく、延井に威されているのだと思います」

谷神がいった。

「オレンヂタウンカジノ建設計画を思いついたのは延井で、その実現のために相馬を作りだした。今やカタギで地位があるとしても、それはすべて延井が与えたようなものです。延井が引くといわない限り、相馬は引くことを許されない」

白戸が佐江と谷神を見比べた。

「二人は同じ考えのようだな」

立花が口を開いた。

「捜査本部を一時的に外れてはどうだ」

「外れる？」

「延井をマークし、相馬に揺さぶりをかける。捜査本部にいては、動きが伝わる危険がある」

「だったらそれは俺だけにやらせてください」

佐江はいった。谷神が驚いたようにふりむいた。

「佐江さん」

「谷神さんまで殺し屋の標的にすることはありません。俺ひとりで充分です」

「それはいけない」

白戸が首をふった。

「俺はもともとマル暴ひと筋の人間です。一課の谷神さんとはちがう。会ったことはありませんが、延井が何を考え、次にどんな手を打つか、想像ができる」

「それが私を外す理由ですか」

谷神があきれたようにいった。

それだけではなかった。相馬を逮捕できるだけの材料が集まらなかったとき、責任の追及を自分ひとりにとどめるためでもある。所轄の一刑事である佐江と一課の谷神では、立場が異なるのだ。が、それをいったら谷神は承服しないだろう。

「延井を揺さぶるには、かなり際どいこともやらなけりゃならない。それにあんたを巻きこむわけにはいかない」

立花が咳ばらいをした。

「それをしなければ、延井を追いつめられない、というのかな」

「刑事に殺し屋をさし向けるような奴です」

佐江が答えると、部屋の中は静かになった。

「相談させてください、二人で」

谷神が佐江にいった。懇願するような口調だった。

「わかった。二人に任せよう」

立花が答えた。

37

相馬が自ら警察に出向いて潔白を訴えるといいだしたとき、延井はやめたほうがいい、と告げた。義理の父親を使ったからめ手から警察の動きを牽制(けんせい)させればよいのだ。本人がのこのこ出向いたからといって、はいそうですかと納得してくれるほど警察は甘くない。それどころか不用意に切りこまれるきっかけを与えかねない。

だが相馬は動いた。それは義理の父親が理由だった。叩き上げの相馬の義父は、娘婿にかけられた疑いを、自分で晴らせとつき放したのだ。義父は、オレンヂタウンの地上げを高河連合がバックアップしていることを知らない。疑いを招いたのは、相馬の「不徳の致すところ」なのだから、警察にそれを説明してこい、と命じたらしい。

　カジノ事業が狙いどおり軌道にのったら、時期を見て延井はこの義父も「佐藤」に始末させるつもりだった。七十を過ぎてはいるが、頑健で業界には自分に逆らえる人間はいないと豪語しているらしい。義父が死ねば、財産はもちろん権力もかなりの部分が相馬に移行する筈だ。

「延井さんの名をだしてきました」

　電話をかけてきた相馬は開口一番にいった。動揺している。

「所属も何もいわず、延井公大という人を知っているかというんです。もちろん知らないと答えましたが、いったいどういうことでしょう」

「誰かが喋ったんだ。俺とお前の関係を」

「誰が」

「うちのサイドにはそんな人間はいない」

「佐藤」からは、仕事を終えたという連絡はない。事故か自殺を装えと命じたので、時間がかかっているのだろう。

　相馬は沈黙した。

「まあそんなに気に病むことじゃない。オレンヂタウンはうちの縄張り（シマ）だから、まっ先に疑ったのだろう。連合といえば俺、というように、単純に考えるような奴らだ。向こうからは誰がでてきた？」

　小野寺を的にかけていることは告げず、延井はいった。

「捜査一課長と一課の管理官という二人です」

「一課なら、たいしてうちの情報をもっちゃいない。例の新宿のマル暴はいなかったのだな」

「その場には。もしかしたら別室でやりとりを聞いていたかもしれませんが」

「カジノの話はしたのか」

「貝沼さんの名がでましたから。高部が貝沼さんとひんぱんに会っていて、貝沼さんはその話を私にした筈だ、とふってきました。カマをかけていると思ったので、とぼけておきました」

「それでいい。お前は知らぬ存ぜぬを通せ。いくら疑われようと、具体的な証拠があがらない限り、向こうはカタギのお前をどうにもできない」

「そのぶん延井さんにいくのでは？」

「心配するな。連中とのやりとりは慣れている。とにかくじたばたするな。お前がもっていかれるようなときは、まず先にこっちに奴らは乗りこんでくる。だからそれまであわてないことだ」

　電話を切ってすぐ、部屋の扉がノックされた。加来田だった。

「例のマカロフの件ですが、妙な話がでてきました」

「妙な話？」

　加来田は一瞬、沈黙した。

「昔うちともいききがあった、九州のほうの人間で、水野という男がいます。ある時期から連絡がとれなくなっていたのですが、最近見かけたという者がいて、捜させたところ、きのう赤坂の韓国クラブで飲んでいるのを見つけました」

「チャカ屋なのか」

　加来田は頷いた。

「私も実際に会うのは初めてで、うちとつきあいがあったのは十年以上前だったそうです」

「水野……」

　延井は首を傾げた。かすかに覚えがあるような気もする。

「どんな男だ」

「痩せて、髪の薄い、ぱっとしない野郎です。知らせてくれた奴の話だと、韓クラが大好きで、東京でも博多(はかた)でも、そんなとこばかりに通ってるって話です」

「それで？」

「高木が顔を貸してくれというと、もう商売は畳んだとかほざいていやがったようですが、威しを入れたら今度は殺さねえでくれって、がたがた震えだしたんで、何かあると思って、俺に連絡をよこしました」

高木というのは加来田の舎弟で、広島の族あがりながら目端のきく男だった。まだ若く、三十になったかどうかだ。

「会ってみると確かにようすがおかしいんで、きつめの威しをくれたところ、マカロフをさばいたと吐きました。弾丸も五十つけたっていうんです」

「相手は？」

「田辺という男です」

「どこかの組員なのか」

「それがよくわからないらしいんですが、妙なことをいいだしたんです」

「妙なこと？」

「その田辺に前も会ったことがあるのか訊いたら、ないと。一度も会ったことがない奴にチャカ売る奴がいるかって、木刀しょわしたんです。そうしたら、実は九年前にも一度呼びだされて、売ったことがある、と。それ以来連絡がとだえていた。それが急にまた呼びだされた――」

「どうやって連絡をとっていたんだ」

「水野がかわいがっている博多の韓国人ホステスのことをつきとめて、その女を通して連絡をしてきたそうです。九年前も同じやりかただったと。女は別なんですが」

「商売を畳んだってのは嘘か」

加来田は頷いた。

「単にこっちにきていなかっただけだそうで」

「なぜこなかった？」

加来田はあたりを気にするような表情を浮かべ、声を落とした。

「そのときに田辺に売ったのが、コルトだったっていうんです。軍用の四十五口径の古い奴で、沖縄で仕入れたといってました」

延井は目をみひらいた。

「コルトの軍用だ？」

加来田は延井を見つめ、頷いた。

「八年前、西岡さんを殺った野郎が使ったのが、コルトの軍用でしたよね。水野もそれをニュースで見て、ぶるったんです。ずっと東京に近づかなかった理由だと吐きました」

「水野はどうした」

「まだつかまえています」

「会うか」

加来田は頷いた。

「東海にほうりこんであります」

東海というのは品川区の大井ふ頭に近い、運送会社などの倉庫が集まる地区だ。連合のフロントの運送会社の荷さばき所があったが、去年潰れ、今は使われていない。

「じゃあそれらしい車を用意します。アルファードだとちっと目立つんで」

延井の専用車は黒のアルファードで防弾仕様になっている。ベンツやセンチュリーほどではないが、やはり倉庫街を走っていたら目を惹く可能性があった。

加来田が用意したのは窓のないワンボックスだった。それに乗り、東海の荷さばき所に向かった。荷さばき所に付設した倉庫に水野を監禁しているのだった。監視役に、高木ひとりをおいていた。

「コルトの話がでたんで、これはあまり人を呼ばないほうがいいと思って」

延井は頷いた。

「よくやった」

もしその田辺という男に売ったコルトが西岡を殺したのだとしたら、そのつながりで当時の連合幹部の名がでるかもしれない。そんな話をやたらに組員に聞かせるわけにはいかなかった。

荷さばき所に着いたのは夜の十時過ぎだったが、ひっきりなしにトラックが出入りする倉庫が周辺にはいくつもあった。だが歩いている人間はひとりもいない。ひとつひとつの施設の敷地が広いので、叫び声や銃声を誰かに聞かれる心配はない。

加来田がシャッターを上げ、作業服に着替えマスクをかけた延井は、がらんとした建物の中に入った。壁ぎわにダンボールが積まれ、フォークリフトが二台、放置されている。

むきだしのコンクリートの床に、下着姿の男が転がされていた。両手両足を縛られ、目と口にガムテープが貼られている。

かたわらにベンチがおかれ、作業服姿の高木が立っていた。延井と加来田に無言で頭を下げ、ベンチを勧めた。

延井はベンチに腰かけた。足もとに飲みかけのミネラルウォーターのペットボトルがあった。建物は天井が高いこともあって、底冷えがする。

延井はそのペットボトルをとりあげた。キャップを外し、転がっている男に歩みよると、中の水を注ぎかけた。

動かなかった男がびくっとし、体をよじった。ガムテープの下で唸り声をたてた。下着が濡れ、鳥肌が立っている。

ペットボトルを捨て、男のかたわらにしゃがんだ。

「寒い思いさせて悪かったな。ここは冷えるからな。あっためてやるよ」

話しかけると男は身をこわばらせた。

「おい、ガソリンもってこい」

延井の言葉を聞いたとたん、喉の奥で悲鳴をあげた。

「じたばたすんな！」

高木がいって蹴りを入れた。それを手で制し、延井は男の口もとに貼られたガムテープをはがした。

「堪忍してくれよ、お願いします」

男は体を丸め、頭を床にこすりつけた。

「殺さないでください、頼んます」

「田辺とやらの話、聞かせてくれ」

「だから四十くらいの男です。あんまり印象のない顔してて――」

「背格好は？」

「ふつうです。高くも低くもなくて、太ってもないし」

「訛りは？　西の人間か」

「ちがうと思います」

「誰かに紹介されたのか」

「されてません」

「そんな野郎と商売したのか？　適当なことをいってると、お前、終わるぞ」

「本当なんです、信じてください。薄気味悪かったんで、さっさとカタをつけようと思っただけです」

「どういうことだ」

「俺のつきあってる女や、住んでるところまで全部調べてて。最初はとぼけていたんですけど、携帯の番号をかえてもかけてくるし、気持ち悪くなっちまって……。話はチャカを売れの一点ばりで」

「チャカの種類は指定したのか」

「前歴がなきゃ何でもいい、といわれました。それでちょうど、買い手のつかない古いコルトがあったんで、それでカタをつけたんです」

延井は間をおいた。

「本当です。嘘じゃありません」

「お前、そのチャカでうちの前の若頭が殺られたのを知っていたのだろう」

水野は言葉を詰まらせた。

「そ、それは。もしかしたら、とは思いました。でも知っていたら売らなかったです」

「そりゃそうだよな。連合の若頭の命とる片棒かつぐなんてな、よほどの度胸がなけりゃできないわな」

「そうです。その通りです」

「でもよ、そんな野郎、どっからでてきたんだ？　プロの殺し屋か。だったらお前だって噂くらい聞いてるだろうが」

「聞いたことなかったです。田辺なんて、まるきり知りませんでした」

「本名のわけがないだろう。どこの組だか、見当もつかないのか」

「それが……組、じゃないのじゃないかって」

「なぜそんなことがわかるんだ」

「九年ぶりに連絡よこしてきて、マカロフ売ったときに、もしかしたらと思ったことがあったんです」

「何だ」

「デコスケの匂いがしたんです」

「とぼけたこといってんなよ。デコスケがなんでチャカを買うんだ」

「デコスケだって自分でいったわけじゃないんですけど、また俺のことを気持ち悪いくらい調べてやがって、デコスケじゃなけりゃここまでできないんじゃないかって、ふと思ったんです」


延井は黙った。刑事が西岡を殺したというのか。「佐藤」の一件がなければ、与太もいい加減にしろと、シメあげたところだ。が、マカロフを撃ちまくった男は、新宿の佐江を救った。刑事なら、刑事を助けることもあるだろう。

「佐江って名を聞いたことがあるか」

「ないです」


延井は息を吐いた。わからなくなった。佐江が田辺である可能性は高い。しかし佐江を助けたのは別の人間だ。そう考えると、田辺に刑事の匂いがするといった水野の話は信憑性を帯びてくる。刑事はたいてい二人ひと組で行動するからだ。佐江には仲間がいて、二人で西岡を殺し、相馬のことを嗅ぎ回っているのかもしれない。

だが、もしそうだとすれば目的は何なのか。連合内部には、今や延井の敵はいない。

刑事を使ってまで、仕事の邪魔をしてくるような幹部はひとりもいない筈だ。

ただ、西岡の暗殺と、Kプロジェクトの妨害は、底のほうではつながる。高河連合の勢力拡大を防ぐという点で、一致するのだ。

西岡が生きていたら、紆余曲折はあったろうが、高河連合はもっと早くに近代的な組織になっていた。

Kプロジェクトが成功すれば、シノギにおける未来の不安が大きく解消する。

本当に刑事が動いているのか。本人の意思なのか、誰かに操られているのかは不明だが、秘かに高河連合の弱体化を狙った刑事たちが、非合法なやりかたで連合を攻撃しているというのか。

ありえない。そんな刑事がいる筈ない。

延井は吐きけすら感じた。ひどく不快で不穏な存在の可能性を考えなくてはならない。

「お前のほうからその田辺に連絡はとれるのだろうな」

「携帯の番号を知ってます」

延井は加来田をふりかえった。歩みより、小声で加来田に告げた。

「こいつに佐江の首実検をさせろ。田辺かどうか、確かめるんだ」

加来田は頷いた。

「佐江がそうだったら殺しますか」

「殺すのはあとだ。さらってこい。訊きたいことが山ほどある」

「ちがったらどうします？　それでもさらいますか」

「佐江が田辺じゃなくても、田辺の仲間なのはまちがいない。痛めつけて吐かせろ。そのあとは、見つからないように処理するんだ」

「承知しました」

「高木と二人じゃきついだろう。何人か使えそうなのを連れていけ」

「佐藤」は佐江に面が割れているし、小野寺の処理を先にすませなければならない。

「やりかたは考えろ。道のまん中でさらうというわけにはいかないだろうからな」

加来田は頷いた。

「それとな、新宿署に出入りしている刑事のガン首写真をありったけそろえろ。それをこいつに見せるんだ。そっちを先にやれ。佐江をさらうのはそのあとでいい。仲間の刑事のことだから、口を割らないかもしれん」

田辺が佐江でないとしても、新宿署か、新宿署にできている捜査本部に出入りする刑事であることはまちがいない、と延井は思った。

田辺が本物の刑事なら、警察と戦争する腹をくくらなければならない。

38

その男を見たとき、プラムは思わず声をあげていた。中野の「ゴゴウ」という料理屋に近い、駐車場だった。

スーツを着て眼鏡をかけた男が、近くのコインパーキングに止めた車から降りてきた。

料理屋の主人はオノデラといった。ミツは、オノデラを狙う殺し屋の気持ちになれ、とアドバイスをした。

そこで思いついたのが、オノデラの店に近い駐車場を見張ることだった。殺し屋は、仕事の前に必ず下見をする。オノデラの店か家か、どちらが狙いやすいかをまず調べるだろう。

殺し屋は電車で移動などしない。駅にはカメラがたくさんあるから、すぐに写されてしまう。

だが車で移動するとしても、タイとちがって日本は路上駐車にすごく厳しい。駐車違反をきっかけに、殺し屋であるのがバレる危険すらある。

たとえばタイでもそうだが、犯罪者は盗んだ車か、偽のナンバープレートを使って、仕事をする。駐車違反した車のナンバーを警官は控えるので、盗んだ車だったらあっという間にとり囲まれてしまうだろう。

だから下見のときは駐車場に車を止める筈だ、とプラムは思ったのだ。それもあまり遠くではなく、係員などのいないコインパーキングを使うにちがいない。

「ゴゴウ」から五十メートルと離れていない場所に、そのコインパーキングはあった。まさにおあつらえ向きだ。

「クン・ポー・カー！（お父さん！）」

ヘルメットの中で叫んだ。

男が立ち止まった。バイクにまたがっているプラムをいぶかしげに見つめた。

最後に父親と会ったのは八歳の誕生日だった。そのときと父親はほとんどかわっていない。なつかしさがこみあげてくる。

だが同時に、最近も似た男と自分は会っていると思った。

どこで会ったのか。

それを思いだした瞬間、プラムの体は固まった。あの刑事のアパートにいた男だ。暗くて顔をはっきりと見られなかったが、背格好や雰囲気が似ている。

ちがう。人ちがいに決まっている。

男はじっとプラムを見つめていた。プラムはヘルメットのバイザーを上げ、父親を見返した。

「クン・ポー・カー？」

男は瞬きもせず、ヘルメットの奥のプラムの目を見つめている。

「チャイ（はい）」

男がいった。まちがいない。タイ語で答えたのだから、お父さんだ。

「何してるの、ここで」

プラムはタイ語で訊ねた。昔の父親はタイ語が下手だった。昔よりずっと流暢(りゅうちょう)なタイ語の返事が戻ってきた。

「会社がすぐ近くにある。お前こそどうして日本にいるんだ？　お母さんは元気なのか」

不意に涙があふれだした。

「お母さんは病気で死んじゃった」

父親は眉をひそめた。

「いつだ」

「一年と少し前。わたしは、わたしは……いろいろあって……」

言葉にならなかった。プラムは泣きじゃくった。

父親は困ったような顔でプラムを見つめている。

「今、どこにいるんだ？」

プラムが落ちつくのを待って、父親が訊ねた。

「知り合いの家」

「日本で何をしている？」

プラムは答えられなかった。自分は人殺しで、これからも人を殺そうとしているなどといえる筈がない。

「今度、ゆっくり話す。お父さんの連絡先を教えて」

父親は頷き、携帯電話を上着からとりだした。プラムは番号の交換をした。

「ところでお前はここで何をしていたんだ」

「人を待っている」

父親は頷き、プラムのまたがったバイクに目を向けた。

「バイクに乗れるのか」

「伯父さんに教わった。タイでも乗っていた」

「そのバイクはどうした？　買ったのか」

「借りてるの」

「誰に借りたんだ？」

「家を貸してくれたのと同じ人。伯父さんの友だちの友だちで、ミツという日本人」

「何をしている人なんだ？」

「警察官（タム・ルウアト）だって」

警察官という言葉を聞いた瞬間、父親の表情がわずかに変化した。

「つかまったことがあるのか」

「ないよ。次に会ったとき、ちゃんと話す。とても長い話だから」

父親はあたりを見回した。

「待ちあわせているのもその人か」

しかたなくプラムは頷いた。

「わかった。連絡するから、今度ゆっくり話そう。

今は忙しいからいくよ」

父親はいって、歩きだした。プラムはそのうしろ姿を見送った。

かわっていないと思った父親だが、それは外見だけで、中身は大きくかわっていた。

それに気づいたのは、父親の目だった。バーンズの売春宿で働かされていたとき、男たちの嘘をたくさん聞かされた。

自分がどんなに大物かを自慢する奴、やさしいふりをして少しでもサービスをよくしてもらおうとする奴、本当は蔑んでいるのに友だちみたいにふるまう奴。嘘をつくときの男たちの目は皆いっしょだ。本当はそのあとのセックスのことしか考えていない。どこか煙ったような、心が映しだされていない目をする。

父親の目も同じだ。会社がすぐ近くにある、といった言葉がすでに嘘だった。

プラムの知っていた父親は、少しかわり者で、家にはおもちゃのピストルがいっぱいあった。

それを思いだした瞬間、プラムの心は凍った。ピストルが大好きだった父親は、外国でピストルの撃ちかたを勉強したい、といつもいって、母親を怒らせていた。

あんなもの、人殺しの道具じゃない。どうしてそんなに夢中になるのかわからない。

だからシェルとつきあうようになっても、プラムが射撃に興味をもつのを嫌がった。

「シェルは兵隊だったからしかたがない。あなたはちがうし、女の子なのだから、そんなものを覚えちゃ駄目」

初めてコービーと三人で射撃場にいったとき、母親はすごく怒った。ピストルが、別れた父親を思いださせたのかもしれない。

「お父さん！」

父親の背中が「ゴゴウ」のある道につながる角を曲がりかけていた。

立ち止まり、父親がふりかえった。

「今もピストルが好き?」

父親の顔に変化はなかった。昔はもっといろんな表情をした。

父親は無言だった。ただプラムをじっと見つめている。

「嘘だ、嘘だよ……」

プラムはつぶやいた。

まちがいなかった。あの男だ。刑事を殺そうとした男は、父親だった。

不意に父親が右手をまっすぐのばし、プラムに向けた。人さし指と親指でピストルの形を作っている。そうしていても、父親の顔はまるでかわらない。

プラムは耐えられなかった。ヘルメットのバイザーをおろすと、バイクのエンジンをかけた。

あれほど会いたかった父親から、一刻も早く逃げだすために、プラムはバイクを急発進させた。


どこをどう走ったのか、よく覚えていなかった。気がつくとプラムは、運河に近い公園にいた。運河の水はまっ黒で、その上を高速道路やモノレールが走っている。

この黒い水にとびこめば死ねる。ベンチに腰かけ、ずっと運河を見つめていた。

日が暮れ、街灯に明かりがついてもそこを動かなかった。公園には誰もいない。灰色の鳩(はと)だけが何羽もやってきては、ときおりプラムのすわるベンチの周囲の地面をくちばしでつついていた。夜になるとそれも消えた。

携帯電話が鳴った。父親からかと思い、画面を見た。ミツだった。

「プラム、何をしていた⁉」

ミツの声は切迫していた。オノデラに何かあったのだと直感した。父親があそこにいた理由がわかった。

プラムは泣いた。何もいわず、ただ泣きじゃくった。

「プラム、どうしたんだ？　怪我をしたのか」

ミツの声がかわった。

「ちがう。ちがうの。でも、わたしは——」

あとは言葉にならなかった。

「どこにいるんだ、今」

「わからない。もう、何もわからない。わたしは生きていちゃいけない……」

「どうしたんだ、プラム。何があった」

しゃくりあげ、言葉を探した。

「お父さんに会った」

「どこで!?」

「中野」

「中野？　すぐわかったのか、お父さんだと」

「わかった。話しかけたら、返事もしてくれた。でも——」

プラムはこれ以上いえなかった。父親が人殺しだったなんて、いえない。しかもその父親を、自分は殺そうとした。

父親も気づいたのだ。刑事のアパートで、自分の仕事を邪魔したのが娘だったと。

きっと怒っている。だからこそ、指のピストルでプラムを狙ったのだ。

「お父さんは私を殺す」

プラムは口走った。

「なぜ!?　どうしてそんなことをいう」

ミツが驚いたようにいった。

「きっと殺す。許さない」

「なぜ許さないんだ。プラム、ちゃんと説明してくれ」

「できない。わたしはもう、どうでもいい。死にたいです」

「馬鹿なことをいうな。どこにいるんだ。今から迎えにいくから」

「駄目。こないで」

「じゃあ約束してくれ。死んだりしないと。私は君のことをとても大切に思っているんだ。だから私のためにも死なないでくれ」

再び涙があふれてきた。ミツは自分を救ってくれた。自殺するのはミツへの裏切りだ。

だがこれから先、どう生きていっていいか、わからない。

「考えます」

「プラム！」

電話を切った。電源も切る。携帯電話をベンチに投げだすと、両手で顔をおおい、プラムは動かなくなった。

このまま石になれたら、どれほどいいだろう。

39

小野寺が自殺したという連絡が入ったのは、佐江と谷神が新宿署に戻った、午後六時過ぎだった。

二人はただちに中野に向かった。到着したときにはすでに中野署による現場検証が始まっていた。

小野寺はカウンターの椅子のひとつにすわり、つっぷしていた。両手で握った柳刃包丁を鳩尾から上に向けてつき立てている。

かたわらに簡単な遺書があった。店の経営がおもわしくなく、生きていく気力を失ったとある。

「お前ら、何を見張っていたんだ!?」

佐江は監視役の組対課員を怒鳴りつけた。

二人は「五合」の隅に呆然（ぼうぜん）と立っている。

「我々はずっと張りついていました。下石神井の自宅から店の前まで同行し、開店の準備をするというので、外で待っていました」

二十代の若い刑事がいった。

「そのあいだ、誰も店には入っていません。六時になると表の看板を点すのに、それがつかないので、のぞいてみたら、こういう状況になっていました」

相棒の三十五歳の巡査部長があとをひきとった。

「くそっ」

佐江は拳でカウンターを殴りつけた。ドンという音に現場検証中の鑑識員たちがいっせいにふりかえる。

「入店前に内部をチェックしましたか」

谷神が二人に訊ねた。二人は首をふった。

「いえ。我々が店内に入るのを嫌がっていましたから」

谷神は佐江を見た。

「佐江さんのときと同じで、合鍵を作って中に隠れていたんでしょう」

「だったらどうやって逃げたんです!? 我々はずっと見張っていました」

二十代の刑事がくってかかるようにいった。

「どこで見張っていたんです?」

「通りをはさんだ向かいです。適当な場所がないので、交替で、そこのマンションのエントランスにいました」

巡査部長が答えた。

「大型トラックなどが通って視界をさえぎったすきに階段からでていったのでしょう。近づく者は前もってわかりますが、でていく者は一瞬で通行人に紛れてしまいます」

二人は顔を見合わせた。佐江は鑑識員を呼んだ。

「遺書を筆跡鑑定にかけろ。ここか自宅のどちらかに、マル害の自筆の何かがある筈だ」

「待ってください。これは中野署の事案です。勝手にそんな指示をださんでほしい」

かたわらにいた中野署の刑事課員がいった。

「だいたい、この仏さんがマル対だったことすら、うちは聞かされていない」

向き直った佐江を、谷神が目で制した。

「ここは任せてください。私が説明します」

小声でいった。佐江は無言で「五合」をでると、封鎖テープの外に立ち煙草に火をつけた。

やはり自分が見張っていればよかった。あの殺し屋の手口を知っているのは自分しかいないのだから。

怒りと後悔が入りまじった、どうにもやりきれない気分だった。相手は先手先手を打ってくる。

正体がわからない敵ならまだしも、相馬と延井と、はっきりわかっているにもかかわらず、後手に回る状況が我慢できないほど腹立たしい。

高河連合の本部に乗りこみ、延井を締めあげてやりたい。

佐江は空を見上げ、深呼吸した。しばらくすると谷神が「五合」をでてきた。野次馬の視線を意識したのか、佐江に目で乗ってきた覆面パトカーを示した。佐江は覆面パトカーの運転席にすわった。

谷神が助手席に乗りこみ、いった。

「中野署では、小野寺が引退したマルBだったということも把握していなかったようです。筆跡鑑定の件は了解してもらいました」

「奴の殺しは、銃を使うばかりじゃなかったんだ」

佐江はつぶやいた。

「こうなると、射殺された片瀬と同じく江口一家の高利貸しをしていた、小宮山(こみやま)と種田(たねだ)の死も怪しくなってきますね」

「小宮山が事故で、種田が自殺だったな」

「ええ。もし殺しだったのなら、恐ろしく手際がいい」

「先手先手を打たれている。小野寺が死んだんで、延井と相馬をつなげられる人間がいなくなっちまった」

「相馬が森本だった時代のことを知る者は、あとは江口ですか」

「川端もいる。が、どちらも連合系の組員だし、延井との関係までを知っているわけじゃない。仮に知っていたとしても、口が裂けてもいわないだろう」

佐江はいって、覆面パトカーを発進させた。

「延井を揺さぶる件ですが、私もやります」

走りだしてしばらくすると、谷神がいった。

「あんたまで的にかけられることはない」

「相手は用意周到な殺し屋です。佐江さんと組んだ時点で、私のことも調べているかもしれません。それに相馬が疑われていることを知った今、佐江さんを狙う必要もなくなっています。小野寺が標的にされたのがその証明ではありませんか」

「確かにな」

「我々に揺さぶられたからといって、すぐに殺し屋をさし向けてくるほど、延井が単純だとも思えません。極力、表にでないような男です」

「延井について調べよう」

「あの、岡というライターを覚えていますか。連合が使っている、凄腕の殺し屋について調べるといっていました」

「あまりアテにはならん」

「連絡をとってみましょう」

井筒が猪野を殺した晩、岡と六本木でばったり会った佐江は、新宿署で話を聞いていた。そのときに連絡先を訊いている。

谷神が岡の携帯電話を呼びだした。

「先日お会いした、警視庁の谷神です。その後、何かわかったでしょうか」

岡の話に耳を傾けていた谷神が、目をみひらいた。

「それはどこからの情報です？」

佐江はハザードを点し、覆面パトカーを路肩に寄せた。新宿署は、すぐ目前だ。

谷神は、岡の話を聞いている。どうやら岡は何かをつかんだらしい。

それを聞くともなく聞いていた佐江は、署の斜め向かいに止まるワゴン車に気づいた。そのあたりは、新宿署を張る写真週刊誌の記者や、新宿署に大物容疑者が連行されたときなどにテレビの中継車などが止まる区画だった。

誰か芸能人でも連行されたのだろうか。そのワゴン車を見つめていた佐江は、覆面パトカーの無線機に手をのばした。

署に連絡をとり、ワゴン車のナンバーを問い合わせる。陸運局に登録された所有者を確かめるためだ。

「どうしたんです？」

電話を終えた谷神が訊ねた。

「あれだ。岡は何だって？」

「連合の殺し屋は、もともとタイで殺し屋だったという情報がある、と」

佐江は首をふった。信用できない。タイだの中国を出せば、それらしく聞こえると思っているのだろう。

ナンバー照会の結果がきた。該当する車は、江栄会の組員が所有している。

「パトカーをだせ。署の前に止まっているワゴン車だ。バンかけろ」

佐江は命じた。見ているうちに、パトカーが二台発進し、ワゴン車の前後をはさんだ。

「まさか、殺し屋ですか」

「俺たちが署をでるときにはいなかった」

ワゴン車から男が二人、ひきずりだされた。パトカーの警官にくってかかっている。ひと目でマルBとわかった。

佐江は車を降りた。男たちは所持品を検査されている。

「何だ、この野郎！　俺らが何したってんだよ、ああ!?」

どちらもスポーツウェアを着けた、三十代のチンピラだ。

「ここは駐停車禁止区域です」

若い巡査が答えると、

「だったらキップ切れや。何だよ、これは」

巡査をにらみつけた。

「やかましい！」

佐江はうしろから怒鳴りつけた。

「お前ら、署を張っていただろうが」

ふりむいたチンピラの顔色がかわった。

「これは何です」

ワゴン車の後部席をのぞきこんでいた警官が赤外線レンズつきのカメラを見つけた。

チンピラは口を閉じた。警官の声が聞こえなかったかのように、そっぽを向く。

「そうか」

佐江はチンピラの目をのぞきこんだ。

「お前ら、デコスケのガン首撮ってこいっていわれたんだな」

「知らねえよ」

もうひとりのチンピラが答えた。

「道交法違反以外に、俺ら、何かしたのかよ」

佐江は車内を隅々まで調べていた警官に目で訊ねた。

「カメラだけです」

小声で警官が答えた。

「メモリーを調べろ」

「おいおい、勝手にそんなことしていいのかよ。令状いるんじゃねえのか」

佐江はあたりを見回し、すばやくチンピラのわき腹に拳を打ちこんだ。チンピラはうっと息を詰まらせた。

「ん？　どうした」

そのあいだに警官がカメラのメモリーをチェックした。署に出入りする人間が写されている。ごていねいに、覆面パトカーのナンバーもだ。

佐江はチンピラに告げた。

「お前ら、江栄会か？　それとも車だけ借りたのか？　俺のことを知らないってことは、地元じゃないな。この田舎やくざが」

チンピラは答えなかった。誰に指示されたにせよ、こうなったらやくざ者は黙秘する。黙っていれば、状況からして、大きな容疑をかけられないとわかっているのだ。

眉をひそめ、谷神はようすを見ていた。

「戻ろう」

佐江は谷神に告げ、歩きだした。

「連中はどうするんです？」

「どうせ何も吐かない」

「連合の嫌がらせですかね」

「ただの嫌がらせじゃない」

覆面パトカーを止めたところまで戻った佐江は煙草をくわえた。

「ガン首を撮るなら、ふつうはもっと上手なプロに任せる。そういう仕事をひきうける、怪しい興信所なら新宿に掃いて捨てるほどある。ただそれだと時間がかかる」

「急いで写真が必要な理由ができた？」

「おそらくな」

佐江は答えて谷神をふりかえった。

「岡の話のつづきを聞こう」

「会って話そうということになりました。また署にくる、といっているのですが、避けたほうがいいですね」

佐江は頷いた。二名が拘束されたからといって、連合が写真撮影をあきらめるとは思えない。岡を署に出入りさせるのは危険だ。

谷神が電話をかけ、お茶の水の駅前で岡を拾うことになった。

署には寄らず、佐江はお茶の水に向けて車を走らせた。

「なぜ、写真が必要なんでしょう。佐江さんや私を今さら狙うためとも思えません」

無言だった谷神が口を開いた。

佐江も同じことを考えていた。井筒、猪野につづいて、小野寺と、捜査対象者が死ぬのはこれで三人目だ。井筒と猪野の死は、明らかに自分に責任があり、小野寺の死とも無関係とはいえない。相馬と延井をつなぐ過去を知る者が死んでいくのは、捜査がそこに及んだからだ。

当初はそれを必死に隠そうと、佐江すら的にかけてきたというのに、今さら刑事の顔写真を集めて何になるのだ。

撮影の理由は、組員に刑事への注意を喚起するか、首実検くらいしか思いつかない。注意喚起だとするなら、管内に事務所をかまえる暴力団の組員は、捜査本部に投入されている本庁捜査一課の刑事を別にすれば、大半の新宿署刑事の顔を知っている。一課の刑事の顔を今さら撮る必要があるとは思えない。高部斉殺害の容疑者として、高河連合の組員の名があがっているわけではなかった。捜査本部のマークを警戒する必要はない。

マークされたらされたで、過去の暴力団なら、実行犯か身代わりを自首させるのが常套手段だ。動機はもちろん地上げのためなどではなく、私怨や個人的ないさかいを〝自供〟する。

だが最近は、そうした自首は減っている。組員が長期服役を好まなかったり、服役に伴う組側の負担――服役者の家族や出所後の当人の面倒をみることなどが重くのしかかるからだ。

特にこの殺しは、背景に地上げがあると捜査側がつかんでいる以上、雇傭者である組長の責任追及もありうる。現役組員の自首はない、と佐江は踏んでいた。

であるからこそ、連合は、殺し屋を用いたのだ。刑事である自分を狙ってきたのも、連合の関与を隠すために他ならない。

「刑事の写真を誰に見せる？　今さら組員に見せる意味がない」

佐江はつぶやいた。谷神は黙っている。

御茶ノ水駅前にある交番の近くに、岡がひっそりと立っていた。これまでとかわらず、くたびれたスーツにショルダーバッグだ。

覆面パトカーの後部席に乗ってきたとき、アルコールが匂った。佐江は訊ねた。

「飲んでるのか」

「そこの牛丼屋で晩飯がてら一杯やっただけだ」

「どこで話します？」

谷神が訊ねると、

「どこかで飲ましてくれよ」

岡がいった。

「おっかねえんだ。飲まねえと、おっかなくてやってられない」

「殺し屋がお前を狙うというのか」

岡は答えない。佐江はとりあえず車を発進させた。飲ませるのはかまわないが、べろべろになる前に話を聞いておきたい。

神田に車を走らせた。コインパーキングに車を止め、ガード下の居酒屋に三人は入った。

佐江と谷神は食事を頼み、岡はコップ酒を注文した。

「タイで殺し屋をやっていたという話はどこから仕入れたんです？」

谷神が訊ねた。

「バンコク在住のフリーライターだよ。タイは、アジア圏じゃ中国の次に日本人が多く住んでいて、そいつらを相手にした風俗情報誌なんかも出ているんだ」

答えてから岡は声をひそめた。

「連合に延井って若頭がいるだろう。前の若頭筆頭補佐だった西岡が暗殺されて、しばらく自分も危ないってんでタイに逃げてた」

「それで？」

「ところ払いは二年ほどだったんだが、帰ってから、延井はとんとん拍子に出世した。そのあいだに、連合の幹部が二人死んでる。二人とも反西岡で、延井のことも気にいってなかった」

「死にかたは？」

佐江は訊ねた。

「ひとりは自宅の火事、もうひとりは交通事故だ。延井の出世を快く思わないのがいるとすりゃ、その二人だ。偶然なわけがない。それで俺は、タイにいる知り合いに訊いた」

死んだ二人の幹部のうち、火災で命を落とした男を佐江は知っていた。いけいけの武闘派で、何かあれば喧嘩をしたがる、警察からすれば御しやすい単純なやくざだった。

「バンコクのギャングでトゥリーってのがいるんだ。主にクスリを扱っていて、タイ南部の出身で、ムスリムゲリラともつながっている。そいつのボディガードに、ちょっと前まで日本人がいた」

「ちょっと前というのはいつです?」

「六年くらい前までだそうだ。銃の腕前がすごくて、軍の特殊部隊あがりにもヒケをとらなかったらしい」

「延井との接点は?」

「だから延井はタイに逃げてたといったろう。俺の知り合いは、その日本人のボディガードと顔見知りで、あるとき『日本からきたお客さん』をお守りするためにタイ南部にいく、といわれたのを覚えてた」

「トゥリーと連合はつきあいがあったのか」

「トゥリーはドラッグディーラーだ。つきあいがあってもおかしくない」

「それで?」

谷神がうながした。

「知り合いも詳しいことは知らないんだが、そのタイ南部で、二人はムスリムゲリラに襲われた。ボディガードに身内を殺された奴が、ゲリラに殺させようとしたみたいだ」

「殺されかけたのはどっちなんだ? 日本からの客か、ボディガードか、それとも両方か」

「そこら辺はよくわからないんだが、とにかく二人は殺されずにすんだ。バンコクに戻ってきて、そのお客が日本に帰ることになったとき、ボディガードもいっしょに消えたらしい。トゥリーは、『日本人にくれてやった』といったそうだ」

「それが例の殺し屋だと?」

「そいつはタイでも二人は殺してるって話だ。延井が連れて帰ったら、使わない手はないだろう」

「殺し屋の名前は?」

「当時は、タイ語で『日本』とだけ呼ばれてたそうだ」

佐江は谷神と顔を見合わせた。

「役に立ちそうで立たない話だ」

「もう一杯くれ！」

岡が空になったコップを振った。

「名前がわからないんじゃどうしようもありませんね」

「肝心なのはこのあとだ」

岡が佐江の煙草に手をのばした。

「タイにいる知り合いのライターなんだが、日本にいたときは、小せえ編プロにつとめてた。そことつきあいのあった、ミリタリー雑誌の編集部に、そのボディガードが昔いたらしい」

「どういう意味です？　元出版社社員ということですか」

岡は頷いた。

「拳銃オタクで、その頃もしょっちゅう、韓国やフィリピンなんかに撃ちにいってたんだが、それが高じて会社を辞めて海外に渡ったらしい。辞めてから時間がたっているんで、はっきり確かめたわけじゃないが、もしかしたらその社員じゃないかと、ライターはいってるんだ」

「出版社の名前は？」

「『花井出版』、その昔『トリガーマガジン』て、ミリタリー雑誌をだしていた」

佐江は首を傾げた。ただの銃器マニアが、殺し屋にまでなるものだろうか。銃そのものを好むことと、それで実際に人間を撃つのはまるで異なる。

「社員の名前は何というんです？」

谷神が訊ねた。

「そこまでライターは覚えてない。けれども相当かわった奴だったんで、『花井出版』にいた人間なら知ってるだろう、と」

「どう、かわってたというんだ？」

佐江は訊ねた。

「『花井出版』に入ったのも、別に編集や出版に興味があったからじゃない。とにかく銃が好きで好きでしょうがなく、子供の頃から花火の火薬を集めて、手製のロケットを作ったり、改造した空気銃で鳥や猫を撃っていたというんだ」

「そんな奴は珍しくないだろう」

「そいつの夢は、ガンマンになることだった。兵隊でもない。ガンマンなんだ。戦争がやりたけりゃ外人部隊に入るとか道はある。だがガンマンなんて、西部劇の世界だ。ところが、フィリピンやタイには、まだそういう商売があると聞いて、言葉を覚えるためにフィリピン人やタイ人の女とつきあっていたらしい」

　佐江は黙った。かつて「マニラチーム」と呼ばれた、尖鋭化(せんえいか)した日本の暴力集団がいた。

　フィリピンに拠点をおき、日本から送りこまれる抹殺対象者を殺害、死体処理するうちにプロ化した集団だ。当初は広域暴力団の傘下にあったのだが、やがて独立したグループになった。「マニラチーム」は、その後尾鰭(おひれ)がついて都市伝説となった。あるいはその男は、「マニラチーム」について書かれた記事でも読んだのかもしれない。

「頑固で扱いにくい男だったらしいが、銃についちゃとにかく詳しいんで、編集部じゃ重宝されていたらしい」

「出身とか学歴についてもわからないのか」

　佐江は訊ねた。岡は首をふった。

「大学はでていると思うが、どこかはわからない。トゥリーのところで会ったとき、そいつは痩せて、ヤク中みたいだったといってた」

「以前つきあいがあったのなら、本人かどうか確かめたのじゃないのですか」

　岡は首をふった。

「そこまではヤバくてできなかった、とライターはいっていた。もし本人だったら、そいつの名前や経歴を知る手がかりを自分はもっていることになる。すでにタイで殺し屋になっているんだ。だから昔のあんたを知っているとは、おっかなくていえなかったそうだ。そりゃそうだろう。その殺し屋だっていつかは引退する。あるいは日本に帰るときがくるかもしれない。実際、今は日本にいるわけだが。そうなる前に、身許(みもと)を知ってる奴の口を塞ごうと考えておかしくない。確かめなくてよかった、といってた。もし確かめてそうだったら、どこかで自分は消されていたろう。たとえ、その場では人ちがいだといわれてもな」

「確かに日本とは状況がちがいますから、用心をしたというのは、わかります」

谷神は頷き、佐江を見た。

「この男については、私が調べてみます。出版業界に、知り合いがいなくもないので。もしあたりなら、捜査に進展が見こめる」

「任せた」

佐江は頷いた。

「役に立ったろう。けどよ、そいつが今、延井の手下になってると思うと、えらくおっかないんだよ。俺の取材のことをどっかで聞きつけて、的にかけられちまうのじゃないかってな」

岡はさも意味ありげにいった。

「その取材だが、オレンヂタウンをめぐるでかいネタの正体はつかんだのか」

「ああ。だがまだ教えられない」

岡は得意げに頷いた。

「『力』で始まる商売じゃないのか」

佐江がいうと、岡は目をみひらいた。

「なんで、それを知ってるんだ!?」

「こっちもつかんでる」

「何だよ、それ……」

呆然とした顔に、岡はなった。

「こっちは命がけで訊きこんでいたんだぞ」

「それはご苦労だったな。だが、もうあんたは手を引いたほうがいい。そのことを一行でも書こうとすれば、本当に消される」

岡は考えこみ、やがて訊ねた。

「延井をパクるのか」

佐江は谷神を見やった。

「殺し屋を奴が使ったと立証できたらな」

「プロだったらおそらく口は割らないでしょう」

谷神がいう。

「延井をパクってくれない限り、危なくて記事にはできない」

「だろうな。俺たちも守りきれない」

佐江は頷いた。岡は大きく息を吐いた。

「くそ。こんなでかいネタなのによ」

「ネタの大きさと危険度は比例するものだろう。もし今の段階で記事がでたら、連合の構想は頓挫する。恨みは、あんたひとりが背負うぞ」

「記事をだしちまえば勝ちなんだよ。でちまったら、もう奴らにはどうもできない。そのあとまで狙わないのじゃないか」

「延井は、この計画に何年という時間と、ひとりふたりじゃない人間の命をかけてる。恨みは相当深いと思ったほうがいい。当初は逃げまくっても、いつかどこかであんたを狙う人間が現れるかもしれん」

「佐江さんのいっていることは本当です。延井と殺し屋が逮捕されない限り、これ以上の取材はあきらめるべきです。彼らには容赦というものがない」

岡は目を閉じた。酔いもあるのか、頭がぐらぐらと揺れている。

あるいはこの話は、岡が記者人生でつかんだ最大のネタかもしれない。あきらめきれない気持ちもわからないではない。

だが小野寺すら守れなかった警察に、岡を守れる筈がないと、佐江は思っていた。連合は、新宿署に出入りする人間の写真すら撮っているのだ。

「くそ、くそ」

低い声でつぶやき、岡はテーブルに顔を伏せた。

佐江は息を吐き、

「勘定してくれ」

と従業員に告げた。

40

高河連合の新宿本部は、新宿三丁目の雑居ビルにあった。二、三、四階を借りていて、契約は今から二十年も前のことだ。今だったら、暴力団との賃貸契約を結ぶ大家や、仲介する不動産屋を探すのにも苦労するだろう。

ビルは築三十年を超える代物で、もってあと十年だろう、と延井は踏んでいた。このビルが建て替えにでもなったら、同じ新宿の大京町に本部を移さなければならない。大京町に建つマンションにふた部屋を連合は所有している。バブルの頃のどさくさで手に入れたものだ。

暴排条例以降、どこの組も事務所の確保には苦労している。賃貸はもちろん、売買契約すら困難なのだ。別名義を使って契約したのが明らかになれば、こちらだけでなく、仲介した業者ももっていかれるため、念入りな審査をかけてくるようになった。

もともと所有している不動産であっても、正体がわかれば、周辺の住民に立ち退き運動をさせるよう、警察があおってくる。

それで暴力団を追いつめられる、と考えているのだ。

暴排条例が暴力団をかえるとすれば、それは縦の組織が消えていく、ということだけだ。

ピラミッド形の、かつてのような暴力団は、確かに今後、存続が難しくなる。だが小さな集団を横に配列し、そこにカタギをかませることで警察のマークは回避できる。金の流れは徹底的にカタギに管理させ、自分たちが触っているのが連合のシノギだということすら気づかせない。

暴排条例ができる前から、延井は代紋で商売できる時間はそう長くないと予測し、切り替えを進めてきた。

切り替えとはつまり、組員ではない構成員を増やすことだ。そして旧来のやくざのシノギではなく、カタギの事業に出資し収益をあげる構造にしていく。その事業を任せる者は、決して企業舎弟であると警察に把握させない。

抗争を除けば、集団としてのやくざにもはや利点はない。

極論をいえば、高河連合を解散し、高河産業という会社にしてしまったほうがいいくらいだ。

かつては、極道のシノギは無尽蔵だった。盛り場があり、欲に踊らされた人間がくる限り、そこからいくらでも金を吸い上げられたのだ。

だから極道は、貯蓄や投資を考える必要がなかった。不景気になればなったで、金に詰まったカモが闇金に流れこんできた。

暴排条例ができ、一番厄介なのは、金の流れを警察に握られることだ。いったん口座をつかまれたら、出るのも入るのも、すべてをおさえられてしまう。そうなったら、つきあいのある事業者すべてが割れる。

そこで匿名口座が開ける、国外のオフショア銀行を使うことになるのだが、海外送金に関しても、取り締まりがきつくなっている。

多くの組が、この兵糧攻めにあい、痛い目をみていた。それもこれも、暴力団、企業舎弟のレッテルのせいだ。

ならば簡単な話だ。暴力団が暴力団であるのをやめてしまえばいい。

違法なシノギや恐喝、ときには殺人を犯しても、それがひとつの組織の活動であると把握されなければよいのだ。

盃を渡す組員を減らす。金の流れをつかまれないようなカタギと、その会社を使う。アガリは現金か金(きん)、あるいはでどころを洗われにくい証券類にかえておさめさせる。

暴排条例が役に立っていることがひとつだけあるとすれば、カタギが極道を恐がらなくなったことだ。

何かあったら警察に駆けこめば守ってもらえると考えるようになった。その結果、危ない橋を渡ってでも大金をつかもうというカタギが、むしろ率先してシノギに協力する。

カタギだが組員のようなものだ。裏切りや密告はつきものだが、ことを荒立てる必要はない。威すのは愚の骨頂だと延井は思っている。怯えさせたら、警察にすべてをぶちまけられる。忍耐と寛容をもって接し、切ると決めたら、殺す。殺しも外部を使い、組との関係は隠す。

今どき、抗争以外で組員に殺しをやらせる組など、めったにない。そんな手間をかけなくとも、外国人がいくらでも使えるし、安上がりだ。

要は、意識の変革だ。自分たちは事業者だと考える。かつては、暴力団が金貸しをやることすら蔑まれた。

牧歌的な時代だ。組と地域が合体し、祭りや土建事業でシノギが成立していた頃の話だ。

「カタギの頭でシノギを考えろ」

西岡が昔、よくいっていた言葉だ。

「儲からないシノギを、力で儲けようとするな。カタギはそんな真似はしない」

その言葉の意味が、今はよくわかる。

「カタギを使え。極道だと気づかれず、極道をやれ」

延井は若手によくいう。

この兵糧攻めの時代をしのぎきれば、またいい時代がやってくる。なぜなら、暴排条例は、従来の縄張りにしがみつき古いシノギしかできない、有象無象を消しさってくれるからだ。

三階の会議室のテーブルに、写真が並んでいた。加来田がそろえた、ガン首写真だ。

「割れました」

「早かったな」

「足立の三次団体にいる馬鹿が二人、パクられました。署の前で堂々と撮ってやがったんです。完黙ですから、勾留期限切れまで泊められると思います」

「ほうっておけ」

加来田が、七・三分けでスーツを着た男の写真を示した。

「田辺です」

「こいつか」

延井は手にとった。男はまっすぐ正面を見ている。どことなく沈んだ表情で、刑事らしくない目つきをしていた。

「本名は？」

「今、調べさせています。新宿署の人間ではないようです」

延井は写真をテーブルに戻した。

「佐江じゃなかったか」

「でもこれを見てください」

覆面パトカーを撮った写真だった。「田辺」が助手席にすわり、ハンドルを、いかにも刑事という、嫌みな顔つきの男が握っている。

「運転しているのが佐江です。うちの者が知っていました」

「田辺は佐江と組んでいる、ということか」

延井の問いに、加来田は頷いた。捜査本部では警視庁と所轄の刑事がコンビを組まされると聞いていた。

「だとすると本庁だな」

「おそらく」

「こいつのことを全部調べろ。住所、家族、ローン、いきつけの店、ありったけだ」

「了解しました」

「わかったら、写真は全部処分しろ。この件は、お前のチームの胸だけにおさめておけ。それから、川端を呼べ」

41

高河連合の殺し屋が、元出版社社員の可能性があるという、岡の話に佐江は半信半疑だった。極道でもなく、命のやりとりなど未経験だったような男が、そうも簡単に冷酷な殺し屋になれるものだろうか。

　もしなったとすれば、よほどの〝才能〟があったか、人間がかわってしまうほどのできごとに遭遇したかだ。

　人を殺して平然としていられる人間は少ない。極道であっても、心の奥底に悔恨や自己嫌悪を抱えているものだ。ふだんは口にださなくとも、そうした感情はその人間の心を荒ませ、顔つきや身のこなしにまでにじみでてくる。

　ただ、ごくまれではあるが、悔恨や自己嫌悪とは無縁の人間がいる。極道とは限らない。サラリーマンや自営業といった、ありきたりの職業や、極道とサラリーマンのすきまにいるチンピラが、他者を傷つけ、ときには死に至らしめてしまっても、何の痛痒も感じないでいる。極端に自己愛が強く、自分の領分が侵されたり傷つけられたりすることにはひどく敏感なくせに、他人のそうした痛みにはまるで無自覚な者だ。

　そういう人間が攻撃的になると、極道さえも躊躇するような、凄惨な犯行に及ぶ。

　概して、何不自由なく育ち、他者に虐げられた経験をもたない者が多い。独善的で、他人の忠告や批判をうけつけず、自分にそうした体験がないことから、傷つけられた者の痛みに無関心なのだ。

　自分の興味の領域だけが世界のすべてで、そこからこぼれるものにはまったく存在意義を認めない。幼児的であるが、それを指摘されても、

「それのどこが悪いんだ？」

　と、意に介さない。とことん自分を肯定し、陶酔すらしている。

　こうした自己肯定は自信のなさの裏返しであり、軋轢やそれに伴う妥協をうけいれることができない。軋轢が生じた場合、その相手を徹底的に攻撃し、自

分の優位が確定するまでやめようとしない。

奇妙だが、そのような人間はときとして崇拝者になることがある。所属先であったり、出会った段階で自分を超えていると感じさせられた相手を敬い、無条件に服従するのだ。

崇拝する対象への服従が、それ以外のすべてに対する高圧的で攻撃的な態度の根拠になる。

自信のなさを補うために、崇拝の対象を求めるのかもしれない。会社の業務を絶対視し、外部に被害を与えるのをいとわない。集団の利益や優位性を保つため、対立する相手を簡単に殺傷する。

本来、サラリーマンにはサラリーマンの、極道には極道の、ルールがある。攻撃は、やむをえない場合の、あるいは防衛の手段としての選択である筈なのに、幼児的な人間は、自らを「キレやすい」と自慢し、そうした行動に走らせた相手が悪いのだと、平然としている。悔恨や自己嫌悪とは無縁でいられる理由だ。


岡の話した元出版社社員が、連合の殺し屋であるとすれば、そういう人種なのかもしれない、と佐江は思った。

アパートで襲われたときの男とのやりとり、その表情は、はっきりと覚えている。

無駄口をきかず、冷静だった。その冷静さには、どこか異様な落ちつきがあり、まるで何度も似たような会話をしたことがあるような口調だった。だが、一カ所だけ、あの男は芝居がかった言葉を口にした。それはライダーが佐江を〝救い〟に現れる直前のやりとりだ。

「最後が余分だった」

「高河連合の名前をだした。それがなければ、お前は助かった――」

まるで映画に登場する殺し屋のようなセリフだ。殺し屋である自分に酔っている。

確かに銃をもち、生殺与奪の権を握る立場は、あの男にとって心地よかったにちがいない。

兵隊ではなく、ガンマンになりたがっていたとい
う、岡の言葉と、男の漂わせていた雰囲気は、どこ
となくつながるような気もした。〝才能〟があった
ということなのだろうか。
佐江は思った。
岡の話では、男はタイではトゥリーという麻薬デ
ィーラーのボディガードをつとめ、その後延井とと
もに日本に戻ったという。
通常ならその時点で男は高河連合の盃をもらい、
組の一員となる。しかし殺し屋として機能するため
には、むしろ組の外部においたほうが有用だと判断
されたのだろう。
誰が判断したのか。延井にちがいない。
タイ南部でムスリムゲリラに襲われたのが、延井
なのか「日本」と呼ばれていた男なのか、判然とは
しない。延井なら、男はその命を救ったことになる
のだが、ボスであるトゥリーが、
「日本人にくれてやった」
といった言葉を考えると、むしろ逆ではないのか。
延井が男を救い、その結果、「日本」は延井への
絶対服従を誓った。そして帰国後、延井の〝敵〟を
抹殺する暗殺者になった。
暗殺者である自分に酔っているのだから、犯した
罪に対し、悔恨も嫌悪も感じないだろう。延井の命
にしたがい、淡々と、しかし自己満足は得ながら、
人の命を奪っていくだけだ。
問題は、アパートに出現したライダーだ。
ライダーは明らかに「日本」と敵対している。当
初は佐江の〝守護神〟だと考えたが、小野寺の自宅
近くですれちがったのが同じライダーであるなら、
むしろ「日本」の敵として、そこに現れたことにな
る。
小野寺を守る、「日本」を殺す、あるいはその両
方の目的で下石神井に現れたのだ。
が、それを果たすことはなかった。小野寺は殺さ
れてしまった。

ひとつだけ確かなことは、ライダーに情報を与えている者がいる。佐江の自宅、小野寺の自宅と、どちらも簡単にはつきとめられない住所をライダーは知って、現れたからだ。

佐江ははっとした。

これまでライダーは連合の中の、延井に敵対する勢力にさし向けられたのだと、漠然と考えていた。情報は連合内部の、延井の敵対者から与えられたと想像していたのだ。

だが、そうとは限らない。

それは小野寺が殺されたからだった。「日本」が小野寺を殺したと仮定する。延井に近いところから情報が伝わっていたら、ライダーは、目的の遂行に失敗しなかったのではないだろうか。「日本」が、小野寺の店を犯行現場に選ぶことが予測できるからだ。

ライダーが小野寺を守れず、「日本」を襲撃もできなかったのには、何らかの理由がある。下石神井の小野寺の自宅周辺にまで現れていたのだから、中野の店での犯行を防げなかったのには、別の理由があった筈だ。

情報が連合からではないかもしれないと考えた理由はもうひとつある。

新宿署を張っていた連中だ。

なぜ今になって刑事のガン首写真を欲しがるのか。ライダーに関係があるのではないか。延井と相馬の計画の障害となる存在に、警察関係者が関与している、と考えた者がいた。そして写真をそろえれば、その人物を特定できる可能性が、連合にはある。そこで新宿署に出入りする者の写真を撮ろうとした。

馬鹿げている。佐江はすぐその仮定を打ち消した。ライダーが警察官であるわけがない。もしそうなら、事件を別の角度で追う刑事がいることになるし、その存在が秘密であるのも理解できない。

さらに、佐江ですらその存在を知らなかった捜査員の顔を、どうやって高河連合が割りだせるのか。

いうのか。

「日本」が、どこかでライダーの素顔を見たとでも

佐江は一瞬しか見なかったライダーの容姿を思い浮かべた。体つきの似た人間が、新宿署に出入りしているだろうか。

小柄だった。細く、まるで女のような体型をしていた。

女。あのライダーが女であった可能性を、佐江は考えていなかった。それは、殺し屋を相手に銃を乱射する、という行為が、とうてい女にできることではないと、初めから排除していたからだ。

女なのか。であるなら尚さら、警察官である筈はない。女性警官による発砲など、聞いたこともなかった。

結論はとうてい得られそうにない。が、佐江は、すべてを高河連合に結びつけるのは誤りかもしれない、と思い始めていた。

42

ミツがやってきたのは、翌日の夜だった。

川崎のマンションにプラムはいた。何をする気にもなれなかった。ただ床にすわり、小さな窓から、ビルばかりの景色を眺めていた。

ドアの開く音がして、ふりむくとミツが立っていた。

ミツは心配そうな顔をしていた。

「ミツ……ごめんなさい」

「いいんだ。無事でよかった」

リビングの中央に立ったミツをプラムは見上げた。

「どうしていいかわからなくなった」

「お父さんのことかい?」

プラムは頷いた。

「あの人がお父さんだったなんて」

ミツは床に腰をおろした。真剣な目でプラムを見

つめた。

「お父さんが、殺し屋だった」

ミツは眉をひそめた。

「まちがいないよ。刑事のアパートにもいた」

「まさか」

プラムは膝の上に顔を伏せた。

「本当。お父さんは殺し屋だった。考えられない。こんなことって、こんなことって、あるの」

ミツは無言だった。ミツもショックをうけ、言葉をなくしている。

「すまなかった」

やがていった。

「プラムを巻きこむべきじゃなかった。まさか、君のお父さんがそんな仕事をしているとは思わなかった」

プラムは顔を伏せたまま首をふった。

「いいの。わたしはお父さんと同じ、人殺しだから。でも、お父さんを、お父さんを、殺すことはできない」

涙声になった。ミツの手がそっとプラムの肩にかけられた。

「わかっている。もう、忘れよう。プラムはこれからは日本で静かに暮らす」

プラムは顔を上げた。

「オノデラは死んだのですか」

ミツの顔がこわばった。

「教えてください」

ミツは小さく頷いた。

「死んだ」

「やっぱり」

プラムは息を吐いた。喉の奥が震えた。

「お父さんが殺した。殺しにいくときに、わたしは会った」

「中野で?」

「はい。お父さんは、わたしのことに気がつきました。刑事のアパートにきて、お父さんを撃ったのがわたしだとわかった」

「そう、いったのか？」

「いいえ。でも指でわたしを撃つ真似をした」

ミツは目を閉じ、顔をそむけた。

「お父さんはわたしを許しません。怒っている。お父さんの邪魔をしたから」

ミツは無言だった。

「わたしはどうすればいいですか。わからない」

「プラム」

ミツがプラムに目を戻した。

「決めなければいけない。たとえ殺し屋でも、プラムにとってその人はお父さんだ」

プラムは目をみひらいた。

「決めるって何を？　お父さんに許してもらって、いっしょに暮らすということ？　できない。そんなこと、できない」

ミツは小さく頷いた。

「そうだね。お父さんは、プラムの知っているお父さんではなくなってしまった。でもお父さんにまた会いたくはないかい」

「会いたい」

プラムはつぶやいた。

「でも恐い。お父さんは、わたしを殺すかもしれない」

ミツは何もいわなかった。

「ミツ、お父さんは悪い人なの？」

ミツは息を吐いた。

「もしお父さんが、本当に刑事のアパートにいた男なら、これまでに何人も人を殺している」

「あの刑事は、ミツの友だちなのでしょう。だからミツは、わたしにあの人を守れといった」

ミツは頷いた。

「彼はとても立派な刑事だ。彼を理解してくれる人は少ないが、仕事に命をかけている」

「あの刑事と話したい」

ミツは驚いたような顔をした。

「あの刑事は、お父さんをつかまえたいのでしょう。つまりお父さんのことをよく知っている」

「それはいけない」

「どうしてですか」

「彼は君をつかまえる」

「でもわたしはあの人を助けました」

「そうであっても、彼は刑事として、君を見逃すわけにはいかない」

プラムは天井を仰いだ。

「わたしは何かしたい。お父さんと撃ちあいたくないけど、何もしないでいたら、頭が変になってしまいそうです」

ミツはじっと考えていた。

「お父さんに人殺しをやめさせる方法があるかもしれない」

やがていった。

「それは何ですか」

「お父さんを使っているボスがいる。その男がいなくなれば、お父さんは人殺しをつづけられなくなる」

「悪い人なのですね」

「とても悪い」

「ミツはその人を殺したいですか」

「つかまえられればいいと思っているが、お父さんとそのボスの関係を、裁判で証明するのは難しいかもしれない。お父さんが死んだり、つかまっても、その男は自分は関係ないといいはるからだ」

自分が何をしたらよいのか、プラムはわかった。

「ミツは、日本で悪い人を殺したことがありますか」

「ある」

「後悔をしていませんか」

ミツは正面からプラムの目をのぞきこんだ。

「その男を殺したことはまったく後悔していない。だがその男の愛人だった女性が、その男を殺す手引きをしたのではないかと疑われ、さんざん責められたあげく自殺してしまった。そのことは後悔している。彼女はまるで無関係だった」

「ミツはその男の人を知っていたのですか」

「いや。まったく知らなかった。だがその男がやっていたこと、やろうとしていることを知っていた。この国の未来のために、それはとても悪いことだった。だから前もって、とり除かなければならないと思ったんだ。私が警察官になったのは、この国を将来悪くする人間について、前もって知ることができるからだ」

ミツは、プラムにこれまで見せたことのない、少しうっとりとした顔になっていった。

「そういう人間をいなくするのが私の仕事だと思っている」

プラムは少しだけミツに不気味なものを感じた。国の未来のために人殺しをするという考えかたは、プラムにはわからない。

「ミツは、人殺しをするために警察官になったの？」

「そうではない。初めはこの国をよりよくしたい、とだけ考えていた。けれども警察に入ってわかったのは、本当に悪い奴をつかまえるのは難しい、ということだった。タイも同じかもしれないが、本当に悪い奴は、いろんな人間とコネクションをもち、いつも逃げ道を用意している。周りを手下が囲んでいて、身代わりになるから、本人を逮捕するのは難しい。たとえ逮捕できても、すぐに刑務所をでてこられるような軽い罪しか立証できない。法律をかえれば、そういう人間を一生閉じこめておけるのに、政治家は犯罪者のことなど興味がないから、状況はよくならない。害虫がいっぱい発生していて、そこに巣もあるとわかっているのに、でてくる害虫だけを殺したところで、問題の解決にはならない。巣を叩き潰さなければいけないんだ。法律を守っていたら、永久にそれはできない、と私はあるとき気づいた。価値のない仕事をえんえんとつづけるのは嫌だった。この国に生まれ、警察官という職業を選んだことを、たとえ自分にだけでも誇りたい、と思ったんだ」

「ミツの友だちも、立派な刑事なのでしょう。その人はどうなのですか」

ミツは少しだけ悲しそうな顔をした。

「彼なら私の心情や行動を理解してくれるだろう、と思っていた。だが残念ながら、彼は私のような考えかたをしていなかった。彼は犯罪者の気持ちがわかる。そういう人間は、犯罪者にむしろ甘い。私と同じ行動はとれないだろう」

プラムは息を吸いこんだ。

「ミツはひとりぼっちなんですね」

「この国ではね。タイにいけば、シェルのような友人がいた。しかし彼も死んでしまった。いい人間は皆、早死にする」

ミツの目がうるんだ。プラムはミツの手をつかんだ。

「わたしがいます。ミツはひとりじゃない」

「けれどもプラムに、これ以上つらい思いをさせたくない」

プラムは笑顔を作った。

「大丈夫です。わたしにとって一番つらい時間は、もう過ぎました。たとえこの先死んでも、あの頃よりはハッピーです」

43

佐江は久しぶりにアパートに戻った。もう狙われる段階は去った、と判断したからだった。部屋の鍵はつけかえさせてある。安全を確信できるほどの材料ではないが、所轄である杉並署もアパート周辺の巡回を強化していて、特に問題はないという報告をうけていた。

それでも用心して、今回は明るいうちにアパートをでていくつもりだった。

着替えをバッグに詰め終えたとき、携帯電話が鳴った。川端和広（かずひろ）だった。

「佐江だ」

「会って話したいことがあるんだ」

川端の声は低く、切迫していた。

「何かあったのか」

「俺は、もしかしたら組に殺られるかもしれない」

「組って、どこの組だ」

「決まってるだろう。連合だよ」

「なぜお前が殺られる？」

「森本さんのことだよ。きのう、とんでもなく上の人から呼びだされたんだ」

「とんでもなく上？」

「雲の上にいる人だ。その人から森本さんのことを訊かれた。それで、今森本さんが何をしているのか知ってるかって」

「知ってるのか」

「どこかの金持ちの養子に入ったってのは知ってるけど、それがどこの誰だかなんて知らなかった。そうしたら、上の人が全部教えてくれた。それを聞いて、俺はおっかなくなっちまった」

「俺と会ったことは話したのか」

「まさか。話せるわけねえだろう」

佐江は息を吐いた。

「今、どこだ？」

「家のそばだ」

「もしかしたらもう監視がついているかもしれん。用心して動け」

「どこへいけばいい？」

佐江は頭を巡らせた。時刻は午後一時になったところだった。

「日本橋にこい」

「日本橋!?　日本橋に何があるんだよ」

「決まっているだろう、デパートさ。お前ら極道がふだんは寄りつかないようなところだ」

「日本橋のデパート……」

「そこのオモチャ売り場にいろ。二時半までにはいく」

電話を切り、谷神に連絡をとろうか、佐江は迷った。が、川端の部屋を訪ねたとき、佐江はひとりだった。川端は怯えており、状況によっては相馬と高河連合とをつなぐ証言者になるかもしれない。谷神を連れていけば、警戒させてしまう可能性がある。

佐江はアパートをでて日本橋に向かった。ＪＲと地下鉄を乗り継ぎ、午後二時過ぎにはデパートのオモチャ売り場に到着した。

平日の昼下がりで、オモチャ売り場に人は少ない。皮ジャケットを着けた川端は、所在なげにつっ立っていた。

佐江はまっすぐ近づかず、あたりを観察した。川端を監視しているらしき人間はいない。

佐江は歩みよった。

「いくぞ」

「あんたひとりかよ」

「ひとりだ。文句あるか」

「ないけど、車があるんだ」

「どこに？」

「ここの駐車場だ。電車にはおっかなくて乗れなかった。いつホームからつき落とされるかわからない」

「タクシーでくればよかったんだ」

「こなかったんだよ、空車が」

腹立たしげに川端はいい返した。

「わかった。車をだしてこい。俺は外で待っている」

一階に降りると、佐江はいった。デパートをでて、きらびやかな中央通りの舗道に立った。およそ自分とは縁のない、金持ちのための街だ。同じスーツ姿でも、歩いているのは、まるで住む世界のちがう連中だった。

黒のアルファードが道の反対側に止まり、クラクションを鳴らした。運転席に川端がいる。

佐江は信号を待って、通りを渡った。助手席の窓から川端がいった。

「うしろのドアを開ける。助手席にあんたがいるのを見られたくない」

後部席のスライドドアが開いた。後部席の窓にはべったりとスモークシールが貼られている。

佐江は乗りこんだ。その瞬間、後部席にいた男二人が拳銃をつきつけてきた。見覚えのない、しかし極道とわかる顔だ。スライドドアが閉まった。

「何の真似だ」

「いいから両手をあげろ」

ひとりは三十前だが、すばやく佐江の腰から拳銃をとりあげた。

「どういうことだ、川端！」

佐江は怒鳴った。アルファードは発進した。

「騒ぐなよ。弾くつもりだったら、この場でやってる。すわってくれ」

もうひとりの男がいった。

「ふざけるな」

「しょうがねえ」

男は首をふった。若い男が背後からいきなり注射器を佐江の腕につき立てた。知らぬ間に準備していたのだ。

注射針が袖を貫き、鋭い痛みとともに薬液が体に流れこむ感触があった。

「何だ、何をした」

目をみひらき、立ちあがろうとして足がもつれた。佐江はそのままアルファードの床に転がった。


意識をとり戻したとたん、激しい頭痛と吐きけが襲ってきて、佐江は咳きこみ、嘔吐した。

体が震えるほど寒い。機械油の匂いが染みこんだ、コンクリートらしき冷たい床の上にいる。

両手、両足を縛られ、さらに目隠しまでされている。再び咳きこみ、佐江は体を曲げ、床を転がった。肌の感触で、自分が下着姿であると気づいた。Tシャツとトランクス、靴下だけにされている。

「いったろう、サルグツワしてたら、吐いたときに死んじまうって」

　言葉が聞こえた。靴底が床をこする、じゃりっという音がすぐ耳もとでした。

「動物用の薬だからな。抜けるのにちょっと時間がかかる。舌も回らねえだろう。何かいってみな」

　わき腹を軽く、蹴られた。佐江は黙っていた。

「まだ寝てるんですよ」

　若い男の声がした。

「そうか？　寝たふりしてようすをうかがってるのじゃないか。おい、起きてんなら何かいってみろ」

　佐江は答えなかった。不意に冷たい液体が体に浴びせられた。びくりと反応した。

「ほれ見ろ、起きてるじゃねえか」

「お前ら」

　いおうとした佐江の舌がもつれた。猫の鳴き声のような音しかでない。

　笑い声が弾(はじ)けた。

「何かいってるぞ」

「わかんないっすよ。みゃあとかいってるだけで」

　佐江は歯をくいしばった。吐きけはおさまったが、後頭部を殴られつづけているような痛みは消えない。

　笑いがやむと、

「おい」

　とひとりがいった。

「了解しました」

　若い男が答え、足音が遠ざかった。佐江は深呼吸をした。口の中で舌を動かす。つけ根に痺れているような感覚があった。

「川端はどうした」

　何とか言葉になる声がでた。

「いねえよ。人のこと心配してる場合か」

「心配なんかしてない。刑事をさらって、お前ら、大変なことになるぞ」

「腹はくくってるさ。じゃなけりゃ、こんな真似するか」

　男が佐江の耳もとでいった。じわりと恐怖が腹の底に広がった。殺すつもりなのだ。さらったからには、解放する気はない、ということか。

「いい度胸だな。名前、何てんだ？」

確かめるつもりで訊ねた。フンという含み笑いが聞こえ、

「加来田」

と、男がいった。聞き覚えのない名だ。本名なら、本気で佐江を殺す気だ。

「聞いたことのない名だ」

「そうか？　俺は佐江って、あんたの名を知ってたぜ」

佐江は黙った。連合の人間なのだろうが、自分をさらった目的がわからなかった。よほど腹を立て、なぶり殺しにでもしてやろうというのか。殺し屋を使って楽に殺そうとした人間を、あえて拉致する理由は、それくらいしか思い浮かばない。

が、まだひとりも逮捕者をだしていない状況で、そこまでするだろうか。

加来田の声は、あの殺し屋とは異なっている。明らかに極道の喋りかただし、手下らしき若い男の声もちがった。

殺すだけではない目的が、佐江に対してあるのだ。だからこうしてさらわれた。若い男がいなくなったのは、誰かを呼びにいったのだろう。

どうあっても、自分は殺されることになる。佐江は覚悟した。さらって痛めつけた刑事を解放するような危険な真似を、高河連合がする筈がない。自分の死体が発見されることすらないだろう。

「何が知りたいんだ」

だが佐江は訊ねていた。恐怖が饒舌（じょうぜつ）にさせている。

「知りたい？　なんでそう思う」

「殺すだけならさらう必要はない」

「誰が殺すっつった？」

「さっきいったろう。腹はくくってるって」

「ああ」

加来田は唸った。

「あれは弾みだ。あんたを殺すなんて、誰も決めてないぜ」

「そういえば、命惜しさに俺が何でも喋ると思ってるのだろう」

加来田は舌打ちをした。

「あんまり頭を回すと、ろくなことがないぞ。あんただって死にたくはないだろう」

「ふざけるな」

足音が遠ざかった。わずかな希望にしがみつこうとしている、もうひとりの自分を佐江はおさえこんだ。

絶対に俺は助からない。生かしておくと匂わせるのは、喋らせるための手口だ。

だが何を喋らせる？　捜査の進展度を知りたい段階は過ぎている。相馬が自ら事情聴取に出向き、カジノ構想の存在まで警察には伝わっているのだ。しかも小野寺は死に、相馬と高河連合をつなげる証人もいなくなった。


川端がいった「雲の上の人」とは、延井だったにちがいない。延井がこの絵図を描いた。佐江をさらって、何かを訊きだそうとしているのは延井だ。

つまり自分は確実に殺される。高河連合の実質ナンバー2が刑事をさらわせたことを、明らかにするわけがない。

「おい」

佐江は声をだした。

「誰かいるか」

返事はなかった。見張りはいるかもしれないが加来田ではなく、佐江と話すことを禁じられているのだろう。

佐江は口もとに両手をもっていった。何が縛めになっているのかを知りたかった。硬くなめらかな感触が唇に伝わった。工業用のビニールテープのようだ。試しに歯を立ててみたが、びくともしない。

目隠しはとれなかった。何か硬い布のようなものを、上からヒモで固定してある。結び目もどこにあるかわからず、ひき抜こうとしても、まるで動かなかった。

両手首、両足首、そして両膝にテープは巻かれている。

何度か立とうと試み、そのたびに床に倒れこんだ。まだ下半身に力が入らない。もし見張りがいないなら、どこかにこのテープを切断できる道具があるかもしれないと思ったのだ。

肩や腰をしたたかに打ち、そのたびに佐江は悲鳴や呻きをこらえた。が、注射された麻酔薬がじょじょに体から抜けていくのを感じた。

ようやく立てた。両手を前にのばし、体を回した。触れるものはない。話し声や音の反響具合からして、広い空間、倉庫や廃工場のような場所におかれているのだろうと佐江は見当をつけていた。

新宿署管内に、高河連合がそういう施設を所有していただろうかと考え、新宿ではありえないと気づいた。

理由はサルグツワがないことだ。どんなに大声をだしても、近隣住人に聞かれる心配がないから、こうして口を自由にしている。つまり今いるのは周囲に人家がないか、あっても相当離れている、あるいは声が外に洩れないくらい大きな施設の中なのだ。

そのとき頭上を通りすぎる、大きなエンジン音が聞こえた。飛行機の爆音だった。

空港が近い。すると、羽田か千葉県の成田のそばなのだ。

成田に移動できるほどの時間を眠らされていただろうか。

時計なしではわかりようがないが、せいぜい一時間くらいだろう。川端と会ったのが二時過ぎ、注射を射たれたのがその直後だから、昼のその時間帯に、一時間では成田空港付近まで移動できない。

羽田に近い、どこかと考えるのが妥当だ。

殺される恐怖から逃れるため、佐江はけんめいに頭を働かせていた。

「羽田か」

思わず言葉がでた。

「さすがだな」

誰かがそれに応え、佐江は身を硬くした。しかも声は、すぐ近くから聞こえた。

「誰だ」

佐江は声のした方角に顔を向けた。人の近づく気配にはまるで気づかなかった。声の主は、佐江が立ちあがろうと努力する姿を、じっと見ていたのか。

「刑事ってのは、頭が回らない奴ばかりだと思ってた。いわれたことしかやらず、自分の下には威張り散らす、そんなのにしか会ったことがない」

声はいった。

加来田の声ではなかった。もっと年齢がいっている。

佐江は息を吸いこんだ。この言葉を口にするのは、自分の死を早めるだけかもしれない。が、口にせずにはいられなかった。

「延井か。高河連合の延井なんだろう」

返事はなかった。そのことに佐江は小さな安堵を感じた。延井であるのを認めないのは、佐江を解放する可能性が残っているからかもしれない。

が、次の瞬間、後頭部を誰かが強く引き、目隠しが外れた。目の前に小さな椅子があり、そこに痩せた男がひとりすわっているのが見えた。コートの襟元に鮮やかなオレンジのスカーフを巻きつけている。

男は銀縁の眼鏡をかけ、髪をきれいに分けていた。気難しい大学教授のような顔つきをしているが、目だけが異様に鋭く、極道であるとわかる。

佐江は息を吐いた。資料写真で見た延井は、もう少し頰がふっくらとして、柔和な表情を浮かべていたが、まちがいない。

大柄で髪をオールバックにした男が佐江の視界に入った。細ヒモのついた目隠しを手にしている。大柄な男は無言で延井のかたわらに立った。

「どういうことなんだ？」

多くの極道と向かいあってきた佐江だが、延井の目には圧倒された。まっすぐつき刺さるような険しさがある。いわゆる「眼（ガン）」とは異なる。威嚇ではなく、心の奥底まで見通す視線なのだ。気の弱い者なら見つめられただけで身がすくむだろう。

この状況が、延井の目を恐ろしく感じさせているのか。それともこれが、高河連合若頭の貫目なのか。佐江は立ったまま延井の目を見返した。

「勢いがあるな」

延井がつぶやいた。

「わからねえような馬鹿なら、こんなときでも吠（ほ）えるだろうが、お前にわからない筈はない。それでも強がるのは、根性か？」

佐江は黙っていた。

延井はコートのポケットにさしこんでいた両手をだした。膝の前で組み、身をわずかにのりだす。アフターシェーブローションか、ハッカの香りがした。

「お前は生きてここをでられない。わかってるよな」

瞬きもせず、佐江の目を射貫（いぬ）きながら告げた。

喉の奥の粘膜が乾き、貼りつくような感触を佐江は感じた。いい返そうとして、声がうまくでない。唾を呑み、いい直した。

「ただ俺を殺すだけにしては、手間をかけてるな」

延井は小さく頷いた。かたわらの男をふり仰ぐ。男が着ていた皮のジャケットから写真をだし、佐江に向けた。

覆面パトカーのフロントグラスを、正面から撮っている。運転席に佐江、助手席に谷神だ。

「何がしたい？」

延井が訊ねた。意味がわからず、佐江は眉をひそめた。

「何を、お前らはしたいんだ？」

延井はくり返した。

「殺しのほしをパクることだ」

佐江はいった。

「高部斉を弾いたのは、高河連合の殺し屋だろう。お前がタイから連れて帰った」

延井は表情をかえなかった。

「それは表向きの話だ。本当の目的は何なんだ？」

「あんたをパクることさ。相馬もパクる」

延井は顔を伏せた。

「谷神といつから組んでる？」

「署に帳場が立ったときからだ。それがどうした」

延井の目を見なくてよくなったので、わずかに佐江は勢いをとり戻した。

「知らないのか。そんなわけはないよな」

ひとり言のように延井はいった。

「お前らのおかげで、連合はずいぶん遠回りをさせられた。俺もだ。二年間は長いぞ。いつ消されるかと思って、外国で暮らす二年は特に長い」

「返り咲いたじゃないか」

延井は顔を上げ、息を吐いた。

「なあ、ちゃんと話そう。殺すと決めている奴を痛めつけたりなんかしたくないんだ。なるべく楽に死なせてやりたいじゃないか」

佐江は息を吸いこんだ。

「俺を殺すと決めている奴と、どうまともに話せというんだ」

延井は黙った。顔をそむけ、額に指をあて、いった。

「こうするか。俺が話してやる。きっとお前の知らないこともある。今度はお前が話す。俺の知らないことを、だ」

「何が知りたい」

延井が立った。いきなり佐江の腰を蹴りあげた。見かけによらず速く、力のこもった攻撃だった。佐江は床に倒れこんだ。

「何が知りたい、だ？　全部だよ。なぜ西岡さんを殺った？　そこから喋ってもらおうか」

佐江は痛みを忘れた。

「何をいってる。西岡って、若頭補佐だった西岡のことか」

延井はあきれたように佐江を見おろした。

「まだとぼけるのか。当てずっぽうでお前をさらったとでも思ってるのか。西岡さんを弾いたチャカ、売った野郎が認めたんだ。谷神が買ったってな」

佐江は目をみひらいた。

「何だ、それは!?」

延井は首を振った。

「いいよ、話してやる。水野ってチャカ屋がいる。地元は九州だ。そいつが九年前、田辺という男に、コルトの軍用を売った。田辺は手前(てめえ)の正体を明かさなかったが、水野のことを調べあげ、チャカを売れと迫った。翌年、西岡さんがコルトで弾かれ、亡くなった。そしてつい最近、久しぶりに田辺が水野にまたチャカを売れといってきた。今度はマカロフを売ったそうだ。そのマカロフは、お前をアパートで助けた野郎が撃ちまくった代物だ」

延井は両手を広げた。

「どうだ？　納得したか」

佐江は言葉がでなかった。

「ガセじゃないぞ。水野も生かしてある。会いたかったら会うか」

目を閉じ、深呼吸した。混乱している。どう解釈すればいいのだ。

「おい、寝てんじゃないぞ」

もうひとりの男がいった。加来田と名乗った男の声だ。

佐江は目を開いた。

「だから俺をさらったのか。谷神の狙いが知りたくて」

延井が首を傾げた。

「お前は知らなかったといいはるわけか」

「知らなかった。どうせ殺されるのに嘘はつかない」

「そいつは聞けねえな。だったらなぜ、谷神はお前のアパートでマカロフを撃ちまくった？　お前らが仲間だからだろうが」

「あれは谷神じゃない。谷神はあのとき、マカオに出張していた」

「てことは、まだ仲間がいるってことだ。そいつも刑事か」

佐江は答えず、横たわったまま宙を見つめた。谷神に感じつづけていた違和感の正体が、今わかった。谷神は刑事でありながら、法をまたぐことに何のためらいももっていなかった。

しかしなぜだ。なぜ谷神のように頭が切れ、警察内の評価も高い男が殺人に手を染めるのだ。

「俺を助けたのが誰だったか、俺は知らない」

「おい、撃ちあってまで手前の命を助けてくれた恩人がわからないというのか。嘘のうちにも入らねえ与太をほざくんじゃない」

佐江は延井に目を向けた。

「本当だ。奴がこなかったら、俺はお前らのさし向けた殺し屋にやられていた。だが、なぜ奴が俺のところにきたのか、ずっとわからなかった」

「今はわかったって面だ」

佐江は小さく頷いた。〝守護神〟は谷神がさし向けたのだ。マカオにいるあいだは佐江を、そのあとは小野寺を守るのが〝守護神〟の目的だった。

「小野寺をやったのは、お前らの殺し屋だろう」

佐江はいった。延井は答えなかった。

「あの殺し屋の身許はじき割れるぞ」

「『佐藤』か」

延井がつぶやいた。

「佐藤というのか、殺し屋の名前は」

「渾名だ。日本人に多い姓だから、適当に『佐藤』と呼んでる。あいつが昔何をやっていたかなんて、興味はない」

延井は淡々といった。

「タイで『佐藤』を助けたのだろう？」

延井は佐江を見つめた。

「よく調べたな」

『佐藤』は、あんたを崇拝している。日本に連れ帰ってからは、あんた専属の殺し屋になった。『佐藤』を使って何人殺した？　あんたが今あるのは、連合の邪魔な幹部を『佐藤』に消させたからか」

「恐ろしいことをいうな、お前。俺は悪魔か？」

「こんな時代に、連合のようなでかい組織を生き残らせようと思ったら、トップは悪魔にでもなるしかない。オレンヂタウンにカジノを作らせようとしたのだって、そういうことじゃないのか」

延井は深呼吸した。

「たいしたものだな、お前。そこまでこっちの腹を読んでいたか」

「俺ひとりじゃない。捜査本部の連中は皆、知ってる」

「お前が教えたのだろう」

佐江は気持ちが落ちつくのを感じた。殺されるのは避けられなくても、今この瞬間、延井と自分が〝渡りあっている〟という、奇妙な充実感があった。


「どう隠そうと画策したって、人間のやることってのは跡が残るものなんだ。誰もいない山奥で、ひとりで何かをしたって、バレるときはバレる。なのに、この街のまん中で、おおぜいの人間を巻きこんでやったことにアシがつかないと思っているほうがおかしいだろう。いくつの業者を通そうと、邪魔な人間を何人消そうと、いや、そうすればそうするほど、絵図の狙いが何なのか、むしろはっきり透けて見えてくる。連合を生き残らせるための策にあんたは溺れた。俺を殺そうが谷神を殺そうが、逃げられない」

延井の目をまっすぐ見つめた。少し前まであった、その目に対する恐怖が消えていた。

「助かりたくてお前らを殺すのじゃない」

延井は静かにいった。

「警察と俺ら極道がしのぎを削るのは、稼業ってものだ。俺らは銭を稼ぎ、お前らは俺らのアラを探す。何十年も前から、それは同じだし、法律や条例が、何をどう決めようとかわらねえんだよ。俺らはしぶとく生き残る。あたり前だよな。いくら馬鹿が集まる極道だって、こうも叩かれまくれば知恵がつく。どうやったらパクられないで稼げるか、考えるようになる。それをまたお前らが追いかける。俺らは世の中の隅っこのじめついた、人が目もくれないような場所を見つけちゃ、穴を掘る。それを潰しにくるのがお前らさ。潰されたら別の穴、潰されたらまた別の穴だ。この追いかけっこは永久に終わらない。

わかってるだろう。俺らがいなくなったらお前らの仕事もなくなる。だからお前らを恨みはしない。うっとうしいと思うが、お前らにとっても俺らは飯の種だ。だがな、お前と谷神のやったことは、それとはちがう。刑事が極道を殺す？　それがいいなら何でもありじゃないのか。俺らも、世の中の隅っこじゃなくて、まん中に穴を掘ってもいいって話だろう」

「カジノを新宿に作るのは、そういうことじゃないのか」

「意味がちがう！」

延井は怒鳴った。

「俺がいってるのは、逮捕も裁判もしねえで、警察が極道を殺していいのかって話だ。答えろ！　いいと思ってるのか、お前は」

「思っているわけがないだろう」

佐江は冷ややかに答え、刺すような延井の視線をはね返した。

「逮捕も裁判もせず、司法が犯罪者を殺したら、それは司法の否定だ。法を守らせるために存在する司法が法を踏みにじるのだからな」

「それをしたんだ！　お前らが」

「俺はやっていない。谷神がやったのだとしても、理解できないし、知っていたら止めた」

「止めただと!?」

延井の顔色がかわった。

「手前は何さまだ。えらそうに」

「俺は警察の中のカスだ。上司に反抗し、規則を守らず、いつも目をつけられて、出世どころか、叩きだす機会を上はうかがっている。けれどな、俺は極道を殺していいと思ったことはない。殺した極道はいる。だがそれは俺を殺そうとした奴から自分を守ろうとした結果だ。俺にチャカもドスも向けない奴を弾いたことは一度もない。あんたのいう通り、それは仕事なんだ。俺の仕事とは、法を犯した極道をパクること。殺すのは俺の仕事じゃない。裁判でそいつが無罪になっても、かわりに裁こうなんて思ったこともない。またパクる、ただそれだけだ。パクる、ム所に入れる、でてくる、またパクる、そのくり返しだ。終わらないよ。確かに。だがそれが仕事なんだ。そして俺はこの仕事を誇りに思ってる。勝手に極道を処刑したら、自分の誇りを捨てることになる。そんな真似をするものか」

延井はくるりと背を向けた。感情をおさえこもうとしているのだとわかった。

心が澄むのを佐江は感じた。たとえ殺されても、自分の信じることを延井に告げた。それを信じる信じないは、延井の勝手だ。

延井の肩が大きく上下していた。背中を向けたまま、いった。

「つまりお前は、谷神がやったことを何ひとつ知らず、奴の仲間が誰かも知らないというんだな」

「そうだ」

「時間の無駄だったな」

延井はつぶやき、佐江をふりむいた。

「助けてやる。だから谷神をここに呼べ」

「断る」

延井は信じられないというように首を傾げた。

「何だと？」

「断る」

「なぜだ。谷神はお前とはちがう。お巡りであることに誇りをもっていない。法律を踏みにじって、自ら極道を裁いているんだ。なのにかばうのか」

「谷神をかばう、かばわないじゃない。俺がやりたくないんだ。谷神を呼ぶのは、お前らの殺しの片棒をかつぐことだ。そんな真似ができるか」

「呼ばなければ、お前は死に損だ」

佐江は奥歯をかみしめた。死にたくない。が、谷神を呼びだしても助かるという保証はないし、たとえ助かっても、残りの一生を自分を呪って生きていくことになる。

「いいのか。お前が認めない、極道殺しと命をひきかえにして。お前が呼びださなくても、俺らはいずれ谷神を殺す。助かるチャンスなんだぞ」

佐江は延井を見つめた。延井の目は真剣だった。今この瞬間、延井は本気で佐江を助けることを考えている、と感じた。

佐江は目を閉じた。

「断る」

目を開き、いった。延井はわずかに息を呑み、顎をひいた。

「立派だな。自分の義に殉じるというわけか」

佐江は黙っていた。喋るのは憐(あわ)れみを乞うことに等しいような気がした。

「いいだろう」

延井は加来田を見た。

「本部に戻る。戻ったら連絡を入れる。俺の連絡があったら、こいつを殺せ」

「了解しました」

延井は佐江に目を戻した。

「お前が死ぬのを見たくないわけじゃないが、お前のいう通り、俺は連合のトップだ。連合を守るためには、刑事殺しの現場に立ち会うわけにはいかないんだよ」

佐江は無言だった。延井はつかの間、佐江を見おろし、背を向けた。

その場を離れる延井を、加来田が追った。

佐江は冷たいコンクリートの床に頬を押しつけ、遠ざかる足音を聞いていた。

44

谷神を恨む気持ちは不思議と起きなかった。あるのは驚きと混乱だけだ。

延井の言葉が、根拠のないでたらめだと佐江は思わなかった。水野という、拳銃の密売人の話は、おそらく本当だろう。

九年前、水野は谷神に拳銃を売り、同じ型の拳銃が、翌年、高河連合の若頭筆頭補佐だった西岡を殺した。むろん銃が同じだからといって、谷神が西岡殺しの犯人とは断定できない。〝守護神〟に渡し、殺させた可能性もある。が、どちらにしても西岡殺しと無関係ではない。

理由は、西岡の死によって遅れた、高河連合の近代化だ。延井の言葉通り、西岡の死で連合は遠回りした。一時的に資金繰りに苦しみ、組織は弱体化した。分裂の噂も立った。

それを立て直したのが延井だった。その延井も、反西岡派による暗殺者に怯えていたことを自ら認めた。

西岡の死が連合にもたらしたもの、それこそが暗殺犯の目的と正体を示唆している。

警察官である谷神が、密売人から拳銃を入手することじたい、職を失う行為だ。まれに押収した銃を自宅にもち帰る刑事がいる。ガンマニアで、官給品ではない拳銃を所有したいという欲望に負けるのだ。発覚すれば懲戒免職は免れない。

ただの銃欲しさに、谷神が密売人から買う筈がなく、同型の拳銃が、高河連合に打撃を与えた幹部暗殺に使われたとなれば、疑う余地はない。裁判で立証できるかどうかは別として、限りなく谷神はクロだ。

問題は、その理由だ。捜査を共にしていた谷神が、極端に極道を憎んだり、存在を否定するような言動をとったという記憶はない。冷静で、常に一歩退いた場所から、佐江の捜査を見ていた。

そんな男が、八年前に高河連合の幹部を暗殺したのか。

八年前、谷神はどこにいたのだろう。一課に配属されたばかりだったと聞いたような気がする。

にもかかわらず西岡を殺したというのが、佐江には理解できない。

組まされた当初は戸惑ったが、やがて佐江は谷神に対し、ある種の友情と敬意を抱くようになっていた。

その気持ちは、今も薄れてはいない。状況は谷神をクロとしているが、感情はそれを信じきれずにいる。

延井の怒りは理解できても、谷神の行為は理解できない。

その理由を知ることなく、自分は死んでいく。

そう思うとくやしさがこみあげてきた。

佐江はぐるりと寝返りを打った。少し離れたところに椅子をおき、若い男がひとりいた。

おそらく、目隠しをされているときに加来田と言葉を交わしていた男だろう。刑事の拉致、殺害という、組織の存続にかかわりかねない重大犯罪に、さすがの高河連合といえども多人数を割くのは避けた筈だ。腕が立ち口の堅い少人数であたらせたにちがいない。じょじょに記憶がよみがえり、すわっている男が、アルファードの車内で加来田とともに自分を襲ったことを、佐江は思いだした。

加来田とこの男、川端、そしてオールバックの男、計四人に延井だけが、今ここに佐江がいるのを知っている。

自分の死体は、決して発見されない方法で処理されるだろう。高熱処理場で骨も残らないほど焼かれるか、どこか山奥の地中深く埋められるか。

同じように殺され、消えていった人間が、裏社会にはいくらでもいる筈だ。死を、死として所属する社会に認知されない死にかたほど虚しいものはない。

葬儀もおこなわれず、死者として偲ばれる機会も与えられない。

　たぶん生きてはいないだろうと、思いだす人間すべてが考えながらも、「失踪宣告」が下される頃、佐江に関する記憶は薄れ、風化している。

　死後も屈辱が待っているというわけだ。

　やがて若い男の背後から足音が聞こえた。加来田だった。立ちあがった男に、

「シートもってこい」

　と告げた。上着を脱いでいて、右手に白鞘をさげている。

「日本刀かよ」

　佐江は粘つく舌を動かした。

「チャカで確実にやろうとしたら、血やいろんなものが飛び散るからな。日本刀ならそんなによごれないし、すぐカタがつく」

　若い男がブルーシートを抱えて戻ってくると、加来田は、

「広げろ」

　と指示した。男は言葉にしたがい、ブルーシートを床に広げた。

「チャカでこいつを狙え」

　男は腰から拳銃を抜き、佐江に向けた。

　加来田は日本刀を床におき、佐江に歩みよった。佐江の両足首をつかみ、ブルーシートの上にひきずろうとする。

　佐江は抗った。

「ふざけんなっ」

　加来田を蹴った。だが足首をつかまれると、どうすることもできなかった。丸太を転がすように、ブルーシートの上に投げだされた。

　加来田が日本刀を手にとり、鞘をはらった。

「暴れるなよ。一気にやられたほうが痛くねえぞ」

　若い男に向き、いった。

「こいつが逃げようとしたら顔、撃て」

　男は頷き、弾道に加来田が入らない位置に移動し

た。両手で銃をかまえ、佐江に向ける。加来田は深呼吸した。額に汗が光り、目がぎらぎらと光っている。靴を脱ぎ、ブルーシートの上に裸足(はだし)で立った。

佐江は仰向けのまま無言で加来田をにらみつけた。加来田は唇をひき結び、目をみひらくと、日本刀をふりかぶった。

たてつづけに銃声が轟(とどろ)き、加来田の上半身から血煙があがった。血しぶきが佐江にもふりかかる。

銃声はつづき、銃を手にしたまま凍りついていた若い男も崩れ落ちた。

目をみひらいた加来田が佐江の上に倒れこんできた。佐江は身をよじり、血まみれの加来田の体の下から抜けでた。

すぐそこにフルフェイスのヘルメットをかぶったライダーがいた。マカロフを握りしめ、呆然とつっ立っている。

佐江はヘルメットの中の顔を初めて見た。

女だ。

いきなりライダーがヘルメットを脱ぎ捨てた。コンクリートの床にあたる、カランという音が響いた。女はしゃがみこみ、嘔吐した。

それを見て、今にも吐きそうだった佐江は逆に気持ちが落ちつくのを感じた。

女がようやく体を起こした。浅黒い肌をし、大きな瞳をみひらいている。外国人のようにも見えた。喘(あえ)ぐように深呼吸し、それから転がっているヘルメットを見て、顔をこわばらせた。今になって素顔をさらしたことに気づいたようだ。

「誰なんだ」

佐江はいった。この女が、谷神と組んでいる〝守護神〟なのか。化粧けのない顔は幼く、ようやく二十を超えたかどうかにしか見えない。

「プラムです」

女がいった。細く、聞きとりにくい。

「プラム？」

「はい」

女は頷いた。意味がわからなかった。プラムという名前なのか。それとも渾名か。

「プラム、すまないが、その刀で俺のテープを切ってくれないか」

　恐がるかと思ったが、プラムは冷静だった。マカロフをウエストにさし、グローブをした手で加来田が手にしていた日本刀を拾いあげると、佐江の縛めにあてがった。

　テープは一瞬で切れた。自由になったとたん、佐江はブルーシートの上からとび退いた。

　血だまりがシートに広がり、佐江の下着もそれを吸っている。

　しゃがみこみ、太股を両手でつかんだ。震えがきた。こみあげる嗚咽(おえつ)を必死でこらえた。

　しばらく動けなかった。プラムの目を気にする余裕はない。

　若い男がすわっていた椅子のかたわらに、水のペットボトルがあった。飲みかけだったがかまわなかった。キャップを外し、残っているすべてを一気に佐江は飲み干した。

　飲み終わったとたん、腰が抜けた。床に尻もちをつく。

「大丈夫、ですか」

　プラムが訊ねた。佐江はうなだれ、息を整えた。

「大丈夫じゃないが、何とかなる。谷神が君をここによこしたのか」

「タニガミ？」

　プラムは首を傾げた。佐江は顎をしゃくった。

「そのマカロフを君に渡したのは、谷神だろうが」

「ミツです」

「ミツ……」

　谷神の下の名は何といったか。谷神満孝(みつたか)。それでミツか。

「ミツは、ノブイを殺せといいました。ノブイがここにくるのをわたしはつけてきました。でも殺す勇気なかった。何もしていない人を撃てない。そうしたらあなたがいた。あなたを助けるため、わたしは撃った」

佐江は息を吐いた。

「延井を組本部から尾行してきて、それからずっとここにいたのか」

プラムは頷いた。

「どうしていいかわからず、話をずっと聞いていました」

佐江はうなだれた。

「私が撃たなければ、あなたは死んだ」

「その通りだ。まちがいなく死んだ」

「助けるのは二回目です」

「ああ。二度目だ」

佐江は顔を上げた。プラムの目がまっすぐ向けられていた。

「あなた、わたしをつかまえますか?」

佐江は瞬きした。

「あなたの目の前で人を殺しました。あなたは刑事。わたしをつかまえますか」

佐江は間をおき、答えた。

「いや。つかまえない」

「あなた平気ですか、それで」

「なんでそんなことを訊く」

「ミツがいいました。あなたは刑事として、わたしを見逃さない」

佐江は首をふった。

「君は俺を助けるためにこいつらを撃ったんだ。つかまえられるわけがない」

「他の人も撃ちました」

佐江は目をみひらいた。

「誰を」

「外の車にいる人。私を見つけて恐い顔で寄ってきました。道に迷ったふりして、近くにいき、撃ちました。そうしないと、ここに入れなかった」

不意に、ブーブーという振動音が聞こえ、佐江は体をこわばらせた。振動音は加来田から聞こえている。携帯電話が鳴っているのだ。

「ここをでよう」

佐江はいった。そのためには奪われた衣服や拳銃、身分証などをとり戻さなければならない。

「あなたの服、向こうにあります。袋に入っておいてあった」

「どこだ」

プラムが案内した。デパートの紙袋に入って、佐江の服や所持品一切、靴もあった。佐江はその場で血まみれの下着を脱いだ。袋にしまい、素肌に服を着けた。

「待った」

佐江は自分の処刑場になる筈だった部屋に戻った。縛めとなっていたテープやサルグツワ、それに飲み干したペットボトルを紙袋に入れた。警察による検証がおこなわれるかどうかはわからない。加来田と連絡がつかないことを不審に思った延井がここにきて死体を発見したとして、警察に届けるとは思えなかった。

「何をしているの?」

マカロフの薬莢を拾い集めている佐江に、プラムが訊ねた。

「君をつかまえさせないための証拠隠滅だ。これに君の指紋が残っているかもしれない」

「ありません」

プラムは首をふった。そういえば、アパートで「佐藤」めがけて撃った弾の薬莢にも指紋がなかったことを、佐江は思い出した。

当然、谷神はそこに配慮していたのだ。

佐江は大きく息を吐いた。このプラムという女は、谷神の操る殺し屋なのだ。延井にとっての「佐藤」とかわりがない。その銃弾の向かう先が異なるだけで。

だがプラムは自分を救った。佐江はプラムを見つめた。

佐江の視線に気づき、プラムはわずかに身をこわばらせた。警戒と不安がその顔にはあった。

佐江は目をそらせた。

「いこう」

紙袋を手に、建物の出口を探した。プラムが先に立って進んだ。

そこは東京湾岸に近い、埋立地の一角だった。船便や貨物列車、さらには輸送機で運ばれた荷物を仕分けし、トラックなどに積みかえるためのトラックヤードがほこりっぽい平地に点在している。道幅は広く、コンテナ車や大型トラックが砂塵を巻きあげながらいきかっているのが、道路沿いに点在する街灯に浮かびあがっていた。街灯の光が及ばない場所は暗く、吹きつける風はわずかに磯の香りがした。

その香りを佐江は深々と吸いこんだ。生きている証だ、と思った。

佐江のいるトラックヤードには「ハツミ運送」という看板がかかげられていた。トラックを横づけできる荷さばき所があるが、そこにはシャッターが下りている。かたわらのドアを開けて、佐江とプラムは外にでたのだ。

荷さばき所の陰、表の道からは見えない位置にアルファードが止まっている。そのかたわらで男がひとり死んでいた。胸が血で染まり、驚きに目をみひらいたままだ。

佐江の死体を処理するために待機していたのだろう。

佐江はプラムをふりかえった。プラムは少し離れた場所に立ち、死体に目を向けまいとしていた。

「君はどうやってここにきた?」

「バイクです。裏に止めてあります」

佐江はあたりを見回した。荷さばき所の隅に白いヘルメットが転がっていた。「ハツミ」とロゴが入っている。それを拾いあげ、

「俺をうしろに乗せてくれ。とにかくここを離れるんだ」

と告げた。連絡がとれないのを不審に思った延井

が手下を送りこんでくるかもしれない。それを恐れている自分がいる。

殺される寸前までいったことで、心が折れかけていた。植えつけられた恐怖が薄れるまで、戦いには戻れない。

佐江は唇をかみしめた。一刻も早くここから逃げだしたいと心が叫んでいた。高河連合と対決する勇気は、今はどこにもない。

気づくとプラムの姿がなかった。佐江ははっとした。が、やがてバイクのエンジン音がして、トラックヤードの中に中型バイクが現れた。

佐江はそのうしろにまたがり、プラムの腰に腕を回した。頼りないほど細い腰だ。

「いきます」

プラムがいって、バイクは発進した。

プラムがバイクを止めたのは、トラックヤードからさほど離れていない、運河沿いの小さな公園だった。人はいない。

木のベンチが、運河と公園を隔てる金網の前にあった。バイクを降りた佐江は、そのベンチにすわりこんだ。突然激しい吐きけが襲い、植えこみに顔をつっこんだ。たいして入っていない胃の中身をすべて戻した。

歯の根があわないほどの震えがきた。にもかかわらず体じゅうが熱く、汗で全身が濡れている。

小さな水飲み場があった。水道の蛇口をひねり、佐江は頭を蛇口の下につきだした。

しばらくそうしているうちに震えが止まった。ハンカチを何度も絞りながら、濡れた頭と顔をふき、這うようにしてベンチに寝そべった。

少し離れたところにプラムがいた。金網にもたれ、運河を見つめている。短い髪が風にあおられていた。

その浅黒い横顔を見ているうちに、佐江は一度も経験したことのない感情がこみあげてくるのを感じ、狼狽した。

あわてて上着のポケットに手を入れ、煙草を探した。一本抜きだし、火をつけた。プラムはずっと横顔を向けている。

「どうしちまったんだ」

佐江は煙草のフィルターを唇からはがし、つぶやいた。

自分でもわからない理由で、佐江はどうしようもなくプラムを愛しいと思ってしまったのだった。

この、日本語もどこかつたない、少女といってもいいような娘が、極道と撃ちあい、自分の命を二度も救った。人を殺した重みに耐え、じっと運河を見つめている。抱きしめたいという衝動と佐江は戦った。

「プラム」

佐江はいった。プラムがふりかえった。

「君はどこからきた?」

プラムは佐江を見返した。

「タイです」

「タイ」

偶然なのか。延井が「佐藤」と呼んだ殺し屋も、かつてタイにいた。

「わたしはピーです。タイで一度死にました。ピーになって、日本にきた」

「ピー?」

「死んだ人。死んだけれど生きている」

「幽霊のことか」

プラムは小さく頷いた。

「何があったんだ?」

プラムは金網にもたれ、空を見上げた。運河の反対側を、光を放つモノレールが走り過ぎていった。湿度のある、あたたかい晩だ。雨が今にも降りだしそうだった。

「わたしには三人のお父さんがいました。名前をつけてくれた、伯父さんのコービー、コービーが殺されたあと、ひきとってくれたシェル。シェルも殺された。コービーを殺したのはキアウというギャングで、キアウをシェルが殺し、キアウの仲間のバーンズがシェルを殺した。バーンズはわたしをつかまえて、閉じこめた。数カ月。そのときわたしは死にました」

それが何を意味するのか、佐江は悟った。

「シェルの友だちのミツがわたしを助けた。わたしはバーンズを殺しました。ピーになったから人殺しは怖くなかった。でもタイにいられなくなり、日本にきました。日本で、本当のお父さんに会いたいとずっと思ってた」

「会えたのか」

プラムは間をおき、頷いた。ひどく悲しげな顔をしている。

「冷たくされたのか？　それとも死んでいたとか――」

「ちがいます。お父さんは生きています。でも……」

プラムはうつむき、唇をかんでいた。佐江は起きあがり、地面に足をおろした。

「あなたもわたしのお父さんを知っています。アパートにいた」

まさか、という言葉を佐江は呑みこんだ。

「お父さんは、わたしと同じ。人殺しです」

「佐藤」。「佐藤」がこの娘の父親だというのか。

佐江は言葉を失い、煙草を吸いつづけ、やがて訊ねた。

「プラム、君はずっとタイで育ったのか？」

プラムは首をふった。

「わたしは十二まで日本で育ちました。私の知っていたお父さんは人殺しじゃなかった。お母さんとわたしの三人で暮らしたときもありました。お父さんは会社に勤めていました。本を作る仕事です。お母さんはお父さんと結婚したかった。できないとわかって、タイに帰りました。わたしもいっしょにいった。本当は日本にいたかったのに」

「お父さんの名前は？」

「ミサワソウイチです」

「ミサワ、ソウイチ」

佐江はつぶやいた。

「お母さんはまだタイか？」

「お母さんは死にました」

プラムは静かにいった。

「わたしには家族はいません。ミツがひとりいるだけです」

「谷神、つまりミツが、君に銃を渡したのだろう」

「わたしが望んだんです。わたしをバーンズの店から助けてくれたミツに、何かをしてあげたかった。ミツはあなたを守りなさい、といいました」

「その次が小野寺か」

「オノデラをわたしは守れなかった。オノデラの店の近くで、お父さんに会ったから」

その言葉が意味することに佐江は気づいた。

「君とお父さんは、すぐにお互いがわかったのか」

「わかりました。わたしはタイ語で話しかけ、お父さんもタイ語で返事をしました。でも、お父さんもわたしも、あなたのアパートで会ったことを覚えていた。わたしがお父さんの邪魔をしたのを、お父さんは怒っていました」

「待ってくれ。あのときはわからなかったのだろう、お互いが」

プラムは頷いた。

「暗くて離れていたし、わたしはヘルメットをかぶっていました」

そうだった。プラムも「佐藤」も、互いにひと言も喋ってはいない。

「なぜお父さんが怒っていると思う？」

「指でわたしを撃つ真似をした。次は許さない、という意味です」

「そんな……」

佐江は絶句した。

「わたしはお父さんを撃てない。撃ちたくないです。

だから別のことをしたかった」

「それで延井を？」

プラムは頷いた。佐江は初めて、谷神に対する怒りを覚えた。こんな少女に、何ということをさせるのか。

プラムが佐江のかたわらにきた。ベンチに並んですわる。

「わたしをつかまえてもいいです」

佐江を見つめ、いった。佐江はその目を見返し、目をそらした。

「わたしのことを、誰かに話したかった。ミツではない、誰かに。話せたからほっとしました。だから佐江さんがつかまえたかったら、つかまえてください」

「君をつかまえたら、ミツもつかまる」

「そうなんですか？」

「ミツも八年前、人を殺している」

「そういえばミツがいっていました。日本の未来のために悪い人を殺したって」

佐江は宙をにらんだ。

「ミツはいっていました。警察に入って、本当に悪い奴はつかまえられないとわかった。害虫を一匹ずつ殺しても駄目だ。巣を潰すんだ、と」

「昔からそう思っていたのか」

「サエさんは、ミツの考えを理解できないといっていました。サエさんは犯罪者の気持ちがわかる。だから甘いって」

「馬鹿な」

佐江は思わず吐き捨てた。

「殺すことと犯罪を取り締まることとは、まったくちがう」

自警団的な正義につき動かされる警察官ほど、危険な存在はない。証拠を捏造し、犯罪者を仕立てあげ、裁判を経ずして処罰する。そんな行為がはびこれば、警察官を法の執行者とは誰も思わなくなる。

倫理的な問題ではない。

警察官が恣意的に犯罪者を作りだしたり、処罰したりしているのを知った人々は、警察官に公正さを求めめず、同時に法を守る必要などないと考えるだろう。

警察官ですら守らない法律を、なぜ市民が守らなければならないのか。発覚さえしなければ、どんな罪でも犯すことへの躊躇を感じなくなる。

結果、社会そのものが不安定化し、都市や国家が崩壊する。

根本的な問題だ。なぜそんな短絡的な考え方に、谷神のような男が走ってしまったのか。

「ミツに仲間はいないのか?」

「この国では、ひとりぼっちだといいました。タイにはシェルがいた。でもシェルも死んでしまった」

佐江は息を吐いた。プラムは谷神の犠牲者だ。プラムはタイでのひどい経験と、そこから谷神に救いだされたという恩義で、殺人に手を染めただけだ。谷神は、巧妙にプラムを洗脳し、殺人者に仕立てあげた。

プラムに救われたのは事実だ。そのプラムを動かしているのが谷神だとわかって、佐江は怒りと混乱を感じていた。

谷神をつかまえたい。だが谷神を逮捕するには、まず谷神がプラムに犯させた罪を立証しなければならない。

プラムをつかまえることは、自分にはできない。この少女に、手錠などかけられない。

恩義なのか好意なのか、佐江にはわからなかった。ただどうしようもなく、哀れで愛しい。

「君をつかまえない」

佐江はくいしばった歯のあいだから言葉を押しだした。刑事の職を失うとしても、プラムを逮捕したくない。

「サエさんは、ミツの味方ですか。だったら教えてあげたい。ミツは喜びます」

プラムは笑顔になった。佐江は首をふった。

「ちがう。俺はミツの味方じゃない」

プラムの笑顔がたちどころにこわばるのを、佐江は切ない気持ちで見つめた。

俺もこの娘も谷神も、出口のないトンネルを走っている。

「どうしてですか」

「ミツのしていることはまちがっている」

「じゃあわたしもまちがっている。それならサエさんは――」

「わかっている。わかってるが、君をつかまえたくないんだ！」

プラムは驚いたように目をみひらいた。その瞳を佐江は見つめた。何という目をしているのだろう。

二十年以上、警察官をしてきた。

荒んだ子供たちの目をいくつも見た。怒りと憎悪にかられ、自分をとり巻くすべてに刃のような鋭い視線を向けていた。

だがその鋭さは不安の裏返しであり、刃は大半が虚勢だった。うっかり触れれば切れそうなほど鋭くとも、実は薄くもろい刃でしかないのだ。

確かな居場所さえ見つけられたなら、怒りは薄れ、周囲すべてに憎しみを向けたりはしなくなる。奇妙な話だが、狂犬のような不良少年が、組という居場所を得たことで、これまでが嘘のような穏やかな人間になるのを見たことがあった。だからといって、その少年が犯罪と縁を切ったわけではなかった。だが、あたりかまわず傷つけるような狂暴さは姿を消していた。

居場所を見つけられない子供は、もろい刃の陰に強い寂寥を抱えている。存在を認識され、誰かにかまわれたいと、狂おしいほど願っているのだ。

だがプラムの目はちがった。まずあきらめがあり、透明感すら漂う孤独がその芯にはある。わずか二十年ほどしか生きていないのに、この世界に自分が存在する意味に気づいている。

その意味とは、死だ。他者に死をもたらすが、決して憎しみからではなく、自分の死をすでにうけいれているが、不治の病におかされているわけでもない。

絶望が少女の姿をして、ここにいる。怒りも憎しみもとうに通り過ぎ、与えられることよりも与えるほうを選んだ人間の目だ。

「君をつかまえるくらいなら、俺は刑事を辞める」

「それはわたしへのお礼ですか」

「かもしれない。だがそれだけじゃない」

佐江は深呼吸した。口が裂けても、プラムを愛おしいと思っているなどとはいえない。そんな言葉を口にするくらいなら、殺されるほうがよほどましだ。

「俺も君も、まだやらなければならないことがある」

佐江はいった。

「ノブイですか」

「そうだ。だがその前に、谷神に会わなけりゃならない」

45

仕事を終えたという加来田からの連絡はいつまでもこなかった。死体の処分まで終えてからしてくるのだとしても、遅すぎる。

延井は胸騒ぎを感じ、「佐藤」専用の携帯電話を手にした。

小野寺を手際よくかたづけたことで、「佐藤」を再び評価する気持ちになっている。

佐江とのやりとりを延井は思いだした。佐江は、西岡を殺したのが自分の同僚だとは本当に知らなかったようだ。

谷神にその理由を糺したい気持ちは強くある。が、佐江につづいて現役の刑事を拉致するという危険をおかすのは避けたい。谷神が、当時の連合の幹部に雇われて西岡を暗殺したという可能性もある。が、たとえそうだとしても雇った人間を知りたいとは、延井は思わなかった。もし谷神が、刑事の皮をかぶった殺し屋なら、危険な〝道具〟というだけで、実態は「佐藤」と何らかわりはない。危険な〝道具〟は、自分以外の誰かが使う前に廃棄するだけだ。

谷神を雇った人間は、もう連合にはいないか、この世にすらいないだろう。もし今でもいるとすれば、とうに谷神に延井を狙わせていた筈だ。したがって、谷神が自分の意思で西岡を暗殺したのでない限り、今さら延井を狙ってくるとは考えにくい。

谷神が自ら決めて西岡を暗殺したのなら、連合に対し、はっきりと敵対する意識をもっている。そんな刑事を生かしておくことはできない。

「佐藤」が呼びだしに応えた。

「新しい仕事だ」

「急ぎますか？」

「佐藤」が訊き返した。珍しいことだった。

「急ぐ」

「佐藤」は黙った。

「どうした。何かあったのか」

いらだちが新たな胸騒ぎにかわった。なぜかひとつずつ、歯車がかみあわなくなっている。自分は性急にことを進めすぎたのだろうか。

だとしても、もう後戻りはできない。

「いえ。別に、何でもありません」

「佐藤」はつかの間の沈黙ののち、答えた。

「いつも通り、夜、東京駅にきてくれ」

「了解です」

電話を切り、延井は、加来田の携帯を呼びだした。応答はなかった。

本部詰めの当番を執務室に呼んだ。矢川(やがわ)といい、加来田とも親しい。拳銃密売人の水野をさらったとき、加来田や高木と組んだチームのメンバーだ。

「羽田の『ハツミ』にいって、ようすを見てこい。万一、警察が入っていたら、すぐに知らせろ。お前ひとりでいけよ」

矢川は九州出身で、銃の扱いに長けている。

「わかりました」

とだけ答えて、部屋をでていった。

新宿のホテルで行われる会合の時間が迫っていた。相手は資金援助をしているマンションデベロッパーだった。たとえ暴排条例に抵触するとしても、手形が落ちないよりはいいと考えている連中だ。だが景気が上向けば、掌をかえしてくるだろう。もちろんそんなことは簡単には許さない。つきあいを絶ってほしければ、所有するマンションを一棟渡してもらう。新しい本部にでも、部屋を借りられない組員のためにでも、一棟まるごとなら、使い途はあるのだ。

会合が終わる頃、携帯が鳴った。矢川だった。

「失礼」

延井は席を立ち、会合に使っているスイートルームの別室に入った。

「サツはいません。ですが――」

いって、矢川は言葉を詰まらせた。

「加来田さんと高木、それに運転手の来島が死んでます」

延井は目を閉じた。そういえば帰るとき、来島が見送りに現れなかったのを思いだした。

「死にかたは？」

「撃たれてます。トラックヤードに薬莢が落ちていました。マカロフの九ミリです」

「あとの二人もか」

「わかりません」

「わからない？」

「建物の中に薬莢がないんです。もっていったみたいで」

目を開いた。

「もっていった？」

「サツを警戒したのじゃないでしょうか」

「今は誰もいないのか」

「いません」

佐江がやった筈はない。とすると、谷神か谷神の仲間が「ハツミ運送」に現れたのだ。そして佐江を連れだした。

佐江も谷神も刑事だ。にもかかわらず、加来田たちを殺した弾丸の薬莢を拾っていった。

その理由を、延井は悟った。大きく息を吸い、いった。

「その場にいろ。人を送る。警察がくるようだったら、すぐに知らせろ」

「了解しました」

佐江と谷神は、加来田たちを殺したことで警察に追われるのを恐れている。それが薬莢をもち去った理由だ。

警察にいながら、警察を巻きこまない戦いを、連合に挑もうというのか。

人殺しの刑事が、人殺しであることを隠そうとすれば、そうするしかない。

本部に電話をかけた。「ハツミ運送」に人を送り、死体処理を命じる。加来田たちの死体が何かの弾みで発見されれば、警察は群がってくるだろう。極道が三人、強盗や通り魔に射殺されたと考える刑事など、どこにもいない。その理由や被害状況をとことんつつき回してくる。

三人にはかわいそうだが、佐江にする筈だった処理で消えてもらう他ない。

延井は深々と息を吸いこんだ。

これは戦争だ。連合と、人殺し刑事との。

警察には、手だしをさせない。

その夜、東京駅八重洲口のビジネスホテルに現れた「佐藤」は、仕事着であるスーツを着ていた。

「珍しいな。今日はネクタイか」

「佐藤」は、延井とは目を合わせずに頷いた。

「うちの人間が殺られた。三人だ。マカロフで」

延井はいった。「佐藤」が反応した。びくりとし、目をみひらいた。が、何もいわない。

「たぶん、佐江のアパートでお前の邪魔をした奴だ。

谷神って刑事か、その仲間だ」

「仲間です」

低い声で「佐藤」がいった。延井は「佐藤」を見返した。

「谷神を知っているのか」

「いえ」

「佐藤」は目を伏せた。

「じゃ、なぜ谷神じゃなくて、仲間だとわかる」

「女でした」

「女？」

信じられない思いで、延井は訊き返した。

「谷神の仲間は女なのか」

「はい」

「なぜ、いわなかった？」

「あのときはわからなかったので」

低い声で、「佐藤」は答えた。

「ずっと考えて、わかりました。あれは女です」

延井は宙をにらんだ。佐江や谷神の周囲を調べさせたが、女の話はあがってきていない。

女の警官か。もしそうなら、人殺し刑事のチームが、警視庁には存在するということか。

「女で、それほど銃を扱えるのか」

「日本人ではないと思います」

「中国か？」

「そこまでは」

「佐藤」は首をふった。何かを隠しているようだ。だが追及することはせず、延井はいった。

「佐江と谷神を殺す。その女もだ。奴らは刑事だが人殺しだ」

「だったら警察に任せてはどうです」

延井は耳を疑った。「佐藤」が自分の言葉に逆らっている。

「何だと」

「警察に任せればいなくなります」

延井は怒鳴りつけたいのをこらえた。深呼吸し、いった。

「何があった？」

「佐藤」は無言だった。延井はしかたなく言葉をつづけた。

「いいか、谷神も佐江も刑事だ。もしかしたら女だという仲間も警官かもしれん。谷神は八年前にうちの大幹部だった西岡さんを殺し、今日またうちの人間を殺した。だが奴らがやったという証拠はない。状況は、奴らでしかないと、はっきりしている。それを、どう警察に説明する？　相手は刑事だ。自分らがつかまらないように、うまく立ち回っているんだ。お前がいって説明するのか。佐江のアパートで会いました、と」

「佐藤」は答えなかった。

「刑事で人殺し。最悪だぞ。どうすればパクられないですむのか、知りつくしている。そんな奴を、警察に任せられると、お前は本気で思ってるのか。俺もパクられ、お前もパクられ、その上でようやく奴らがパクられるかどうかって話だ。何の意味がある？　殺す以外どんな手があるんだ？　いいか、戦争をしかけてきているのは向こうなんだ。それも八年も前からだ」

「西岡さんを撃ったのは女じゃありません」

「佐藤」がぼそりといった。

「そんなことを訊いてるんじゃない！」

延井は怒りを爆発させた。

「奴らを殺る気が、お前にあるかどうかって話なんだよ」

「佐藤」は瞬きした。

「殺ります」

延井はその目をのぞきこんだ。

「本当だな。三人全員だぞ。事故や自殺に見せかける必要もない。どんな手でもいい。殺れるか」

「佐藤」は頷いた。

「居どころさえわかれば」

延井は冷静になった。奴らは、的にかけられることを予期しているだろう。であるなら、自宅や警察署には近づかないかもしれない。

「うちのチームをつける」

「佐藤」は目をみひらいた。

「これは、うちと奴ら人殺し刑事どもとの戦争なんだ。お前ひとりじゃ限界があるだろう。奴らの居場所を見つけて抹殺するための、特別なチームを作ってやる」

「いいんですか。組の人たちに俺のことを知られます」

「組の人間は知らなくても、佐江は知ってた。隠す意味なんか、もうない」

「佐藤」は信じられないような顔をした。

「本当だ。佐江は、俺がタイでお前を助けたことまで知っていた。俺の知らないような、お前の身許を、じき警察は調べあげる」

「佐藤」はうつむいた。

「お前の本名を訊いておきたい」

やがて、延井はいった。

「三沢です」

低い声で「佐藤」は答えた。

「三沢か。佐藤よりは珍しい名だ。この仕事が終わったら、お前は自由だ。タイだろうがフィリピンだろうが、日本以外の好きなところにいけ。そして帰ってくるな」

46

川崎駅に近いマンションに、佐江はいた。プラムにバイクで連れてこられたのだ。築後十年とは経過していない、新しい建物の十階にある1LDKだ。

「君の住居か」

ベッドや洋服ダンス、化粧台などもそろった部屋は、プラムにはどこかそぐわない。

「おとし死んだ、ミツの妹さんが住んでいたそうです」

谷神に妹がいたというのは初耳だった。独身だということしか、聞いていなかった。

「わたしはもうタイに帰れない。ここがわたしの家です。ミツとわたしは秘密の家族です」

佐江は小さなソファに腰をおろした。谷神と会う前に、プラムのことを知っておきたかった。プラムは床にすわっている。

「君とミツは、男女の関係なのか」

「男女の関係？」

プラムは首を傾げた。

「つまり、恋人なのか」

「ちがいます。ミツは女性に興味がない、といいました」

佐江は頷いた。谷神がそうではないかと、どこかで思っていた。

「わたしはどうしていいかわからなかった。人を殺し、もとに戻れない。忘れることもできない。一度死んで生き返れない。わたしにできることは人殺しだけ。ミツはそういうわたしを知っていて、日本に連れてきてくれた。お父さんを捜しなさい、といった。お父さんを見つけたら、もしかしたらピーから人間に戻れる、とわたしも思っていました」

プラムはいって首をふった。

「戻れなかった。わたしはお父さんと殺しあいたくないです。どうしていいかわからなくなって、あなたと話したいとミツにいいました。でもミツは止めました。あなたをここに連れてきたとわかったら、ミツは怒るかもしれません」

「いや、怒らない。ミツが殺人者だということを俺に教えたのは君じゃない。延井だ。ミツが一番知られたくない事実は、それだったのだから」

「サエさんは、ミツをつかまえますか」

プラムは真剣な目で佐江の目をのぞきこんだ。佐江は息苦しさを感じ、思わず顔をそむけた。

「わからない。混乱しているよ、俺も」

不意に佐江の手をプラムがつかんだ。

「サエさんは、わたしが嫌いですか」

プラムは佐江の手を握り、胸にもっていった。

「何をいっているんだ」

「わたしは人殺しで、父親も人殺しです。だから嫌いですか」

佐江は首をふった。掌がプラムのふくらみに触れるのを感じ、体がこわばった。

「嫌いじゃない」

「でも今、顔をそむけました」

「ちがう、苦しかったんだ」

「苦しい?」

「うまく説明できない」

いって、佐江は手をひいた。

「とにかく君のことを嫌いじゃない。俺はこんな気持ちになったのは初めてだ。いろんなことがありすぎて――」

「こんな気持ち?」

プラムが佐江の言葉をとらえた。

「どんな気持ちですか」

「だから――」

佐江は手を額にあてた。

「教えてください」

「君のことを、俺は、何ていうか。すごく感謝している。でもそれだけじゃなくて、くそっ、うまくいえない」

佐江は唸った。

プラムが立ちあがった。

「わたしのサック・ヤン、サエさんに見せます」

佐江は息を呑んだ。プラムが着ていたライダースジャケットと、その下のTシャツを脱ぎ捨てた。ブラも外す。

褐色のひきしまった体がむきだしになった。プラムは佐江に背中を向けた。そこに刺青が入っていた。横に長く、首から下に仏塔のような小さな模様がびっしりと並んでいる。

「これはお守りです。これをしていたら撃たれても刺されても死なない、といわれています。でもわたしは信じられなかった。サック・ヤンを、見せたくないたくさんの男たちが見た。笑った。わたしを馬鹿だと。でもわたしは、そこから逃げだした。人を殺して、まだ生きています。サック・ヤンが守ってくれたから？　わかりません。わたしは、守られる価値のある人間ですか？　サエさんはわかりますか」

プラムは佐江をふりむいた。こぶりだが形のよい乳房を、佐江は正面から見た。口の中がからからに乾いている。

佐江はプラムと見つめあった。

「俺には、わからない」

やがていった。

「だが、君に守られる価値がないのなら、俺にだってない。俺はそんなに立派な人間じゃない。助けてくれたのは、君だけだ」

プラムの思いつめたような表情がゆるんだ。白い歯がこぼれた。

「わたしは、サエさんには大切な人ですか」

「ああ、大切だ」

佐江は大きく頷いた。そして急いでいった。

「だけど、洋服を着てくれ」

プラムの微笑みがしぼんだ。花がしおれるように、その顔から光が失われていった。

「わたしを大切だけど、嫌い？」

「そうじゃない。大切だからいってるんだ。君を笑った男たちと俺はちがう。わかってくれ」

佐江は歯をくいしばっていった。激しい欲望がつきあげていた。死を直前で逃げのびた体が、プラムとひとつになることで、生きている〝今〟を味わいたいと強く求めているのだ。まるで十代の少年に戻ったように、体が震えるほどの飢えを、プラムの裸体に感じていた。

プラムは佐江の目を見ている。

「頼む。頼む」

佐江はくり返した。指一本でも動かそうとすれば、そのままプラムを床に押し倒してしまいそうだ。

「わかりました」

小さな声でプラムはいった。そして床に脱ぎ捨てたライダースジャケットに手をのばした。

プラムの肌が隠されたとたん、呪縛が解けたように、佐江は体のこわばりがほぐれるのを感じた。

ほっと息を吐いた。

「君の話をもっと聞きたい」

気づくと、そう口にしていた。

「つらかったことも楽しかったことも、俺に聞かせてくれ。ミツに会うのはそれからでいい」

プラムが驚いたように目をみひらいた。佐江は言葉がこぼれでるのを感じた。

「俺たちには今しかない。追って追って、追われて追われる。たぶん、今ここにいる短い時間だけが、俺たちにある静けさなんだ。それを大事にしたい」

「話すだけ？」

プラムはどこか悲しげに訊ねた。

「今は」

佐江は力をふりしぼっていった。

「今は話すだけだ」

プラムは小さく頷いた。その顔に浮かぶ、傷ついたような悲しみが少しだけ薄れていることに、佐江はほっとした。

47

午前二時、死体の処理が終了したという連絡を、延井は矢川からうけとった。

新宿二丁目にある、閉鎖した小さなホールに延井はいた。里美には、何日か帰れないかもしれない、とメールを打っていた。

午前三時、本部を通した招集に応じて、高河連合の直系組織に属する十人の人間が、そのホールに集まった。腕が立ち、口が堅いことを条件に選抜させた男たちだ。その十人の中に、延井が認める幹部候補が二人いた。

桑村と山岸だ。どちらも三十代後半で、互いを意識している。二人にはそれぞれ四人の手下を選ばせ、ふたつの班を作らせた。

今の連合で最強のチームだ。

「『佐藤』だ」

十人に、延井は「佐藤」を紹介した。「佐藤」は無言で頭を下げた。十人全員、表情はかえないが、突然紹介された、組員でもない男の正体をいぶかしんでいることは、痛いほどわかった。

「こんな時間にきてもらったのは、お前らに、連合の未来を預けなければならなくなったからだ」

怪訝そうな顔、ただ真剣な顔。ゆるんだ表情を浮かべている者はひとりもいない。私語をする者もない。

「警察も知らないことだが、連合は今、三人の刑事と戦争中だ。刑事なのになぜ警察が知らないかといえば、そいつらは人殺しだからだ。八年前、うちの大幹部を殺し、今日また、加来田、高木、来島がそいつらに殺された」

全員の表情が一変した。延井は間をおいた。

「絶対に許すわけにはいかない。この三人を必ず殺す。殺さなかったら、連合は近いうち潰されると思え」

十人の顔が上下に動いた。

「お前たちに頼みたいのは、『佐藤』のサポートだ」

その言葉で、全員が「佐藤」の役割を理解した。

「会うのは初めてだろうが、これまで連合は何度も『佐藤』に助けられている」

言葉を切り、延井は十人の顔を見渡した。

「ここまでで何か質問はあるか」

誰も何もいわない。延井は小さく頷いた。

「的にかけるのは、新宿署組対の佐江」

何人かの顔に反応があった。知っているようだ。

「警視庁捜査一課の谷神」

反応した者はいない。

「三人目は、女だというだけで正体は判明していない。だがマカロフをもっていて、銃の扱いもうまい。日本人じゃないらしいが、加来田たちを殺したのは、たぶんこの女だ」

山岸が手をあげた。

「何だ?」

「サツがやらせているわけではないのですか。自分がいいたいのはつまり、警察が組織としてうちを――」

「そうじゃない。撃ち殺された加来田たちはその場におきざりで、サツは一切捜査にこなかった。殺したあと通報もせず、薬莢も拾っていった。この意味がわかるか」

山岸は頷いた。

「わかります」

「他に訊きたいことは?」

「女の正体はまったくわかっていないのですか」

桑村が訊ねた。

「会ったことがあるのは、『佐藤』だけだ。『佐藤』はこの女と撃ちあってる」

延井は「佐藤」をふりかえった。

「わかる範囲でいい。女の特徴を話してやれ」

「佐藤」は暗い表情で進みでた。

「銃は、撃ち慣れています。たぶんどこかで射撃の訓練をうけている」

小さな声で喋った。

「年齢は? いくつくらいですか」

「二十代の初め」

「そんなに若いのですか」

「佐藤」は頷いた。汗をかいている。大勢の前で喋ることに慣れていないのか、顔も珍しく赤らんでいた。

「国籍は? 日本語は喋れるのですか」

「東洋系です。日本語は、話していないのでわからないのですが、たぶん喋れると思います」

「どこからそんなのを見つけてきたんでしょうか」

「佐藤」は首をふった。

「わかりません。体型は、細くて、身長は百六十くらいです。バイクに乗っています」

「つまり二人の周辺で、バイクに乗った若い女がいたら、そいつだってことだ」

延井はいった。

「佐江と谷神の住居(ヤサ)は割れている。二人とも連合に的にかけられていることはわかっているだろうから、家には近づかないかもしれん。だが、的にかけられているというのを、こいつらは上司には話せない。話すくらいなら、加来田たちの死体を転がしたまま逃げださなかった」

延井は十人の顔を見渡した。

「刑事のくせに、守ってくれと警察に泣きつけない状況なわけだ」

「いいですか」

山岸が手をあげた。

「何だ」

「こいつらはなぜ、うちの人間を殺ったんですか」

「加来田たちが殺られたのは、佐江をさらっていたからだ」

「なのに逃げだしたんですか」

「そうだ。八年前、うちの大幹部を殺ったのは、谷神だ。理由はわからない。誰かに雇われたという可能性もあるが、もしかするとうちを痛めつけるのが目的だったのかもしれん」

話しながら延井は確信していた。Kプロジェクトに立ち塞がったのも、この谷神と佐江だ。こいつらは最初から連合を目の敵にしていたにちがいない。連合の新しいシノギを潰すのが目的だったのだ。

西岡の暗殺は、Kプロジェクトの妨害とつながっていた。高河連合がさらに力をつけ、この世界での頂点に立つのを、谷神は何としても阻みたいのだ。

相馬の出頭で、Kプロジェクトへの連合の関与は、事実上不可能になった。たとえ相馬にカジノ運営が認可されても、徹底した調査が関係者に及び、少しでも怪しまれた人間は排除される。そのことだけでも腸（はらわた）が煮えくりかえる思いだが、それらをすべて、たった二人の刑事がもたらしたと考えると、たとえ刺しちがえてでも、こいつらを生かしておくわけにはいかなかった。

「特にこの谷神は、ずっと連合を狙っていたと考えていい。なぜうちなのかはわからない。訊いてみたい気もするが、それよりきっちり息の根を止めることのほうが重要だ」

「絵図を描いたのが谷神ということですか」

「そうだ。佐江は、谷神と組んだ結果、いろいろなことを知った。その奴が逃げだしたままというのが、仲間だという証明だ」

「見つけた場合、『佐藤』さんにお任せすればいいのですか。その余裕がなかったら――」

「お前らで殺ってもかまわない。こいつらを刑事だと思う必要はない」

　延井はいって、積んである資料を目で示した。山岸と桑村が全員に配る。二人の写真と住所、立ち回りそうな飲食店を調べあげたものだ。

「この資料は頭に叩きこんで、ここにおいていけ。特に二人のガン首は、きっちり目に焼きつけておけ」

　十人はくいいるように資料を読んでいる。

「殺された加来田が用意してくれたものだ。ケジメはつける、いいな」

　はいっと全員が答えた。

「『佐藤』との連絡法を相談しておけ」

　延井は、山岸と桑村に告げた。二人は携帯電話をだした。

48

　プラムの身の上話は、佐江の想像を超えたものだった。

　そして母親、コービー、シェルの死につづき、プラム本人を襲った不幸には、かける言葉すら思いつかなかった。

死を願い、薬に溺れている時間だけが救いであった日々は、あまりに酷（こく）すぎる。バーンズを谷神が射殺したと聞き、むしろ安らぎすら覚えたほどだ。

この娘の未来に、いったいどんな光が存在するというのだ。プラムの心の中には、死を願う気持ちが決して消えない影のようにある。

それを捨てさせるために、いったいどんな力が自分にはあるというのだ。

佐江は無力だった。できることはただ、プラムのそばにいてやる。それだけだ。

プラムの携帯電話が鳴ったのは、話に疲れた二人がうとうととし始めた、夜明けだった。

佐江は目を開いた。プラムが電話に応えている。

「はい、家です。連絡しなかったこと、ごめんなさい」

電話の相手に詫びていた。

「ミツか？」

佐江の問いに、プラムは頷いた。

「今、サエさんといます。待ってください」

プラムはいって、電話をさしだした。眠けが吹きとび、佐江は深く息を吸いこんだ。

「もしもし、佐江だ」

「佐江さん……。なぜ佐江さんがそこにいるのです？」

谷神は明らかに狼狽していた。

「プラムが、俺を助けてくれた」

「助けた？」

「連合に拉致された。殺される寸前までいった。延井を監視していたプラムが見つけてくれなかったら、今ごろどこかに埋められていたろう」

谷神が息を呑む気配が伝わってきた。

「連合が佐江さんを拉致したのですか」

「奴らはつきとめている」

佐江はいって、言葉を切った。

「何を、ですか」

「八年前、連合の大幹部だった西岡を殺した、コルトの軍用モデルを買った田辺という男のことを、だ。その田辺は、最近、マカロフも買っている。田辺に銃を売ったチャカ屋を見つけたんだ」

谷神は黙っている。

「なぜなんだ?」

佐江は問いかけた。

「なぜ?」

谷神は佐江の問いをくり返した。

「なぜとは、どういうことです?」

「なぜ、あんたみたいに優れた刑事が、こんなことに手を染めた?　まさか、誰かに雇われたのじゃないだろうな」

「何をいってるんです。そんな筈がないでしょう」

「じゃあ、答えてくれ」

谷神は再び沈黙した。佐江はいった。

「プラムは、俺を助けるために連合の人間を射殺した。だが俺は、届けてない」

「届けてない?　通報していないという意味ですか」

「プラムは命の恩人だ。逮捕なんてできるものか」

「よかった」

谷神はつぶやいた。

「よかった!?　いいわけないだろう。なぜ、なぜ、この娘を巻きこんだんだ!?」

佐江は怒りを爆発させた。

答えた谷神の声は冷静だった。

「彼女がそれを望んだからです。彼女の身に起きたことを知れば、きっと佐江さんも――」

「それは聞いた!」

佐江は谷神の言葉をさえぎった。

「だとしても、他に方法があった筈だ」

谷神はまたも黙りこんだ。佐江は荒々しく息を吸いこんだ。

「いいか、連合は、あんたのことをすべて調べあげているだろう。次に的にかけられるのは、まちがいなく、あんただ。今ならまだ間に合う。出頭してくれ。出頭して全部を明らかにするんだ」

「それでどうなるんです？　わたしはまちがいなく刑務所いきだ。刑務所内で、いつ連合の刺客に襲われるか、怯えながらツトメを果たすのですか？　そして連合は、これまで以上に力をつけていく」

　佐江は目を閉じた。谷神のいう通りだった。

「だとしても、こんなやりかたはまちがっている」

「まちがっているのは、今の、暴力団に対する法の姿勢です。こんな封じこめかたをつづけたら、暴力団はますますカメレオンのようになっていってしまう。カタギと区別がつかない、隠れ極道が増えるだけだ。数字上、暴力団犯罪は減るでしょうが、犯罪の数は増えるだけです。暴排条例は、封じこめがうまくいっていると、マスコミや市民に思わせるための、役人のレトリックにすぎない。この日本から、暴力団がひとつ残らずなくなろうと、犯罪は消えない。より巧妙に、よりずる賢く立ち回るだけです。害虫と同じです。家に入れないようにしたからといって、害虫そのものがいなくなるわけではない。見えなくなった、だからいなくなったと考えるのは、まちがいなんです」

　佐江は息を吐いた。

「なぜ、そんなに憎む？」

「この国の権力機構が、いかに暴力団と根幹のところでつながっているのかを、公安（ハム）にいた頃、つぶさに見てきました」

「そういえば、公安にいたのだったな」

「ええ。地味な部署でしたが、政治家やいくつかの企業に関する情報を集めていました。警察官僚の政治家転身や天下りに利用するための情報です。そこでつくづくわかったのは、仮想敵として、いかに暴力団を警察がうまく利用しているかということでした。暴力団を悪者にしておけば、いくらでも法や条例を、都合のいいようにねじ曲げることができる。

極道は決して、不当だとか、人権侵害だとはいいませんからね。たとえいっても、マスコミもそんな声は拾わない。警察は、暴力団をなめていたんです」

「そんな筈はない」

「いえ、なめていたんですよ。締めつけたり、ゆるめたり、生かさず殺さずでやっていけばいい。いざとなったら、資金源を断つ、住居を追いだす、いくらでもやりようがある、と頭のいい官僚は思っていた。彼らは知らない。社会の下の、陽のあたらないような場所に、いかに深く暴力団が根をおろしているか。土の上に見えている雑草さえ刈りとれば、表面的にはきれいになる。それでいいと思っている。アパートの隣に暴力団員とその家族が住み、味噌や醤油の貸し借りをする生活など想像できない。だが実際にはそういう人間が何万、何十万といる。あるいは、大企業が孫請けのそのまた下の、決して人が集まらないようなキツい仕事の労働者を確保するために暴力団を使っている事実に目を塞いでいる。利用するだけ利用し、いざとなれば簡単に潰す。そんなつもりでいた。ところが、いいようにあしらわれていた暴力団も、きっちり生きのびる術を考えていた。どんな薬ができようと、それに抵抗力をもつ新たなウイルスが生まれてくるように、暴力団もまた、表面では取り締まられながら、地下で生きのびる手段をあみだしていた。そしてそれが将来、どれだけの禍根を残すか、官僚はまるでわかっていない。まあ、当然のことでしょう。官僚というのは、自分の在任中の成績しか考えませんからね。それがわからない佐江さんだと、私は思わない。ちがいますか」

佐江は唸り声をたてた。谷神の言葉は正しい。表面がきれいになった結果、土中ではびこる雑草の根を見つけだすのは、むしろ難しくなる。カタギと区別のつかなくなった極道は、組織としての威しがきかないぶん、簡単に人を傷つけたり殺したりするようになる。

暴力団犯罪を減らす、という数字上の目標を確かに役人は達成するだろう。それはより巧妙で地下化した組織犯罪を増やす結果になる。

従来のシノギしかもたない、頭の悪い、古い体質の極道は淘汰される。が、優れた頭脳に率いられた集団は、繊維に編みこまれた糸のように、社会の中に織りこまれ、そこだけを切り離すことが不可能になる。しかもその集団は、いざとなれば人を傷つけ殺すことをいとわない。

見えなくなったのだから消えたのだ、という理屈は、暴力団のようなプロの犯罪集団には決して通用しない。

やがて社会に織りこまれた、そうした犯罪集団は、宿痾（しゅくあ）のように日本をむしばんでいくだろう。そのときになって、過去、役人がそれを仕向けたのだと、気づく者がいるだろうか。

犯罪集団に別な名称を与え、新たな法や制度で対応しようとするだけだ。

「行為を、犯罪と規定するのは、法なんです。法による規制が存在しない領域には、犯罪も存在しない。まさに泥縄ですよ。泥棒をつかまえてから、縄をなう。縄ができた頃、賢い泥棒はとっくに商売がえをしていて、頭の悪い泥棒だけが縛られる。法と制度で対処していたら、組織犯罪はなくならない」

「だがそれが法治国家だろう」

「法が土の中にまで及ぶなら、法治国家といえるでしょう。しかしこの国では及んでいない。そして、これからも豊かでいられるという幻想を抱いているうちに、土の下はどんどん腐っていくのです。人口が減り、海外からの移民を大量にうけいれるようになったとき、彼らとまっ先に結びつくのは、土の中ではびこる組織です。それは自明の理なのに、皆知らんふりをしている。光のあたる部分、上べだけを人は見て、影の部分は決して見ないからだ。この国がそうなっていくのを、私は見過ごせない」

「だから西岡を殺したのか」

「最小限の犠牲で、高河連合の成長を止めたかったのです。暴力団は、頭を張るもので性格がかわります。西岡がトップに立っていたら、今よりもっと強大な組織になったでしょう」

「延井もいっていた。『お前らのおかげで、連合はずいぶん遠回りをさせられた』とな。奴は、俺もあんたと共犯だと思っていたんだ」

「申しわけありません」

「今さら詫びられてもどうしようもない。奴らは、全力で、あんたと俺の命をとりにくる。プラムもだ。それを止めるには、出頭しかないんだ」

「佐江さん」

谷神は口調を改めた。

「プラムを守ってやってくれますか」

「何をいってる」

「佐江さんのいう通り、連合は私を的にかけてくる。いっしょにいたら、彼女をより危険にさらすだけです。といって、プラムを逮捕させたくない。佐江さんなら、彼女を守れる筈だ」

「馬鹿なことをいうな」

「だってそうでしょう。あなたはプラムに二度救われ、通報もせず、今いっしょにいる」

佐江は歯をくいしばった。

「たとえ出頭しても、延井は決して私を許さないでしょう。私は延井の人生を奪った。あの男が二年、タイで暮らしたのは、私のせいです」

「永久に守ることなんてできない」

「わかっています。彼女をタイに帰してやってください。そうすれば、彼女の正体を知る人間はいない」

「いや、いる」

「殺し屋の話も、彼女はしたのですね」

「ああ。延井は『佐藤』と呼んでいた」

「佐藤」

「本名は――」

「三沢草一。私は今本庁にいます。三沢草一を重参とする手配をおこなったところです。明日には、捜査本部から指示がでます」

「あんたも捜査に参加するつもりか」

「いえ。私はあなたといっしょに、別の線を追う、と白戸さんには伝えてあります。捜査本部に私たちがいなくても問題にはなりません」

「何をするつもりだ」

「自分で蒔いた種は、自分で刈りとらなければならない」

「延井を殺す気か」

谷神は答えなかった。

「よせ、やめろ」

「あなたを殺そうとした男ですよ」

「逮捕すればいい」

「それでは間に合わない。あなたの拉致に延井がかかわったと証明するには、プラムの存在を公にしなければならないし、三沢に殺人を命じていたことを証明するのも難しい。三沢はそのための影の存在だったのですから」

佐江は唇をかみしめた。

「佐江さん、あなたと組めてよかった。あなたのような刑事がいるとわかって、心強かった。では、プラムのことを頼みます」

「待て――」

電話は切れた。佐江は即座に、谷神の携帯にかけ直した。が、呼びだしは続くものの応答はなかった。

「くっ」

喉の奥から声が洩れた。プラムが不安げに見つめている。

佐江は深呼吸した。窓の外はすっかり明るくなり、白い靄が街にかかっている。ただでさえ知らない街が、まるで外国にいるようにすら思えた。

「ミツは、どうしたんですか？　怒っていますか」

「怒っちゃいない。彼は、俺に君を守れ、といった。つまり――」

プラムは目を伏せた。

「帰ってこないのですね」

ため息を吐いた。

「また、大切な人がいなくなってしまう」

佐江は大きく息を吸いこんだ。

「プラム、君をタイに帰したい」

プラムははっと顔を上げた。

「なぜ？　わたしはタイにいられないから日本にきた。なのにタイに帰すのですか」

「日本にいたら危険なんだ。延井は、ミツや俺だけでなく、君のことも殺すつもりだ。君のお父さんを使って」

今は三沢と名前がわかった殺し屋の顔を佐江は思い浮かべた。プラムに面影はない。母親に似たのか、プラムは三沢とはどこも似ていない。それが救いだった。

「わかっています」

プラムは佐江の目を見つめ、答えた。

「わたしはミツを守ります。ミツはわたしを助けました。今度はわたしがミツを助ける」

佐江は首をふった。

「彼はそんなことは望んでいない」

「望んでいなくても」

プラムはきっぱりといった。

「ミツを守るためなら、わたしはお父さんを撃ちます」

佐江は目をかっとみひらいた。

「よし、わかった」

プラムが首を傾げた。

「俺は君に二度助けられた。君がミツを守るのなら、その君を、俺が守る」

「サエさんがわたしを守る？」

「そうだ。君の、その背中の刺青が俺だ。そう、信じてくれ」

佐江はいった。

49

谷神と佐江の抹殺指令を下した今、延井は戦争に入ったのと同じだった。自宅にはもちろん、組本部にも当分は戻らない。佐江に、自分の誘拐を事件にするつもりがないことはわかっている。それは仲間の女の殺しを警察に知られたくないからだ。

つまり奴らには、延井を逮捕するつもりがない。西岡のように、殺すつもりなのだ。殺すか、殺されるかの戦いだ。

三人の死を確認するまで、作戦本部にした新宿二丁目のホールをでるつもりはなかった。元が小劇場なので楽屋にはシャワーもついている。食事の世話は、新たにボディガードに昇格させた、若い二人の組員、東(あずま)と鈴森(すずもり)にさせることにした。

延井がここにいるのは、本部内でもごくわずかの人間しか知らない。組長は、この一カ月、糖尿病が悪化し、入院している。代行をこなしていた延井だが、その役を若頭筆頭補佐の羽月(はづき)に譲った。羽月は直参(じきさん)ではないがバランス感覚に優れていて、万一、自分の身に何か起きても、とりあえずは連合内をまとめる人望もある。

延井の居どころの問いあわせに対しては、「検査入院中」と答えるよう、指示した。

三人との戦いは、短ければ二、三日、長くても一週間で決着がつく筈だ。

組どうしの抗争とはちがう。手打ちもなく、それに伴う条件闘争もない。自分が死ぬか、あの三人が死ぬか、だ。

いざとなったら、奴らは警察に泣きつくかもしれない。ことに佐江は、西岡暗殺に加担していないだけに、その可能性がある。

佐江がすべてをぶちまけたとき、警察はどう動くか。

それが延井にもわからなかった。現職刑事による暴力団幹部暗殺を、果たして警察は表沙汰にするだろうか。なかったことにして口をぬぐうことも考えられる。

　加来田たちが殺された件でも、死体が見つからなければ捜査は始められない。警察による殺人には目をつぶり、連合による死体遺棄だけを調べる、というのなら別だが。

　佐江たちを守ろうとすれば、警察は身内の犯した殺人を認めなければならない。

　Kプロジェクトから、ずいぶん遠くにきてしまった。

　しかたがない。

　延井は、相馬の携帯電話を呼びだした。早朝だったが、起きていたのか、すぐに応えがあった。

「はい、相馬です」

「いろいろあったが、Kプロジェクトから連合（うち）は手を引かせてもらう」

「えっ」

　相馬は絶句した。

「詳しいことはいずれ話す。当分、俺とは連絡がとれなくなると思ってくれ。追われているわけじゃないから心配するな」

「いったい、何があったのです？」

「知らないほうがいい。商売に専念しろ」

「私は、ハシゴを外されるってことですか」

「それともちがう。俺に万一のことがあったら、羽月があとを埋めるが、奴はKプロジェクトのことを知らない」

「万一って……」

「ひとつだけいっておく。佐江と、谷神という刑事に注意しろ。二人は、警察の方針とは関係なく動いていて、殺しもやる」

「刑事が、ですか」

　信じられないというように相馬はいった。

「そうだ。雇われているかもしれんし、極道を許せんと思っているのかもしれん。あとのほうだとすれば、いっしょにKプロジェクトを立ちあげたあんたも狙われる危険がある」

「そんな……」

「俺に何があっても知らんふりを通せ。これは連合(うち)と警察との喧嘩とはちがう。俺と奴らとの潰し合いだ」

「待ってください。どうしてそんなことになったんですか」

「それは俺が訊きたい」

いいながら、ふと延井は答えがわかったような気がした。この数年の取り締まりのせいで、生きのびるために地下に潜る極道は増える一方だ。

表面上の成果を警察は強調してきたが、実際に打撃をこうむったのは、古い体質の小さな組ばかりだ。テレビドラマの悪役からやくざ者が姿を消したからといって、この世から消えてなくなったわけではない。極道でないふりのできる極道が増えただけだ。

延井は早いうちから連合の体質をその方向に転換させてきた。それは、本来ならもっと早くに、西岡がなしとげた筈だった。

企業と同じで、変化する社会に対応した体質転換をしなければ、極道も生き残れない。

対応できなかった組は消滅し、生き残った組がそのぶんのアガリも、手におさめる。

それを、谷神は嫌ったのだ。

過去に西岡を殺し、Kプロジェクトの目的をしつこく追った理由だ。

今、潰しておかなければ、連合は氷山のように、実体の大半を水面下におく「見えない組織」になる、と谷神は考えたのだろう。

まさにそれこそ、延井が導きたいと考えている連合の姿だった。

「どうして気がついたんだ」

延井は思わずつぶやいていた。

「何に、ですか」

相馬が訊ねた。

「俺が描いた絵図にだ。Kプロジェクトじゃない。谷神連合をこうしようと思い描いていた絵図だよ。谷神はそれに気づいていて、なりふりかまわず、潰そうとしてきた」

「自分で考える頭をもった刑事だということじゃないですか。上にいわれた通りに動く刑事は、そんなことに気づけない」

考えるだけではなく、行動もとった。

「たいした奴だな」

「感心しているのですか」

「ああ」

「手を打つのですよね」

「知らなくていい。こちらから連絡するまで、接触はしてくるな。何があっても、連合抜きでの対応をとれ」

相馬は重い息を吐いた。

「わかりました。もしかしたら義理を欠く真似をした、ということになるかもしれませんが――」

「文句などつけない。他人だ。しばらくは」

「お気づかい、ありがとうございます」

電話を切り、延井はどこか心が晴れやかになっていることに気づいた。

奴らとの戦争だけを考えればよい、この状況を、自分は喜んでいる。

企業化し、地下に潜り、カタギのふりをする極道を勧めておきながら、そんな生きかたを決して好んでいなかったと、あらためて知った。

相馬との連絡に使った携帯電話から電池を抜きとった。これで電源の入っている携帯は、「佐藤」との連絡用のみだ。

「東っ」

延井は声をあげた。

「はいっ」

楽屋の外にいた東がドアを開けた。二十八歳で、すでに傷害致死の前科をもっている。

「道具、あるか」

頷き、東は着ていただぶだぶのトレーナーの裾をまくった。二挺の銃が腰にさしこまれている。

「どっちがよろしいですか」

テーブルの上に並べたのは、リボルバーとオートマチックだった。タイではオートマチックをもっていたが、日本では保管状態がわからない以上、リボルバーが賢明だろう。

「いいか」

リボルバーを手にした。三十八口径の六発入りだ。

「もちろんです！」

延井は頷き、腰にさしこんだ。

50

谷神は、延井の〝処刑〟を企てているにちがいなかった。

谷神を、止めると同時に、守らなければならない。

延井は、谷神の殺意に気づいている筈だ。当然、公の場には姿を現さない。どこかにアジトをかまえ、谷神と佐江の暗殺の指揮をとっている。プラムの正体も、三沢から知らされている可能性があった。

谷神が延井の暗殺に成功したとき、自分はどうするのか。

佐江はそれを考えていた。谷神の殺人を告発するのか。が、すれば谷神は逮捕されるだけではすまず、生涯、高河連合の報復の対象とされる。おそらくは、一年と生きのびられないだろう。警察といううしろ盾を失った刑事の命など、そこがシャバであろうが刑務所であろうが、巨大暴力団はあっさり奪う。

そして自分も同じ運命をたどる可能性がある。

佐江は谷神の共犯ではない。ないが、その殺人の事実を知ったのに、報告を怠っている。それどころか、殺人犯であるプラムと行動を共にしている。

刑事の職を失うのに、充分な理由だ。

だが、今は先のことを考えてもどうしようもなかった。法のためなのか、自分のためなのか、佐江自身にもわからない。それでも、谷神を止めなければならない、と感じていた。

それには谷神の居どころをつきとめる必要がある。標的とされていると知った谷神は、決して警視庁にも新宿署にも近づかないだろう。まして自宅は論外だ。潜伏し、延井の命を奪う機会をうかがっている。

それを発見するのは容易ではない。が、方法がひとつだけあった。

延井の居場所を見つけることだ。

延井もまた同様に潜伏しているだろうが、当然ボディガードや暗殺部隊をしたがえている。単独行の谷神と異なり、何らかの手がかりを得られる可能性があった。

佐江は東京に向かった。プラムとは別行動をとる。プラムの顔を知っているのは三沢ひとりで、佐江の顔はおそらく暗殺部隊全員に知られているだろうから、二人で行動するよりプラムは安全だ。

まず足を向けたのは、豊島(としま)区長崎の、川端の住居だった。佐江を呼びだし、罠にハメた川端なら、何か知っているかもしれない。

マンションは、すでに空き部屋になっていた。佐江からの報復を恐れ、夜逃げしたようだ。管理人、不動産会社への訊きこみでも、転居先は不明だった。

川端は、砧組(きぬたぐみ)という、高河連合の三次団体に籍をおいている。砧組の事務所は渋谷にあった。

レンタカーを借り、佐江は渋谷の砧組の事務所を張りこんだ。渋谷駅東口に近い、雑居ビルだ。少し離れた場所に、プラムがバイクを止めるのを、ルームミラーで確認していた。

午後の渋谷駅前を、多くの人がいきかっている。交番の巡査が一度ようすをうかがいに寄ってきたが、窓ごしに見せた身分証に、すぐ離れていった。目の前の雑居ビルに暴力団の事務所があることは、ハコ番なら当然知っている。

これではやっぱり守護神だ。フルフェイスのヘルメットをこちらに向けているプラムの姿をミラーごしに見つめ、佐江は思った。

プラムに守られている。決して守ってはいない。

佐江は川端の携帯を呼びだした。呼びだし音は鳴らず、留守番電話に切りかわった。

「佐江だ。全部水に流してやる。だから連絡してこい」

川端は、当然怯えているだろう。刑事を罠にハメたのだ。だがその刑事は死なず、しかし自分が手配されてもいない状況に混乱しているにちがいなかった。

やがて夕刻が近づき、人通りはさらに多くなった。川端からの連絡はない。

佐江はもう一度かけた。留守番電話に吹きこむ。

「俺に協力したほうが身のためだ。もしかしたらもう、例の殺し屋に口を塞がれているかもしれないが。よく考えろ。俺は殺されずにこうして電話をしている。今のままだったら、お前は俺のようには生きのびられない」

羽田で何が起こったか、川端が知らされている可能性は低い、と佐江は見ていた。

ルームミラーの中に、プラムはまだいる。その忍耐力に、佐江は驚いた。

日が沈み、佐江は車をだした。川端はおそらく事務所にもきていない。とはいえ、組の縄張りである渋谷のどこかにはいる。極道は、非常時ほど縄張りを離れるのを嫌う生きものなのだ。

地下駐車場に入った佐江の車を、プラムのバイクは追ってきた。

あたりに人がいないことを確認し、プラムは佐江の車のかたわらでバイクを止めた。

「疲れたろう」

「大丈夫です」

ヘルメットを脱いだプラムは微笑みを浮かべた。

「でも、トイレいきたいです」

「ここにバイクを止めていってくるといい」

プラムは頷き、バイクを離れ、地下駐車場内の公衆便所に歩いていった。直後、佐江の携帯電話が鳴った。川端の番号が表示されている。

「どこにいる?」

開口一番、佐江は訊ねた。

「教えられるわけないだろう。ヤバくてヤバくて、どうにもならねえんだ」

押し殺した声で川端は答えた。

「自分の状況がわかってるんだな」

「ハメたことはあやまるよ。だけどよ、本部にいわれたら、どうしようもなかった。ただ、なんであんたが電話をしてこられるのかがわからねえ」

「幽霊だと思ったか」

川端は息を喘がせた。

「助かるわけがねえのに……」

「俺が死んでいないと、誰もお前には教えてくれなかったのか」

「俺なんかには、何も伝わってこない。一番ヤバい役を踏んだのに、知らん顔だ」

「知らん顔ってことはない。お前は消される。知っていることが多すぎるからな。相馬と連合の関係、延井が俺を殺しそこなったこと」

「会ったのか、若頭(カシラ)に——」

川端は絶句した。

「面と向かってな。お前に残っている選択肢は、殺されるか、俺に協力して延井を潰すかのどちらかだ」

「冗談じゃねえ。俺なんかいなくたって、若頭をパクれるだろうが」

「居場所がわからない。おそらく、俺を殺しそこねたんで、穴に潜っている筈だ。早く見つけないと、お前のところに殺し屋がくるぞ」

川端は唸り声をたて、いった。

「なんで、こんなことになっちまったんだ」

べそをかいているような口調だった。

「運が悪かったのかもしれんな。相馬とかかわったのが、まちがいの始まりだ」

「くそ……」

「延井の居どころをつきとめろ」

「無理だ。俺なんかにわかりっこない」

「相馬を使え。奴に泣きつくんだ。俺をハメたことを話して、このままじゃ組に消されるといえよ。相馬なら、延井と連絡をとれる」

刑事を殺そうとして失敗したと聞けば、相馬も平静ではいられなくなる。

「そんなことが組にバレたら――」

「バレようがバレまいが、お前はもう助からない！」

佐江は声を荒らげた。

「助かる道は、俺に協力することだけだ」

「考えさせてくれ」

「考えてるあいだにも、お前のうしろに延井の飼っている殺し屋が忍びよってるかもしれんぞ。いっておくが殺し屋は日本人だ」

「わかったよ！」

川端は叫んだ。

「やってみる。そのかわり、俺を助けてくれ」

「連絡を待ってるぞ」

佐江は電話を切った。トイレをでたプラムが、歩みよってきた。

「誰からですか」

「延井の手下のひとりだ。延井に殺されるかもしれないと怯えている」

プラムは首を傾げた。

「手下の人を殺すのですか」

「必要があれば。極道も大組織になると、義理や人情なんて関係なくなる。組全体が生き残るには、多少の犠牲はしかたがないと考えるようになるのさ」

プラムに理解できるか、わからなかったが、佐江は答えた。

携帯が鳴った。川端だった。

「森本さ――相馬さんが会ってくれるそうだ」

「いつだ」

「すぐでもいいといってくれた。全部話したら、あんたにも会いたい、と」

「俺に？」

「説明したいことがあるといってた」

罠かもしれない。が、相馬も川端も、佐江が警察組織のバックアップなしで動いているとは知らない。罠にかけ、それが失敗したら破滅すると、相馬は予測できるだろう。

「どこで会う？」

「どこでもいいそうだ。いわれた場所にいく、と」

「相馬の会社だ。芝大門にある」

「会社？　どうして」

「俺を罠にかける気なら、会社は使えない。それ以外の場所だったら、殺し屋を呼び寄せておける」

「わかった。確かにそうだ」

川端はいった。佐江は時計を見た。

「午後十時に、相馬の会社の前で会おう」

告げて、電話を切った。


駐車場にレンタカーとプラムのバイクをおき、二人は地上にあがった。食事をすませておこうと考えたのだ。

皮のツナギを着ているプラムとスーツ姿の中年男の組み合わせが目立つことに、レストランに入った佐江は今さらながら気づいた。

客の多くが自分たちに視線を注いでいる。

「着替えを買おう」

食事を終え、佐江はいった。

「誰の、ですか」

「俺たち両方だ」

駅前のデパートに入り、若い女性向けのファッションをそろえたフロアにあがった。プラムの目が輝いた。飾られた洋服に歩みよると、無言で見つめている。

佐江は胸をしめつけられるような気分になった。女ものの洋服など見にきたことすらない。結婚していたときでも、女の買いものにつきあうのはごめんだと公言していた。

それなのに、今のプラムを見ていると、欲しがる服をすべて買ってやりたくなる。

この娘は、長いこと、洋服を選ぶという、女性ならではの幸せから遠ざかっていたのだ。

「好きなのを選ぶといい」

佐江は歩みより、いった。プラムは我にかえったようにふりかえり、うつむいた。

「でも、高いです」

「値段のことは気にするな。どうせこの先どうなるかわからないんだ」

二人とも殺されてしまうかもしれない。クレジットカードで買えばいい。

プラムはもじもじしながらも、目を他の売り場に注いだ。

「ゆっくり探せ」

やがてプラムが選んだのは、淡いグリーンのニットワンピースだった。人工皮革のジャケットもそれに合わせる。さらに、ショートブーツも買った。

「着替えて、今まで着ていたのを包んでもらえ」

「ありがとうございます」

佐江もチノパンとポロシャツ、ジャケットを買って、その場で着替えた。

「これじゃバイクに乗れないです」

細身のプラムに、ニットのワンピースはよく似合った。

「わかってる。だが皮のツナギを着たままだと、狙ってくれといっているようなものだ」

三沢をのぞけば、プラムの顔を知る者は連合にいない。ライダーの格好をしていない限り、標的とは気づかれにくい。

プラムのショートブーツを買ったとき、いっしょに小さなハンドバッグも選んだ。プラムの拳銃を隠すためだ。

駐車場に降りると、二人は装備を確認した。プラムはマカロフの予備弾倉をふたつもっている。ひきかえ、佐江はニューナンブ一挺で、予備の弾丸もない。

署に戻れば弾丸はあるが、周辺を連合の人間が見張っているにちがいなかった。

バイクを地下駐車場においたまま、佐江とプラムは渋谷を離れた。

相馬の会社は、浜松町駅に近い、芝大門の雑居ビルにあった。行動確認をしたときに何度も張りこんだので、周辺の地理は頭に入っている。

車をコインパーキングに止め、佐江は谷神の携帯電話を呼びだした。電源を切られている。

思いたち、新宿署の捜査本部にかけた。対応した刑事課の若い巡査に、谷神を署で見なかったかと訊ねた。きのうから見ていない、と巡査は答えた。

相馬の会社が入った雑居ビルの近くにハンバーガーショップがあった。プラムと携帯電話の番号を交換し、佐江はそこで待つよう告げた。万一、父親の三沢草一を見かけたら、連絡するよう命じる。

「向こうに見つからない限り、銃を使っちゃ駄目だ」

緊張した表情でプラムは頷いた。

できればプラムから銃をとりあげたかった。だが、丸腰のままおいていくことは、さすがにためらわれた。三沢は銃を向けてくるかもしれない。

プラムがハンバーガーショップに入っていくのを見届け、佐江は携帯電話をとりだした。

十時ちょうどだ。川端の携帯を鳴らす。

「もしもし！」

「どこだ」

「森本さんといっしょだ。他に誰もいない。あんたはどこにいる？」

「すぐ近くだ」

「待ってくれ」

「もしもし」

モニターで聞いたことのある、太くなめらかな声が、佐江の耳に届いた。

「佐江刑事さんですか。相馬です」

「佐江だ。会社には社員がいるのか」

「おりません。全員、帰しました。会社の場所は当然ご存知ですね」

「知っている」

「では、四階でお待ちしています」

佐江は深呼吸し、電話を切った。罠である確率は五分五分だ。たとえ破滅する可能性があっても佐江を生かしてはおけない、と相馬は考えているかもしれない。

雑居ビルに入ると、エレベーターホールに向かった。三階から五階まで、相馬の会社が入居している。ビルの入口には警備員詰所があったが、中に人の姿はなく「巡回中」の札がでていた。

エレベーターに乗り、「4」のボタンを押す。いきなり発砲されることはないだろうが、上着の中で拳銃のグリップに手をかけた。

四階でエレベーターが止まり、扉が開いた。受付は三階にあるらしく、四階は通路が二本と、それに面して扉が並んでいるだけだ。

右側の通路に、川端が立っていた。皮ジャケットにジーンズを着けている。

エレベーターを降りた佐江は、拳銃を抜いた。川端は目をみひらいた。

「上着を脱いで床に落とせ」

銃を向け、川端に告げた。川端は言葉にしたがった。ジャケットの下に武器はない。

佐江は銃をしまわず、通路を進み、川端のジャケットを拾いあげた。内ポケットに鞘入りのハンティングナイフが入っていた。それを佐江はとりあげた。

「銃刀法違反の現行犯だな」

「護身用にもってただけだ」

ジャケットを川端に投げた。

「どこだ？」

「この奥だ」

川端は通路の奥を示した。先にいけ、と佐江は手で指示した。正面に「第一応接室」とプレートの掲げられた扉があった。

川端がその扉を押した。皮張りの巨大な応接セットがおかれ、絵や青磁の壺が飾られた部屋だ。扉のほうを向いて、相馬がすわっていた。スーツを着ているが、ネクタイは締めていない。テーブルの上に、ミネラルウォーターのペットボトルがあった。

佐江は部屋の入口で立ち止まった。見える範囲に人が隠れられるような場所はない。相馬の両手は空だ。息を吐き、拳銃をホルスターにしまった。

「すわってください」

無言で見ていた相馬がいった。川端が相馬のかたわらに腰をおろすのを見届け、佐江は向かいに腰をおろした。

「お目にかかるのは初めてですね」

「大手町であんたの事情聴取を、別室で見ていた」

佐江が答えると、相馬は小さく頷いた。

「カジノを歌舞伎町に作ろうと考えたのはどちらなんだ？　あんたか、延井か」

「私です」

相馬はあっさりと認めた。

「外国人観光客向けにカジノなど作っても、意味がない。場合によっては日本人は入れない。韓国のカジノなど、そのせいで閑古鳥が鳴いているところもある。歌舞伎町に作れば、集客力ははかり知れない。その収益を福祉に回すことだってできる」

「極道への福祉か」

「長い不況に追いつめられた極道は、飢えた獣と同じです。カタギが潤っていた時代は、今のように極道が詐欺や強盗に手をだすこともなかった」

「カジノができても、潤うのは高河連合だけだろう」

「高河連合が日本の極道全体に占める割合は大きいですよ」

いって、相馬は目を宙に向けた。

「まあ、それもすべて泡となって消えましたが」

「あきらめたのか」

佐江が訊ねると、相馬は目を佐江に戻した。

「私ではなく、延井さんが、ね。佐江さんは、私を殺したいのですか」

川端がはっと体をこわばらせた。

「何をいっている」

「あなたと谷神さんという刑事は、警察の方針とは関係なく動いていて、殺人も犯すと聞きました」

「俺はちがう。俺があんたと会うのは、谷神を止めたいからだ」

「では谷神さんは人殺しをする、と?」

佐江は息を吸いこんだ。

「延井を狙っているだろう」

相馬は黙った。

「どこにいる?」

佐江は訊ねた。

「知りません。本当です。携帯もつながらなくなっている。延井さんは、自分とあなたたちの潰し合いだといった」

「潰し合い」

「そうです。連合と警察の喧嘩ではない、彼とあなたたちとの潰し合いだといった。もしかすると、連合の若頭も降りる気かもしれない。長いつきあいだが、あそこまで腹をくくった延井さんは知らない」

佐江は息を吐いた。

「もっとも私が延井さんの居場所を知っていたとしても、あなたに教えるわけにはいかない。あの人を逮捕するにしても殺すにしても、教えたら私は裏切り者だ」

佐江の携帯が振動した。プラムからだ。佐江は耳にあてた。

「どうした?」

「ミツがいました! 追いかけたけど見失って――」

プラムは息を弾ませていた。

「わかった。元の場所に戻り、待っていてくれ」

「でも――」

「彼の行き先はわかっている」

佐江は電話を切った。谷神もまた同じことを考えたのだ。延井の居場所を相馬から訊きだそうとしている。

「どうしました？」

「谷神がここにくる」

川端が腰を浮かせた。

「ナイフを返してくれ」

「焦るな。俺が守ってやる」

「信用できるか。同じ刑事だろうが」

「いいからすわってろ」

エレベーターの駆動音が、静かなビルの中に響いた。

「なぜここに私がいるとわかったのでしょう」

相馬がいった。

「自宅か上野かここか。あんたのいる場所はそうない。警察の身分証があれば、社員に訊くこともできる」

「なるほど」

エレベーターは三階で止まったようだ。

「下のフロアは人がいるのか」

「いません。明かりがついているのはこの階だけです」

エレベーターの駆動音が再び響いた。四階で止まった。

佐江は立ちあがった。相馬に背を向け、応接室の入口に体を向ける。

エレベーターの扉が開く音が聞こえた。足音がした。通路を進み、止まった。扉のひとつを調べているようだ。

足音は止まってはまた聞こえ、じょじょに今いる応接室に近づいてくる。

やがて応接室の扉の前で止まった。ノブがゆっくりと回った。

扉が開いた。黒いスーツの谷神が立っていた。黒の皮手袋をはめ、オートマチック型の拳銃を握った右手をわきにたらしている。

佐江と谷神の目が合った。谷神は瞬きし、

「やはりここにきたんですね」

といった。

「あんたを捜していた。延井の居場所をつきとめるためにここにきたのだろう」

谷神は小さく頷いた。その目が動き、相馬と川端を見た。

「延井はカジノ計画をあきらめたようだ」

佐江はいった。

「でしょうね。認可が下りることはないでしょうから」

驚いた表情は見せず、谷神は答えた。

「ところで、そこにいる人は誰です？」

「砧組の川端だ」

川端に会ったときはひとりだったことを佐江は思いだした。

「延井の居場所を知っていますね」

「知るわけないだろう！」

川端が叫んだ。

「谷神さん」

相馬が口を開いた。

「延井さんは、あなたたちと決着をつける気です。あの人はあなたたちを許せないと思っている。たとえ若頭の座を降りることになっても、二人の命(タマ)をとりにいく」

谷神はほっと息を吐いた。

「佐江さんには、本当に申しわけないことをしました。こんな結果になったのは、すべて私の責任です」

「だったらもう、やめないか。この二人を威しても、延井の居場所はわからない」

「彼らから訊きだそうとは思っていません」

意外なことを、谷神はいった。

「じゃあなぜ、ここにきたんだ」

「彼らに知らせてもらうためです。私の居場所を」

「あんたの居場所を？」

谷神は微笑んだ。そして相馬に目を向けた。

「私が話したがっていると、延井に伝えてもらえませんか」

「延井さんの電話はつながらない」

相馬は答えた。

谷神は川端に目を移した。

「だったら組本部を通して、伝えてもらいたい。ボディガードなり運転手とは連絡がつく筈だ」

「伝えてどうしようってんだ。若頭を呼びだして弾くつもりだろうが」

「向こうも同じことを考えるでしょう。私の命を欲しがっている。お互い、こそこそと狙いあうのをやめればいい」

佐江ははっとした。谷神の意図に気づいた。

「谷神さん、あんたは俺をこれ以上巻きこまないために、直接対決を考えているんだな」

谷神は微笑んだ。

「それが一番だと思いませんか。私が死んでも、延井が死んでも、それでカタがつく」

「ふざけんな！　高河連合を何だと思ってる!?　若頭の命とられて知らん顔するわけないだろうが。草の根分けてでも、お前ら的にかけられるぞ」

川端が怒鳴った。

「延井は若頭の座を降りる、と今いいませんでしたか」

谷神は相馬に訊ねた。

「それは私の推測です。それにたとえ延井さんが降りたとしても、殺されたら連合は黙っていない」

佐江は口を開いた。

「延井はたぶん、精鋭を連れてアジトに潜っている。俺たちを殺すまで、公の場には姿を現さないだろう」

「ええ。組本部にも自宅にもいないことは確かめました。不思議なのはなぜ延井が、私のことを警察に知らせないかです」

「知らせれば、殺し屋を使ってカジノ計画を進めていたことが明らかになる。そうなったら、奴ひとりではすまず、高河連合全体に捜査が及ぶ。刑事二人とひきかえに、連合全体を危険にさらすわけにはいかない。だから秘かに殺すつもりなんだ」

「あなたたちは延井さんをわかってない」

相馬がいった。佐江と谷神は相馬を見た。

「あの人は確かに頭が切れるし、冷酷なところもあるが、決して喧嘩を恐れるような人じゃない。その気になれば、率先して道具をもって乗りこんできますよ」

「小野寺を殺させたのは延井だぞ」

佐江はいった。

「わかっています。私も腹をくくっていた。ですが、延井さんは私を殺さなかった。なぜなら、あなたたちのことがわかったからだ」

「俺たちのこと？」

佐江は訊き返した。

「小野寺を殺ったのは、警察に、連合と私の関係を知られないためだった。おそらくこの川端も、的に入っていたでしょう。しかし証拠の有無とは関係なく自分を的にしているあなたたちが現れ、あの人はかわった。これは戦争だと気づいたんです。連合と警察との戦争ではなく、あなたたちとの戦争だ。今、延井さんの頭にあるのは、あなたたちときっちり決着をつけることだけだ」

「だったら尚さら好都合です。延井に伝えてください。私が待っている、と」

谷神は答えた。佐江はいった。

「何をいってる。あんたと延井が殺しあったところで、何の解決にもならない」

「では私が出頭し、すべて供述したとして、解決になりますか？　高河連合が私や佐江さんを的にかけないとでも？」

谷神は静かに訊ねた。佐江はぐっと奥歯をかみしめた。

　これは警察対暴力団という対決ではない。警察は法を味方につけて戦うが、谷神は法を味方にしていない。ただの私闘であり、殺し合いだ。だがそうなるように仕向けたのは、紛れもなく谷神自身だ。

「なぜなんだ？　どうしてこんなことになった」

　呻くような気持ちで佐江はつぶやいた。

「限界だったのでしょう」

　まるで他人（ひと）ごとのように谷神はいった。

「法や制度の変化が暴力団を壊滅させるわけではない。檻（おり）に入れられた獣は、エサを与えなければ餓死するだけですが、野生の獣はエサがなければ、ふだんは襲わない獲物に向かう。彼らをより狡猾（こうかつ）で凶暴な獣にかえたのは、法なのです。自然の淘汰が、より大きくて賢い個体だけを生き残らせるように、法の淘汰が、巨大暴力団を生き残らせた」

　誰も何もいわなかった。佐江もそれは感じていたことだった。暴力団に対する締めつけは、やくざですらない素人（しろうと）の愚連隊集団をのさばらせたが、暴力団はその愚連隊をうまくとりこみ、収益を吸い上げるための触手へと変化させている。

　巨大組織ともなれば必ずそこには優れた頭脳があり、法の裏をかき、捜査をかわす手段を発見する。そうでなければ巨大組織が今も存在する筈がない。

「巨大暴力団には巨額の資金があります。経済がすべてに優先する今の世の中で、巨額の金を動かすことのできる組織を壊滅させるのは容易ではありません。いいかえれば、資金がある限り、暴力団は消滅しない。高河連合はその典型です。地表にある組織を法がどれほど追いこもうと、地下に張りめぐらされた根はあらゆる産業にくいこみ、利益を吸い上げている。みかじめや賭博、売春などで暴力団が食っていた牧歌的な時代はとうに終わっている。新しい法や制度は、地表をきれいにならすだけの効果しかない。いや、むしろ地表をきれいにしてしまったことで、地下の根のありかをわからなくしてしまった。

だから直接的な方法をとるしかなかった。巨大暴力団の中核にある、優れた頭脳を葬ることで、その侵食をくいとめる。暴力団と企業のちがいがひとつだけあります。暴力団は人で、企業はシステムです。動きだしたシステムを止めるのは容易ではないが、人は止めることができますからね。優れた頭を失えば、暴力団は弱体化するんです」

「それはわかる。わかるが、なぜあんたなんだ？なぜあんたがやらなければならなかったんだ」

佐江はいった。

「失うものがないからですよ。私には家族もおらず、心を通わす相手もいない。生きる理由のすべてを自分の目的と同化できます。四万六千人いる警視庁警察官の中で、この状況に気づき、自らを賭けられる人間は、そうはいない」

「それは安易な選択だ」

相馬がいった。谷神がさっと相馬をふりかえった。

「安易？」

「法の限界に失望し、私的に死刑を執行するなんて、安易以外の何ものでもない。元極道だった私にいわれたくはないだろうが、殺せばよくなると、あんたは考えている」

「よくなるなどとは思っていない。そこまで私はこの国の将来に楽観的ではない。悪くなるのを遅らせられるとしか考えていない。これから犯罪者集団にも二極化の時代がくる。路上での窃盗や強盗、違法薬物の取引でしか食えないような末端の集団と、巨額の資金をもちながら決して表にはでず、この国や海外のあらゆる産業にからみつきカメレオンのように色をかえて生きのびていく集団だ。激しい貧富の差が末端の集団を生み、官僚の傲慢がカメレオン集団を作る。しかしときに官僚はカメレオンと手を組み、自らの権益を確保することもやってのける。今はその過渡期といっていい」

「つまり負けを認めているんだ。暴力団をなくすことはできない。むしろより強く賢くなって、国のシステムと結びついていく、と」

相馬はいった。谷神は頷いた。

「悲しいことだが」

そして佐江を見た。

「納得しましたか」

「できるわけがない。あんたの危惧は理解できるし、その通りだとも思うが、警察官が法を破ったら、法を守ることの意味を誰が説得できる？　そんなやりかたはまちがっている。たとえ暴力団は決してなくならないとわかっていても、今、与えられた立場と武器で戦うしかない」

谷神は悲しげに微笑んだ。

「そう。佐江さんがそういう人であると、いっしょにいて私は知りました。だからあなたを仲間にはできなかった」

「仲間にはならなかったさ。だが、今のこの状況だ」

「それを終わらせたいのです」


谷神は相馬を見すえた。

「延井に連絡を」

相馬は深呼吸した。

「どこだと教えるのです？」

「ここだ、と。あなたにとっては不幸だが、ここを対決の場にさせてもらう。延井と手を組んだ時点で、最悪の覚悟はしていた筈だ」

相馬は川端を見やった。川端は目をみひらき、首をふりかけた。だがあきらめたようにいった。

「ここなら、サツの罠じゃないと、若頭もわかるでしょう。あなたはサツと組む人じゃない」

相馬が初めて苦渋の色を顔ににじませた。

「今の私があるのは、延井さんのおかげだ」

「であるのなら、尚さらここにすべきでは？」

谷神がいった。相馬は大きく目をみひらいた。

「いいだろう。私も腹をくくる。延井さんから与えられたものを、延井さんのために失くすなら、それはしかたがない」

上着から携帯電話をとりだした。

51

山岸から連絡が入ったのは、新宿二丁目にこもって、丸一昼夜が経過した、午後十時過ぎだった。

「佐江が現れました」

「ひとりか」

「ひとりです。川端が中にいますがカチこみますか」

「いや、もう少し待て。谷神が合流するかもしれん」

佐江と谷神があくまで自分を狙うとしたら、まず最初に接触するのは相馬だろうと、延井は踏んでいた。今はカタギとなっている相馬に揺さぶりをかけ、自分の居場所を知ろうとするにちがいない。

「『佐藤』はそこか？」

「いえ、桑村と歌舞伎町にいます。佐江が立ち回りそうな場所を張っている筈です」

「『佐藤』を呼べ。そろったら連絡しろ」

「了解しました」

二十分が過ぎた。山岸からまた連絡が入った。

「谷神がきました。全員、四階に集まっています」

「『佐藤』はまだか」

「まだです。どうしますか」

山岸の声は緊張していた。

「焦るな。お前らだけでカチこんでもかえり討ちにされる。『佐藤』がくるまで待つんだ」

電話を切った。大きく深呼吸すると、武者震いがおこった。興奮している。

こんな穴倉のようなところにこもって自分は何をしているのだ。切れ者だ、参謀だといわれて裏方に徹してきたが、自分を的にかけた奴らとの勝負を他人任せにしていいのか。

無意識に、腰にさしたリボルバーに手がいっていた。

のこのこでかけていって何になる。今からいっても、せいぜい死体の顔を拝めるだけだ。

ここで吉報を待つのが賢明だ。

延井の中で、二人の自分がせめぎあっていた。延井はぎりぎりと奥歯をかみしめた。

「若頭(カシラ)」

東が顔をのぞかせた。携帯を手にしている。

「どうした」

「本部の宿直から電話があって、森本さんという人が、どうしても連絡をしてもらいたいそうです」

谷神に威されたか。銃をつきつけられ、延井の居場所を教えろと迫られたか。

「延井とは連絡がつかないが、ついたらそうさせる、と伝えさせろ」

「わかりました」

チャンスだ、と思った。連絡がつくまで、奴らは相馬の会社に釘(くぎ)づけになる。延井の居場所がわかるまでは、奴らも相馬に手をだせない。

そのあいだにこちらは相馬の会社を包囲し、谷神と佐江の息の根を止める。

東を見た。

「始めるぞ。車を回せ」

52

ミツの姿を見つけたとたん、プラムはハンバーガーショップをとびだした。駅に向かう人波に逆らうように、顔をうつむけ、まっすぐ歩く姿が、道路をはさんだ反対側の歩道にあった。

最後に会ってからさほど時間がたっていないにもかかわらず、プラムはなつかしさを感じていた。「ミツ！」と呼びかけたい気持ちをこらえる。大声で周囲の人々の注目を集めたくない。

それに今の自分は皮のツナギではなく、ワンピースを着ている。こうして歩道に立っていても、人々はプラムに目もくれず、歩き過ぎていく。プラムがタイ人だと気づかないか、気づいたとしても東南アジア人の娘は、東京では珍しくないのかもしれない。

ハンバーガーショップの前の信号が変わるのを、じれったい気持ちで待った。ミツが歩いているのは人通りの多い一角で、サエが入っていったビルもその方角にあった。

信号がかわり、横断歩道を渡ったときには、ミツの姿は消えていた。たぶん、サエと同じところに向かったのだ。

サエの携帯を呼びだし、ミツを見たことを教えた。サエは驚かず、ハンバーガーショップでまた待て、といった。

ミツと合流しなくていいのだろうか、そう訊こうとしたら、サエは切ってしまった。つながらなくなった電話を手に、プラムは歩道で立ち止まった。

サエは、プラムを巻きこみたくないと考えているのだろうか。もしそうなら、それはまちがっている。自分の仕事は、ミツとサエを守ることなのだ。二人だけで、ノブイやノブイの手下と対決するつもりなら、自分をここに連れてきた意味がない。

だが歩きだして気づいた。二人を守るためには、自分はいっしょにいないほうがいい。

プラムの顔を知っているのは父親だけだ、とサエはいっていた。ノブイやその手下は、プラムを見ても、そうだとはわからない。

プラムは背すじをのばした。サエが入っていったビルは、この先の道を右に曲がった角にある。あたりには居酒屋やカラオケボックスなどがたち並んでいて、にぎやかだ。

白いワゴン車がやけにゆっくりと走ってきて、プラムの横で停止した。中に二人の男が乗っている。そこに建物の陰から、別の男が走りよった。

助手席の窓がさがり、走り寄った男と車内とで話が始まった。走りよった男はスーツを着ているが、体が大きい。右手に携帯電話を握りしめている。

かたわらを歩き過ぎたとき、タニガミという言葉が聞こえ、プラムはどきっとした。ミツのことを知っているのだ。

警察だろうか。プラムは立ちどまり、携帯電話をいじるふりをしながら、ワゴン車のほうをふりかえった。

運転席にすわっている男と目が合った。警官ではない。険しい目をして、暴力の匂いを体にまとっている。パタヤにもこういう男たちはいた。バーンズの手下と同じ、ギャングの仲間だ。

男はすぐにプラムから目をそらし、角の先のビルを見やった。プラムはそのまま元きた方角に歩きだした。

ビルが見張られていることを、サエやミツに知らせるべきだろうか。ミツの携帯はつながらないので、サエに教えるしかないが、またそっけなく切られてしまうかもしれない。

今はこのままでいい。何か起こったとき、自分が守っていたとミツやサエにわかったほうが、より喜んでもらえる。

それに、ノブイの手下は、あの三人だけではないかもしれない。父親もきっとここにくる。プラムには予感があった。

ハンバーガーショップとカラオケボックスが入ったビルの前にきた。ハンバーガーショップの入口をくぐる。コーラを買って、窓ぎわにすわった。

53

「連絡がつきしだい、電話がきます」

借りていた携帯電話を川端に返しながら、相馬はいった。

佐江は谷神と目を合わせた。やりとりを聞いていた限りでは、相馬が嘘をいっている気配はない。

問題は、延井だった。本部と延井とのあいだで連絡がつかなくなっているというのは、あくまでも向こうのいいぶんだ。実際は連絡をとりあいながら、こちらのでかたをうかがっている可能性もある。いや、谷神と佐江を殺すチャンスをうかがっている、というべきか。

「佐江さん、いいですか」

谷神がいって、佐江に歩みよった。

「彼女はどうしています?」

小声で訊ねた。

「近くで待たせている。さっきあんたを見たと連絡があった。追いかけたが、見失ったようだ」

「彼女に着替えを買ってやりましたか?」

佐江は頷いた。谷神はちらりと歯を見せた。

「あのワンピースはよく似合ってる」

すると、谷神は追いかけてくるプラムに気づいていながら、知らぬふりをしたのだ。

「あの娘に、もうこれ以上、罪を重ねさせたくない」

佐江がいうと、谷神は頷いた。

「彼女を連れて、逃げてください」

「あんたはどうするんだ」

「遅かれ早かれ、ここには連合の連中が乗りこんでくるでしょう。この建物は見張られていてもおかしくない。そして乗りこんでくる中に、あの娘の父親もいる。親子で殺し合いなどさせられない」

谷神は佐江の目を見つめていった。

「だったらあんたが彼女を連れて逃げろ」

「私といっしょでは、彼女は永久に追われる。警察と連合の両方に。彼女を助けられるのは佐江さんしかいない」

佐江はいい返そうとした。が、谷神は人さし指を立て、いった。

「これ以上議論している時間はありません。佐江さんは外のようすを見てきてくれませんか」

「それは駄目だ。俺がいなくなったら、あんたはこの二人を殺すかもしれない」

佐江は首をふった。谷神の目に浮かんだ表情を見て、その読みが正しかったことを知った。

佐江と谷神はにらみあった。やがて谷神が小さく首をふり、いった。

「わかりました。外のようすは私が見てきます」

相馬と川端をふりかえった。

「外を見てきます。お二人はここにいてください」

「何の権利があって、そんなことをいうんだよ」

川端が肩を怒らせた。

「あなたがたを、私は殺せる」

谷神は静かに答えた。相馬が川端を目で制した。

谷神が部屋をでていくと、相馬がいった。

「あの人は、死ぬつもりなのですか」

「かもしれんな」

佐江は答えて、ソファに腰をおろした。煙草をくわえた。警察に応援を要請することを考え始めていた。谷神もプラムも、そして自分自身も逮捕されるかもしれないが、高河連合に殺されるよりはましだ。

いや、それは自分に限っての話だ。逮捕されたら、これまで謎とされてきたプラムの正体は公になる。そうなったら、あの娘に逃げ場はない。

その事実が佐江を苦しめていた。自分と谷神はしかたがない。だが、プラムだけは何としても救いたかった。自分の命を二度も救った少女を、裁判でさらし者にし、あげくに高河連合につけ狙われる存在にするのか。

できない。それだけはできない。プラムに銃をもたせるきっかけを作ったのは自分ではないし、ましてや日本に連れてきたわけでもない。

だがデパートで目を輝かせて服を選んでいた姿を思いだすと、あの娘の残りの人生で、あとたとえ一度でも、そんなふつうの喜びを感じる機会を残してやりたいと思わずにはいられなかった。

逮捕されたら、もうそんな機会はない。

プラムを連れて逃げてくれという、谷神の言葉が、にわかに現実味をおびてきた。

が、谷神を残してこの場を逃げようといっても、おそらくプラムはしたがわない。

やるしかないのか。

佐江は奥歯をかみしめた。

そのとき、谷神が戻ってきた。エレベーターを使わず、非常階段を上ってきたようだ。応接室の扉を開け、告げた。

「ここは、もう囲まれています」

54

延井が芝大門に到着すると、すでに着いていた「佐藤」が山岸とともに、延井のアルファードに乗りこんできた。

「奴らは二人ともまだ中にいます。ビルは四階以外まっ暗なんで、他に人間はいないようです。警備員はさっきまで巡回中でしたが、今は一階の詰所に戻っています」

山岸が説明した。延井は訊ねた。

「ひとりか」

「ひとりです。爺さんで、今にも寝ちまいそうでした」

「バイクに乗った奴を近くで見ていないか」

山岸は首を傾げた。

「いえ」

「奴らにはもうひとり仲間がいる。女だ」

延井はいって、「佐藤」を見た。

「そうだな?」

「佐藤」はうつむき、小さく頷いた。

「女……」

山岸はつぶやいた。

「女があの建物に入っていくのは見ていません」

「つまり外にいるってことだ。見張っていて、こちらの動きを中に知らせる」

「下手をすると、サツが押し寄せてきますね」

山岸が眉をひそめた。

その可能性はゼロではない。最後の最後に、奴らは警察に助けを求めるかもしれない。

「そうなる前にカタをつける」

　延井はいって、「佐藤」に訊ねた。

「例の女だが、見たらそうとわかるか」

「いえ」

「佐藤」の返事はやけに早かった。

「ヘルメット姿しか見ていませんから」

　山岸が顔をしかめた。

「その女が厄介ですね」

「奴らが外に出てきたら、女もきっといっしょに動く。それを見逃すな」

「どうやって外にだしますか」

　延井はずっとうつむいている「佐藤」に目を移した。

「考えがある」

55

　男たちの数が増えていた。白いワゴンに加えて、黒いセダンが二台、建物の近くで止まった。人目を惹くのを警戒しているのか、固まっては止まらず、百メートルほど距離をあけ駐車している。プラムはハンバーガーショップの窓から観察していた。

　やがて黒いバンがやってきて止まった。二台のセダンからそれぞれ男がひとりずつ降り立った。

　プラムは手にした紙コップに顔を伏せた。ストローから吸い上げるコーラから味が消えた。降りてきた男のひとりは父親で、二人はバンに乗りこんだ。バンはすぐに発進した。

　バンだけが止まらず動いているのは、中にボスが乗っているからだろう。止まっている車は狙撃されやすい。ノブイがきっと中にいるのだ。

　プラムは顔を上げ、深呼吸した。距離をおいて止まっている三台の車から人の降りてくる気配はない。何かを待っているようだ。

　プラムは窓ぎわのカウンターに携帯電話をおいた。

男たちが建物に入っていくようなら、サエに電話で知らせよう。その中に、きっと父親もいる。

泣きたくなった。これから父親が人殺しをしようとするのを、自分は見ている。止めようとしたら、きっと父親は自分にも銃を向けるだろう。

父親は撃てない。自分は人殺しだけれど、父親だけは撃てない。

56

川端の携帯電話が鳴った。耳にあてた川端の顔色がかわった。

「はい、そうです。はい、ここにいます。相馬さんもいっしょです」

目が動き、佐江と谷神を見た。

「います。いえ、他にはいません」

「かわれ」

佐江はいって、手をだした。谷神は静観している。

「佐江が話したいといっています。どうしますか」

川端が携帯電話をさしだした。

「延井か、佐江だ」

「なんでそこにいるんだ？　相馬はもうカタギだろうが」

「谷神を止めるためにきた」

「何を今さらいってやがる。いいか、こっちは三人殺られてるんだ。お前らを全員殺す」

「いいのか、連合も終わるぞ」

「俺ひとりいなくなったところで、どうということはねえ。会って決着をつけようや。お前らがサツに泣きつこうというのなら別だが」

佐江は息を吸いこんだ。

「だったらここにこい」

「カタギになってる相馬を巻きこむわけにはいかない。そこでやりあったら、奴が困る」

「そんなことを気にする仲か？」

「場所を用意する」

「場所？」

「千葉に、うちの系列の産廃処理場がある。そこでなら、思いきりやりあえる。三人めの仲間も連れてこい。女らしいな」

妙だった。佐江は息を吸いこんだ。佐江たちが通報する可能性がなくなったわけでもないのに、場所を用意するという。もし本当に場所を移して撃ちあうつもりなら、前もって「千葉の産廃処理場」などとはいわない筈だ。警察に先回りされる危険すらある。

「だれから聞いた？　女だと」

佐江は探りを入れた。三沢は、邪魔をしたのが実の娘だと話したのか。

不意に背すじに悪寒が走った。佐江は立ちあがり、目で応接室の扉を示した。

「連合を甘く見るな」

延井がいった。

「佐江さん！」

谷神が叫んだ。扉が押し開かれ、男たちが躍りこんできた。谷神が大理石のテーブルを倒した。

先頭の男が撃ち、谷神が大理石のテーブルを倒した。佐江は首をすくめた。携帯を捨て、握っていたニューナンブを男に向けた。次に入ってきた男が撃ち、背後で壺が砕けた。

谷神が撃った。先頭の男がすとんと膝をつくと、目をみひらいた。胸の中心を撃ち抜かれている。

佐江は二番めの男めがけ、ニューナンブの引き金を絞った。男は両手を広げ、仰向けに倒れた。どこにあたったのかはわからなかった。

「こっちへきてください！」

谷神が叫んだ。倒したテーブルを弾よけにしている。そこに何発もの銃弾が命中した。

扉のすきまから銃口をさし入れ、撃ってきているのだ。佐江は扉めがけ、ニューナンブを空になるまで撃った。銃口がひっこみ、扉が閉まった。

先鋒（せんぽう）の二人が撃ち倒され、ひるんだようだ。

佐江は先頭の男の手から拳銃をもぎとった。見たことのないオートマチックだが、撃鉄が起きているので、すぐに発砲ができるとわかった。

佐江が撃った二番目の男は左肩に銃弾が命中していた。生きているが、出血が激しい。

どちらも三沢ではなかった。

いきなり扉ごしに銃撃が始まった。佐江はテーブルの陰にとびこんだ。

合板の薄い扉をつき抜けて銃弾が飛来した。絵が割れ、壺が粉々になり、ソファが詰めものを舞い散らせた。大理石のテーブルも何発かの弾丸を浴び、ヒビが走った。谷神が、息がかかるほどそばでうずくまっている。

相馬と川端の状況を確かめる余裕はなかった。銃撃がおさまり、谷神が立ちあがった。

穴だらけになった扉を開けて、二人の男が立った。谷神が流れるように連射すると、その二人が倒れこんだ。

佐江はテーブルをまたぎ、扉に走りよった。すばやく通路をうかがった。走っていくひとりの背中が見えた。

谷神が手にした銃の弾倉を交換した。これも佐江が見たことのないオートマチックだった。

「外は？」

「ひとりが逃げていくのが見えた」

谷神の問いに答え、佐江は倒れている二人を見おろした。両方とも胸の中央を撃ち抜かれ、即死している。

「恐ろしい腕だな」

「この距離なら外しようがありません」

谷神はいって、背後をふりかえった。相馬と川端が血だまりに沈んでいた。二人とも二発以上の銃弾を浴びている。

「三沢はその中にいますか」

「いない」

「するとこいつらは陽動ですね。我々を動かすために送りこまれたんだ」

佐江は自分の携帯をとりだした。プラムからの着信表示があった。延井との会話に気をとられ、振動に気づかなかった。

プラムにかけ直した。呼びだしているが応答がない。

佐江は電話をおろした。手が激しく震えていた。

「プラムとつながらない。いくぞ」

「待ってください。こいつらは我々をひっぱりだすためのオトリです」

佐江は谷神をにらんだ。

「プラムが危ないんだ。あの娘を父親に殺させるのか」

谷神は唇をかみ、佐江を見返した。

「わかりました。いきましょう」

57

サエは電話にでなかった。五人の男が建物の中に入っていくのを見て、プラムはすぐに電話をしたのだ。

やがて黒いバンを降りた父親も建物の中に入っていった。

黒いバンはそのまま動かなかった。

どうしよう。プラムは目をみひらき、黒いバンを見つめた。父親と五人の男たちが、ミツとサエを殺しにいったのは明らかだった。二人を助けにいけば、父親と鉢合わせになるのは避けられない。

黒いバンはまだ、動かない。

あの中にはノブイがいる。プラムははっとした。ノブイがボスなのだ。ノブイを撃てば、二人を助けられる。

急に体が熱くなった。チャンスは今しかない。

立ちあがり、ハンバーガーショップのトイレに入った。バッグからマカロフをだし、スライドを引いて初弾を装填する。

黒いバンの中に何人いるだろうか。運転手とノブイ以外にいたとして、ひとりか二人。

　バッグをわきに抱え、ハンバーガーショップをでた。黒いバンの周囲に人の姿はない。同様に、先にきていた白いワゴンや二台のセダンの周辺にも人がいない。中に人は乗っているかもしれないが、いつでもそこから逃げだせるようにハンドルの前にすわっているのだろう。

　銀行ギャングと同じだ。建物に入った六人がとびだしてきたら、すぐに乗せて走りだす。

　そのとき、かすかにパンパン、という音が上から降ってきた。銃声だ。だが周囲の人は気づかずに歩いている。

　撃ち合いが始まった。ミツとサエは殺されてしまうかもしれない。

　その恐怖が、プラムに勇気を与えた。黒いバンに向かってまっすぐに歩いていった。

　車高が高いので、運転席にいる男がはっきり見えた。スーツにネクタイを締めた、ビジネスマンのような男だ。男はフロントグラスごしに建物を見上げていて、近づいてくるプラムに気づかなかった。

　プラムは黒いバンの横に回った。スライドドアがある。うしろの窓はスモークシールが貼られていて、中のようすがうかがえない。

　ドアはきっとロックされているだろう。

　プラムはバンのかたわらを通り過ぎた。心臓が激しく鳴っている。スライドドアをノックしても、運転手はドアを開けないだろう。そこから走り去るか、撃たれる可能性もある。

　再び銃声が降ってきた。今度は、爆竹を一度にいくつも鳴らしたようで、さすがに道をいく人たちも足を止め、頭上を見ている。

　運転席の扉には通常、ロックをかけない。だから運転席なら、外から開けることができる。

　プラムは踵を返した。バッグからマカロフをとりだし、握った手をジャケットの下に隠した。バッグはその場に捨てた。予備の弾倉は、ジャケットのポケットだ。

ガードレールの切れ目を通って、バンの運転席に歩みよると、扉をひいた。

上をのぞいていた男がはっとしたようにプラムをふりかえった。

「何だ、お前！」

体をねじっているので、上着の前が開き、ベルトにさしこんだ拳銃のグリップが見えた。

プラムはマカロフの銃口を男の腹に押しつけ、引き金を絞った。二発撃った。男の体がびくんびくんと跳ねた。

バンの車内に入り、うしろ手で運転席のドアを閉じる。そのとき、銃弾が後部席から飛んできた。

58

応接室をでた佐江は立ち止まった。階段かエレベーターか。エレベーターを動かせば、下で待ちかまえている人間には、いつ降りてくるかが筒抜けだ。狭いエレベーターの箱に逃げ場はなく、扉が開いた瞬間、ハチの巣にされるだろう。

奴らは階段であがってきた。だからエレベーターの駆動音がしなかったのだ。

「階段を使おう」

佐江がいうと、谷神は首をふった。

「ふた手に分かれましょう。私はエレベーターでいきます。先に降りて、下にいる連中を排除する」

何か勝算があるのか。それとも射撃の腕に絶対的な自信をもっていて、ハチの巣にされるつもりはないということか。

まちがいないのは、エレベーターで降りるのは、階段よりはるかに危険がある、ということだ。三沢はたぶん下で、二人が降りてくるのを待ちかまえている。それを見こして、谷神は対決するつもりなのだ。

「いっしょに降りるより、そのほうが確実です」

谷神の言葉に佐江は頷いた。どちらかが生き残れば、プラムを救うことができるかもしれない。

階段は、エレベーターホールの手前にあった。踊り場の明かりは点っている。谷神が正面のエレベーターホールに向かってまっすぐ歩いていった。エレベーターは四階で止まったままだ。

迷っている時間はなかった。佐江は階段を下りた。四階以外のフロアはまっ暗だったが、踊り場の照明はすべてついている。

四階と三階の中間の踊り場に立った。階段は手すりごしに下を見おろせる構造ではないので、どこで待ち伏せられているかはわからない。半面、下りていくところを手すりのすきまから狙撃される危険もない。

佐江は靴を脱いだ。足音を消すためだ。片方ずつ上着のポケットにつっこむ。

奪った拳銃を握りしめ、階段をさらに下りた。プラムのことが心配だ。一一〇番通報をすべきではないのか。だが、今救えたとして、その後はどうなる。

佐江は歯をくいしばった。やるだけやるまでだ。もしかすると、さっきの撃ち合いが、とうに通報されている可能性だってある。

プラムが逃げてくれているのを、佐江は願った。あの娘はそうしないだろう。ここを逃げても、いく場所はない。どこよりもこの場にいるのを、あの娘は望んでいる。

プラムのことを考えると恐怖が薄らいだ。

三階と二階の踊り場を過ぎた。

奴らが逃げだしている可能性はあるだろうか。四階から逃げた男が、先鋒が倒されたことを告げ、勝ち目がないと逃げだす。

それはない。延井は、「巻きこむわけにはいかない」といっておいて、襲撃部隊を送りこみ、相馬の命も失わせた。本当に相馬に怪我をさせたくなかったのなら、佐江たちを別の場所に誘導した筈だ。千葉の産廃処理場の話をもちだしたのは、あくまで電話でこちらの注意をそらしているあいだに襲撃を成功させる作戦だったにちがいない。

谷神はもう一階に着いた頃だ。そう思うと焦りが生まれた。万一、谷神が殺されたら、プラムを救えるのは自分だけだ。

足が自然に速まった。

二階から一階へと下りる階段にきたとき、踊り場に立つ二人の男が目に入った。銃をもち、一階の通路に向けている。気づいていない、と思った瞬間、ひとりがこちらをふり仰いだ。

迷いはなかった。佐江は両手で握ったオートマチックの引き金を絞った。強い反動が肘から肩に抜ける。二人の男は踊り場の壁に背中を打ちつけながら倒れこんだ。

二人の体をまたぎ、一階へと降り立った。不意に銃声が響き、佐江は首をすくめた。悲鳴がエレベーターホールの方角から聞こえた。

「佐江さん！」

谷神の声がした。

「無事ですか⁉」

「大丈夫だっ」

佐江は通路と階段の境にある壁に背中を押しつけながら叫び返した。

「こっちも大丈夫です」

佐江は一階の通路に立った。谷神がエレベーターホールにいた。二人のあいだに男がひとり倒れている。

佐江は谷神とは反対側の方向にある、ビルの玄関をふりかえった。出入口が見えている。

「いこう」

足を踏みだしたとき、銃声が再び鳴った。無意識に床に体を投げだした。

谷神が通路の壁に寄りかかっているのが見えた。

「どうしたっ」

谷神は答えなかった。撃たれたのだと気づいた。どこからだ。佐江はエレベーターホールとビルの玄関を交互に見やった。人の姿はない。

「谷神さん！」

佐江は中腰になり、谷神に走りよろうとした。銃声が轟き、一度壁を離れた谷神の背中が再び叩きつけられた。

谷神の首が回り、こちらを見た。左手を動かした。くるな、という身振りだった。

どこから谷神が撃たれたのかがわかった。エレベーターホールの左側、佐江のいる通路からは見通せない、建物の左奥だ。

谷神が壁に沿ってずるずると倒れこんだ。

足音がした。が、通路の陰から姿を現すことなく止まった。

「佐江、そこにいるのだろう」

声がした。三沢の声だった。佐江は膝をつき、拳銃をかまえ直した。

「俺は今、こいつの頭を狙ってる。銃を捨てろ。じゃないと吹っとばす」

「ふざけるな！」

「いいのか。お前のせいだぞ」

ここに三沢がいるということは、まだプラムとはぶつかっていないのだ。

「早く捨てろや、こら！」

壁の向こうから声があがった。三沢はひとりではなかった。

「わかった！　だから撃つな」

佐江は叫んだ。とっさに腰のホルスターにおさめていた空のニューナンブを抜くと、通路をすべらせた。手にしていたオートマチックをベルトにさしこむ。

ニューナンブは通路をすべっていって、谷神の手前に倒れている男の体にぶつかり、止まった。

59

左肩に何かが激しくぶつかった。その勢いでプラムの体がねじれ、閉めかけていた運転席の扉を左手が逆に押した。大きく開いた扉からプラムは車外に転げ落ちた。

撃たれたのだとわかった。だが痛みはむしろ、地面に落ちたときに打った背中のほうが強い。息が止まり、思わず体をくの字に曲げた。空が見えた。プラムは、バンと歩道のあいだに仰向けに倒れていた。

ピストルがなかった。どこかにいってしまった。

ガーッという音がした。スライドドアが開き、男が二人、バンの後部席から降りてくるのが見えた。

眼鏡をかけ、額が後退した男と、体の大きな男だ。眼鏡の男は、まっすぐプラムに歩みよってきて、見おろした。

「お前」

いって、右わきにたらしていたリボルバーをプラムの顔に向けた。この男がきっとノブイにちがいない。

プラムは無言で銃口とノブイの顔を見ていた。恐怖はなかった。どこか夢を見ているような気分だ。ただ背中だけが痛む。

「まずいっす」

大男がノブイに低い声でいった。あたりを気にしている。

ノブイは一瞬顔をこわばらせたが、無言でリボルバーを上着の下に隠した。

「こいつを起こせ」

大男がプラムの腕をつかんで軽々と起こした。ノブイが目でバンを示すと、車内に押しこまれる。

ようやく息ができるようになり、プラムは喘いだ。大男とノブイがバンに乗りこんできて、スライドドアを閉めた。

プラムはバンの床にうずくまった。

ノブイが携帯電話をとりだした。プラムを見おろしながら耳にあてた。

「そっちはどうなってる?」

と訊ねた。

「そうか。こっちも女をつかまえた。銃声が外まで聞こえてた。そろそろ動いたほうがいいな。俺の車に乗るか？」

プラムはただノブイを見つめていた。誰と話しているのだろうか。もしかすると父親かもしれない。

大男がプラムの肩をつかみ、座席にすわらせた。無言でジャケットをはだける。脱がされるかと思ったが、そうではなく武器の有無を確認しているのだった。

そのとき初めて、左肩は弾がかすめただけだったのだとわかった。ジャケットの肩パッドの部分がそこだけもぎとられたようになくなっている。自分の体は無傷だ。

「連れてこい」

ノブイがいうのが聞こえた。

「車の中でかたづける」

60

三沢が姿を現した。もうひとり、銃を握ったジャージ姿の男がつづいている。

「見てろ」

三沢は佐江のほうに顎をしゃくり、倒れている谷神に歩みよった。膝を折って、谷神の顔に顔を近づける。

佐江は緊張した。とどめを刺す気か。

ジャージの男は手にした拳銃をまっすぐ佐江に向け、歩みよってきた。一メートルと離れていない位置で止まる。外しようのない距離だ。

かすかな振動音が聞こえた。三沢が内ポケットから携帯電話をとりだし、立ちあがった。

「はい。谷神はかたづきました。佐江はここにいます」

答えて、相手の言葉に耳を傾けた。わずかだがその表情が変化した。

「いきます」

勢いよくいった。そして、

「佐江はどうしますか。銃はとりあげましたが」

と訊ねた。

「わかりました」

三沢は電話をおろした。ジャージの男に告げる。

「外に延井さんがいる。延井さんの車でここを離れる」

ジャージの男は頷いた。佐江に銃口を向けたまま、

「歩け。妙な真似したら、ありったけぶちこむからな」

と告げた。

佐江は谷神を見つめた。谷神は左わきを下に倒れこんでいる。

「谷神さん」

呼びかけた。谷神は動かなかった。佐江は奥歯をかみしめた。怒りとも悲しみともつかない、激しい感情がこみあげ、唇が震えた。

三沢が谷神の手から拳銃をとりあげた。ベルトにさしこむ。まるで当然の戦利品だとでもいわんばかりだ。

首を巡らせ、佐江に目を向けた。そして落ちている佐江のニューナンブをちらりと見やり、馬鹿にしたように鼻を鳴らした。

その瞬間、佐江は腰に手がのびそうになるのをこらえた。ここで銃を抜こうとすれば、まちがいなくジャージのチンピラに撃たれるだろう。チンピラの目は吊りあがり、指は引き金にかかっている。わずかな刺激で発砲するにちがいない。

「いけや」

チンピラは肩をそびやかした。

「どっちだ」

佐江はいった。

「どっちが谷神さんを撃った」

「俺だ。文句あんのか、おお！」

チンピラが顔をつきだした。酒でも飲んだように赤らみ、目が光っている。

佐江はチンピラの目をのぞきこんだ。

「覚えておくぞ」

チンピラは佐江の目を見返した。

「お前も俺が殺してやらあ」

「いけ」

三沢がうながした。三沢は無表情で、高揚したようすがない。やはりこの男は感情が死んでいるのだ。

チンピラが佐江の肩を押した。パトカーのサイレンがかすかに聞こえる。

佐江は歩きだした。必ず谷神の敵は討つ、と決心した。ただ、今は、プラムのことが心配だ。

建物の玄関をくぐった。正面に後部席のスライドドアを開けたアルファードが止まっている。ようすをうかがっている野次馬が何人かいるが、建物やアルファードの近くではない。銃声を聞きつけたのだろう。巻き添えになるのを避けたいのか、通りの向かいや十メートル以上離れた場所にたたずんでいた。

サイレンはまだ遠い。

ジャージの男は、息がかかるほど佐江の背中に体を近づけていた。背骨に銃口があたっている。

「乗れ」

アルファードのスライドドアをくぐり、最後部にいるプラムを見た瞬間、膝が折れそうになった。プラムは一番奥の左端のシートにベルトを締めた状態ですわっていた。最後部の右端に延井がすわり、リボルバーを膝においている。

プラムは青ざめた顔を佐江に向けた。

「ミツは——?」

佐江は無言で首をふった。プラムは両手で顔をおおった。

「床にすわれ。正座だ」

延井がいった。佐江は言葉にしたがった。助手席のすぐうしろのシートに、目を閉じて動かない男がいた。スーツの腹が血まみれだ。

ジャージの男は助手席に乗った。運転席に大柄の男がいる。

三沢が最後に乗りこむとスライドドアが閉じ、アルファードは発進した。

走りだしてすぐ、何台ものパトカーが反対車線をすれちがっていった。

「桑村」

延井がいった。ジャージの男が、

「はいっ」

と返事をした。

「千葉に迎えの車をよこすよういえ。この車は千葉で処分する。どうせナンバーはおさえられるからな」

「了解しました」

佐江は三沢を見た。三沢は佐江のすぐ横のシートに腰をおろし、無表情に佐江を見つめている。

プラムにはひと言も声をかけず、目もくれようともしない。プラムはただうつむき、すすり泣いていた。

「ふざけた女だな。鈴森のどてっ腹をぶち抜いておいて、泣いてやがる」

延井がプラムを見やり、つぶやいた。口調とは裏腹に、怒りが顔ににじんでいる。

「千葉ってのは、さっきいっていた産廃処理場か」

プラムから少しでも延井の気持ちをそらせようと、佐江はいった。延井は首を巡らせ、佐江を見た。間をおき、答えた。

「自動車の解体工場だ。スクラップにして輸出するんだよ」

「そこで決着をつけようといったのはどうした？相馬も川端も、ホトケになって転がってるぞ」

「ものごとには優先順位てのがある。俺にとっての一番は、お前ら三人をぶち殺すことだ。パクられてもかまわない。誰かを巻き添えにしても、それが何だ。三人の命（タマ）をとることが今の俺にはすべてだ。そう、腹をくくったんだ。申しわけねえとか、かわいそうなことをしたなんてのを考えるのは、お前ら全員を殺してからだ。本当は、谷神のツラも拝みたかった。確実に仕留めたのだろうな」

最後の言葉は、三沢に向けたものだった。

三沢は無言で頷いた。つとめてプラムのほうを見ないようにしている。

佐江は三沢とプラムを見比べた。プラムはただ両手で顔をおおい、うつむいたままだ。

もしかすると、三沢は、プラムが自分の娘であると、延井に告げていないのか。佐江ははっとした。

「お前の腹立ちもわからなくはない。だがあの娘は関係ない。もともとこの喧嘩は、谷神がしかけたことだ」

感情を押し殺し、佐江はいった。

「何が関係ないだ。この女は、うちの人間を何人殺ったと思ってる。警官か何かか」

三沢がわずかに身じろぎするのを佐江は感じた。

やはり、告げていない。

「ちがう」

プラムが手をおろし、佐江と三沢に目を向けた。

「彼女は知り合いの娘だ。ずっと外国で育ったんで、銃が使える。だから仲間に入ってもらった」

「つまりお前もハナから谷神とグルだったってことだな」

「むりやりひっぱりこまれたんだ。命を狙われた時点で、他に選択肢はなかった」

延井は車の天井を見つめた。

「知り合いってのは誰だ」

低い声で訊ねた。

「聞いてどうする」

「そいつも殺す」

「外国の警官だ。もう死んだ」

佐江が答えると、延井はプラムを見やった。

「なるほどな。お前、ハーフなのか」

プラムは延井を見返した。何もいわない。

「鉄砲の撃ちかたは、親父に習ったのか。その若さで、よく平気で人を撃てたものだな。え?」

プラムが低い声で答えた。

「悪い人を撃つのは、平気です」

「それだけじゃない。向こうでひどい目にあったんだ」

「ひどい目?」

延井が佐江を見た。

「父親や、父親の死後、彼女を育ててくれた人間が、ギャングに殺された」

「だから日本人の極道も殺してかまわないってわけか?」

「俺を助けるためだった」

延井はふっと鼻で笑った。

「なあ、佐江。谷神も死に、お前もこれからくたばる。うちはそれどころじゃないくらい死んでる。俺は、腹をくくってる。お前とこの女を殺し、他の連中を逃したら、出頭するつもりだ。そこで全部、ぶちまけてやる。八年前に、谷神が西岡さんを殺したのがすべての始まりだった、とな。刑事が最初に極道を殺した。だから俺たちが刑事を狙った」

「それはちがうだろう。お前が俺を狙わせたのは、カジノの計画を嗅ぎつけられそうになったからで、西岡の復讐じゃない」

「そうだったな」

延井はあっさり認めた。

「高部を殺ったのがよくなかった。俺も調子にのったた。『佐藤』が、まるで魔法の消しゴムみたいだったからな。下手を打った。あのチンピラを消すのに、もう少し慎重になればよかった。もっともそのおかげで、谷神のやってきたことがわかったわけだ」

「連合は終わりだ」

佐江はいった。

「いや、終わらねえ。俺たちはそんなやわじゃねえ。雑草と同じだ。踏まれりゃ踏まれるほど強くなる。暴排だろうが何だろうが、やりたけりゃやればいい。極道がいなかった時代なんて、これまでなかったし、これからもない。法律をかえようが何しようが、消えてなんかなくならない——」

延井は前のシートに身をのりだし、佐江を見すえた。

「これからの極道は、陽のあたる場所を歩けなくなる。そう仕向けたのはお前らだ。けどな、そうなったらお前らは闇の中から狙われる。いつ、どこから弾が飛んでくるか。お前ら刑事も冷や冷やしながら暮らすんだ。刑事の家族もだ。女房や子供に弾が飛んでくるかもしれない。そうなったときどうする？一番困るのは、お前らマル暴だろうな。ネタもとれなけりゃ、打ちこみだってどこにしていいかわかんなくなる。これまでがプロレスだったとすりゃ、これからはガチの地下格闘技になるんだよ」

佐江は無言だった。

「何とかいえよ」

「その通りだ。獣を追いつめ、牙をむかせたのは、お上ってわけだ。お上は、お前ら極道の存在を消すことにした。お前らが足を洗えばよし、それができないなら、商売ができず、家を借りられず、子供を学校にもやれない、そんな境遇に落としてやると決めた」

「それで世の中丸くおさまるってのか」

佐江は首をふった。

「押しこめて蓋をしただけだ。だがそのうちやくざって言葉もなくなるだろうし、組ってのが世の中に存在したことすら知らない人間が増えていく。自分が極道だとすごんだり、組がバックだと人を威せなくなる。それをお上は望んでいる」

「いるのにいないことにしちまえば、そのうち本当にいなくなる、そう思ってるのだろう」

「そういう奴もいるかもしれないが、俺は思ってない。押しこめりゃ、押しこめたぶんだけ、はねかえりも強くなる」

延井は首をふり、息を吐いた。

「ふざけやがって。やくざはどんだけ痛めつけても
いいってわけか」
「嫌なら、やくざをやめればいいです」
プラムがいった。延井はプラムを見た。
「黙ってろ」
佐江はひやりとしていった。
「いえ、黙りません。嫌ならやくざをやめればいい
です。ギャングじゃなく、ふつうの仕事をすれば、
いじめられない」
プラムは延井を見すえていた。
「お前……」
あきれたように延井は首をふった。そしていきな
りリボルバーをプラムに向けた。佐江は腰の銃に手
をのばした。
銃声が耳もとで起こった。三沢だった。手にした
銃でアルファードの天井を撃ったのだ。
「何しやがる!?」
延井が鬼のような形相で叫んだ。
「殺すのは、俺の仕事です」
佐江はそっと銃から手をはなした。
「何だと」
「その女もこいつも、殺すのは俺の仕事です」
三沢は顔を伏せ、くり返した。
「やかましい。誰がやろうといっしょだ。文句があ
るなら、ここで降りろ」
延井は三沢をにらみつけている。三沢は首をふっ
た。
「お願いします。俺にやらせてください」
「おおい！　車止めろっ」
延井が叫んだ。アルファードはハザードを点し、
左に寄った。前にいる二人の男が体をねじってふり
かえった。
「降りろ」
延井は三沢にいった。三沢は目を上げ、延井を見
た。
「ようすがおかしいんだよ、お前。何かあるだろ

う」

　三沢は無言だ。

「答えろ。何なんだ」

「その女を殺さないでください」

　低い声で三沢はいった。

「何!?　何いってやがる」

　プラムが目をみひらき、三沢を見つめた。

「その女を、逃がしてやってください」

「『佐藤』、気は確かか？　自分が何いってるのか、わかってるのか」

　三沢は椅子を立ち、アルファードの床に膝を折った。自然、佐江は体をずらすことになった。拳銃を握ったままの手をついた。

「延井さん、お願いします。その女を助けてください」

「理由は？　理由をいえ、理由を」

「娘です」

　ほとんど聞きとれないような声で三沢は答えた。

「何？」

「私の娘です」

　延井は大きく開いた目を佐江に向けた。

「さっきこいつは、警官の娘だといったじゃないか」

「あれは嘘だ。その子は確かに、三沢草一の娘だ」

　佐江はいった。

「お前の娘……」

　延井は明らかに動揺していた。

「お前の娘がうちの人間を殺したのか」

　三沢は無言だった。延井はプラムをふりかえった。

「なんでだ。なんでお前、うちの者(もん)を殺した？　何の理由があって撃ちやがった!?　答えろ」

　プラムは延井の目を見つめている。やがて静かに答えた。

「殺す人は、いつか殺されます」

「手前(てめえ)、親子二代の人殺しかよ！」

　延井のリボルバーがプラムに向いた。一瞬早く、三沢が撃った。延井の頭がのけぞり、後頭部から抜けた弾丸がリアウインドウを砕いた。

「若頭（カシラ）ぁ！　何しやがる！」

　ジャージの男が叫び、銃を乱射した。三沢の体が揺れた。佐江は銃を抜き、撃った。体をねじっていた男がフロントグラスに頭を打ちつけ、倒れこむ。運転手がシートベルトを外し、助手席の男の手から銃をもぎとろうとした。

「よせっ」

　佐江は叫んだ。が運転手は聞かなかった。銃をとり、佐江に向けた。

　佐江は撃った。運転手は助手席の男の体におおいかぶさるように倒れこんだ。フロントグラスに血しぶきが散っている。

　佐江はこみあげた呻きをおさえこんだ。ジャージの男が放った銃弾が、右のわき腹に当たった。

　三沢を見た。まるで拝むような姿勢で額を床につけ、動かない。

「クン・ポー・カー！（お父さん！）」

　プラムが叫んで立ちあがった。三沢にすがった。肩をつかみ、揺さぶったが、三沢は答えない。血だまりが床に広がった。

　プラムは顔を上げ、佐江を見た。

「お父さんが――」

　佐江は頷いた。

「お父さんは、君を助けた」

「助けた……」

　プラムはくり返した。

「そうだ。君を助けた」

　プラムはうずくまったままの三沢を見おろした。

「私が娘、だから……ですか」

「そうだ」

　佐江は息を吐き、床にアグラをかいた。腹の傷が初めは熱かった。それが激痛にかわった。

「サエさん！」

　佐江の怪我にプラムが気づいた。佐江は左手を広げ、プラムを制した。

「そっとしておいてくれ」

「でも」

「頼みがある」

佐江はいった。出血のせいか、頭のうしろが妙に冷たい。

「ここから消えてくれ」

みひらいた目で佐江をのぞきこんでいるプラムに告げた。

「君のことは誰にもいわない。だからここから消えてくれ」

「そんな――」

「そして、今日までのことは全部忘れろ」

視野の端が妙に黒ずんでいた。ひどく酔ったときのように、視界が狭まっている。

「俺も、君を忘れる」

プラムはかぶりをふった。

「無理。できないよ。私も人を殺した。だから殺されてもしかたがない」

佐江は喘ぎながら、言葉を押しだした。

「君は、誰も殺してない。殺したのは、俺とミツだ。そう思って、生きていくんだ」

「駄目、それは駄目」

「お父さんが君を助けたのは、生きてほしかったからだ。俺からも頼む、そうしてくれ」

「サエさん」

「早く、いけ」

途方にくれた顔でプラムは立ちあがった。佐江は小さく頷いた。目を開けていることすらつらい。

スライドドアが開き、プラムが降りた。

「早く」

佐江はつぶやいた。プラムの姿が消えた。

ほっと息を吐き、佐江はシートにもたれかかった。

あの娘は逃げおおせるだろうか。芝大門でも多くの人間がプラムの姿を見ている。

しかしシェルの用意した偽造パスポートで入国し

たプラムは、現実には存在しない人間と同じだ。本名を知る者もいない。

逃げられるかもしれない。

佐江は微笑んだ。犯罪者に逃げおおせてくれと願うのは、生まれて初めてだ。

意識が遠のいた。


次に気づいたのは、救急車の車内だった。救命士が怒鳴るように無線連絡をおこなっている。出血が激しくて、どうこうと叫んでいた。

ざまを見ろ。


二カ月後、佐江は退院した。病院内で五回を超える事情聴取に応じ、谷神が八年前に高河連合の幹部を殺害し、また芝大門の相馬の会社でも、自分とともに銃撃戦を高河連合組員とくり広げたことを認めた。

免職と逮捕は、覚悟の上だ。だが逮捕はなく、辞表と誓約書の提出を求められただけだった。

誓約書には、事件の詳細と知りえた事実を生涯公表しない旨が記されていた。警察は、事実に蓋をすると決めたのだ。現職刑事による暴力団幹部暗殺は、決して公にされない。

十名を超す死者がでた銃撃戦を、やがて警察は高河連合の内部抗争だと発表した。相馬は、幹部の延井と交流があったため、川端とともに巻きこまれたのだと説明した。佐江と谷神も捜査の過程で銃撃戦に巻きこまれたということになっていた。

事実と異なるという反駁は、高河連合側からはなかった。生き残った者がそう名乗りでれば、銃刀法違反と殺人の共犯を認めることになる。負傷者は全員黙秘を貫き、刑に服す道を選んだ。逆らえば、高河連合を潰すという、警察による恫喝があったのは想像に難くなかった。そのせいによるものかどうか、捜査は短期間で終結し、殺人の実行犯は、すべて被疑者死亡で送検された、と佐江は聞かされた。

2016年8月25日　第1刷発行

著　者――――――大沢在昌（おおさわありまさ）
発行者――――――見城　徹

発行所――――――株式会社　幻冬舎
〒151-0051 東京都渋谷区千駄ヶ谷4-9-7
電話:03(5411)6211(編集)　03(5411)6222(営業)
振替:00120-8-767643

印刷・製本所―――中央精版印刷株式会社

検印廃止

万一、落丁乱丁のある場合は送料小社負担でお取替致します。
小社宛にお送り下さい。本書の一部あるいは全部を無断で複写複製することは、
法律で認められた場合を除き、著作権の侵害となります。
定価はカバーに表示してあります。

©ARIMASA OSAWA, GENTOSHA 2016
Printed in Japan
ISBN978-4-344-00939-4 C0293
幻冬舎ホームページアドレス　http://www.gentosha.co.jp/
この本に関するご意見・ご感想をメールでお寄せいただく場合は、
comment@gentosha.co.jp まで。